文芸社セレクション

実感、生命と人生との出逢いについて

愚者からの論証　2巻

想念路 真生
SONENJI Masao

文芸社

目次

霊魂の涯からのメッセージ

実際、この世の中において、誰が自分のこと以外、他の者のことを考えることが出来る者がいようか。誰が自分のこと以上に、他の者のことを愛することが出来ようというものだ。諸君の中に一人でもそんなもの、つまり自身を起点としてものを考えない者、自身を差し置いて他の者のことを優先させて考えることの出来る者がいたなら、是非それを証明して見せてほしいものだ。若しもそんな器用な真似、嘘っ八な人間がいたなら、是非ともお目に掛りたいものである。すべては自身を起点として始まり、自身にして帰結するというものではないか。ええ諸君、諸君の中にこの私の意見に異論を唱える者、別の見解を持っている者がいたなら、それを是非証明して見せてほしいというものである。そしてもしそれに得心がいったなら、私は即刻諸君の意見の方に乗り替え、その諸君の隷属者になってみせますぜ。―如何がです?

想念路真生

第一のメッセージ

まず最初に

　これより暫くの間、筆者からの思いの丈の幾数かを告白してみる訳であるが、それに目を通すことは、諸君にとって些かの苦慮を伴う、七面倒臭い、退屈な作業ということになるかもしれない。が、そこを敢えて辛抱して頂き、この筆者からの戯言にお付き合い頂きたいものである。否、このことは筆者からあおこがましくもお願いすべき筋合いのものでもなければ、偏に諸君の御意志に従うべきところのものであろう。筆者としては偏にその諸君を退屈させることのないよう最後の一行一句に至るまで心を尽くし、万全を期して行く努力を怠らないことではあるまいか。

　この告白に至った筆者はもとより、この告白の手記そのもの、手記の中に露見吐露されて来るあらゆる存念にしても、それはまさしく虚構そのものであり、「実体」の伴わないものであることは言うまでもない。しかし乍ら、この告白が虚構であり、実体の伴わないものではあっても、筆者からの体験に基いているものであることはもとより、「霊魂（ここ）ろの涯」からの告白である以上、それは片時の容赦も、余談も許されないものであり、まさしく切実で、切迫した問いかけであることには変りない。そしてその限りにおいて諸君との生命の真実との関係性にあってさえも、必ずしや無縁でないことを信じているからである。そして筆者は、その諸君との生の現場と生命の根本本質の共通性を手掛りに、それを根拠としてこの創作に想い、その折々に露見して来るテーマについて考えていってみようと思うのだ。諸君にもご賢察、ご推察頂けるならば筆者としてこれに勝る幸いはない。

一

わたしは病者である。しかも歴っきとした病人である。不健全なことこの上ない。その上世間知らずで、意地が悪く、魅力のこれっぽっちもない不遜な男だと来ている。要するに取り得となるものが何も無い、窮めて世間の常識と価から偏向——逸脱した男なのだ。つまり、この既存現実の世の中を生きていく上で、これ程不具合不都合に生れ合わせている男も他にはあるまいと考えているくらいなのである。どうして私がその様な並外れた人間になってしまったのか―そのことについてはこの記述の中で追い追いと明らかになっていく筈である。

諸君、私の如何に諸君とは異った反りの合わない性格性質を負うことになった人間であるか、そのことから先ず紹介していってみることにしようではないか。

私は実に臍曲りな人間なのだ。素直なところが一つもない。全然ない。何しろ素直、正直糞くらえ、その素直正直そのものの中身に大いに疑問を持っている。必ずといって言い程ありとあらゆることに注釈と難癖をつけなければ気の済まない性格だと来ている。非常識で、不謹慎極まりない性質の悪い男なのだ。かと言って諸君、正しいと心底から判り切っていること、万人全てが共通共有している本質的事項、物事の真理真実までを疑っている訳ではない。むしろその点において言うならば常識、既存、社会の良識以上に柔順であり、無条件であり、素直であることを確信し、自負しているくらいなのである。—これなども諸君はどの様に思うか知れないが—私は必ずしも「分らずや」ではないのだ。しかし諸君、この世の中と物理的思惟の先行する現実社会、既存にあってはこうした真理真実の本質根本にいくら柔順さを発揮しようとしても却って既存現実からは侮られて馬鹿にされ、不利不遇に追い込まれていくだけのことである。窮地に立たされていくだけのことである。これ程に、既存現実の凡てに敵愾心を抱いている者に、果して既存現実の良識に済まし込んでいる諸君ら人間というものが好意好感を寄せて来るものであろうか？　その結果については既存現実の中でそれを最優先に対応して生きていっておられる諸君の方がよくご存知であろう。私はその諸君の間にあっては番外人であり、異端児そのものであり、偏狭者であったという訳だ。その私にしてみれば、自意識に目覚めて以来、自分というものにこれまで「正常と健全」というものを感じた例しがない。それは正常健全な生を自称する多くの既存現実から与えられて来ている因果の結果であることを私は突き止めているからだ！　この因果によって、いつもどこもかしこもちぐはぐに、具合が悪く、偏頭痛がしたり、内臓の具合がおかしくなったり、神経的病魔というものに絶えることがない。目は霞み、実に躰のどこかしらを蝕まれ、苦しめられ、不調であり続けている。といってこれまで寝ついてしまうとか、―老境に入る以前までは―病院や薬の世話になるといったようなことは一度としてなかったことである。私はそのことに関して言えば、その自分の躰というものに信仰心を持っているくらいその生命力を信じ、頼り切ってもいたのだ。尤も、そんなことを言っていられる程の自信家でもなく、勿論、それでも健康恢復とはいかないまでも、何んとか現状を頑固に保ち続けて来ている。そしてこのことはこの躰の状態に限らず、ことに心と精神の具合がそうであったことなのだ。つまり、この心と精神とに対する肉体とのバランスが悪く、私にとって片時もその意識から開放されることがなく、常に意識のうちに留めさせておかなければならなかったのである。この心身いずれもの存在感、神経を片時もなく感じ、免れることの許されない程辛いものはない。そしてこのこと自体、まさしく病人であることの証明という訳だ。何故かと不審を抱くとなれば、だってそうではありませんかね、即ち諸君たちにしたところそうだと思うのだが、自分の身も心もすべて健やかであればある時程、人はその自他の心身のことなど、その存在感さえ空気のそれと同様殆ど改めて意識することもなく、その存在にさえも気付かなく済ませることが可能であるということなんですからね。そうですとも、ちっともそのことに軽やかで、いちいち自覚なんかしちゃあいませんとも。そしてこのことは決定的事実なのである。凡ては必然のうちに符合しているという訳だ。ところが一旦怪我をしたり、病んで悲しい出来事にでも遭遇、出合ってご覧なさい。それが大きく、重く、そして抜き差しならない深いものであればある程に、そのバランスが崩されれば崩される程に諸君はその苦痛に、アンバランスに悲鳴を上げ、弥が上にも自分の肉体と心と精神の存在に気付かされ、思い知らされなければならなくなり、その意識をどけることも、免れることも出来なくなってその虜となってしまうというものなのだ。そしてその過剰に意識させられていること自体、先程も言った病的証明となっている訳である。そしてこのことは知覚的見解というよりは、あくまで物理的生理的見解ということである。それと同様、これは差し詰めいい例なのでここに引き合いに出してみることにするのだが、幸いの最中にあってさえも諸君はその自分の真（本当）の価値が何によって成立していることに気付かず、否、気にも停めずといった方がいいのかもしれない。そしてもっといい生活、もっと確かな幸いを果しなく、弁えることなくその豊かさを求望してゆく。ところが諸君、その諸君に尋ねるが、この世の中にそのようなよりよい万全な生活、より確かな具体的幸いなるものが一体存在するものなのであろうか？　一度でもそれを体験し、知ったものが例しにあ（い）るものなのだろうか。この現実と既存唯物からの考察と求望する条件の下においてそんなものを適え、達成させたものがあったのだろうか。そして諸君の指して言われているところのその生活と幸いの豊かさとしているところのものは、すべて形而下による物理的欲望の絡んだもの、性＝即ち本能と煩悩の絡んだもの、つまり他者からのものを掠め取って来ているもの、それも実体のない幻想観念に誘われて来ているものにすぎないものでしかなかったのではあるまいか、ということである。諸君はどうしてそんな釈度と物差しなどによってそれを計測し、それを知りえたものと考え、世のいたる処にその不均衡をばら撒いていくのだろう。もしかするとその諸君たちにおいては、否、諸君たちに限らず総ての多くの人間達全体というものが、私は断じて思うのであるが、その諸君たちの物差しの正体なるものは、何よりも思い信じているもののそれは、他の者のそれをたとえ損ってでも手に入れ、適えようとする理不尽、不合理な考えの上に基かれている物質的性質のもの、観念からの目算、目安にしたものの、その認識に依って立っているものにすぎない。が諸君、だとしたならその人類の頼りにしている既存現実における絶対的価値基準、思惟思考、それによるところの判断の宿るところのすべてのものは、果して一定の幸福感なり、安定充実させた生活を築き齎らしていくものではなく、その反対のものを唆し、脅かし、真実の結束結集させなければならないものをすべて掠め破壊させて行くところの粉飾と美辞麗句の＝偽善＝中庸既存の中正虚偽に結束結集させて、真の生活を破壊に導いているものであるかもしれないのである。果して、我々人類、人間個々の真の幸福、生活、とはどんな姿、かたちをしているものなのであろうか？　第一、そうした世間、外見、既存現実からの体裁を象った目安基準にしたそれというものは目を圧倒して見張らせては行くものの、刹那表象を満足させていくものではあるものの、真なるものを受け容れ、訪れさせていくものはいずこにも定着するところは見当らない。いやシビアな諸君にとって、何故私がこんな甘ったれたような質議を持ち出したかと言えば、つまり我々人間、生命というものにおいては、その素性も、本質も、根源を遡ることもせず、内省も顧みることなく、只管既存表象の追求追望更にけり、明け暮れ、この「有りもしない」ところに如何にも「有る」ことを前提に信じ込ませ、その楼閣幻想錯誤に錯綜した道を本道本筋として誘導貶込んで教え、社会と世界までもが主義体制は変ってても全員揃ってそっちを向いて人間全員を率い乍ら、その一方では頻りに暗躍していっているのが実情である。そして人間はこれを自からに目を瞑り乍ら仕方のないこととして同意し乍ら喜々として承認しているのがその実体実情である。そして諸君、どうかここで私がその人間（人類）の持つ、肉体生命そのものの素性と性質、凡庸の抱く本能（煩悩）からの幻想を承知の上で求めて止まない弱味な人間の心を責め、非難しているなどと、どうかせっかちになって取らないで頂きたい。いやそれどころか—矛盾しているなどと受け取らないで頂きたいのだが—我々人間にとってそれは必要不可欠な要素だとさえ考えているくらいなのだ。というのも、その欲望への追求への私は理解者だとさえ考えているからなのだ。そして私がここで諸君に告白しておきたかったのは、例えそんなことによって億万長者になろうとも、名声権力を恣に仕様とも、世間の不合理の一端を担ぐだけのことで、真実の生命の姿とは何んら関わりの無い、むしろ汚名を注ぐだけのことであるからである。世の殺伐化に寄与するだけのことだからである。諸君はそんなものに価を求め、羨望するとでも言うんですかね。おお哀れなることよ。おお世も末、地に堕ちたものである。それでは諸君、世も本末転倒も甚しく窮ったというものである。己れの足元に火を点けるも同じことである。それとも諸君は、そんな自己抑制的平穏無事、変哲のない暮し向きなど面白くも何んともなく、気に食わず、何はともあれ他人（ひと）のことは構わず、ともあれ、もっと活況溢れる刺激的生活の方が遥かに望ましく、有意義な暮し方である、とでもそうおっしゃるのであろうか？　諸君、人間の本音（心）はいずれにあるのであろうか？　一体諸君ら人間というものは、その幸いと生活（くらし）における個人と全体、現実と理想（平和）、正義と不義との関係、そのバランスと調整の辺りのところを如何に、どのようにして捉え、考えておられることなのであろうか？

　ところで、話しをもとに戻すとして、その逆に、諸君は一寸でも自分が自他からを問わず不幸であると感じ、不本意であると思い、損われ、傷付けられていると感じたりすると、そのこと（点）においてその諸君の物理的利害反応というものは外部に対してのみ実に過敏に働くように出来上っているようである。まるでそのことに堪えていることが恥や、臆病や、意気地無しや、人間的覇気が無い人の様に捉え、その自からを反省し、問い直すこともそこそこに、自己正当化が先んじて、その弱味の隙を突いてそこに得たりと飛び掛かったり、貶しめたり、掏り替えたり、擦り付け合ったりはしてはいないだろうか？　その攻防、心理戦を、この物理的既存現実至上主義の最中にあって、日常的生理から、肉物的欲望から、あらゆる面において、社会や世界国同志までもが、その危険な力関係の綱引きに、我々はその渦の中に弥が上にも自ずから巻き込まれてはいってはいないだろうか？その相手の立場と気持、意見と言い分もそこそこに耳も貸さずにそれを遮り、自分の意見、立場、感情情況だけを最優先に、実に実しやかにぬかりなく主張し合って自（おのず）から緊迫をお互いに煽らせ、作り出し、醸し出させていってはいないだろうか？　私はその諸君というものに怖じ気付き、呆っ気に取られていくばかりである。諸君はどこでそんな悪知恵、諸君（人間）が生きていくに担って必要不可欠として心得ていっている—それが無いなどとは私は言わせない—その邪る賢さを身に付けることになったのか？　その世界（生）に凡からくが愚鈍で鈍重に出来上っている。未熟者である私には、その諸君らの素走こさというものが卑劣漢の如く映って来てならないという訳だ。そしてもう、そんな物理的至上主義社会、世界の企みとその思惟思考が誤魔化されたりはしないのだ。その諸君ら人間の巧妙なトリックとマジック、陰謀と邪る賢さ、邪心の出処を徹底的に発き出し、解明していってやろうというものではありませんかね。どうか、そのことを覚悟しておいてほしいというもんですよ。

—いや、この際、諸君個々というものをとやかく云々するのは止めにしよう。問題はそんなことではないし、摩り替えてはならない。すべての問題は「私自身の生命世界（宇宙）」から始っており、そこから拡散していっていることであることを、私自身承知し、そこに帰結しているテーマであることも認識し、思い知らされていることでもあるからだ。そこでこれからは、すべての始まりである「私の生命」に関しての「自身」の話しの先を続けていくこととしよう。

二

私はこのように、心身表裏の両面から意識を強要され、全体として苦慮と脅迫観念を伴って生活を続けて来ていた訳であるが、その過程において、果してその私がどんな生命作用、心裡作用、それに伴うところの心情の変遷を辿り、世間と諸君に対してどんな、如何なる感情を抱くことになっていったことか、否、どんな生命のメカニズムとからくりを身に付けることになっていったことか――。従って、その私というものはその諸君とは、即ち人間とは、殊に人為的な物事に一々対立し、そのことによって諸君たちからの最も本質的に歓迎されべからざる嫌われ者としての逆さの人間、人為物事すべてに一々注釈と難癖を付けなければ気の納まりつかない最も厄介な人間になってしまった訳なのである。自他共に、諸君ら人間の＝人為社会＝言うなりに音無しく従ってさえいれば、何もこんな惨めな陥穽(ところ)に嵌り悩むこともなかった訳である。

私はもう老境に入って久しい老いぼれた男である。だというのに未だこの為体(ていたらく)である。昔でいえばもう半生を閉じてもおかしくない寄る年波である。にも不拘わらず、私は既存の人生行程の価と異にしてしまったこと、そのことに伴って人間との接触、縁と絆というものが人生を通して漂泊としたものとなり、その人間の送る実生活というものは空蝉、蛇の脱け殻の如く、何も一切をしてい無いことに等しいことになってしまったのである。その私において、「人間が生きるとは、既存の現実をしっかりと踏まえ、弁えて生きるなり」、そうとさえ考えている。そして私はその人為全般に当初懐疑し、功罪相半ばして中庸中正の生を肯定し、正当化しつつ塗れていく生に、真実を蹂躙って平和と理想、よりよい人間の生の有り方を喜々として裏切っていく人間の理不尽を引き起していく生の有り様に、その人為唯物至上主義を信仰して紛争を絶え間なく引き起し、より豊かな生活として筋違いの豊かさを追究していく人類の穿った生の有り様に、そしてその人類の当（然）り前の義務としていく生き様全体に疑惑して自分の真実の生を求めた結果が、この死生死活に辿り着かなければならなかったということである。必然として宛ら畢竟、こうして私の生は人間の生に不都合として否決され、葬られていたという訳である。私の生と人生、生命の真実というものは、すると人間総体の物理的生によって当初から既に葬られ、抹消抹殺同然にされ、価しない生として振り向かれることもされなかったことになる訳だ。人間の生こそそのものが結局は正当な生とその謂われとなっていた訳だ。おお、怖ろしや怖ろしや、この万物の霊長よ。

従って、とすると、その人間人為の価、既存の現実のカテゴリーの範囲に則って、納って、そこに提供されている価を踏襲する生を送って行く限りにおいて、その基本方針を守ってさえいれば、そしてそのどの分野であろうとそこに顕著な功績を残してさえゆけば、そこに足を踏み外すことのない限りどこからも称讃され、更に道が開かれ、順風がついて回って来るという訳である。ところがその人為、既存現実に焦点を合わせ、絞り込むことをしては来なかったばかりに、自分の生命の真実ばかりにその焦点を合わせて生きる他になくなった私というものは、まるで雷火、時限爆弾を抱えている者の如く、人間の生からは嫌忌されていく。そしてこのことは諸君、この世知辛い世の中を生きていく上において何んと致命的となっていくことになったことだろう。そしてこの世の中というものは、どちらか一方通行ではなく、互いに扶け合って、思い合っていくことの出来る関係になっていれば最も望ましいと思うのであるが、私の性格と世の中全体の、既存現実との価の関係すべてがオブラートには進展せず、最も望ましからざる相性の悪さとなって露骨に現われてしまった訳である。これも、私の方が折れれば何んの問題もなかったのかもしれないが、実際はそうは行かなかったことなのである。一般の考え、認識からすれば一人間が世間と対峙する生を腹蔵すべきものではなく、その既存現実とは賢く付き合っていくべきものであったのだろう。されど、私にとってはいかにもそうしていくことが自からの謂れからして、真実からして、そうしていくことが自からの事情、生命のプリンシプル、原則に反してしまうことであったからなのである。さて、そこで私としてはどうすれば良かったのだろう。これによって私の全生活感は喪失われ、何んの世間からの取り柄、援護も支援からも断ち切られることになり、そこに生きる術を見失ってしまったということなのである。ここに人が、どこに共感するところが見出すことが出来るというのだろう？　そこに「反感」は見出すことはできても、他には何もない筈である。そこに人間との物理的一切の糸、縁、絆の根っ子部分は私から途絶えてしまっていた訳なのである。諸君、諸君にこの私からの告白、意味するところが果して理解し、信じられることができるであろうか？　否、諸君がいくら信じようが信じまいが、実際私自身が身を以てそう感じ、その生活を現に送ってしまっているのであるからどうにも仕方があるまい。そしてその私が、毎日というものをどんな思い、如何なる情況の中で送っているか、それは諸君、まるで酸素欠乏性、鮒が水面にあって仰むけにぷかぷかと浮沈を繰り返しているといったところなのだ。生死の間をさ迷っている感覚なのである。およそ生きていること、呼吸をしていることそのものが逼迫している状態なのである。私は今しがた、心身共に極めて不健全で、病的人間であることを告白したわけであるが、その一つには、否、その大凡主因を成していると思われるのであるが、それは生の寄る辺であるこの生の支えとするところ、生甲斐とするところの総てを失った孤我を晒した長い半生を続けて来ている故だと考え、そのことを確信しているからに他ならない。大体諸君、この齢に至るまでもなおかつ人間との結び付きを持つことも出来ず、もとより人並の人間らしい生活も築くこともできずにいること事体、益々諸君の社会生活、世界＝世の中＝から追いやられ、自分たったひとりの世界に閉ざされて沈殿して見給え、そこから病身に陥らず、健全な思考、健全な精神、健全な肉体、健全な生活（くらし）が保たれ、宿らせていられることの方がおかしいというものではないか。病人にならない方が不思議というもんですよ。そして私はこの孤我孤立した生活、誰も、何人も寄りつかなくなった生活をもうずっと半世期以上も続けて来ているのである。その間、すべてこの生命も、生活の一部始終、何もかも自分ひとりだけで贖い、賄い、始末をつけていくしかなかったというわけである。諸君、諸君にその私の始末を付けて来た生活の一部始終の内容の如何というものが一体どんなものであったのか、その生命と心情のすべて一部始終というものが一体どんなものであったことか、いったい全体どんなものであったのか、果して想像がつくものだろうか？　それは凡そ至難なことであるに相違ない！　そして私の生命というものは、その唯物界にあって果しなく自動的にどこまでも限りなく沈み込んだ上に、総てから拒絶排斥されていく――。それにつけても私というものは、その自分というものを容赦なく、それこそ半狂乱の体になって完膚無きまでに痛めつけ、その悲哀を揺(いたぶ)って来ていた訳である。私はそんな暮しを自から望み、手を小招いていたわけでもなければ、一刻も早くそんな底無し沼から這い出したかったことは言うまでもない。いったい誰がそんな暮しをよきものとし、自から望んでいくような酔狂な者がいるだろう？太陽の燦燦と降り注ぐ下にいた方がいいに決っている。が、諸君はどう思うか知れないが、私にしてみれば何もかもすべてというものが成るべくしてそう成り、与えられるべくして与えられた如く、必然の結果であったような気がするのである。諸君、その私にどうして諸君のような人並のくらしが与えられ、健全な生命と人生が得られたというのだろう？人間の価とするところの既存現実すべてに逆うことになったのが私のすべての自己責任、運のつき、罪であったとでも言うのだろうか？　何んの外部には落度も無かったとでも白を切るつもりなのだろうか？

　ところで諸君、こうした世の中、社会から孤立した、それも身寄りのすべてを失った弱身にある人間に対して、この世の中というものが如何なる仕打を展開させて来ているか肉体と霊精神との関係をみるまでもなく、戦争と平和、理想と現実との関係をみるまでもなく、この肉体生命本能というものがいかなる侵略振りを発揮して来ることになるか、なって来ていたことか、その必然性における人間全体の意識と私の意識、即ち霊精神との関係というものに、人並の一理一様なものを考える諸君であるならば既に気付いている筈のことである。それを知らぬ存ぜぬとは言わせるものではない。如何がです？　それに、その諸君らの器用に既存現実と提携しつつ、自からはけして深傷を負うことのない世間一般の流儀と私議に則った馴れ合った生活、それはえてして諸君の歴史的慣習から割り出されて来ている肉物既存からの生活処方、御都合便宜主義的個我エゴイズムから生み出されて来ているところの概念であり、その物理狭義全般を懐疑している私には到底通用し難い、つまりは一般の通し難い理屈と意識というものである。それに私がこう言っては諸君らに矛盾して聞こえるかもしれないが、私にとって諸君の概念というものは身に堪（こた）える刺である一方で、矢張り皮膚における羨望であり、嫉妬であり、誘惑でもある側らで、疑惑懐疑の決裂でもあることであるからなのだ。如何にというのであれば、諸君は不思議に思うかもしれないが、生来の生命の謂れ、肉体の本能からしても、私にもその諸君と同様の血ＤＮＡが流れていることによって成立し、その習慣的本能、その本質根本によって育くまれ、身に付いているにも不拘わらず、その人間世界の人為思惟における総合システムと価と仕組、その中正中庸的背信背景の環境から自身の生というものが無条件となって根幹から剥ぎ取られ、掠められて毟り取られていっていることを身に染みて生の根幹より実感させられていることであったからである。私の生の不如意となっていたからである。それが人為全体の意識から、その私の生命全体というものから悉く否定的脆弱なものとして対峙して取り扱われて来ているものであったからに他ならない。

ところで諸君、ここで諸君に語りかけたかったのは、何もそんな愚痴めいたことではなかったのだ。つまりこの人生にあって、誰一人として心底衷心より語り合うことの出来る者がひとりとしていることが無かった、依るべき処、依られるべき人、そうした者の一人として見当ることの出来なかった人生であったなら、いったいその人間の生と生命というものは如何なることになり、空虚しくも空々しく手応えのない貧窮した生と生命、骸となった人生となってそれを送らねばならないことになってしまうであろう。涸渇に瀕した危険な人生を歩まねばならぬことになるからである。虚無暗澹の中に身と心を窶し、沈めなければならないことになってしまうことであるからである。その提言云々であったということである。それはこの人為地上界にあって身の置き処さえ片っ端から追い込まれることになり、痩せこけた不毛の窮地に容赦無く追い立たされていくことになる。これが唯物界における敗者に対する勝者の仕業である。既存現実における窮極の理屈である。自由主義における正体である。そもそも人間社会は一事が万事、唯物経済が大地と世界を席捲し、覆い尽くしてしまっているからに他ならない。そして人間はここにしか、即ちこの既存の現実世界の中でしか生息場所は無い訳で、ここに生の如何を求めて集結していって運営されていっているという訳だ。ところがこちらは全くそんな中庸物理の基盤、肉物経済社会などは心底信用していくことには足らないという訳である。この世界はすべてが多数決と力関係、物色によって流れ、大いなるもの、真義なるもの、正義崇高なるもの、理想と平和に向った例しは、それを拒絶している如く皆無である。この我々の望む真如世界はすべて却下され、いずこにもその生存の地は見当ることも出来ず、与えられてはいないのである。如何にとなれば、それは当初以来人間そのものと、真如とが極めて反りの合わないことに端を発っしていたからなのである。

何故私がこんな持論を持ち出すのか、諸君にその私の真意とするところ、主旨と主張、言い分とするところがお分り頂けるであろうか。いやどうか一般に言って健全な者が健全な生活を送ることが必ずしも出来るなどと早とちりして考えないで頂きたい。―これは面白い議題なのでもう少し展開分析させて見たい。いいかね諸君、諸君はたとえばよく、「互いの人格を認め合って尊重し、無意味な干渉はしないようにしよう」とか、「互いのプライバシーには立ち入らないようにしよう」などと分別臭いことを言っている傍らで、そのそばから、舌の根の渇かぬうちに逆のことを遣り出し、言い出すのは一体どうした由しあってのことなのだろう？　この私にしても、その諸君のことば、意見というものを額面通りに受け取りたいのだが、そしてそれは尊重信頼し合っていくことをしていかない限り、我々の関係は忽ちのうちに崩れ、不信と疑惑によって台無しになってしまいかねない。そのことがプライベートのことであれば直更デリケートなことであり、相互の尊重は欠かしてはなるまい。従ってその元来よりその人の生命に付与されている性質、原形質ならば直更そのまま丸ごとを理解し、受け容れ、認め合っていかなければなるまい。そしてその生命の原形質、すなわち生命性の根本、本質性を認め合っていくことこそがその人の生命の原則原理を理解尊重していくことなのであるから。―ところが諸君、その諸君と世間で言われているところのそれが必ずしも言行一致していず、その生命の真理真実の養護がそのまま踏まえられて行かないのが実情である。それどころか大いに疑問視され、即ち私の見るところのそれは、その諸君の弁えを分別するところとは裏腹となって感情に揺さぶられ、実に意識全体が、その所在というものが一定せず、縦横臨機に行来しているようにさえ感じられ、思われるからである。その情況によって簡単に実しやかとなって覆されてしまうということである。私にはそうした疑惑への確信を払拭することが出来ないのだ。実にその意識全体が賢しさとは裏腹に軽佻なのである。「互いの人格を認め合って尊重し、そのことに一切干渉することをしないようにしましょう」とか、「互いのプライバシー、プライベートな部分には故意に立ち入らないようにしましょう」、と一見相手の立場を気付かっているポーズを、観念的言葉を建前に用い乍らも、その裏では自己防禦の臭いと共に無責任な理屈と口実を設け、用意しているのだ。それればかりか私の見るところ、新たな展開と段階が企てられ、「整」から「乱」への不埒な思惑と掛け引きが既に渦巻いてさえいる。諸君はこの私の見解に即反駁して来ることは明らかだ。しかし考えても見給え、社交的通り一辺の関係ならいざ知らず、果してそうした共存共棲の我々の生活の仕方というものが安全と保全を約束し、保障し、各々の本来の幸いなり、真の利益を約束していってくれるものであろうか？　諸君ら人間にあっては、どうしてそのような真の利益に対してそれを冒瀆していくような物理的利益ばかりを貪り、至聖を冒していくそれに情熱をそれ程までになって注ぎそれに共感し、それを混乱恐怖破壊に貶しめていくというのか、そこのところを公明正大になって明らかに示して貰いたいものである。包み隠さず詳らかにしてほしいというものではないか。

私は断じて肉物経済至上主義の協賛者でもなければ、何んでも彼んでも盲目的になって理想主義の幻想に齧り付き、その味方をしている訳ではない。その双方の拘わりを棄てて、只大所高所からの事の真実のみを明らかに、その生命の真実である深淵を窮極まで覗き込もうとしているまでのことである。私にはその他には何も無いことなのである。そしてこの真実だけ（こそ）が、その総てを知り、理解する窮極の手段であると理解しているという訳だ。むしろその点からするならば、こうして人間すべてから棄て去られ、こうして孤涯に身を晒し置かなければならなくなったことは、他方において最良の環境に私を運命と宿命とが誘ってくれたものと考えられなくもないのではあるまいか？　私はその点、己れの肉体生命全体に対する背信者であろうか？　それとも冒瀆者なのであろうか？　確かに、私はそれを人生諸共窮極において、結果として裏切り続けて来たのである。見殺し、生殺しにし続けて来ていたのである。そして諸君から言われるまでもなく、人生凡てが、世界全体が、生命そのものの真実が、理屈だけでは成立して行かないものであることぐらいは、現実、実際に対して対応していくものであることぐらいは、そのことに大いに疑問と如何の念を抱いている私にしたところで、諸君と同様の尻の青い時代よりちゃんとこの肌身に身に染みて感じ取らされ、存知上げているというものである。諸君、そんなものはこの人間世界に生きていれば人生の概念として同様に自から身に付く生命とその生からの要請というものではないか。つまりそれは人生における、生命に具わる無条件の一義一通りなものであって、第一義とは異なる、むしろそれを蝕んでいく一理一元的方便なものにすぎない。そして私の場合、先にも述懐し、告白しておいた通り、生来の事情によってこの必然一義、通り一辺だけでは済まされなく、この生命を贖うことが出来なくなってしまっていたということである。否、そのことにおいて一義的必然世界のシステムにあってそれが誤作動を起し、人為世界の価全般とは悉く本質的、根源的衝突を起す如く仕掛けられてしまっていたということなのだ。即ち既存現実との衝突ということである。これはもう生の立往生であり、矢を受けての仁王立ちであり、生そのものの返済仕様のない負債であり、我が人生における万事休すということであったのである。これは取り返しようもないばかりか、生きているだけでいよいよ事体が悪化していく一方だけのことであったということなのだ。さりとて人間の制度、法則、システム、価値、その根底基盤、人間の意識が正当にひっくり返る訳ではあるまい。なれば私が人間のそれの方にひっくり返らねばならないことであったが、それは私の生と生命そのものが遡らない限りこれはもう話しにもならないことであろう。いずれにしてももう明らかに答えは出ていた訳である。なれば、私は現世、現時代にあるうちに何んとしても私なりの答えを見つけ出しておかなければならないことであったが、さあ諸君、私はこのどん詰りの生涯においてその結末に答えをどう、如何に見出せばよかったというのであろう。そしてそれは敗者からの回答となりざるをえなかった訳である。この全敗者の粗筋を翻って見せることによって、それを証明して見せつけてやる他にはいっさいないことであったのである。その時人間が、この全敗者の粗筋を見て、己れの生を省み乍ら、何を感じ取るか—それが問題だ。—即ち、これまで全人類が太初より永々として築き上げて来た霊に対する突然変異的肉物主導による知恵の開発、そのことによって築き上げて来た意識と価、そこから生れて来る認識と概念の増幅、それによって文明は更なる文明を生み出し、知恵を研ぎ上げ、それをまた文明に活かし、その相乗効果を以て、人間生活（生命）に必要と思われるありとあらゆるものを開発創築させて人間独自の世界、生活形体を築き上げて来た訳である。そして近世代以前までは種々色々な問題（テーマ）は抱摂していたにしても、その霊世界との調和（バランス）が適って来ていた様に思われるのであるが、その近世代以降の人類というものはその自から過剰になりはじめ、過信して自惚驕慢になり出し、その文明と経済の欲望の虜となり出し、夢中になり出し、専問的になることによって視野が狭くなり出し、霊世界を物理に転用することばかりを考え出すことによって恩恵感謝自からの基盤を何故に在ったかを忘却したかの様に振る舞い出し、近代（いま）となってはその地（本来）を離れて楼閣化し、人間本来の生命性、霊精神をさえ失なおうとしているが如く思われる程である。これは私の単なる杞憂であろうか？　いずれにしても、これは近代人類の創り出している絶対バランスを忘れ去った人類のアンバランス、ありとあらゆる焦燥感、ストレスと不具合い感を生み出して出来ていることには間違いのないことなのである。して私としてはただ、自からの生に適ったと思われる本道を歩み行きたいと切望して来ただけであったのだが、彼ら諸君、人類は私の道こそ本来を外れた誤った道であるかの如くせせらい乍ら、正道を歩んでいるかの如く小走りになって黙殺しつつ誰もが行き過ぎていく。彼ら諸君、人類人間にしたところで、当初のうちは本来の道を目指してそれを目的目標と定めて歩み続けて来ていた筈の道であったにも拘わらず、いつしか自からの道に過信し、自惚れ出し、それに溺れて真心までを乗っ取られ、擬装の道に人類迷い込み、本来の正道を見失ってしまったのではあるまいか、これはお釈迦さまも、神さまもびっくり仰天である。そしてこれからは、この残り尠なくなった自からの人生を、自からの真心、魂を売ってまで、どうして人間諸君に迎合してゆくことが出来ようか。そしてその私の生命の根拠について、これからじっくりと人類諸君と向き合って述懐してみることにしようではないか。どうかこれをご免蒙るなどと言わないで頂きたい。

三

その述懐を始める前に、是非とも諸君にご一考頂きたい腹臓(こと)がある。諸君がその私からの懸案を信じようと信じなかろうとご自由であるが、是非ご賢察ご推察頂きたいものだと思う。実は諸君、諸君がよしとして日常的健全として功罪相半ばしている既存全般の通常当り前であるそれが、私にとっては生来からの所以と理りと事情からしても、その世界というものを平常心を以て、むしろ快楽として取りこなし、拘わりなく受け入れていくことに抵抗感が生じ、極めて不得手、不都合にそもそもが生れついている人間ということなのだ。否、不得手などころか、それを目的としているかの様な生活の有り方、真相に対して大いに疑問を有しているくらいなのである。つまり、私は快楽、肉物的享楽のインポテンツであり、それに抑止なりはそれに対しての諸々の事情と訳が内臓屈折して働らいているからなのだ。このことについても後々じっくりと触れておかなければなるまい。――ところで、肝心な議題なのであるが、この享楽や遊興というものを巧みに取りこなすことができずしてこの肉物によって出来上っている人間社会を生きていく上において、我々の間にあって人並の交歓交流というものが醒めていて成立していくものであろうか？　貧相しい人間として受け取られずに済むものであろうか？　人間同志深い関係、付き合い関係というものが可能となっていくものであろうか。そして人間社会にあってそれは欠くべからざる一つの主要なテーマ要素となっていることなのである。つまり逆説的な言い方をすれば、人間関係というものはその密度が多様に深まっていくものであることは誰もが既に承知していることとである。諸君はそこで反動的意識から、「そんな我々の生活に遊興や享楽がなくとも、何もそれだけで人間関係が成立している訳ではあるまい、何よりも心の繋がりこそが大事なものである」、そう知った風なことを言い出すかもしれない。ところがこの心の繋がりを持つ契機（きっかけ）となるものの大凡は何によって始まるのだろう、ということからしても明らかなことではないか。つまり、それを充分とはいかないまでも、既にそれなりに満喫堪能していっている諸君に、そんな偉そうなことが言えるものであろうか。そしてそこに醒覚としてある人間像、それは何んとも風味もない貧しいご破算の人間像が浮び上って来る。辺りを悉く白気させてしまう不粋な人間ということである。果してこうした種類の不細工な面白味の無い真面目一方の砕けたところの無い堅物の人間が、諸君の肉物に豊かな人並健常の生の間にあって受け容られていくものであろうか。人が寄りついて来るものであろうか。「人には添うてみよ、馬には乗ってみよ」、という諺もあるではないか。それらの答えについては、私が答えるより何よりも諸君自身の方がよくよく承知している筈なことではないか。

　そんなわけで、この私にしてもその歓楽街にまったく足を運んだことがない訳ではない。しかし羞恥と後ろめたさの感情に取り憑かれ、自分で自分に嘘を突いていることからのその遣る瀬無さに追い立てられたものである。私は自分に出鱈目をしていることに益々自称するばかりであったのである。諸君はこの私に起る心裡展開がどんなものであったか、想像がつくであろうか？　私はその私に一緒に連れ立って来ている相手のその気嫌を損ねないように―私は相手からの誘いの声がかからない限り、そうした場所に出向くようなことはしなかったのである―愚かにもそのことに気使うのが最大の関心事になっていた。そこに自身の主体性などあろう筈もないことであったことは言うまでもない。ただあるのは自己欺瞞者と苦味を味わっている自分がいるばかりであったのである。そして私という人間はそのことに寄らず、誰もがそのことに正々堂々としていたにも不拘わらず、人間世界にあって常に威々躊躇し乍ら何事につけ万事がそうで、自分の正体を失うことばかりであったのである。すなわちそのことに常に心そこに非ず、上の空であったという訳だ。この人間の価、既存の現実に「実（まこと）」を持ち得なくなっていた私に、人はどんなに困惑させられ、舌打ちをし、またそこに侮りを宿らせていたことだろう！　人間世界の生の価にあっては、凡からくというものに如才無く取りこなしていくことの才に一通りのそれなりに通じていなければならなかったのだ。そうした中にあって私のような何事にも不細工無調法で世間知らずの人間は、何事によらず怖々と縮み上っていなければならなかった訳である。そしてこの面の人世界に尻込みした人間は、その片隅にあって万事に悪循環をして「裏」に回されていくことになる訳だ。そうなっていかないものは一つもないくらいであったのだ。この世知辛い、何事も物理現実の価を敬愛していく世の中にあって、敬愛されることなどありえないことであったのだ。彼ら人間が敬愛していくものはすべて、「表」社会から健全とされていく人間のみに限られていたことであったからである。これが彼らの常識であり認識であったのだ。が諸君、この際正直に言わせて貰うが、この物事万事に如才なく取り行なうことの出来るか否かは、これすべてその人生以来の所以次第ということとなって来る。環境、育ちの条件次第となっているわけだ。ところがこの如才のない人間に限って軽佻浮薄、一理表象と見映の賢さの縁とは打って替って、その基準とするところはその既存認識に依って立っているのがその殆どであった。一理一通りの価に通じているのが通例であったのである。尤もそのことは世間、人間社会そのものが物理的既存の思惟によって丸事成立し、仕組まれていたのであるからいわば当然なことだったのだ。そこで諸君は、こんな逆説的なことを言い出している私に凡そ矛盾を感じ取っているに相違ない。しかし諸君、よくよく考えても見給え、つまり先にも述懐しておいた通り、この私にしたところで生来より必然一義の環境全体の中で諸君と同様の人為既存の中で同様に育くまれて来た人間、それでい乍らその人間世界に染る事が憚られ、弾き出されて来た人間という訳なんですからね、そこを汲み取ってほしいというもんですよ。そしてその諸君たちの人並通常の生活を願えば願う程に、課していけばいく程に、皮肉にも裏腹に益々自分を苦境に晒し、追い込んでいく行くことになっていく、人間人為に正直に、真実に生きようとすればする程にその立場を苦境に晒し、追い込んで生を失っていく。諸君にこの私の悪循環していく不可不如意な情況というものがどんなものであるかいったら想像がつくものだろうか？

ようするに、生来の所以から生そのものが根底から覆り、人生諸共如何様にもならないということをいくら諸君に繰返し言ってみたところで、もはやどうにも私一人の力ではどうにかなるようなことではない。それに対して、「人生を切り拓き、人と親密に関わることにしても、何もそんな遊興享楽、既存認識云々のことなどさしてそう重要な問題ではなく、結局何よりも問題なのはその君自身の生に対する認識、人間性とその性格そのものが何よりもの決め手になっていくものなのだ。人は何もそんな外的条件や人の育ちの如何などに捉われているものではない」、などとそんなありきたりな分別臭い知った風なことを容易く言ってはいけない。いけないどころか、そんなことを諸君が私に言えた義理ではないし、そっくりその言葉は諸君にお返しするというものだ。私は何よりも諸君がそんな一理訳知り気なことを言える義理も資格もないことを思い知らされて来ている。諸君、ここで今更そんな建前論や一理表象的綺麗事を並べるのはよしにしようではないか。何故なら諸君はこれまでそんな生き方を実際にして来た訳ではなく、そんな一理建前論を論じる以前に功罪相半ばする中庸中正の生き証人としている人達というものではないか。その物理既存の現実に塗れた生活を便宜実際に有効として進んで行なって来ている立場の推進者で、私の前ではそんな見え透いた一理一通りの説教訓は通用しないというものである。即ち、その説教というものは、現に人並一理の現実既存、諸君の必然無意識の生活形体の中でとりこなしていく功罪相半ばするそこから意識体となって、罪人＝罪認＝を意識することになったことからこそそこから零れ落ち、その既成社会、人間の意識の中にあって、未だにその人生の展望を拓くことの出来なくなった人間だからなのである。社会、人間、諸君は、それを私の生の不履行、失格者、謀叛者として非難し、その生を吊し上げにし、その総体既存の価によってこうして処罰して来た側の人間である。そしてその諸君ら人間が意識せずして、殆どを無自覚無意識必然日常として、当然当り前として、健全まっとうとして認識し乍ら行なっているところに一番の恐怖わさ、おぞましさと畏怖とが存在していることであったのである。つまりこちらの稀有全とうな筋は通らず、既存多勢現実のみが正当正善面をして、真正面な顔をして闊歩し乍らそこ退け其処退けで通っていくという次第である。おや、呆きれ果てて開いた口が塞がりませんかね。こちらからはそんな風に見えますぜ。どうぞいくらでもお嘲笑いなさい。諸君がどれ程にお嘲笑いになろうとなかろうと、実体は実体であり、正体は正体であり、事実は事実であって真実には変りようのないことなのだ。そして諸君は、人間は、社会までもがそのことを欺こうと言うんですかね。知らんぷりをして遣り過そうというんですかね。私の方からはそう見えてならないという訳である。そうして何よりも奇妙なことに、この何よりもことの真実を大切にして生きていっている筈の私の生の真実がいつの間にかその諸君ら人間たち全体の生活体形形勢の、その既存意識体形の中にあって完全に中身を吸い取られ、空蝉空虚空道となって、ただ風だけがその中を噎び泣き乍ら通り抜けていくばかりなのである。真実実体などどこにも無くなっていることなのである。あるとするならば、その真実と実体の死骸が転っているばかりなのである。これは真に亡霊の他の何者でもない。そしてこうして身も世も色もすべて喪失った私の存在に対して、その諸君ら人間の生世界というものにあってはまさに百花繚乱、色とりどり、まさに生の狂（競）乱競演（宴）といったところである。そして我が愚直な生は色を失せて萎れ、見る影もない。醒覚隔世といったところである。生きた心地などはじめから喪失っていたことだったのだ。―諸君はそこでまたしても、「人間、そんな姿形、形而下だけでなんか生きちゃあいませんよ。否、それに拘っている人間もいるかもしれないが、そんなことに気にかけず、あなたは貴方の信じた道を迷わず行けばよいではないか。何んとでも言う世間や人の流儀などに一々気に掛け、惑わされていることはありますまい。それに、あなたの識見、物言云々を翻すつもりは更々ないが、しかし人間、生世界全体、色相色調の濃淡によって凡からくが成り立っている世界である以上、その自身とはっきり人さまに解るように示していくためにも、多少の色付けはその場によっては必要で、けして虚偽を語ることでない限り悪いことではありますまい。否、その意識があればこそ、人には進歩進化が与えられていたとも言えることではないんでしょうかね。その意味においては、あなたにかつて色＝意欲＝が全然ないとも言えることではない訳ではないんでしょうからね」。私はそれに同意せずにはいられなかったものの、しかしそれでも内心、「人間にはその必然一理理性の羽目を外してとかく已れの都合勝手によって巧妙変幻に人目を掠めたがるもので、その不始末不結果が他方で人間のありとあらゆる災厄へと導き、齎らせていく。それに人間大体においてポジティブを趣向としていく傾向が強いのに対し、私という人間は元より内省内向的性向が身に深く染み付いていてしまっている人間なのである。それに引き換えポジティブな人間の傾向というものにおいては他との調和がどうであろうとも自身を優先させていくことが顕著であることには間違いない。狭義に生きているそれは歴然である。世はまさにこの人間が横行している故に安定することはありえない。その彼らが内省、精神と言ったところで、それは物理的既存からの掘り下げていく形而学的探究、学問的、理知的探究、人間寄りの探究にすぎなかったことなのである。

彼らは大いなる霊的探究、人間に利用すること以外の、つまり経済物理的形而下の探究以外のことはしたがらないし、形而上とか、本質真理とか、根源的本質とか、つまり人間の理（利）に結び付かないことには頭がそこまで回らず、余裕りもないことであり、人間にはその習慣が無く、身にも付かず、物理文明、科学文明が世を席捲する辺りから益々霊的な世界に逆行して来ていることは明よりも顕著に証明されて来ていることであったからなのである。そしてこの事実を明らかに公表公言したものがこれまであったであろうか？そして人間には自からの不利に拘わることには口を噤み、塞ぐという習性が生の利（理）を追求めるそれの表裏となって身に付いていると来ている。そこで諸君は、そう人間を損うような発言をする私を切り返して言って来るに相違ない。「あなたはそんな偉そうなことを言われるが、そのあなたの言われている内省云々にしたところで、結局は、元を糺せば、差し詰め矢張りその既存認識を基盤土台にしているところから成り立って来ていることに相違も変りもないことではないか。この世の中、如何に高尚に大義真義面をして語ってみたところで、その物理的思惟のカテゴリ以外で語る口を持っていない、それ以外に語る口を許されてもいない人間でしかない人間の顛末である以上、そうなってしまうことは已むを得ないことではないか」と。いや諸君、そこで先ず諸君の私の内省云々に答えることにするが、即ち諸君たちのように既存認識とするところがそのまま無条件となって真っ先に、真心真義誠実を差し置いて、押し退けて迫り出させてしまうのではなく、まず相手対象の立場と気持とことばのことをよく考慮しつつ咀嚼吟味し乍ら、生命の本質真理全体を根拠根底に論じられて然るべきということだ。自身の事情、都合、立場の狭義ばかりを尤もらしく優先させないことである。寛大謙譲仁愛になって互いを思いやる心である。その心の余裕りを持つことである。相手、対象に、相互にしこりを残させないことである。そうしていくことのない限り、つまり、互いに損得利害の感情が残っている限り、その関係は破綻することであろう。そして一般に、社会的に、世間に採用されていっている多数決、民主主義、現実的解決策なるものは如何がなものであろうか？　それによって至当に納っているであろうか？　確かにそれらは取り敢えず、差し当っては便宜方便なものであるには違いないが、万全なものではないことだけは何よりも確かなことである。不合理と矛盾を併せ持っているものであることは何より確かなことである。であるならば、この不合理と矛盾、その綻びを何んとしても調整させていく措置を講じてゆかなければなるまいが、我々はそれを公私に亘って講じていっているものであろうか？　埋め合せをしていっているものであろうか？　残念乍ら、この既存の現実を見るにつけ、そこまでには手が回らず、放置、あるいは無視、でなければ知っても知らんぷりをしていっているのが現状と現実というのが実際の様に思われる。凡そ物理社会、既存現実というものはその辺りで手を結んで承認していかなければならないのが限界であったようである。そして、大半がそれによって先ずは適っていっているのであるから問題はないだろうという訳だ。むしろそこに一々いちゃもん、難癖、言い掛りをつけることの方が、周囲の雰囲気を悪くすることの方が問題ありということになるらしいのである。物解りが悪いことになるらしいのである。物解りの滅法いい諸君、如何がなもんでしょうかね。そこで諸君らは、いかにも疑わしい眼付きを私に向けて、「―ではそんなことを言うあなたに、いったいことの本質、内省を透視していく能力でもあるとでもいうのかね」、と、きっとそう詰問して来るに相違ない。そこで私はきっぱりと答えることにするのだが、「ええ、ありますとも、少なくとも地表現実表象形式ばかりに捉われ、その唯物既存の価ばかりに目を向け、気を注いでいる諸君よりは大ありだ」。そこで諸君はその私に半ば呆れ顔、呆っ気に取られ、不信と疑いの眼差し(まな)を投げかけ乍ら、「ならばそのことの本質、真理の内省とやらを透視する具体例をここに示し、是非ともご教授請おうではないか」、と、半ば小馬鹿にした目付きを注いで、半信半疑と、興味半分になってそう尋ねて来るに相違ない。が、ここではその諸君に申し訳ないが、その話しはこの章の本筋に外れることでもあり、一旦保留ということにさせて頂き、後でじっくりと諸君と差しになって話し合うこととし、ここでは元の話しに戻して先を続けることにしようではないか。―それに、これまでの章からしても、その回答については存分に察し取れる筈になっていることではないか。

　そして、諸君の云々するところの、「人間、自分を色良く見せようと欲する意識があるからこそ、人類全体にそれが働らいているからこそ、努力もし、進歩も向上も齎らされて来たのではないか」、というところまでであったが、果してその諸君の言われ、望んでおられるところの努力と発展、進歩と向上とは果して何に対してのそのことであったのであろうか？　豊かな便宜社会全体のことであったのか、それとも裕福な生活が送れることに対してであったのだろうか、あるいは幸福、平和、理想社会に対してのことであったのだろうか、あるいはもっと現実的自からの経済的豊かさへの願望であったのだろうか？　そしてそれは私の見るところ凡そ其々の立場立場に応じて区々であるに相違ない。とは言え諸君の希求しているところのそれは畢竟とするところ、何を希求、願望、欲望するにしても、それは唯一つ、つまりそれは物理的思惟、表現、発想意識からに基く立場と狭義、それに限られているということである。彼ら人間諸君は、理想も平和も愛も霊すらも、この物理的思惟と発想によってこれを求めて来ていたにすぎなかったのである！　それ以外に求めることを知らなかったからなのである！　それというのも人間はその自分にさえ嘘をつき捲って、理想と平和と真実をそっちのけにしてまで只管それればかりに熱中追求めて来ていたではないか！

　こうしてみてくると、世界はもとより社会と諸君、人間そのものの希求しているところのそれと、私の思い画いているところのそれとが真っ向から食い違い、衝突ばかりして来ていたことがよく見て取れる。これはもうどう見ても未来永劫埋りようのないものとなっている！　そして諸君、私は確かに謙譲を美徳と考え、些細日常機微を以て大言壮語し人為既存の価を拒否拒絶して霊的本質精神を肯定して来ている人間に相違ないことだが、しかしその私にも具象形而下の肉体という生命が具わり、それに全身覆われており、そこには血も流れ、心も通っている訳だ。しかし諸君ら人間の軸足というものは肉物一辺倒に置かれ、霊世界をも全てこれによる思惟表現によって行ない、その中に組み込んで行なっていく。そして諸君の尊重評価するこの表象既存界は、私にとってあくまで混沌カオスにおける皮膚の心にすぎないのである。物理既存を基準とした人為狭義による知恵のものにすぎなかったのである。もとより私にはそれを軽んじようとする心、気持など毛頭も無いことである。そしてこの皮膚の心というものは時代と環境に伴って刻々と変還して入れ替わり、移り変り、循環流動し、それに対応し乍ら価値基準とするところも移り変っていく。そして私はその流動変転していく世界に考えを依拠させ、自身の価をそこに求めていって何んとしよう、そんな変幻していく世界に自身を委ねていってどうしよう、という訳である。私は私自身の中に在り、そこに生きていく他に生きる場所（の）ない人間であることを信じ、知っている人間なのである。そんなお門違いの外部表皮の価によってその物理社会、世間、世の中、人間から見首られ、侮られたからといってそれが何んだと言うのだろう？　そんなものはこちらから一蹴してやればそれで済むことなのだ。私はそう、人をそのプロフィルで判断しようとする世界を一蹴し（てやる）たのである。そんな時代や社会に乗じていく世界への対応と順応、そんな諸君ら人間社会、世の中から侮られ、謗られ、辱しめられ、否決され、その待遇に処せられたって構うものか、勝手に、上辺表象の姿形、肉物形而下の価によって判断するならするがいい、その偏見偏向をすきなだけ欲するがいい。それによってこの蛞蝓はその辛惨の塩を舐め乍らのたうっていくだけのことである。何しろこれまでも述懐して来ている通り、私は世間からの必然当り前の価値基準、観念システム、意識概念全体から日常的常識に至るまで凡てからに裏切られ、打ちのめされ続けて来た、見棄てられて来た男なのである。そしてそれもこれも人為既存現実、すべて至上唯物資本経済主義の不合理と理不尽の世界を懐疑、真向から対峙して霊精神の本質を原則として来た関係と経緯と事情からによるものだったという訳である。ところがこれに対し、世間と社会と世界の循環の中に嵌って生き、その既存現実の価に身を寄せて生きて行くことをモットーとしている諸君ら人間全体の死活問題に直結している不可欠なテーマは、功罪相目見えて表裏善悪が一体一対として絡っていく、しかもその裏と悪と隠匿隠蔽、犯罪に繋っていかない心得程度に、調味料程度に、刺激を加える程度に、小出しにして薬味にしていく生世界であるという訳だ。これは世界ギャンブルなどを公認していくのと同じ理屈であり、人間の最も享楽、むしろ生甲斐、堪能、生の隠し味とされていっているところである。従ってこれには一方片方で長期間に亘って使用していくことによってあらゆる感覚麻痺の弊害が付いて回り、纏り付いて来るという事で、当然他方で人間はそのことに伴うあらゆる矛盾とストレス焦燥の不明瞭な解決のつかない疾病、苛々を抱え込んでいくことになる。これは当然の報いなのであるが、大凡の人間はそうは考えたがらず、その起因を他者に押し付けてその生負担を軽減しようとし、これによってまた悪循環を導き出し、それを増幅させるといった具合である。人に物理的にも―遅れをとるまい、人より勝ろうと考えその外見、見掛け、表象を飾り立て糊塗擬装させていくことに必死の体であり、これにまた得たりとして経済という商戦が絡みついて来るといった具合である。しかも彼ら人間、諸君らというものはそれに気に病み乍らもそこにしがみつき、その循環の中に社会諸共首まで漬っていく同じ穴の狢という訳である。狸と狐の化かし合いの様相を呈するという訳だ。入り乱れた社会と現実と世間からの情報が気に掛り、抜き差しならない関心事となっているのである。ねえ諸君、諸君はそんなところではありませんかね。一般常識から考えてその仕議からも諸君の方に人情味―人間味があり、私の方こそ薄情で、人間味におよそ欠けているという訳だ。いや、諸君はそう見て取っているに決っている。そしてその世間と現実、ましてや自分の利（益）に結び付くとなればその自身の本質的プライドなど何んのその、さらりと棄ててしまうのだ。その諸君の変身振りは見事という他にない。否、それに順応も対応もしていくことの不器用な、いたって世間に乗り遅れてそこから外れている私などは、世間からの恥晒しということになる訳だ。諸君は差し詰め、そんなことを考えているのではありませんかね。その評価がそのことを証明しているという訳だ。何もその諸君のその既存常識、人為社会からの価が絶対基準という訳ではないんですからね、その辺りのところをいい加減思い違いなど起してほしくないというもんですよ。もっと人間人為の価を超えたところにこそ真の価が存在するというものなのだ。諸君ら人間はそうは思いませんかね。つまり人間の価い基準の方にこそ倒錯と偏向と錯綜の片手落ち、何事も紛争の因果が隠れているという訳なのだ。おや、何をそんな腑に落ちない顔をしておいでです？　諸君、混同してはいけませんぜ。この点だけは周囲すべてがそうだからと言って思い違い、混同なんかしてはほしくないというもんですよ。自分の都合やら事情、利害や世間体、常識なんかに騙され、そんなものなんかに負けて自身の真理真実を折り曲げ、勝手に判断をしてほしくはないというもんですよ。そんなことを何時までも続けていたら、それこそ諸君、この泥沼からどうどう巡りして這い出すことさえ出来なくなって終生その混濁輪廻から脱け出し、開放なんかされやあしないし、ことの真相真実なんかに辿り着きはしませんぜ。尤も失礼乍らそれにどっぷり漬って随分にその世界に浴している諸君にとってはこの泥海の微温湯に漬っていることの方が何より、出るに出られぬ快適といったところなんでしょうからね。―諸君、それによってどうか風邪などひかれませんように―、そして諸君においては、真相真理や真実なんかを、実生活、日常の中には絶対に引き（持ち）込みたくはない腹である、らしい。理想本質を建前として既存現実への分別、これが何よりであるらしい。そうじゃありませんかね。諸君の本音本心といったところは。そして鶏が先か卵が先ももっともで、またその逆も真なりという訳だ。如何がです、押し並べてそんなところではありませんかね？　この無限の遊戯、無限の曖昧と不明瞭、中庸中正、霧と靄と霞の中、無限の混沌カオスこそが最善無難で先刻も言った通り諸君にとっての何より居心地の良い温床と湯加減、魅惑的自在性、自由の天地といったところであるらしい。そして右といえば左、東といえば西、上と言えば下と言った具合だ。まるで大きなゴム毬か何かのように、いつも立派に其々の立つ瀬が保障され、有効とされていっている。つまり、自分の逃げ場と同時に一理主張の場も確保されていたという訳だ。そしてこの遊戯は何んと人を食った愉快で出鱈目で、その上始末と結末＝答え＝の悪い嘘っ八なことであろう！　そしてどれもこれもが大真面目な顔をしていると来ている。そして真実だけが尾を巻いてすたこらと祠らに逃げ込んで行くという訳だ。諸君、諸君はこのいつ果つるともなく続く現実における駆け引きと物理的思性の知性知恵に塗れた馬鹿気切った滑稽劇とは考えず、只々感心しきりに共感し、何んと深秘的秘術と捉え、生のパズルであるかのように愉しみ味わっていることだろう。そして私としてはこれは喜劇、否、それこそ恐怖を含んだ永遠に結末のない悲劇の始まりのような気がしてならないという訳なのだ。

いやどうもいけない。こんな始末に負うことの出来ないことを言っているから諸君に嫌われるのだ。どうやら例のおしゃべりが過ぎてしまったらしい。どうも地上でのおしゃべりの出来なくなったことで、地下のおしゃべりとなるとつい止めどなく芋蔓式に止めどなく出て来てしまうらしい。こんなおしゃべりを持ち出すからにはそれ相応の覚悟はもとより、場所と処を弁えなければいけない。さもないと大怪我をする因である。諸君から愛想をつかされるか、とんだしっぺ返しを後から食わされることになるやもしれないのである。すべてこの地上現実の人間の前にあっては世の通例習慣に倣って万事既存実際の人間の調子と合わせ、従ってさえいれば大怪我をせずとも仲間でいられ、世の流れに棹差する(さおさ)こともないという訳だ。利口でいられる訳だ。この世の中、既存の中、現実実際の中にあっては、新しい未知なる言葉、至言金言、自からを窮めた独自の見解と価を打ち出すことを止揚ものならそれだけで通常からの恨みを買い、身を滅ぼす因になりかねない。危険極まりないということである。そうではありませんかね？　如何にというように、諸君らはそれに遭遇すると必ずアレルギー反応を引き起すことになるからだ。そして病身の私というものが、健全を自負している諸君をつかまえて、こんな一矢の憎まれ口を叩くつもりはなかったのだ。自信家の巨人巨像に向ってこんな蟻同然の分際が世を弁えることもなく食ってかかるのはおかしいというものだ。ところが諸君、こともあろうにこの蟻君にも身に余る程の一・・人前の魂がちゃんと具わり宿っていると来ている。そして諸君、こんな野暮なことを身の程も弁えず言い出すのも、こんな痩せこけた地の底に埋れてしまっていることが辛くて苦しく、話し相手さえなく、寂しくて遣り切れなくどうしようもなかったからなのだ。そして諸君をつかまえて、つい足掻きついでに話しはじめてしまったという訳ですよ。どうかご容赦といったところなのだ。

　こんな私というものが、如何に諸君から好まれずとも、千載一遇に巡って来た機会(チャンス)として、その身も心も、その血さえ通わなくなってしまった涸渇し切った不毛荒漠の大地、穴蔵に明け暮れていることが、その心象風景をその諸君に向って打ち明け訴えかけてみようと思い立ったままでのことなのだ。まったくそれにつけても諸君、その私というものはどのようにして生きていったならよいのだろう？　どう生きていったならこの憂さ身を窶し、身と心の証し、生の証しを立てて行くということが出来るものなのだろう？　どう生きていったなら、この脱けていったような霊魂を引き戻し、その生を復活させていくことが出来るんでしょうかね？　まったくこの空身になってしまった生命というものが痛傷(いた)んでかないませんとも。その上四方八方は敵ばかり、壁ばかり、息をつくことも儘ならない有り様なのだ。そしてこの諸君への告白にしても、けして諸君に悪気あってのことばかりではなく、むしろ好意からのものであったのだ。けして嘘ではない。どうか寛大な御処置をお願いしたいというものである。

それにもう一つ、私のかねてからの懸案であったことを、ここでどうしても伝えておかなければならない。こうした偏屈な私の性格であるから、その私を理解し、人生と生活を共にしていくに担っては、その対象となる人間においても同様に、あまり一般に健常に偏った、否、傾いた人間であっては困るのだ。つまり、あまり世間の存念、既存を鵜呑みに受け容れられたのでは非常に具合が悪いことになる訳だ。それでは互いに意見が噛み合わず、不幸を背負い込むことになることが目に見えているからだ。なれど諸君、この絶対的唯物主義既存社会体系（制）の中にあって、どこにその既存体制に逆ってまで、自己の生を固持し続けていられる人間がいるというのだろう。すべては狭義現実既存に迎合偏執して社会を心得ていく人間ばかりではないか。ことに頭のいい賢い血の巡りの活達な社会批判をしていく人間に限ってそうした傾向が顕著である。つまり、彼らは絶対そこから足を踏み外す様な真似はしないのだ。そして見識だけは述べ語るのである。彼らは二心を心得、賢く使い分けていく術を巧みに用意している。私はそこにあってはあくまで一重の人間なのである。むしろ真実を踏え、そこに生きることを願い、霊の本質を信用しようとする。―それについても、この人間社会の条件の中にあって、人生を伴って生きて行く対象者としてそんな者を望み、選択しようなどとする酔興な者がどこにいるというのだろうか。この世界、誰もが出来ることなら世間、社会、色良い価、相性の適う対象、異性に恵まれ、その生涯を全とうして行きたいと考えるのが通常通例なのである。諸君、そうじゃありませんかね。

それに、またここでもう一つの問題が生じてしまった。つまり、我々の間での有意義性についての問いと云々である。諸君はその点一体どのように考えているであろうか。私には、そのことに悟り気になって振る舞っている諸君というものが実に不可思議であり、奇異にさえ思われて来る。即ちである、我々が生を受けて以来、必然に添って生きているうちに身に付いた常識、通念やら観念やら概念というものは、この世の中の背負い込んでいるありとあらゆる意識やら認識やら、また文明やその環境のそれと同様、善きものもあればそこには表裏し乍ら悪しきものも同様に附属附随して潜んでいるというもの（こと）である。諸君、今更何故私がこんなことを持ち出すのかその根拠とするところがお分りになるであろうか？　つまりである諸君、諸君というものはその善きものと悪しきものをたいして検討することも、見分けることも、ろくに選り分けることもしないうちから、その選り分け方そのものを知らずして必然観念、一般認識に委ねたそのままに丸呑みして任せたまま、生来から身に染み付いたその一義一理の一通りを以てそれを分別認識と心得、通例常識に見倣って、もしくはその形而下に則って、それは絶対的価であるかの如く、基準基盤であるかの如く、無条件になって受け容れ、行なってもいるからである。私はそれに分別してゆくことを、つまり必然既存世間に倣わず逆っている人間として嘗められて来ている事情からも、そのことをこよなく承知させられてよく知らされているのだ。そしてその通常認識に育くまれ乍ら、それでいてその必然母体の基盤すべてに背き、そのことに疑惑懐疑を感じなければならなくなった私にしてみれば、その通り一辺の胎盤に呉越同舟して養護（まも）られていっている諸君らというものがそれこそ羨やましくもあると同時に、数値のマジックによって逆転され、まるでこちらが罪人のように不自由を負わされて肩身の狭い思いをさせられていかなければならない。諸君は如何にしてこうも既存の常識ばかりを尊貴して尚び、その自からを正当視して疑がわずにいられるのだろう？　その曖昧不合理を飛び越えて、中庸不善を飛び越えて功罪相半ばしているそれを健やかに実践していくことができるのだろう？　そのいわば既存現実、人為世界ばかりに目を向け、魅せられ、本源である我々自身の生命の中に内臓されていっている真実と本質の霊的世界、その本来である古えの基盤を疎かにする生き方をしていくことが出来るのだろう。その刺激的である、その総てのバランスを崩していく肉物経済文明ばかりに目を向けて捉われ、平凡平易で質素乍ら末端まで心を行き届かせていた、本質基盤に則っていた我々の古えのくらしを見下すような視線を送ることができるのだろう？　私にはその諸君ら文明人の有意義性と真心と価値判断の基準とするところがどうしても、如何にしても、納得も理解もすることができないということである。倒錯、矛盾、逆転錯誤を引き起していっているようにしか感じられず、思われないのである。そこで諸君らは憤然とした面持ちになって、「何を戯（たわ）けたことを言っているのだ。人間は現代を生きていかなければならない以上、それを踏まえ、その時代に相応わしい則った生き方をしていくことは当然であり、その時代の要請に応答（こた）えてその義務を果していくのはその時代に生きる我々に与えられている責任と使命というものではないか。君の方こそが時代錯誤を起してそれに逆った生き方をしていっているのであるから、そのことを問われていくのは当然の結果なのだ」。そう嘯ぶいてくることは私にも目に見えている。その私としては諸君ら人間からの「時代錯誤、見失っている」という件についてもいろいろ云々したいところではあるが、それはこの全章に渡って明らかに語り尽くされていることであり、その重複を避け、諸君との議論の先を続けることにしよう。―とにかくその諸君とのこの議論も平行線を辿るだけのことのように思われ、それでは益々不信、拗れて、互いに泥沼に足を取られていくだけのことになりはしないだろうか？否、私がここで一寸理りを入れておきたかったのは、その諸君ら人間の有意義性が、ひょっとするとそれとは反対なもの、むしろその足を引っ張らせて、破滅に向っているのかも知れない―という提言提議をしたかっただけのことであったのである。もっとも、その既成既存の現実に何んだかんだと言いつつも、それに大いに満足してもいる諸君ら人間にとって、私からの提言など最初から貸す耳を持つ必要もある筈も無く、諸君の蔑んでいる者からの提言など大きなお世話ということなのだろう。ねえ諸君、諸君ら人間の意識、価の考えを俯瞰して見ていると、私にとっては社会からも、当局からも、世界からも、どうもそのようにしか見えては来ないのである。本音本心としては感じられては来ないのである。

諸君はその私のことを、もしや身の程知らずで高邁になっているか、自分を弁えず、高望みをして大言壮語に買被っている、そう思っているのではあるまいか。いや諸君、いくら高望みになって高邁になろうと、分別を弁えなかろうと、そんなことは大きな御世話、諸君の知ったことではない、私はそう言っておこうではないか。第一、私は諸君の流儀観念に習って高邁になっている訳でもなければ、高望みをしているのでもない。諸君の既存認識なんかで一々測られたのではたまったものではない。それに諸君の存念とするところ、その既存現実にしたところで、私にしても見境いなく曇っている訳ではない。見極めだってちゃんとついているところなのだ。そしてその諸君の存念、釈度に従っていったなら、私のような人間は益々死地に追い立てられ、絶望していくより他にないではないか、諸君。その間における諸君と私との関係、からくりとプロセスというものがどんなものか、果してお分りになり、想像がつくものだろうか？　そしてこの私を諸君に追従した生き方をしないからと言って非難するには当らないというものではないか。その諸君の有意義とする生き方を懐疑する私の生活は、まさに地獄の様相を呈している。何しろ私の存念とする有意義性は、これまで述懐して来ている通り、諸君ら人間のそれとは裏腹であり、逆様であり、真逆にある本質としているところにあるという訳なんですからね。変転流動していく価いなんて糞くらえという訳なのだ。その変転流動する人為唯物経済が至上有意義で保障されていく世の中とシステムなんて一体誰がそんなものを叩き込んだのでしょうかね？　それこそ臍で茶を湧かすというもんですよ。そして私には、その世界釜から還元されているとはいかにしても思えなく、釜茹でに邁っている、というのが正直な感想なのである。

諸君、諸君もどうかそんなものに選りにも選って騙されることなかれというものである。

それに私というものは、この自分の生命の本質との調和のとれている対象、融合していくことのできる対象との共存共棲共栄を希っている訳なのだ。この調和融合の計ることの出来ない同志でどうして互いの利益が計れ、守られ、保たれていくというのだろうか？ここでは諸君にじっくりと考えて貰いたい。その覚悟をしておいてほしいというものである。いいですか、この際にはっきり宣言し、理っておくことにするが、私はその対象に学問教育のあるなし、財産のあるなし、家柄の良し悪し、そうした外面表象や社会的認識や物理的価値や基準なんかに捉われ、云々しているのではありませんからね。そんなものは元々糞くらえで、あくまで肝腎なのはその人の人間性が本来の生命性として適っているか否か、誠実であるか否か、真実を大事にしているか否か、真摯な生き方をしようと心掛けているか否か、生命を何よりも大切に本音によって生きているか否か、魂が洗練されているものであるか否か、その如何が基準であり、すべてがその相対性に尽きているということなのだ。そこで諸君は、「生そのものがこの世界にあって流動していくものである以上、混沌としているものである以上、それに糅てて加えて立場というものが其々に異なっているものである以上、人と人とが融合し、腹の底から理解し合っていくことなど凡そ不可能なことである。立場も欲望や利害も異なっている者同志が共存共棲し合っていくからには社会的制約やら、当然既存の良識やらが守られていくのは当然で、現にそれはそれなりに万全ではないにしても相手対象の譲歩や愛の営みによってそれなりに効果が認められ、守られて確保されていっているではないか」、そのように確信を持って主張するに相違ない。そして既存を前提にして言うのであれば私とてそれに異論を差し挟む者ではない。しかし乍ら現状はともかく現に世界は、世の中と社会はそれとは関係なく、裏腹皮肉となって益々文明科学が進んでいく程に、それをまるでせせらう如く情況は却って悪くなって食い違っていく一方ではないか。物理既存一理の個我の主張の仕合いによってその限界を越えてそれが上回って収拾も治まりもつかなく、破綻の憂き目を見ていることは既に日常事となっている。そして私にとっては、この一理一通りの既存に対してはこれまでも指摘して来ている通り、信用することも出来なければ、懐疑不審をし続けていくばかりである。その流れとして益々不合理と理不尽を感じ取らされていくばかりである。私はその証拠を握ってはいるが、人間はこの証拠を民主主義と自由主義を以てそれを楯に物理具象の生を以て死守正当としていく理由を以て、その大義名分を押し立てて、「握り潰して」いくばかりである。

　そこで諸君としては、「理想はともかくとして、この現実社会にあっては四方が丸く治まっていく生活などあろう筈もないことである。それは寓話やお伽噺しの世界だけのことだ」、そう思いつつも、腹の中では嘲笑（せせら）っている。しかし諸君、我々はいつまでもそんな永却の果しない錯誤と虚栄と立前のごまかしの生活循環、見え透いた妥協打算的取り繕いと詭弁を弄していたのではいつになっても本質的にはいかにも前に進まないばかりか、実質的には後退していくばかりではないだろうか。私にはその諸君というもの、人間というものが益々危ぶまれ分らなくなってくるばかりというものだ。それにつけても諸君、このたった一度きりの貴重な人生、掛け替えのない生命の営みというものを、互いに表だけの帳尻だけを飾りあっての疑心暗鬼の不信と猜疑心を抱き合って信頼理解し合うことも出来ぬままに、自身の目先だけの協合狭義を優先させ合ってしまって無意無駄なものにしてしまってどうしてよいというのだろう？　その便宜方便ばかりの手法スタイルとシステムによってどうして安定した全とうな調和が計られ、人生と生活を守護り、送ることが出来るというのだろう？　そして現に、それを望む大凡大多数の為にその贋造と擬装粉飾とによってあらゆることが歪み出し、取り返しのつかない始末となっていく時代的、環境的ジレンマ、不可欠による世界全体に対する不安と恐怖、一種の怯えが密かに広まって深攻して来ているではないか！　混乱と緊迫感、これは人間にとって不可欠になっている物理経済主義による因業に纏る終生免れえない宿業である自業自得となっていることなのである。

ところで諸君、ここでひとつ私に諸君の代弁をさせてくれ給え。「あなたはいかにも生命の真理を突いた、それに基ずく正論を述べているつもりかも知れないが、それはあなたの言っている一理にすぎない得手勝手な人生と生命に対（関）する思い上り、独善的一人合点というもので、人生にしろ、生命のことにしたって、この現実の生における真実というものはそんななあなたが考え出しているような―あなたはこんなことを言ったら気分を損ねて憤慨するかもしれないが―そんな生易しいものでは無く、世間のそれはそんな単純で生易しいものであった例しなんか一度だってなかったことなのだ。もっとずっと強かで、有形無形の際限のない処方と可能性によって溢れ返っていて、まるで曼荼羅の紐のように幾重にも幾重にも織り重なり、絡み合い乍ら果ても切りも無く未来へと貫かれていっているものなんだよ。理想も真理さえもこの現実混沌カオス宇宙の枠組の中のほんの些細な一角、一齣にすぎず、てんで受け付けられようもない、容赦もならない、途方もなく厖大空前絶後なものなのだ。その無限の支配、現実既存の有り様を認識(みと)め、それに太刀打ちしていく為にも強かに把握対応させていってこそ、そこではじめて人生にしても、生はもとより、生命というものが一人間として人並に成立していくことが可能となり、義務と責任が果されていくことにもなるというものではないのかね。それをあなたのように真理や本質、真実という観念の下に一括りして固定的（化して）に捉え、人生を統制統合させるような考え、生き方をしていたなら、必ず生活規範を狭めることになり、行き詰り、あなた自身も何よりも破滅的生に陥ってしまうことになる。自からの生の義務さえもその責任を果していくことが出来なくなっていってしまうということをあなた自身が既にそう自分を追い込んでいることではないか」それに次いで「――いや、あなたはそれを、思い込んで納得づくでそれなりの信念、プリンシプルを持ってやっているからそれでよいのかもしれないが、そのとばっちりの巻き添えを食わされることになる我々はたまったものではなく、迷惑千万であることも考えてほしいというものではないか」、どうです諸君、諸君の気持、本音とするところはそんなところではありませんかね。そして事実、私はその私の信条信念、理念とするところである原則原理であるところの基本方針、プリンシプルその目標に向って外すことの出来ないものが、その人間世界からの歪曲させた現実への拡大解釈、移乗させた方便の正当化によって逆転され、完全に貶し込まれ、その人生も生も、生命さえも乗っ取られてしまった、ということに対しての、そのことを踏まえた上での人間への提言であったという訳である。—そしてその諸君ら人間の肉物界に伴なうその現実的解釈、物理的一理狭義な思惟からの営み全体を望見するとき、一見表面上は巧く折り合っていっているように見掛けられても、その内実、裏側の本音（心）にあっては、いろいろな思惑が疑心暗鬼によって暗躍交錯し合っていて、まさにそれが表に噴出して折り合いがつかなくなり、収拾のつけようもなく重傷化していってしまう。その諸君というものは一体何によってその自分とは相対対照する世界との錯誤に何を以てけりをつけ、埋め合わせ、理解と納得と解決和解の糸口を計っていくというのだろう？　理想真理を懐中に押し込んだまま、否、棚上げしたまま相見互いの現実一義、物理的思惟の既存法則方針を主幹に据えたまま、諸君はその白からが互いに造り出し、醸し出していくその世間の不条理と矛盾、互いの不信の交錯と亀裂の疑心暗鬼を何によって埋めていくと言われるのであろう？　果してその時の肝腎な優しさ、諸君の持ち前の慈愛による寛大な思いやりというものが如何に通用発揮され、活かされていくものだろうか？　そうした中庸中正で寸足らずの陰日向いずれにも通じている善意の融通無碍の表裏というものが人の心を根底から動かし、本質的に理解し合い、仲直りしていくことが出来るものであろうか？　諸君はその決め手となるものを敢えて放棄し、逆に互いを焚き付けるような真似はしてはいませんかね？　そして諸君はそうした中途半端、便宜的なものでいつまでも事を済ませ、肝腎なものは自分の手元に置いていく、けして相手に手の内を手渡すことはしない、それで相手を納得させていくことが出来るものだろうか？　それではいずれは総てが瓦解していくことになりはしませんかね？　しかし乍ら諸君というものは汚泥の現実既存の根拠の見えざるところで手探り仕合い乍ら、模索し合い乍ら、他方では踠き合っているという具合なのである。自からの世界を益々生きずらいものに、本音（心）と建前の間でエスカレート、ヒートアップさせていっているようなものなのだ。諸君らの共生生活とはおよそそんなところというもんですよ。

　いや、私にはそんな諸君の生、有りようを云々し、取り沙汰している暇もなければ、その資格もないことなのかもしれない。その諸君の表舞台、地上界の芝居、遊戯遊興を鑑賞する以前に、私には私自身の限りもない解決の仕様も無い難問難題が山積されて残されている。そしてその処理しようのないその難問難題をこれからどう処理、始末をつけていったならよいのか、それこそが火急の問題となっていたのである。そしてこれからは、諸君が聞きたかろうと聞きたくなかろうと、その問題について諸君にお話しして行くことにしよう。どうか心して考えて頂きたいというものではないか。

四

　そんな訳を以て、要するにこれまでの私というものは、人間世界から弾き飛ばされ、社会現実とも巧く付き合っていくことが出来ず、従って地下の自世界のみに引き籠っている人間になってしまった訳であるが、諸君はそこで、「それが分っていて、しかも生きた本当の生活、甲斐のある生命と人生を望んでいるのであれば、何もそんな意固地、片意地を張らずとも、痩せ我慢をせずともよいではないか。我々の仲間に入ってくればよいではないか。人間生身の躰、餓えたらそれを満していこうとするのは自然の流れ、当然の要求なのだ。もっと自分に寛大寛容になって赦し、おおらか優順素直に心を開いていったらよいではないか。その方が君自身にとっても楽になるんだろうし、我々も安心するというものだ。そんな告白を聞かされているのは、我らにとっても忍びなく、君が拘わりを持ち込まずもっと打ち解け、心を開いて我らの世界に飛び込んでくることを今は遅しと待ち詫びているぐらいなのだ」、そう言って友情の手を差し延べている──格好をみせていること──なのかもしれない。いや、気立ての優しい諸君は、きっとその私に好意的になってくれているに相違ない。そして私にしても、その諸君の世界に生活(くらし)ていくことをどれ程夢にも見、憧れ、切望し続けて来ていたことか知れないのである。諸君との友情を暖め合ったその実りある暮しとその展開、生命の温もり、感情の交流、存在を認め、暖め合い、尊重し合っていくそのくらし、それは私にとって至福そのものである。――しかし乍ら、その既存現実における唯物社会全体を見渡して俯瞰して見るとき、人間一理の危なっかしい構成システムを眺めるとき、その諸君の心温まる友情にも不拘わらず、これまで供述して来た事情と経緯、理由と所以を以て、その必然既存の意識の総体数の攻勢攻撃によって追い込まれ、追い詰められた自分自身がそこに対峙した苦役の生命であったことからも如何にしてもそれに応答えていくことが出来なくなっていたという訳なのである。そして今でも私の心は、その自からの霊魂と、諸君ら人間世界との狭間にあってその人間の目の当りにする豹変振りに驚嘆させせられ揺れ動き、尠しも落ち着くことは出来なかったことなのである。私はそのことをこれまでの体験からも、痛切に、身に染みて感じ取らされ、思い知らされて来ていた人間なのである。即ち、いくら自身の霊魂に忠実であろうとする私であっても、世間一般からの良識、圧倒的民主主義の建前とその美辞麗句に惑わされ、けしてあくまで見境いが成立されていた訳ではなく、いわばこの霊魂に固執する生き方は私にとっての霊精神からの、生命本質からのプリンシプルではあっても拠り所とはならず、肉体はそれにも不拘わらず別の動き、その私に悪さを仕掛け、唆して来るもう一つの生命本能でもあったからなのである。私はそれとも死闘を展開して行かなければならなかったのだ。

そこで諸君に言わせて貰うことにするのだが、もし諸君の身の周囲りに、諸君らの健全さとは別の稀有で異質の生活者、言葉を替えて言うならば、一理既存による正常な生活者ではなく、独自の意識、真向からそれに対峙するいわば霊的精神、アンチテーゼによる生活を心肝心底から試みようとする者がいたなら、その者はきっとそこに拘わり、そこに駆り立てられずにはいられないその人なりの謂（いわ）れと根拠、その事情と由けというものが必ず既にそこに介在存在し、潜んでいるからに相違ないからなのだ。つまりは、元来が生命の原質性と素性、その反応と対応と作用というものは、前にも論証して理っておいた通り、本質的本源に遡ってすべて同質同源より発祥することによって成立しているものであり、ただ其々の成長を遂げていく段階段取りと過程に身を置くことによってすべて環境が自から異なりをみせている通り、その情況も変遷していく中で其々の生命反応も事情も異なって行き、それに附随対応していくに乗じて物事の思惟、考察、受け取り方、感じ方、理解と解釈も千差万別に実感として具わり、それが生命そのものに定着していく。その人自身の秘義として問題（テーマ）が内包されていくからに他ならないからなのである。諸君はこの私からの論証を如何に受け止め、思うことであろうか？　随分無暴で、穿った強引な解釈、理に合（適）わないこじつけであると考えるであろうか？　しかし諸君、こうした仮説的想定する意見というものは一般にはナンセンスということになるのかもしれないが、この諸君らの称する一般から外れた奇人変人に、諸君自身がその環境と情況の條件次第によっては我々が同質同源同等の元素同源によって成立して来ているものである以上、ことによると同じ立場、運命に晒されていたことになっていたとも限らないことなのである。同様の立場に置かされていたことになっていたかもしれないのだ。同じ思想と感情を抱くことになっていたやもしれないことなのですよ。その可能性など誰にも知れないことなのである。

この生命の運命の可能性を考慮するとき、その異端者、あるいは偏向している者に対して、そう簡単に狭義一理の観念総念によって決めつけ、捉えるのは如何にも危険で、いかがなものであろうか云々ということになる訳だ。何も世の流れ、体制、多勢と趨勢、民主主義と観念ばかりが正当であるとは限ったものではあるまい、世の既存における威光、観念や常識だけが健全と限ったものでもあるまい。基準釈度物差し、基盤であるとは限るまい。むしろそれらは一つの物理的システム世界からの便宜調法、間に合せの仮説にすぎないものではないか。大義名分を装った過程にすぎないものであるかもしれないのである。私にはそのように思えて来てならないのだ。ならば其々の真実と基準は一体いずこに定め置き、捉えるべきことなのであるか、尠なくとも人為＝唯物思惟思想＝の狭義なものであってはならなく、それは大義、即ち人為を超えた真義原理に還って行くべきものでなければならないことであろう。如何にというに、それ以外は如何にも不足しているものであり、必ず問題を生み出し、不結果を齎らしめていくものと相場が決っていることであるからである。そのことに対しての云々であったという訳なのである。そのことに関してのことは、これまで折りに触れて再考述懐して来ていることでもあるので、ここでは改めて供述しない替りに、諸君の方でよくよく考えて答えを導き出してほしいというものである。—すなわち我々が太初より歴史的に、物理的叡知によって、便宜的に導き、割り出して来た総合概念を、その全般的思惟に対抗して懐疑し、新たな思想を生み出そうとして来たのもまた一方の事実なのである。それを片方(かたえ)一方だけの物理的思惟による知性だけを擁して、それを大半総数の伝統既存の権威を以て稀有少数を威圧牽制し、問責して侮り、被疑者として仕立て上げて抑圧を加えていくというのは真に如何がなものであろう？　多勢の彼らと同様に、彼ら稀なる運命の人たちにおいても一回限りの生を営んでいる同等の生命の存在に変りあろう筈もないことなのである。これを狭義既成概念の物理社会の都合の枠を以てそれを突突いて押し退け、取り除こうとするは言語道断なことである。社会、既成概念、多勢を背景バックに、利便性と現実を横暴をバックに、自分と異なるものを世間の仕来たり習慣に合わないからといって、その当局権勢と体制を損なわせるからという理由を以て排除排斥し、悪と弊害に掏り替えて打ちのめしておいて何んの罪の所在を感じないばかりか重戦車の如く妥当当然として踏み潰していくのはどういう理屈で神経をしていることなのであろう？　そしてこの敗者少数、弱者に対する一種のアレルギー反応を示すという攻撃感覚は一体何処から由来して来ていることなのか？　そしてこの肉物体制、強者、多数派に浴し、与していくのが健全、正常者の生の証明としていく魂胆、寄らば大樹の陰としていく魂胆はいずこから発生発祥して来ている根性なのだろうか？　そしてこれこそが狭義物理的思惟の「限界」ということである。諸君ら物理至上主義の人間の思惟というものは、その自分たちの弱者たちへの偏狭偏執した性理と心理とアレルギー、それを体制、多勢に組み込まれていることによって「井の中の蛙」の如くそのアレルギーのあることをどうも認めていくのが苦手で嫌なことであるらしい。そして諸君は、果してその生命の同質同源性とその後における背景と環境と情況による生命心裡の成り立ちと性格との関わり、それに伴う其々様々に異なっていく條件と相違、その肉物界における構造構成と因果関係の辺りのことをどの様に見、考え、判断し、対処仕様としておられるのだろう？　我々はそのようにして其々の異なった條件と情況の環境に置かれ乍ら、同じ人生という土壌土俵に上って既に生命を営んでいるのである。つまり、これまで私の述べて来た生命の源泉原質における同質同源と、その後における人為的に生ましめていく人生環境と情況の條件云々は必然的割り出さ（振ら）れてくる「人間の性格性質の誕生」と成立に結び付いていているについての陳述なのであるが、同様にそのことは「社会の性格の誕生と成立」でもあることとなのだ。その点この生命環境の営みというものは実に整合性をもっているので、我々の意志、意識の入るべき筋合いのないもう一つの我々生命と心とへの「使者」となっているものなのである。つまり我々自からの意志、意識の力だけではいかにも選り好みの許されない、もう一つの超越した全体の力と働き、総体の営みによって創り出し、産み出されていく生の底意と霊の意志による先導者の役割によって醸し出されて来ているという訳である。この超越的作用、働きは人間が便宜的に総力を以て醸し出して来た底意深議のようなものであり乍ら、既に人間自身個々においてはもとよりどうにも手の負えない逆いようのない、従う他にない大気、気流、気配のようなものとして我々の前に厳然と立ち張っていたことであったのである。そしてこの我々自身の意志や意識を超えた霊的営みの産物であるという私の試論の裏付けは、後からじっくり説いて行くことにしようではないか。

話しをもとに戻すとして、この諸君の生、意識を遥か遠くにし、心底からの触れ合いと交流というものを殆ど持ちえなくなった孤離孤脱せざるをえなくなった私のくらしというものは、およそ本来の意味において生活などといえるものは皮肉にも本質的に凡てを喪失なっていた。それは生き乍らの化石、否、人生そのものが既に壊死を起しているといっていい「生の死に体」同然だったのである。とにかく生理的感情は残されているにしても真心（こころ）は枯渇し、瀕してしまっている。外目からはどう映ろうが、中身は空洞化し、その骸を風が噎び泣き乍ら吹き抜けていっている。自身がそれを実感してしまっているのであるからどうにも仕方がない。即ち、私の日常における心の証明、生命の証言というものがそのことを物語り、物理的に存在仕様もなくなっているのであるからどうにも仕方がない。従ってそのこと自体が私自身の生の存在証明の喪失となっていく訳である。つまりこの世における私自身を具象形成させていく筈であった既存人為そのものの気体が私から脱け出（落ち）し崩壊してしまっていることによって、私の生意識というものはまさに窒息を起し、呼吸困難に立ち竦んでしまっていたのであるからどうにも仕方がない。およそ生の自覚と意識などというものは、互いの心と心の血と血の価というものが共感響き合って共鳴し合ってこそはじめてそこに生命の存在感が宿り、生じて来るというものである。されど、この総てが既存物理の波調となって響き合っている中にあって、霊的心を響かせて、その共調を求めている者にあって、この世界のいずこに共鳴する者がいるというのだろう？そして私の霊魂というものはそこにあって空転し続ける他にはなかったことだったのである。真実の迷い子となる他にはなかったことだったのである。人間はその私を訝（いぶ）しく一瞥し、凡てが過ぎって通り去ぎていったのである。私はその点、真の愛を求める故に、愛の孤児（みなしご）になる他になかったのだろうか？　僭越乍ら、必然観念をよしとなし、既存唯物の価と洪水、大海大河の波調の中にあって、持ちつ持たれずの生活、功罪相半するくらしの真只中ににあって、私の感じ取っている全体に対する人間の根源に対する不信と懐疑、失意と絶望を体験している者など、数奇な者の他に在ろう筈もないことである。もしそれに類した似通ったものがたとえいるにしても、それは海流や潮流の相異によるようなものであり、同類のコップの中の事情、嵐にすぎない同根からのものにすぎないことであろう。そして人間はその争いによって戦争をしたり、人殺しをしたり、裏切ったり、不信したり、非難の応酬を、物理的思惟と立場と感情の行き違いなどによって、つまり煎じ詰めれば単なるエゴイズムと欲望と狭義による心の擦れ違いにすぎなかったという訳なのだ。そしてこの私にしてみれば、逆にその剥き出しになりがちな外部表象の人間世界の価やそれに纏る出来事によって、その自からの立場を弥が上にも意識せざるをえなくなって来るという訳だ。この自からの意識とは引き離して割り切って考えることが出来なくなり、そのこと自体が私自身の「病的兆候」となっていることなのである。私はこのことを断言して憚からない。即ち、人生すべてというものは必然のうちに滞りなく無意識のうちに符合し、運ばれていってこそ全とうに送ることが可能となって出来るものであるからなのである。それに引き換え、この私の意識というものは眩暈を起すやらストレスによって内臓の具合が可笑しくなってくるやら、どうにもこうにも治まりのつかないものとなってしまうからなのだ。その私が諸君、この人生というものにどんな心情と感情を抱え乍ら送っていることか、しかも五体揃った生身の躰である。その喪失われた生活と生命の価とその証明、それをただ指を食わえ乍ら見送っていかなければならないもどかしさ、その人為既存に対する懐疑と不信とはいえ、諸君ら唯物界での同流無垢に送っている活きた生活の光景を目の当りに傍観していかなければならない私の死せる生活への無念というものが果しなく広がっていくことがその諸君にお分りになるものであろうか。否、諸君がそんなことを分ろうと分らなかろうとそんな私の虚無な生活とは関わりなく、その当然な生活を当然として履行してゆき乍ら、「そんな馬鹿気切ったことがあるものか、もしそれが真実であるなら、それこそが生の倒錯、とんだ心得違いをしているからなのだ。誰一人、それこそ誰一人そんな不心得な生き方をしている者なんかいるものか」、そう既存における一理一通りの立場、観念に則って否定断言して来ることは明らかだ。何しろ自からの既存一理一通りの考察に懐疑を持ち込まず、それ以外のことは本能的に受け付けることをしたがらない、むしろそれを排除していく諸君らのことであるからだ。つまり、その既存一理一通り以外のことは治まり処が無く、どうにも落ち着かないことであるからなのだ。何しろ自からの生を正当付けていくことに火急な諸君たちのことである。これに対しその一理一通りの常識基盤の既存に納まりつかなくなった私の生は、その既存全体に屈折し、素直ではなくなり、その当り前の基盤からの草鞋を履かなければならなくなった訳である。既にその私においては自身の生のことはもとより、諸君ら人間の自認してゆく生き方すべて懐疑って掛っていることで心の治まり、定まるところがいずこにも見つからないということである。その人間の便宜として都合よく考え出した思惟においても、完全に信用信頼のおけるもの、懐疑せずとも済ませることの出来るものなど一つとしてあるものではない。自己生命の現実、人生、諸君たち人間すべての生に対し、そのどの辺りに真実を見出していったならよいのだろう。否、そんなことではない。この私の生自身、生命自体、その意識と条件の価の中で、果してどの生、生命と意識に照準を合わせていったなら最も確かな生の価、それが得られるのであろう。そして結局は、私はこの自前の生と生命によって身に付けた意識によって生きてゆくより他にその術が無いことであったのである。生に対しての吸うことの循環が好く運ばなかったために、吐くことさえも儘ならなくなり、疎通せざる営みを続けていくより他になくなったという訳である。諸君、何んともやりきれない話しではないか。が、だからと言って、私は諸君から同情される謂れも筋合いもどこにも無い。それは見当違いというものである。私の本願、それはあくまで諸君とは別の、自からの生命に見合った価による生活、その証しが立つくらしを望んでいるという訳なんですからね。いつの日か必ず、そう必ず適えてみせるというもんですよ。諸君、「欲しがりません、勝つまでは」、ではありませんかね。その心境というもんですよ。そして、毎日をそう思い乍ら、ついぞそれを果せず今日までこうして至って来てしまっている。その努力も怠たりなく、惜しむこともせず、日夜続けているというのにこの有り様(さま)なのだ。なれど自力はもとより、他力も必要としなければそんなことは為し遂げられ、成立しよう筈もない故に、私の生活全体は一向に改善も好転もしていかないばかりか、いよいよ以て日々刻々として手詰って奈落へと追い詰められていくばかりと来ている。死地へと流されていくばかりである。天国、極楽、益々諸君ら人並、人間本来のくらしからは永遠に遠退いていくばかりなのである。全くこの悪循環の窮み、生命の空手形というものは測り知れない。断腸その無念と口惜しさに七転八倒、気もそぞろとなって狂わんばかりといったところである。それこそ何をするにしても手につかず、意識は妄浪散漫、神経を集中させることもできないのである。これで本物の病気にならない方が、気違いにならない方が不思議、奇跡というものである。否、そうではない。この生涯通して身を寄せることなく流離を託っていなければならない私にとって、そのことさえ許されていないという訳なのだ。従って、人並の意識を抱くさえそこに危機が迫り、その安全弁が自から働いていたという訳なのだ。その点生命というものはその限界を悟り、感知し、生きるということの生命力を前提にすべてが意識無意識を問わず必然にバランスを取りつつ生の安全弁が働らいていたということである。まさに大いなる生命の機能（はたらき）、自然の治癒力といったところである。それを畏れつつも敬う他にない。

―とはいえ、これ以外にも、私に襲う危機は事欠くことはなかったのである。どうやらそれこそが私の運命と宿命ということでもあったらしい。私の生そのものがすでにその渦中に投げ込まれ翻弄されていたようなものだったのである。事実、私はその血の脅迫からも常に威されていた。その血からの脅迫に生来よりたえず威され続けていなければならなかったのである。否、現に今の今でさえその血の影、気配から逃れることが出来ず、怯え続けている有様である。その血の気配に辟易させられているのである。それこそ私の終生の悪霊といったところなのである。即ち私はそいつの魂胆をいかに欺き、騙し続けていくことが出来るか、その如何にかかっていると思っていたくらいなのである。そしてこの事体が深刻なものになればなる程に、私にとっての一種特有の趣向、即ち人並外れた思考へと導いていた。これは真しく人並外れた常識的思惟思考である死線を迷想させる絶望に裏打された生命そのものからの根源的窮みだったのである。

ここで私は、また一つの試論を展開してみなければならなくなった。諸君の好んで求めるところの世に言う歓喜の極み、悦楽の極地というものがあるように、私にもそれに酷似対峙している境地、真逆の愉しみというものがある。その極みに身も心も捧げ、陶酔し、悶えて七転八倒する悲哀、それは実に素晴らしい生命からの贈り物であり、恩恵であり、生命の甲斐というものではないだろうか。そして近頃では、その自分だけに具っている特異な秘義、愉しみを益々意識して来ているという訳である。諸君、諸君にこの私の密かに味わっているところの窮みが一体どんなものであるかお分りになるであろうか？　否、諸君には未だ私が何を言おうとしているのか、その真意とするところが掴めずにいるに相違ない。即ち諸君が好んで求め、至上の歓喜、悦楽の極地として味わっているところの肉物に伴うところの極地み、それは身も心も痺れて蕩けるような、人を有頂点にさせてくれるものであろう。つまり正直に言ってしまおう。私は回りくどく、詭弁を労するのが嫌いな質なのだ。単刀直入これが何よりなのである。そこで言わせて貰うことにするのだが、私にはその諸君の我をも亡失れて没頭することのできる境地、その働きかけてくる法楽妙法の境地に対してそれ相応の対峙によって働く裏返しの感情と生命、その苦役の悲哀の心情と哀感のどん底の世界を味わっているということである。こう言ってもまるで狐につままれているようで、諸君には私の言わんとしているところが解せなく、呑み込めずにいるに相違ない。いかがです、諸君が信じようが信じまいがそんなことは一向に構わないが、もし諸君の涙を流さんばかりに味わうところの出来る肉物的歓喜ばしい境地というものがどうしても訳あって逆腹に作用して味わうことが出来ず、その機会が閉ざされ、与えられることの無い憂き目の中に埋没され、生き埋めにされてしまったとしたなら、その私の様な人間は、否応もなく反転に転じ、その悲哀の世界にその自からの生命の証しを求めて行かざるをえなくなって来るというわけである。しかしそこには常に感情という心が介在し、働き、その潜在で揺られ続けているという訳だ。諸君、そうした人間とは絶縁してしまったような人間は、否応無しに、霊世界に自からの生命の、慰さめと安らぎを求めていくより他になくなるというものではないか。それをただそのままに受け流していたのでは余りにも芸がないことである。また、堪えていくことの出来るような種類のものでもない。その点我々生命というものは、生というものは、前にも述懐しておいた通り、生きることの前にあっては無條件の調整を測り、それを整えようとする。自からの心を売ってさえも生き延びようとしていくものである。諸君、全く生命という営みは素晴らしいやら、恐ろしいやら、我々のちっぽけな意識の手に負えるものではない。そして私としては、諸君の無邪気な悦楽を羨望と憎悪と敵愾心の疑惑懐疑を入り交った視線によって眺めていたという訳である。そしてその諸君の行為行動、所作振る舞いの意識と内容を一々点検検討分析しつつ、これでもかこれでもかとその心を完膚無きまでにやっつけ、その込み上げて来る悲嘆の感情と無念を隠すようなことをせず、奴らが我が心の奥底に隠れ潜そむのを無理矢理表にひっぱり出し、掴まえ、裁き、こっ酷く詰問を浴せかけ、詮議してやっつけるのであった。何しろ、私はその点において途轍もなく強かで、奴らを容赦することをしなかったのである。いずれかが音を上げるまで容赦をすることをしなかったのである。私はその点余程執念深かったのである。そして私の生命に対する感覚というものは―諸君はそうは思わないであろうが―諸君のそれと同様いたって正常健全そのものに作動していると来ている。諸君はその私からの正常健全という言葉に疑いを持つであろうか？　しかしここでは先に述懐しておいた通り、我々の生命原質原（元）素、素性というものはまったく同じものによって構成成立しているものであることを思い出して頂きたい。世間や社会的価いや物理的科学に基く思惟や思惑など狭義一理の理屈では捉えないで頂きたいのだ。我々はすべて置かれている情況と立場の條件は異なっているのであって、その情況と立場と環境に応じて対応と反応をして来ているのであって、そこの処までをいかなる社会的要請であろうと一括一くくり一色体にしないで頂きたいものである。そしてその立場と條件の、もしくは環境と性格と価の相違によって、私の場合、諸君の必然人為のうちに、現実既存の中で味わっていくことの出来る生の全世界観が根源根底より意識諸共覆されてしまっていたという訳である。しかし諸君はまだ、その私の主張を信用せず、疑わしい目付きをしている。つまり必然大勢の中、井の中に最初からどっぷりと漬っていることによって他のことは考えられなくなっているという訳である。従ってその諸君にとってはその都合の方がすべてに適応し、適っており、私の根元同意には譲ることは出来ないということである。そして、「つまりはそれを必然既存のうちに健全に味わっていくことができないというのはあなた自身の生命の意志とするところが正常な意志として器能(はたらか)ず、脆弱であるからであり、もしそのあなたの言い分、主張を百歩譲ったにしても、どうして苦痛と悲哀などというものが快楽として通用転換し、味わうことが可能となるというのか、快楽はどう感じようと快楽であり、苦痛は苦痛でしかありようもないことではないか。そしてあなた自身、それが苦痛で辛いからこそ我らの全とうな生活、それを望んでいるのではないか。あなたの主張を排撃するつもりはないが、余りにも考えが捻くれて正常さを欠き矛盾して一般には通用しないというものだ。それに、この供述にしたところで、あなたの我々を非難している自己正当化していることに変りはないではないか。否、そんなところに決っている」と、そう例の既存の法則一理建て前を持ち出して、そう私を矢張り問責して来るに相違ない。しかし諸君、先ず生命の意志と意識の脆弱云々の件に答えることにするが、一体諸君は何を根拠として私のそれをそう断言し、諸君ら既存全体のそれを正常として考えることが出来るのであろうか。諸君のその言わんとするところは矢張り社会一般の必然常識からの意識のそれに則ってのそれであることに違いはないではないか。そして世界は、社会は、世の中は、現にその既成既存、即ち物理至上主義によって右も左もすべてが回転っている。これは私からも認める他にはないことである。だがしかし、人類は当初よりそれを巡って目標として進化発展を遂げて来たことに間違いはないのであるが、しかしこの近世を迎えるに至って、その人間の目標に花を添えるどころか、その実体はその進化発展の過剰と目標として来たそれに対する足の踏み違えによって本質本来とは逆行に陥り、自からの足元（場）を人類は見失って来ている始末なのである。人間の物理的英智の結晶であると共に、諸刃の刃となって、我々自身を一方で抜き差しならない窮地に追い込んで来ている事実に、我々はもう頬被りしていることの出来ない事体を迎えているのである。その物理既存方式をどうして称賛などして行くことが出来るものだろか？　そしてもう一つの苦痛苦役からの悲哀に対する表現云々とその指摘云々の問題であるが、私は何も肉体物理からだけの一理一義一通りの概念云々だけで表現しているのではないのである。むしろあくまでその一義一通り的なものに対して執拗な根深い不信感を抱いて眺めて来た側の人間である。—諸君にしてみれば、その諸君に通用する一般概念、観念に添っておしゃべりしたいと思っているに違いないことであるが—本当のことを言えば、生命そのものの本質から産み出されて来るぎりぎりの絞り出された感覚、その純粋な感覚こそが紛れもない真実であることを私は信じて疑わないのだ。そして私というものは世間、社会的に通用している一般的なものは真底では悪いが信じてはいないのである。その真実によって持たらされる私の生理からすれば、紛れもなくこの苦痛苦役の悲哀の内省を顕わしていくことこそが、心の真実を顕わしていくことこそが、一生命としての他にない真実の至当の利益であると信じているからなのである。そして生命というものは、その生きるということの前にあってはこの苦痛苦役であろうと諸共とせず、それを克服していく能力を、まるで秘術的に既に潜め具え持っている。諸君、生命というものはこのように限りなく強かに最限のない深みを擁し湛えてているものなのだ。そして最後にもう一つ、この私の苦痛苦役を愉楽として表現すること自体、自己錯誤に当るのではないかという疑問と指摘であったが、今も述懐しておいた通り、これもこの意志能力に発したものではなく、それを超えた、これすべて生命の持つ霊的感覚の持っている特有の秘術によるところからの作用、表現ということである。諸君、こんなところで如何がであろうか。何しろ諸君ら全般の求望する肉物既存思惟からの歓喜によって齎らされるところの悲哀と苦痛に伴う苦役、これを転換し、自己流の哀歌に仕立て、その湖愁に自からの心を浴して溺愛させ、その妙液を以て霊魂を清めてまた復活させようというのである。

そんな訳を以て、近頃ではこの人間の実生活からの追放された悲哀しみ、生きた生活から放り出され、取り残された生の侘しさ、人生への無念を私は密やかに、完膚無きまでに堪能し、それを殊の外愛して止まなくなっている程である。このことは今日の晩年を迎えている私の生甲斐とさえなっている。今ではこの絶望の哀しみ、不可不如意になっている霊魂との深い絆によって結ばれ、痛傷みを分ち合い、労わり慰さめ合い、慰さめ合い、このことは今では不可欠の友情として互いを支え合っている。もはや人間の人っ子一人いなくなった私にとって唯一無二の生涯の真友となっている。どうかその私を諸君、せっかちにマゾヒストなどと呼ばないで頂きたい。先程も断っておいた通り、私の生命はいたって正常に働らいていることなのである。そして私の病的執拗なまでの意識は、人間唯物世界からの思惟、意識、極めて健全正常とさせている人為人間の絶え間のない生の撹乱と抗争、恐喝と恫喝、建前とは裏腹な生の背離、そこから湧き出し、発祥して来る行き場を失った生の行状の顛末とその結末のことであったのである。

五

私はいたって正直に告白するが、人間世界の価と基準の中にあって、ただ只管に目立たないことをモットーとする穏健を宗として生きている様な男である。ところが、その私の意に反して、その内実においての私のこれまでの生活というものは平穏であったというためしは一日としてなく、海面は一見死んだように静まり返っていても、難波船の運命を背負っている如く思えてくる程であった。諸君の目からはそう映らずとも、私自身の生命自身が、そのことを実感し、意識してしまっているのであるからどうにも仕方がない。その上、通常の私は見掛けに寄らず気短かで癇癪持ちだと来ている。裏を返せば念着力と執念に乏しく、直ぐに物事を諦めてしまう節がある。その点裏腹なのだ。とは言え、その自分に納得し、割り切っていられるような性分では直更ない。根に持ち、その一つことにいつまでもくよくよと拘わり続けている矛盾した始末である。諸君、諸君にとって私のような人間は、さぞかし厄介な上に持て余しかねる遣り切れない首尾であるに相違ない。何しろ、この鬱屈した思いは、自分でさえも扱いかね、手に負えないくらいなのだ。その私にしたところで、諸君のように現状に甘んじて、それに乗じ乍ら分別と弁えによって自分を処し、その自分に疑惑を持ち込むことのない人間であったなら、そこに自分の生に素直さを見出すことのできる人間であったならどんなに気楽なことであったことだろう。ところが諸君、この見当も、見通すことも、判断も容易につけることの適わない人間世界にあって、何一つ疑惑疑念を抱くことなく済まし込んでいくことの出来るもの、割り切っていくことのできるものが果して一つでも存在するものであろうか？　それをよしと成して次に進み、無垢になって乗り移っていくことの出来るもの、心の整理をつけていくことの出来るものがあるのであろうか？　そして凡そその諸君らにしたところで、私と同様に多くの疑問難問に出喰わし、その困惑を抱え乍ら暮していることに相違ないのだ。が、それでいて乍ら諸君というものは硬軟織り交ぜ、功罪相半ばさせ乍ら、見通しをそれなりに実際を踏み外すことなく、その自からの意識上のアウトラインを見つけ、守り、取りこなし乍ら生活の目度をつけていくことに懸命である。ところが世間知らずのこの私と来ては、何事につけ片を付けることも、始末をすることも、何をするにも手をつけることが出来ず、あたふたを繰返すばかりである。諸君らのように、何事もスムーズには運ばないのである。私はその点、生きるということに際限なく、不器用この上ないのである。これらは諸君の遅れをとるのも当然である。—ところでこの諸君の生きることに対しての器用さと、私のそれに対しての不器用さの相異がいずこから現われ来ていることなのか、その諸君にお分りになるであろうか？　いや諸君は何事においても例の、あの万民誰にでも身に付く第一義、つまり生来DNAをして誰もが身に付けていくような生活上の意識概念、通念や観念、常識といったような一理通り一辺の認識である。諸君らはこの世界の鋳型、枠の中に嵌り乍ら一方でこの様に守られ乍らその認識の中で其々に生きていっていたのに対し、この私というものはその世界から故あって追い出されなければならなかったという訳なのだ。この人間との意識の相異というものは、私の生にとって決定的なものとなった訳なのである。そこで諸君は大見栄を切って言われるに相違ない。「そんなあなたのような完全主義的潔癖なことを考えていたなら、この人生と世の中、自分に何一つ果していくことが出来なくなってしまうではないか。そのことの方が問題で、あなたの方こそ人生に対してとんだ思い違いを起している。人生というものはいつも誤り乍ら間違いを繰返し乍ら、その中で個々其々に勉強し乍ら作り上げていくものではないか。最初から完全な人生と人間なんてどこにもありはしないし、それこそナンセンスな生き方というものではないか。夢でも理想でもなくて人生はあくまで現実そのものなんですからね」、ねえ諸君、そんなところではありませんかね？　実践者の諸君の言い種はそんなところと知れているのだ。そしてこの私にしたところでそんなことはこれまで何万遍となく自分に投げかけ、問いかけ、繰返し続けている。その諸君の分別と考えぐらい疾についていていたのだ。にも関わらず「善悪同時遂行」「相身互い」「功罪相半ば」宜しくさせていく生に私の生は納得していくことが出来ず、その諸君らの悪の落し子、おとしあな、頑迷不霊の世の中の罠の中に嵌り込み、「正直者は馬鹿を見る」の譬え、自からの生をすっかり喪失させられていたという訳なんですからね、その挙句、世はその不善を何も問わないばかりか、その生の不始末、責任、失策をすべて個々の当事者の上に押し付け、被せたのだ。『現実履行こそ正であり、理想正義こそ不善なり』、はっきりと当局からして圧倒的数値が物語ってそれを履行踏襲挙行していっている。どうして私が、そんな諸君らにとって既に「生来からの慣わしの解決済み」としていっている事に拘わりを持ち、執拗なまでに疑問を執着をさせ続けて行くのか、それがお分りになるだろうか？　それは言うまでもなく、私の生命それ自身に問題があることはもとより、諸君ら人間の生そのものの有り様とするところの根拠、そこが省みられることもなく、生の肯定として前面に押し立てられているからに他ならない。正義真理真実をこよなく本質として愛し続けて来た私の生こそが漆黒に塗り潰され、悪的不善に置き替えられ、解釈され、罪を背負わされ、裁かれた生であることを弥が上にも意識させられ、「善悪相半ばの同時遂行」とする生が市民権を得て堂々と当然正義であるかの如くに履行され、我らのそれがその下で喘いで行かなければならないようにこの世の現実が仕組んでいっていたからに他ならない。私の生は、その正当、当然の漏れることのない声に反対を挙げる外になくなった生命の持ち主、人間であったからなのである。私はどうあってでも、その当り前の声になってしまっている生に纒る原泉の声に、その諸君と人間からのこの私にもその生の根本本質が解るように、納得がつくように如何にしても説明をして貰うことが権利であり、必要不可欠となっていたことであったからに他ならないからである。これが私の人間からの生の皺寄せ、生の自業自得に変換されたのでは治まりのつかないことになっていたことだったからなのである。この諸君ら人間の生に纏り付く生の原罪根源根本のテーマを、私の生が真っ暗い闇に塗り潰され、贖罪として問われ、その諸君ら人間の全般における相半ばする中善中正の紛らわしい不健全な生が正当の枠に既に「解決済み」として一切問われないばかりかその生が救済されて変容していくという人間の思惟構造、理屈はどうなっているのか、その算術とも言うべき構造と思考回路、方程式は如何になっているのか、この私にも分るように是非とも御教授と説明を嘯くことなく教えて頂きたいものである。「そんなことに一々関わずらっている暇などはない。そんなことは自分で考えろ――」、などと言って『逃げ込む』ことは絶対に許されないことである。如何にとなれば、そのこと自体が既に我々自身人間の生のあらゆる根源、生の基点基盤を成しているテーマであると考えられるからなのである。そして私にはそれを見て見ぬ振り、見過していくことの出来ない問題として当初より抱え、降りかかって来ていたテーマであるからなのである。そしてこれを多くの人間は、この人間の生み出していく不可抗不如意のテーマに立ち竦んで生を眺めて何もせず、現実に立ち向って自身の道を切り拓いていくことを怠たり、その現実を何もせずしてくよくよ愚痴ばかりを言い合ってこの目前の問題を振り払うこともせずに＝出来ないくせに＝世間＝生存競争＝に敗けて嘆いてばかりいるのであるから仕方がなく、それではもはや救い様もないことではないか―これが世間一般、諸君ら人間の既存における本音一理一通りからの当然の通用している大勢（体制）の声である。そして私にとってそれは取るに足らない声、真実根本本質を身損ねた、現実既存からのそれに則った声、そう考えている訳である。驕慢者からの譫言（うわごと）の本音の声にすぎないと思考えているくらいである。そしてこの意識が世界を当り前、常識として覆い尽くしているという訳である。

それにつけても諸君、私がこんな鬱屈、屈折した奇妙で厄介な、硬直した考えを持つまでに至ったというのも、これすべて生い立ちの所以によるところ、環境によるところ、血と運命の執り成せる業であったことは言うまでもない。私はそのことを痛感させられている。これは宿命であり、私にとって逃げ場の無い、万事休すといったところであったからである。本来生命なんていうものは、「おぎゃあ」と産声を発したとき、その自分の存在を世に知らしめた当座というものは、そりゃあ無垢素直で、柔順で、正直そのものだったのだ。―その上万人裸一貫平等そのものであった筈なのだが、それが人間の拵え上げた歪つな絶対環境によって何時しか不合理理不尽なものでしかなくなり、すっかり不当（不等）なところで、何一つ平等なものは存在しえてはいないところで我々は生来暮さねばならないようにその生が設えられ―その素地素養を糧てと成し、生きていく為の全ての下地が整えられ、身に付けて形成されている段取りで生命が形造られていく過程において、如何様にも柔軟に吸収し、順応し、侵蝕同化していってしまう。諸君、何んとも素晴らしくも恐ろしい話しではないか。何しろこれは無條件で、こちら当人の意志など関係なく━尤もこの時期にその様な自分の意志など芽生える筈もなく、この幼児期の時点で、そのひとりの人間の生命性と人間性の大半の大本基礎基盤が決定的に固められ、延いてはその人（人間）の生涯における地盤基礎の可能性と運命の大筋が固められ、定理決定づけられていってしまうという訳なのである。私にはつくづくその様に思われてならないという見解を齎らされ味わされて来ている訳である。つまりその人に与えられている既存上の目に見えている努力や成功不成功等々の社会人為的人生に纏る具象具体の如何はすべて後天的価値問題によるところの問題にすぎなかったということである。

即ち、私がこのような諸君にメッセージを贈ろうという一つのきっかけ、動機になったというのも、実はこのことからで、つまり、この生における過程の因果、ことに幼児期にもたらされる生命への執り成しがその人をどのように導き、創り上げ、決定付けていくことになるのか、その私の生命に関するテーマ云々を語ってみようと思い立ったからに他ならない。諸君にこのもつれた私を理解して頂くためにはその生の生い立ちに遡り、因果を抜きに語ることはおよそ無意味であり、まるで根拠を抜き去ったのも同然なこととなってしまう途浪な作業となる━に相違ないことであったからなのである。そしてこの生命の成長過程における真理と真実に伴う幼児期の節理云々は、同じ意味において生命全体はもとより、この世界の内外、宇宙の営なみに至るまでの原理においてまでの、諸君のすべてにおいても異なるところのないところと確信していることであるからに他ならない。つまり私は、この時期における自己の生きざま、すべての所為仕業の所以がこの生命の根拠から由来し、支配を受け、現在の自分を反映して在り、創成執り成され、組成させられているものと固く信じて疑わず、心得ているからに他ならない。即ち、この幼児期こそが人間の運命の基礎基盤であることはもとより、私の運命の可能性の依拠するところを決定付けていたものであったからなのである。私はそのことを自分に感知し、察知し、推察推量するようになっていたことからも、長いことその自分を認めてしまうことが空恐ろしくも受け容れ難くずっと廃棄すべく闘い続けていたものである。いや諸君、どうしてこのような自分の絶望、絶体絶命でしかない運命とその可能性というものを、その枢機軸などを認めてしまってよいものだろうか？　私は実に、その自分を認め、そう自分に許すことが出来なかったのである！　それは驚愕的万死に価いすることであったからである！　即ちその運命の可能性を自分に認め、受け容れていくことそれ自体が、終生のその生命の無念と付き合い、自からの生の亡骸を背負いつつ、闘い続けていかなければならなかったことか分っていたからであり、その覚悟をしなければ、またそれからというものを生きていかなければならない、つまり死との同棲に他ならない生活が齎らされる、地獄の生だけが待ち受けていることであったからに他ならなかったからなのだ。これまでの生においても、それ以降のそれを余儀なくしなければならない生活にしても、いずれも生の地獄であることに違いはなかったことではあるが、その自覚のなかった生と、以降のそれを自覚しての生の相異は明らかなことである。もとよりその私にしても、その生を黙って傍観していた訳ではなかったが、指を食わえてそこからの脱出を夢見ていた訳ではなかったのである。—それでも、生きてさえいたならば、何かの切っ掛け、手違い、間違いによって、若しかしたなら万一奇跡という偶然が、まるで衝突でもするかの様に、やって来るとも限らないではないか—そんな微かな希望を支えにして繋ぎ止め、それに縋りつくように、自分で自分を騙し続け、己れの生の灯が消えかかっているのを、その風然から守る如く両手で囲い長らえているような毎日の連続であったのである。しかし、その最後の縁にしていた残り火も消え、私の生は息絶えなければならなかったのである。私の生は死生の境に入ってゆかなければならなかったのである！　私のそれからは生きた亡霊となって生き長らえていく他にはなくなったのである。即ち、この世、生きた人間としての条件と意識と価とするところのすべてを本質的、根源根本より失うことになったのであるからそれもいた仕方があるまい。—そうした中にあって、世と世人はその私にその此岸現実世界への転向を無言の中に も脅迫し、威し続けて来ていたことはこれまでにも記述して来た通りのことである。そうした経緯にあった私というものが、どうして一方でその私の生を嬲り殺しに葬っておき乍ら、その世界に転向していくことが出来たというのだろう？　私の生を半殺しにして来た世と世人とに手を結ぶことが出来たというだろう！　私はそれ程の恥知らずではなかったのである！　その最後の自尊心ぐらいは残しておいたのである。それでも彼ら社会と当局者は、この屍と化している、そこに何んの価値もみることの出来なくなった私に対して、その一人間としての、一市民としての義務と責任だけは履行せよと、大見得を切って強要し、この生の死人に差し押えまでして来たのである。人間としての不履行者として罵倒を浴せかけて来たのである。一市民、人間としての落伍者の烙印を捺して来たのである。即と、私と現実社会にあって、どこまでも、一番の根幹からして食い違い、噛み合うことはないことであった。従って、私の命運、天命の如何は人為の価の手の内に握られていたのであるが、私はあくまで私であって他の私になり変りようもないことだったのである。それにつけても諸君、この当然の事実、事態その現実に、自分の生命の運命と可能性による生を弥が上にも牛耳られていることを思い知らされ、その変更の活かない、一生変りようもない人為全体仕組と自身の生命との関係、その衝突とそれに伴なう根幹からの対立と絶望を思い知った時の私の衝撃は如何ばかりのことであったことだろう！　そのことによって自分の生活、人生と生命全体そのものがめちゃくちゃに成り立たなくなった、食い違った存念そのものが、黯黮暗礁に乗り上げて航行することの出来なくなってしまった生の無念と悲嘆した思いがお分りになるであろうか？　否、何事もその社会、現実と同伴一体となって事を運ばせていくことの出来る諸君にその理解を求める私の方が問答無用として間違っていたことだったのだ！　何もその不思議がることもあるまい。何はともあれ、この私の生き方全体と、諸君ら人間当局者社会全体の総意に伴う意識との関係、その証しとして、皺寄せとして、数値の関係として当然起って来るべき現象の結果であった訳である。そして世はいつも民主主義の権限として絶対総数者が勝ちを得て支配していくと決っている！　これが人為全体からの仕組と現実である。世は善し悪しではなく、いつも常に現実既存の成り行き法則である、そしてこの成り行きが不善なものであろうと、それに対して如何なる人間総勢、社会当局であろうと詫びたものなどどこにもいた例しなどどこにもないことである。―そしてこの私の論調を展開する生命に関する生成の事実の一切は、諸君たちにおいても立場を替えて相応して当嵌る真理に他ならないということである。私が表象人為世界、肉体唯物至上主義に、既存の現実に根っから懐疑不信して巧く適合していくことが出来なかったように、ただ諸君ら人間世界においてはそれに最初めから適合していく替りに、根っから真理本質の霊的世界よりも遥かに、肉物経済主義、相半ばしている既存の現実の方を同様に不可欠として適合し、いずれに亘ってもその生を適えていくように中庸中正に具ってそれに羞恥を覚えることもなく中央突破し、それを励みとしていっている訳であったのである。これを善しとして激励されていっている訳だ。このことは諸君ら人間と私の生を分ける決定的生の差異相違であり決裂とするところとなっている。彼らはカオスの中での勃起であり、私はそこにはじめからインポテンツであり、渦中に非ずして醒覚してしまっていたのである。

もっとも、社会、世界から認知されているものを従順に受け容れていく者に対してはともかく、いずれにせよそれに反駁し、素直に受け容れて行かざる者に対してのそれは、いつの世においても冷酷そのものである。諸君にこの世の輪廻的循環、肉体の中に組み込まれている本能である限り、無意識、平然であり続けることであろう。諸君はこの私の打ち建てた論証仮説と見解というものが大いに腹立たしく、気に食わないに相違ない。大いに不満を覚え、「敗者の論証」、勝者の正当性として否としているところに相違ないのだ。しかし諸君ら人間がそのことを認めようが認めなかろうが、肉物生命の抱く正統性として振り翳していくことは、彼らの立居振る舞い、空気感からも忌むことの出来ない事実として既に立証され、日常的に何処彼処でも露顕されていることである。他に一体どんな確かな生命の中に対峙して営まれている肉物の持つ本性、人間唯物界に成り立つ本能からの定説というものがあるというのだろう？　そしてこれは時としてその理性を超えて感情的に飛び出して来て人間の意識や認識を困惑させるのである。どうかこの辺りにおける生命と肉体との関係、肉体の持つ攻撃的本能の事実というものを隠蔽することなく、見落すことなく、もう一度よく再考して確認していって（おいて）ほしいというものである。

そして、私のもつ生命の成り立ちにおける所為に入る前に、先ず諸君に断っておかなければならないことがある。私はこの章を起し、更に先に進めていくに担って、ただ単に自己の人生における供述と述懐を目的とするものだけではなく、ましてやこの弁証において正統を試み、諸君の肉体を主導とする物理的表象主義の生活の反駁、否として押し返そうとすることを目的としているものでないことを前以て断っておきたい。私はあくまでこの人世における真実を掘り下げ、掘り起すことによってそれを人類全体が如何に耳を傾け理解構築させていくか、そのことによって人間としての真実の生活とは何かを取り戻しつつ再構築させ、自からを再認識して復活させようとこれまで試み続けて来ていたまでのことだったのである。そしてそれさえも既にこの老境を迎えている私にとって手遅れの感を否むことは出来ない。刻々と日々は過ぎ去って行くのである。―私は諸君たち人間の肉体物理を主導とした本能主義に徹することは出来ない。私はその圧倒的「人間の理屈」を中正中庸不義不善なものとして注視して容認してゆくことが出来ない。私は私の中にしか生きていくことの出来なくなった人間である。外界を曖昧模糊として信じることの出来なくなった人間である。―諸君らにおいてはその生に関する論理とその辺りの考察とするところを如何様に捉え、考えておられることなのだろう？　多少の裏表、利的差異、意識の誤差、自在性と考察の綾、自由とエゴイズムとの関係、民主主義と理想平和との綱引き、その辺りのところを如何様にして捉え、考えていっていることなのだろう？　関節と関節の間をとりもってスムーズに働かすコロイドの様に必要不可欠なものとして捉えているのであろうか？　随ってあくまでこれまでの既存、意識、認識通りで構わないとでも言われるのであろうか。それとも絶対に全人の為の共通した根本本質からの意識統一が是非とも不可避なことである、そう考えるのだろうか？　それを漏れることなく全人から伺い聞き出してみたいものである。そして既存は正しく前者によって蔽い尽くされており、現在の様相が善くも悪くも我々の目前において展開されていっている訳である。さて、諸君はこれに手を挙げるのであろうか、それとも下げる側に回るのであろうか？　―この私からの諸君たち人間世界への疑問と疑惑の洞察と証言、提承と提言であった訳であるが、諸君らというものはこれをどのように受け止め、考察し、その私の論試論証に対して果してどのように回答をしようとしているのであろうか？　そして私の希望があるにしても、その確乎とした不変不動の決定的回答を持ち合すことができないように、諸君ら人間においても、直更混迷カオスの中に右往左往しているだけのことで、その明確明快な回答を持ち合わせていないことは、この現在の我々社会の現況現情（状）を観るまでもなく明らかなことである。されど人間は旧来と同じく、否、その文明の進歩とは裏腹に、そのことによって皮肉にもいよいよ以てもっと劣化、高等詐欺、野蛮になり、その狭義に執着していよいよ自から強者が弱者から掠め乍ら一方でいびり続けていくように、それによってその火種の図を拵え続けている有り様である。その火傷を負ってもそれに懲りるということがなく、その傷が癒えるとまた同様のことを繰返すといった有様と始末である。他の賢明な動物は一度手痛い目に遭えばそれを学習して生涯に亘って忘れず、二度と同じ過ちを繰返すことはしないが、人間は以前の過ちを記憶に止めているにも不拘わらず、また以前よりももっと大掛りな過ちを故意として場合によっては何もかも承知の上で繰返すのである。果していずれの方が賢いか、それは幼児にも分ることであろうか？　しかし、大人になるとそのことに味を占め、その辺がてんで分らなくなるから始末に負えないのである。

六

私はどうしてこうも、誰とも異なる、誰からも共鳴共感もされることのない、極めて人間から受け容られにくい人間、誰からの理解も、愛され、必要とされることの無い人から厭（いと）われる考えと生き方をする人間になってしまったのか、そのことをつくづく怨めしくも無念に思ったことは都度ではない。本当に生きていることの意味、意義さえ見失ってしまった程である。私は自からそんな人間になることを望んだ覚えもなければ、願ったことなど直更ない。ましてやそんな頑冥不霊な心など受け容れた覚えも更々ないことである。私が自分を意識するようになり、自覚に目覚めたときには既にいつ間にかそんな心がしゃあしゃあと、そう、まさしくしゃあしゃあと居付いていて、私を支配し、指図しているようなそんな具合になって自問自答するようになっていたのである。つまり自意識に目覚めたときには既に、この本来の心と因果による招かざる心とが凌ぎを削り、激しい抗争と角逐を展開させて葛藤（たたか）い続けていたという訳である。そしてこの抗争は未だに決着がついていないばかりではなく、これまでを通して招かざる心の方が一貫として優位優勢を占めてしまっているくらいである。そしてこの形勢は、凡そ終生変ることはないらしい。即ち、この二極に対峙した心が何んであるか、それは霊的精神を基調とした本来の心に対し、その仮面を被っている擬装している実しやかな肉体を基調としている従来からの生命に染みついている表裏裏腹からの通常通俗の日常的心情（こころ）心裡であり、その角逐と抗争であったことなのである。

　ここで一つ、この「招かざる心」についての論証を試みたくなった。そしてこれはあくまで仮説であり、一つの譬喩にすぎない。不如帰という鳥は六月から八月頃までにかけて、自分の卵を鶯などの巣に一個ずつ産み付け、この鶯などの仮親になって貰い、その卵を抱かせ、雛を真先に孵えさせ、育てさせる習性をもっている。私が何故こんな七面倒臭い引用を持ち出すのか、諸君にお分り頂けるであろうか？　つまりは、私はこの鴬などのお人好しの仮親のそれと同様そう大差はなかったということである。因果となってその産みつけられた望まない本来でなかった心であるにも不拘わらず、そして本来の、否、生来や従来、旧来と言っても同じことだが、その自身の心が犠牲と負担を負わされているそのことにも気付かず、それこそ自身に与えられている崇高な天命でもあるかのようにその望んでもいない心の為に寝食を忘れているかの如く一生懸命温め、その卵が自身の卵よりも尊大であるにも不拘わらずそのことを感動して誇りにも思い、わが愛しき卵であると思い込み、親鳥の本性丸出しに温め、その不如帰の卵が先に雛として孵えり、自身の立派な雛であると信じ切っている故に、この大食漢の雛を頼もしくさえ思い、せっせと甲斐甲斐しくも餌を運んでやり、そのことに親鳥の愛情を一心に尽して与えてやるのである。尤も当然というもの、その私においてもこの「招かざる心」こそに己れの真心であることを信じ込まされていた訳ですからね、否、今でもそう私は自分に一方では信じて疑っていないのかもしれないのである。そしてこの不如帰の雛が逆に見窄らしくさえ見られる本来の鴬の雛に蹴落されていくのにも不拘わらず、それが大した嘆きでもないように思い感じられ、その自分への愛と餌を独占しようとしているにも不拘わらず、本能に組み込まれている如くこの逞ましく成長していく不如帰の雛に親鳥として頼もしく感じ、その羽ばたきに成鳥に夢さえ載せて誇らしく眺めるのである。―どうして生存競争にも打ち克って生抜いていくことのできない生命力に乏しく感じられる雛が可愛しく感じられるというのだろう？　そんな訳で、自らの雛のすべてが巣から蹴落されてしまったにも不拘わらず、親の自分よりも大きくなった大食漢の雛の為に我身をすりへらしてまでもこの仮り親の一身を献げ尽くしてやるのである—されど、この本来の親からの餌も殆ど与えられない衰弱してゆく雛どりの心中は如何ばかりなことであろう！　親鳥からも半ば見棄てられ、不如帰の雛の脅威にも晒されてその上巣からは弾き落されなければならなかった恐怖は如何ばかりなことであったことだろう！　—ところがこの不如帰の雛といえば、この育て上げて貰った仮親の愛情の恩もどこへやら、仮親の雛どりのすべてを巣から次々と追い落し、素知らぬ如くやがては巣立って大空へと翔び去っていったのである。—生命に刻み込まれているシステム、霊本能と法則とはいえ、如何にも残酷なことではないだろうか？

どうも可笑しな表現で、必ずしも当を得ていない適切な比喩とは言えないまでも、私としてはそうとしか比喩と表現の仕様が無く、またこれこそが紛れもない述懐なのであるから何んとも致し方が無い。諸君はこの私からの述懐と供述の論証と事実を何んと受け止めることであろうか？　否、これはあくまで諸君の感性と自由意志に委ねられるところで、私の差し出がましく尋ねるべき筋合いのことではないのかもしれない。とは言え、果して私のこの述懐と比喩を、諸君は一笑に伏してしまうことが出来るというものであろうか？

諸君はそれでも私が、諸君のお気に召す—社会人為に倣った生き方をしないからといって、一方的に責め立てることが出来るものであろうか。果して諸君に、そんな権利がどこにお有りになるのであろうか？　例えば、大凡大多数の体制、一般通常の意識と観念、常識と概念、社会既存現実の決り切った認識であるからと言って、そんな社会的権威からの便宜都合に便乗し乍ら人を責任もなく裁いていってよいもの（こと）なのだろうか？　それこそが健常者、強権威者に許された特権で、世に倣わず従わず、逆ってばかりいる者の自業自得とでも言われるんでしょうかね？　おやおや諸君、それでは化けの皮が剥れお里が知れようというものですよ。それでは私のような人間は悪くもない罪、諸君らの醸し出された不始末、その大凡の生に潜む罪と原罪までをひっ被らされて、諸君らの健全健常者とやらの生の邪魔をしているからと言って、その懺悔でも乞えとでも言われるんですかね。その不合理をこちらの犯した罪としてでもおっ被せるとでも言うんですかね？　あくまでも自分たちの醸し出させて来た生罪をそちらの都合のいいこの弱者の方にひっ被らせて己れの罪を転嫁して免れ、その利を得てゆこうと言われるんですかね？　それでは諸君も鴬の巣に卵を生みつけ育てさせる不如帰のやっていることと事情は全く変りはないというもんですよ。それではそんなお人好しで、愚かで、自己主張も、弁明もしないでいる方が勝手で、罪悪とでもいう理屈ということにはなりませんかね？　そして物理既存は諸君が手を下げずとも、流れとして、仕組システム構造として、社会の事情として、自ずから利は上層へ上層へと吸収、吸い上げられていく構造、仕組となって既に出来上っている訳である。何しろ昔からの仕来たり、習慣、ＤＮＡという訳だ。時代と世間と現実の生存の厳しさとして、法則として、その口実と楯の下に、その要求の下に、その伝統の生の継承に基いてその生を履行していっているまでのことで、そこには個人としても、組織団体としても、この流れに則って行く他になく、その流れに逆えば―その機構構造に外れることになり、即「死」が大口を空けて呑み込んでいくという次第である。というのに、この流れに逆って、自からの滅亡を覚悟にして、遡上していく魚、根源本質源流を目指していく人間があるものであろうか？　であるから、この多くの人間というものはこの現実処方箋を以て、その生の正当性自衛既存を以て、何事も平穏無事、危険を避けて事勿れを目指す訳だ。自戒、反省などはどこ吹く風、みんな後回し、現代（在）の生存にそんな手間暇掛けている暇は何処にもなく一刻を争うという訳である。世はまさに物理によって埋めつくされている訳であり、それに片をつけることに追われているという訳だ。その結果戦争に次ぐ戦争、犯罪に次ぐ犯罪、不正に次ぐ不正、偏見に次ぐ偏見、裏切りに次ぐ裏切り、諸君はその辺りをいかに、どのように考えておられるのであろうか？　そして私というものはその物理的なこと、人間生活から一切手を引かざるを得なくなったことから、その諸君とは逆に、すべてが霊的な生涯に亘って片のつきようの無い、テーマと格闘しなければならなくなったという訳なのである。さて諸君人間よ、いずれが、どちらが厄介なテーマなのであろうか？　―それに諸君もう一つ、つまり行動実践を起す以前に、その行為そのものに懐疑を持ってしまった人間に、どうしてその障害、ハードルを突破していくことが出来るというのでだろうか？　つまり必然の生にあるのに対し、鉛りの心と足を持った私において、それを越えることは初めから既に不可不如意であったことだったのである。故に私はその何事も起してはいないのである。起し様がないのである。即ち、はじめから勝負にはならなかった訳である。そこで諸君は一笑し、「そんな可笑しな観念に捉われ、愚図愚図もたついたことをばかり訳の解らないことを言っているからそんなことになるのだ。だいいち、そんなことに気をとられている者などどこにもいるものではない。それに、生きている以上、そのこと自体が行動、行為、実践、その繰返しによって我々人間、生命、ことに動物においては成り立っていっている様なものではないか。そのことによって生命と生とが保障されていっている様なものではないか」、そう反論すること事体、いかにも当然なことである。そして私においてもそのことに反論することは何もないというものである。讃同する以外に反駁することは何もないことである。そして、私というものはそのことを充分に心得、考慮に入れた上で、そのおかれている生命の境涯からして、そのことに一々引っかからずには済まされようもない人生をのたりのたりとすべてのあらゆる人間に追い越され乍らも、なんとかここまで歩いて来ている、といった具合なのである。諸君は、この私を諸君との相違を何んと見ることであろうか？　そして人生というもの、この我々人間の醸し出していく生活大系と形態全般というものを根底根幹根源から見詰め直すことをしなくともよいものなのであろうか？　現在（いま）の情況を最後の機会と捉えて、この我々人間の生の在り方、価値基準の根本的所在の如何について、そのこれまで通して行なって来た唯物至上経済主義と民主主義の在り方有り様に対する根本からの再点検、このことは破裂破壊寸前を目前にして緊急に見直していかなければならない全人類の待った無しの課題である。

一刻の猶予もなさない火急の問題である。全人類の明日の生命の掛っている事柄である。もはや人類全体が旧来これまでの既存現実方式、意識、認識、概念、それらあらゆる常識に現を抜かしていられる時代は既に終っているのである。閉じられているのである。これまでの肉物経済至上主義そこから成立して来た思惟思想とそれらから生み出されて来た既存現実方式全般、それは既に万事休す、絶体絶命、まさに危篤状態に至り、陥っているのである。

—そして私の持って生れた生、生命、人生それら総てというものは、その全人類がその支配され、支柱となし、生きる目標目安基準基盤その総てである物理経済至上主義と直結している思惟思想、その既成既存現実社会、その意識と価全体によってその現場を逐われ、まさにそのことによって致命傷にまで公私に亘って達した人間なのである。その既存の思惟と価値基準によって侮られ、蝕まれ、蔑まれ、出口を閉がれ、生の窒息に追い込まれ、追い詰められ、最后の砦の正義、真理、愛、本質と真実—までもがすべて手の届かぬ空疎の中に埋め尽くされてしまった訳なのである。そして彼ら人間全ては、私のすべての出来の悪さ、生の能力の至らなさの因果応報、結果によるものとして只の概念によって締め括ったのである！

そもそも現在の世界、社会、世の中すべての混乱を引き起させていっている根源大元（本）を辿り、手繰り寄せるまでもなく、そこからは引きも切らずに、芋蔓式となって次から次へといつ果てるともなく限りなくこれでもかこれでもかというように上って来る。

もとより、これは我々人間の現実生活全体の表裏一体となって具体的に善悪陰陽となって、一色体となってこびりついている、我々心情（こころ）の表裏しているそれと同様のものに他ならなく、これを選り分けていくことはおよそ不可能な作業に等しい。その我々人間の生活全体はもとより、それが全世界を今や席捲凌駕して人の心の中に生活体として殆ど無意識に深く食い込んで滲透侵蝕されていってしまっている次第なのである。さて、ここまで言ってそれが何者であるか、その正体に気付いている者は、多分大凡であるに相違ない。そう、その人間が何よりもすべてに亘って頼みにし、信頼を寄せ、支えとして、不可欠として我々の日常、生活、人生と生命を賄い、当（宛）にしていっているもの、またこれによって人の心を鷲掴みに弄浪し、企まし、不正を起させ、心を歪ませていく元凶、その本家本元である。ここにあって人類が掲げている平和理想平等幸福平穏愛正義真義真実本質―それらは逃げ出し、ありえなく、それを挫かせていくもの、歪ませていくもの、紛らわしくさせていくもの―その他のすべてなものには実に事欠くことはない。即ちこれこそが肉体物理唯物経済至上主義に纏る因果の正体そのものであったということである。そして人間は既にこれの奴隷であり、霊魂を売り渡した者であり、これの為であるならば国を売ることも戦争をおっぱじめることさえも、羞恥も外聞も自分さえも売り渡してしまうまでに救い難くその陥穽に嵌ってしまったことなのである。さて、この人間を、人間として如何に救済しえると言うのだろう？

　その私にしたところで、いくら何んでもこんな人里離れた地下界での生活を好んでしている訳ではない。出来ることなら地上界での、諸君らとの和気藹藹の生活をしたかったのだ。こんな侘しいくらしをしていれば尚のこと、この生命と魂を挙げて人恋しさにそれこそ気も狂わんばかり、とてもでないが居たたまれるものではない。いくら私にしたところで、諸君の地上界に素知らぬ素振りをしているからと言って、人並のくらしに興味が無いなどと勝手に早合点されては困るのだ。こんな生活をしていれば尚更のこと、血も生命も捧げて実在感のあるくらし、心の通った対象を求めて止まないという訳である。ところがこの地下界にあってはどこを見渡しても―見渡すことなど出来る筈もないことなのだが―人っ子一人としていないと来ている。私は話し相手にすらもうずっと不自由を託っている。この人間の溢れ返っている世界にあって、本音を以て話し合うことの出来る者が、この老境を迎えた今にあってさえも一人さえも持つことの出来なかった人間なのである。どうやら、何がなんでも諸君ら人間の流儀、既存現実の法則に追随追従していかなければその絲は結んでいく（貰う）ことはどうしてもならないらしい。そして私の思議思索はあくまで地下茎なものだと来ている。天涯孤児の思索だと来ている。はてさて諸君、如何がしたものであろうか？　そして結局、私のくらしはこんなところなのだ。生を紡いでいくということ、生命を生命として活かし、育くみ、全とうしていくことがこんな一人では成立しえないものであることぐらい疾に百も承知である。しかし私議を貫くことによって、人を本質的に欺すことを知っている故に、逆に人は表で共感し、本質的に許さず、意見、気持を異にすると、そこに行き違いと猜疑が起したりすると、人はこれを自分に許しても相手を許さず直ぐに立ち去っていくものである。つまり人には敵も沢山いるが、共感者にも事欠くことなく、困ることなく、ふんだんに溢れ返っているからである。そしてその双方からも異和感を以て嫌われている私という者は、この真正面な共感者をどこにいったなら見つけられることが出来るというのだろう？　すべてを損わせていくものが真正面と承認されていっている逆に真正面が損わせていく不健全として受け止められ嫌忌されて世から浮き上らされている世界にあって、どこにその全ったさの生と、真の理解者を求めていったならよいのだろう？　この物理的世界にあっては却ってそれは不便であり、成立せず、便宜的交際、表面的実際＝上辺＝の物理的共感の方が遥かに便宜であり調法ということであるらしいのだ。そしてそこに寄って集って有象無象し乍らこの世の中を混乱せしめ、それをまた憂えて嘆いている始末ではないか！　どうです諸君、諸君の人間関係、世界全体とはそんなところではありませんかね？

それによって現に生生命全体が干(ひ)上り、涙も枯れ果て、もはや万策尽き果て、瀕死してしまっている如くでさえある。それでいながら私にはどうしてもその自分というものをおめおめ見過していく以外に救い出していくことが出来ない。その手掛りさえ、初めから終りまで如何にもこの万事万策に潰え、尽きているといったところである。この歯痒さは七転八倒どころの騒ぎではなかったのである。私はこの一生を本当に晒し者のまま、半殺しにされたまま、野晒しにされたまま終るのではないか、その以後の半生を思って恐怖に震撼させせられていたものである。しかし諸君、自分の名誉にかけて理っておくが、この私にもいくら地下界に暮していたとはいえ、ちゃんと魚も棲むことの出来る程度には適度に水も濁ってもいた筈なのである。生きていくための最底ではあっても、生を基調とした条件、情緒ぐらいは人並に働らいていたことであったのである。相手を赦し、自分も許していくことぐらいは、常識程度には心得知ってもいたのである。それにも不拘わらず私からにはどういう訳か人はすべて避けて通り過ぎ、興味どころか、嫌忌するかのように、遠巻きするかの様に、近づいてくる者はなかったことだったのである。私の生来の「気と霊」が「健全」に人事生きている人を不自然気忙わにさせていたのだろうか？　それとも外見からの何がしかの—私の気付かない—理があって（働らいて）のことだったのであろうか？私には今以て分らない彼らの「秘議」となっていたことだったのである。確かに、生の謂れ、起源からして、自分が恐ろしく人間から好かれることのない性格の自分であることは私にも早くから充分に気付いてはいたものの、振り返って見て、これ程人間から酷く毛嫌いされ、絲もなく、縁も無く、ゆかりも無く、絆も無く、その晩年を迎えることになろうとは、薄々感ずいては来ていたとはいえ、それが歴然と現実にこのように明らさまに証明されることになろうとは——それでも矢張り、私は予感していたことであったのかも知れない。殆（ほとほと）、こうしてみると、私と人間世界との相性は窮めて悪く、当初から、最初から決裂してしまっていたのであろうか—そうとしか考えようの無いことであったのである。この無数に溢れ返っている人間の烏合の中にあってのことである！

　こう私が不平失意を漏らすと、諸君はそこで声を大にしてこう切り返して反発して来るに相違ない。

「何もあなたを見縊っている訳でもなければ、罪咎の上塗りをしている覚えも無い。なんの証拠も根拠も無いというのにそんな根も葉もない言い掛りをつけて来る君の方こそとんだ錯誤と被害妄想に捉われているだけのことではないか。我々は別段君のことなど何んとも思っている訳ではない」と、そう諸君の方こそそう私を憐れんでいるところに相違ない。何しろ諸君というものは人為世界に自負と信念を持っており、そこに生のすべてを委ね、宿している人たちのことである。そして不利益不都合と考えている霊的世界のことには一切耳を貸さず、関知しないという腹積りでいるという訳である。そうしていくことこそがこの世の中、現実、人間社会に有利有効に働き、人生を切り盛りしてゆく上で最も有効かつ適切であると考えている訳なんでしょうからね。だが諸君、そんな僭越で、通り一辺の知恵をひけらかす前に一寸待ってくれ給え。それが人間社会の「正体」、理に適った辻褄の合う物理的生ではあっても、私の方からすれば問題と矛盾は芋蔓式に幾数も上って来るというものだ。何も万人意識がそちらを向いているからといってその不合理と矛盾を同時に生み出していくものを当然として誤魔化師たりしてはいけませんよ。それに対して抗議の声を一つ位い挙げても罪には当りますまい。ましてや「罪人にも一分の理」というのとは訳が違うんですからね。いいですか諸君、ここで一つ考えてみてほしいというもんですよ。諸君がそれがどれ程に当然で、総体数の中で、社会的意識の辻褄の適っていると考えている中で、互いが暗黙のうちに了解了承、保障し合ってその健全生活とやらを送っている上で、その「潤活油」になっていようといなかろうと、私のような「虫けらの声」に眼中に入ろうと入らなかろうと、諸君の地上の声、当り前、当然としてゆく物理的一方で辺りを歪(ひず)ませて行く狭義な声、健全な論理の思惟の中にだってちゃんと毒もあれば、悪意だって潜んでいるという訳なんですからね、否、それこそが物理的、具象的、形而下に発せられているメッセージ、論理となれば直更のことである。いや実に、この毒も悪意も適度に我々人間生命の中には一方で具象形而下として、肉物生命本能として不可欠の営みとして含まれ、働らいていればこそ、正常な生命、健全な生、全とうな人生が保障され、諸君の何よりも自慢とするところの健常者の生活が成立し、送っていくことが可能となって出来上っているという訳なんですからね、そのことを知らんぷりをして無視して通り過ぎていってはほしくないというもんですよ。諸君、その必然性のうちに現出され、醸し出されてくる生であることを、ことば巧みにして余り綺麗事に言い変えて隠蔽させてそつ無く纏めていってほしくないというものではありませんか。本当にそんな生きる為の方便、呆っ気の知恵なんて身に付け、それを称えてほしく無いというもんですよ。あまり口先上手になんかなってほしくないというもんですよ。賢こ気、如才無くなってほしくないというものである。ところが、現代人はいよいよその辺りのところが器用に達者になっていくばかりではありませんか。誠実真実（まこと）がおいてけ（き）ぼりにされていくではありませんかね。それでも諸君らは、その自分たちの生というものに先んじようとする無意識に起ってくる狭義な下心に罪悪感も無く反省も検討も加えず、当然としてシラを驕慢にも切り通し続けると言われるんですかね？　そんなものを自画自賛にして既存現実を強行突破をさせていくとでも言うんでしょうかね？

いいですか諸君、私は何も自己弁護の為に感情（立場）的になって嫌味を言っているだけのことではないのだ。そんなことより互いの生命からの真実、思いの丈を正直に伝え、そのことを互いに理解し合っていこうではありませんか―そう思っているだけなのだ。そのことによって相手への理解が深まり、真実も具えても来ようというものだし、意義も生れて来ようというものではないか。それでもまだ疑心暗鬼に捉われて、その私の生き方を否定否決していくのであろうか？　そしてこの世の中の仕組と機構、構造の中に組み込まれていっている我々の社会機構構造に伴なう意識構造というものは、その「正真清廉」な心というものを多数決の民主主義やら、自由という名の仮面を被った真の自由を拘束する権威によって必ずしも許してはい（お）かない毒がある以上、その歪まされた心と生を全とうさせられてそれを自己責任と被されて果していかなければならないところが実在してある以上、その過程において多少のうねり、誤差が生じ、問題と皺寄せが障じてゆく（くる）ことになるのも致し方のないことではないか、誰もそのことで責めたりはしない。我々にとってそれが本意であろう筈もないが、しかしこのことは既に我々個々の力だけでは手に負えない、どうすることも適わない問題だ。そしてそこのところまで人間の生、自分の生と心を遡って罪咎として考察えを進めていくことは切りもつかないことにもなるし、だいいちにそれは酷すぎるというものではないか。自分（自身）の生に対する責任が果せないことになってしまう。そしてそのことの方がむしろ遥かに損失損害の問題が大きくなり、マイナスになってくることではないのか、自身の（君の）生が巧く運ばないからといってその御鉢と付けをこちらの方に何んだかんだと言って回わされて来たのはお門違いも甚だしくたまったものではない。そう思っておられるのではないだろうか？　その諸君の開き直りは目に見えているというものだ。何しろ既存現実に身を晦まし、添わせていく自信家の諸君のことである。そしてその正当立てに対して、ここでは一々反発反応したりはしない。否、その一理通説、既存における生命原理の説を私の方から正論であると保障したいくらいの気分である。されど諸君、諸君らはその自から引き起していく皺寄せ、犠牲とその排泄に対して何んらかの還元なり後始末と埋め合わせなりの努力を行なっているのだろうか？　その本質的道義的バランスの責任を負い、分担を果しているのであろうか？　ところで、私の主張するところの皺寄せと還元排泄と犠牲云々に対する埋め合わせの意味するところは、諸君の間でさかんに取り交されているところの、物理的、社会的、お恵み的慈善事業や行為的、その場限りの扶け合い的狭義による発想のそれよりも、それ以前としての恥の掻き棄て垂れ流しによる人間性としての本質的欠除、これに対する真逆の人間性としての本質根源からの生命としての道徳倫理、真善美に関する生の有り方、その提議からの提言であったということである。そして前者の日常実際に行なわれているそれは自身の生命の本質を棚上げにした、物理的狭義に基く、自己中心的顕示に基く着想と発想からの社会表象からの慈善行為でしかないように思われたからである。果して諸君らというものに、心底より、他者の真実根本の有り様のことに思いを馳（寄）せ乍ら自から行為行動を発し、起したこと、普遍的行為行動に及んだこと、自己の利害を超越したこと、現実を超えて霊的発想に自身の心を置き替（換）えることの出来たこと、自身の心（肉体物理）ではなく霊魂に耳を傾けたこと、自身の領域（壁）を乗り超え、真の無垢の境地に入門することの出来たこと―果してそうした無我の境地に入って行った経験が諸君ら人間にどれ程あったものであろうか？　果してここで私が云々しているそれは、諸君の心に、他者の真心に本当に寄り添い、即応している普遍的に基づいているものであろうか？　一般通常の外部からの仕来たりを慣わしに一切惑わされることなく、自身の真実（まこと）より発せられ、行なわれているものであろうか？　という疑惑疑念からのものでもあったからなのだ。―そんな訳で私には諸君の多くの者（場合）というものが、自発的真心からというより社会人為的、対面上、既存認識からの、点前に流されてその雰囲気に剰じてのことからのように思われ、常に半信半疑でしかなかったことからも、心を寄せてよいものか、自律していかなければならないものなのか、常にその心を揺らめかせて惑い続けていたものであったが、最終的にはこの様に自律していく以外に、人に依存していくことは出来なかった訳なのである。私は以前から、自からの居住いを糺していく以外には無かったことであったのだ。即ち、私というものはいつも人と出合う都度緊張し、普段の自分でいることが出来無く、常にその自分を失っていたのである。殊に社会人為、現実にある自分がそうであり、そこに自分があった例しがなかった。私はそこにあって対等であった例しはなく常にそこには劣等と羞恥が引け目が同居しているばかりであったのである。つまり、私というものは外部にある時は、その自身の正体をばれない様に隠す以外には無かった訳である。これが私の長い間における通常の姿、慣しであったのだ。

それにつけても、その諸君全体の生き方を保障し、許容してゆく肉体唯物経済至上主義の中におけるこの自由と民主主義による定義の真意とするところの意味するところはいったいいずこから由来して来ている所以に起因していることなのであろうか？　多少なりともものを考える能力（ちから）のある者なら、そのことを考えなかった者はあるまい。誰もが一度はこの問題に突き当らなかった人間はいない筈である。それであり乍ら、もっと至上としていくべき人間として欠かしてはならない真義誠実なるものに対して如何なる理由を以てそれ程冷淡なる視線、無視していくことが出来るのか、それは如何なる事情と理由によるものなのか、そのことを私はここで厳しく問い掛けていかなければならないことになったのである。

人間誰もが、間違いなく平和と理想社会と世の中の平穏の到来を願っている。幸福になることを夢見ない人間は何処にもいなかったことだろう。しかしそれでいて、そのことに心底から、根源霊視からそのことに身を以て貢献貢献した者、そしてその望み通り平和なり、理想を本当の意味において体験し、適えることの出来たもの、平穏なり幸福を根応より適えることの出来た者はそういない筈である。生涯、半生となれば、これはもう皆無、稀有なことに等しい、誰もがそのことを知っており、洩れなく願っているにも拘わらずどうしてその様な事態(こと)に陥ってしまうことになってしまうのか、そのことを諸君ら人間の中にこれまで真剣に自己と向き合って考えあぐねた者がどれ程にいたことであろうか？　それは残念乍らこれも稀有、皆無なことであったに違いない。つまり、何故、如何にというのであれば、それは凡て一様に一理一通り、通念と観念、概念からの、既存からの構想、思惟思想、唯物狭義を発想とした生存競争的基盤、価値基準、その世界と世の中、社会、世間サイクルの中での、それに則った仕組と構造の包囲網からのカテゴリーからのそれに相違ないものであったからに他ならない。そしてこの世界そのものが、この社会と世の中そのものが、この唯物経済文明の中で歪み乍ら巡り、循環し、回転巡廻し、それを人類は近代文明を生み出しはじめたころよりその自からに耽溺して足場を踏み違え、当初の地道から誤った妄動に突き進み始め、現代(いま)では完全に我を見失って来ていることは我々自身が連日目撃している通りの地盤となっていることである。今日(いま)となっては真実まことは何処へやら、すべてが擬装された真只中である。もはや人類に心棒は失くなりその正体は風船（前）の如くである。—ここにあって、真実(まこと)の心棒を見失った人間に、唯物経済に妄執して身も心も売り渡して文明のロボットと化した人間に、如何に本来の姿を取り戻しえようぞ。理想、平和、幸福、愛、真実と取り戻しえようぞ。彼らはすべてそれによって本来を唯物的知恵、物欲によって結局畢竟破壊することの物理的叡知しか持ちえることが出来なくなってしまっているのである。誠実な霊的叡智を宿すことは適わななってしまっているのである。おお、我ら人間人類はとうとう悪霊と成り下ってしまったのであろうか？

―さて話しをもとの自由と民主主義云々に戻すとして、この様な実社会、世界を築き上げてしまっている人類において、本来の意味と意義において真実うのところを理解してそれを行っていることなのであろうか、私にはそれは到底理解することが出来ないことなのである。では人間はこれを便宜として方便として規約として人類全体に被せてやっていることなのであろうか？　ならば人間はそれを不完全であることを充分に承知の上で一定の法規規約、制度体制を楯として強制制約し、正当立てて行なっていることになる。矛盾、不合理を承知の上で当局、社会、唯物世界とその人為全体によって、これを守らなければならないこととしてそれを強制して行なって来ていることになる。圧倒的制度の支持を背景として、これを全体的行為に委ねていっているわけだ。そしてもう一つ。この民主主義も自由主義もすべて多数値の勝（まさ）った方にその権威凱歌、行為が委任委譲されることになる決定権が委ねられ、それが施行されて行くことになるという訳だ。そしてこれが民意の代弁者として憲法によって保証されていくという段取り算段になる訳であるこの時点で既に理想に対しての逆転現象として現われていたという訳である！　足場を現実重視、人間偏重に踏み違えて来ていた訳である！

　しかし乍ら、現にその構造とシステムに疑問を抱き乍らも、一方ではその範囲（カテゴリー）の中にあって、便宜なものとして、自身の都合狭義に応じて大いに歓迎し、活用し、その曖昧の中で、それに背く者、同意しない者、行なわざるものを非民主的として非難し、他方ではこれを便宜なものとして応じ乍らその保護下、傘の中にあって生活を堪能享受し、欠かせないものとして善良市民の名を恣に体制側に参画し、その保護下で生活を安住に安穏温々と送っていくという訳である。即ちその彼らというものは、この実社会における自由と民主主義におけるところの自由と民主主義の本質、真にその意味するところのものが何んなのか、そのことに気付いているのかいないのか、もしくは一定の観念、市民的社会意識、一理既存からの一定の意識を自身のものとして則って、あくまでその社会、現実と同様溶け込んで、異句同音にその真なるところにはあくまで頬被りをしている（く）のである。これこそが事勿れ保守主義者、既存現実主義者の正体と体制、多数者の生の本質、真意、底意、偽善擬装者の正体、本音本心としていたところであったのである。この連中というものが、その裏側で民主主義と自由主義を背景として何を画策していたか、諸君は知っていた筈なのであるのだが、即ち彼らは知ってか知らぬでか、意識有ってのことなのか無くてのことなのか、とにかくいずれにしたところで、世という、時代という、環境という、社会、世界という、体制多勢という現実既存という、欲望と本能の堪能という肉体物理という生命大河に流され乍ら、そこに踏み止まって物思いに耽っているもの、思案思索、物思いに耽っている者を揶揄し、何もし無ない者を非難に、反現実主義者、失格者落伍者精神的病者として忌み嫌い、斜視偏見を浴びせかけて来ていたからなのである。その狭義既存現実を以て（によって）舵取り、コントロール、操って来ていたからなのである。

　そして諸君は、彼ら、人間の最大の犯罪が何んであるか知っているであろうか？　それは言うまでもなく人間における太初の謂れ、火を扱い、物理的進化を始めたことに発祥していることに始まっている。霊の原則原理に逆って進化し始めたことに由来している。それでも当初のうちは、古生代から中生代にかけてまでの長期にわたるうちは、まだ霊の原則原理を守り、それと調和させることを第一となし、その霊世界に対する畏敬の念を強く抱き、それに添ったバランスのとれた、他の生物との調和のとれた営みを旨として、謙虚そのものであったことは生命の進化の過程として想像につくところであろう。それが近世代に入った頃から、人間の歴史が俄かとかわる頃から俄然唯物文明が開け出し、迫り出して、人間の生活全般全体というものの様相というものが一変様変りし始めると共に、人間の思惟思考もこの辺りから霊の原則原理から決別逸脱し始め、その足場を完全に人間本位に置き換え始めることになるようになったからなのである。人間はこの頃より、それまで霊の原理原則に畏敬を置いていたものから、自からの物理叡智によって創造生産開発、その一手に生み出されていくところに遥かに喜びと期待と希望を抱くと共に慾望が擽られるようになり、そちらの方にその心をいよ愈その生活と共に附随連れ立って、それに纏わる自己開発が一段と向上飛躍し始めていったことは想像に容易なことであろう。即ち、言葉を言い替えるならば、この頃から物理的叡智という木が人並に育ち出して来ていた蕾がこの頃から一気に綻びはじめて来た時期に差し掛かっていたことに相当するのであろう。人間生命というものが一番健全に活達に働き始めていた時期、その近代文明の土台を成した時代に相当するのであろう。乙女がその自身の差し迫った未来の夢に、思いっ切り胸躍らせ、希望に溢れていた時代として表現するのが適切な時代であったように思われる。そして人類人間はそのことにばかりその心を魅了され、そのことに耽けり、心を奪われ、その足元を近代から現代に入るにつれ、見失っていったことは想像するに容易なことでである。それまでの意欲も欲望に置き替えられ、その冷静さ、客観性を全体として益々人類は見失ってその欲望にばかり現を抜かすようになっていったのである。近世近代はその欲望による合戦による火蓋の幕が切って落された時代といっても世界はもとより過言ではないであろう。そしてこれは人間世界だけの話しである。霊世界にあっては生存による個々の戦いはするものの腹が満たされればそれ以上の無益な戦いはすることはしない。ところが人間いたっては単なる欲望の為に力を鼓舞し、士気を高め、果しない戦いを増幅させるのである。しかも汚ないことに己れの生命を的にせず武器を創造して扱い、人海戦術に打って出るのである。果してどっちが真正面と言えるのであろうか。霊的知恵が真正面なのか人間の物理的叡知が真正面なのか―それは諸君自身其々で考えて頂きたいところのテーマである。

　そしてこうして人類全体の霊の原理原則から逸脱離叛して物理的進化を遂げていく過程において、近世以降その味を占めた人類というものは、その物理的進化発展一辺倒に舵をを切り出し、近世代に入って更に高じて加速して来たことによって、その物理文明の進化発達を盤石なものにしたことによって、その自からに確信し、愈愈勢いずき、その物理文明の恩恵を受けていく傍らでその霊の理りを御座成りに疎かにして弁えず、利用の転じて失ったことで、その本来の原則原理を無視すること、即ちその霊精神の崩壊によって、その心棒、肝心要め、至上無価、真理本質の地盤を見失ったことによって、糸の切れた風船、奴凧の如く、その文明にしても既に地を失って楼閣化し、その人類の道を過誤った感をどう見ても否むこと、拭うことは出来ないのである。その結果その二心猜疑を抱くことによって人間はすっかり底意地が悪くなり、複雑になり、真実本質本心＝真心＝を隠蔽する技術ばかりを身に付けたことによって、混乱ばかりを引き起し、自他内外公私に亘って痛めつけ、そのつけを回されて来たことは言うに及ばない。延いては、自からその破滅破綻を盛んに、裏腹となって引き寄せている始末である。

　この人類における本質と真実を見縊り、見失った現実既存物理への傾斜と物事須らくへの根本的倒錯と底意地の悪さは骨の随まで浸透しており、彼らの心を捉えて離さない。もっともこの現に呈出させている人類の頑冥不霊の混濁振りは、既に人間に元来より組み込まれて来ているＤＮＡが本能として営なませて来て肉物からの心のざわめきであり、既に人間の意識を超えている衝動そのものであるから、もうこれを抑(おさ)止えさせていくことは凡そ困難不可能なことである。人間はこうして自からの循環を回避させるどころか、益々そのことに助長享受することを旺盛にさせていくばかりである。しかし彼らは自業自得であるからどうにも仕方がないにしても、地下界でそれらは別の暮し向き、霊的本来の暮し向きを目指しそれを望んでいる者にとってこの地上における汚物のたれ流しの不始末は、果してどうしたものだろうとその処理始末につい考え込んでしまうということである。そこで諸君はこの私にこう言われるに相違ない。「あなたはそんなことをひとり被害妄想に掛かっているようになってそんなことを言われているが、他に誰がそんな事を真正面になって言っている者がいようか？　皆んな真面目に自分の居場所を心得て、それを認識し乍ら精一杯懸命になって既存、現実を見据えて生きていっていることではないか。皆んな誰しもこの現実と、既存の世界という同んなじ土俵、戦場という条件の下で闘い、生きているのではないか。それに対してあなたというものはその生きている現場である現状と既存の世界に、世の中と社会＝に真正面に向き合うこともしないで不平不満ばかり言って批判し、悲観ばかりをして自分の人生とに向き合わず、斜に構えてニヒル＝虚無的＝なことばかり言っている。外方を向いて傍観して醒め切っているではないか。この世の中、真正面に世の中の現実に向き合うことをしない者を、積極的にそれと関っていこうとしない者を、どうして人がそんな者と関っていこうとするというのかね？　本当に生きて行く気概を持とうしない者と、どうして関わるということが出来るというのかね？　我々は生きて行かなければならないものである以上、誰もそんな者とは付き合おうとはしたがらないのは当然なことではないか。君には、その本当に生きていく気概がどこにも感じられないのさ。生きていくことを誤解しているのは君の方なのだ！」、そして諸君は尚もその私に畳み込んで、「そしてこの世界、スタジアムの中で生きて行かなければならない限り、そこに多少の勝者と敗者、不均衡と格差、不合理な面が障じて来ることになってくるのもそれは生存の成り行きと社会現象である以上、我々個人の力ではどうにも既にいた仕方のないことではないか。その熾烈な生存があるからこそ、一方でまたそこに生きていこうとする意欲も希望も闘志も湧いて来るというものではないのかね？　その現実の妙と綾のあることを素直に認めず、批判ばかりして、闘わずしてそれに背を向けて放棄してしまっては、世間と人からも拗(す)ねた捻(ひね)くれ者と見られても致し方あるまい。—それでは世の中にも、社会にも、実際には何んのプラス＝利益＝にも繋っては行かないばかりか、その全とうに生きている人間、世の中からは嫌厭されていくばかりのことだ！」、だが諸君がその一理当然の理屈、分別を以て私を裁いていることは疾に承知している。そしてそれは私から言わせて貰えれば、それは既成社会での勝者からの、屁理屈というものにすぎない。それに諸君は同じ戦場、同じスタジアムの条件に臨んでいると一色体に言われるが、それはとんだ誤解も甚しいというものだ。我々の生は戦いと競技に臨んでいるのでもなければ、生存競争でもなく、その生を与えられた生命の条件の下で、如何にその生命を高め合いつつ深め、それを其々の生に環元活かし合っていくことが出来るか否か、そのことに掛かっていることなのであるから。尠なくとも、私はその自分の生命と生をそのように理解し、捉えている。そしてその価値(あたい)と基準、評価の対象には物理的なもの、人為的なもの、肉体的狭義の対象は外されて含まれては行かない。それは真実を貶しめ、故意に低からしめていくものと考えられるからなのである。そして私の経験からして偽わりなくその通りであった。つまりいいですか諸君、人間其々この世の中生れ乍らにして、既にその立場と条件、環境も状況も事情も異なっていて、同じ条件にあるものは一つとしてありえない。一番同じものとして考えられている一卵性双生児にしたところでその通りではないか。然からその思惟においても異なっているというものなのであるから―どうかその生来からの付き纏っているその人のみに与えられている個有の「秘密」までも一色体にして無視して一括りに論じるような真似だけはしてほしくないというものである。第一それに諸君というものはどうしてそれ程までに勝ち負けに拘わり、そのことに意義と意味を持たせようとするのだろうか？　どうしてそれ程までに多勢、通常物理の表象とその価に拘わり、そのことによって他方では苦しみ乍らも一方においてて喜々として求め合って止まないのであろうか？　どうしてそこにして生の意義と利益があるとしか考えようとはしなくなってしまったのだろうか？　人間、他にも、物理的利益以外にも真実うの利益がある筈ではないか。いやね諸君、私もそれに全く拘らない訳ではないが、しかしもっと別の見方、別の価値と判断というものは出来ないものなんでしょうかね？　それにですよ、敗者には敗者なりの、少者には少数なりの言い分と事情というものが必ず存在していて、その価と意義、意味というものがちゃんと息ずいているというものなんですからね、そう数の力だけでそれを邪気に、無碍になんかしてほしくないというものである。そうではありませんかね？　それにもしかするとその諸君ら一般の人間が最も尊重大切にしていく大事な価以上に、その他のことこその方が最も貴重で尊重されるべき価の筈なのかもしれないんですからね。尠なくとも地に足のついている、根の張ってある価いというもんですよ。それに耳も貸さず、傾けず、無視して片してしまうというのは如何にも、余りにも理不尽で、了見が狭すぎるというもんですよ。そして地上多数者の浮ついて流動している表象論理、形而下の理屈、既存現実を余り振り翳してその少者を威圧脅かして正真正当面をしてほしくはないというものである。「窮鳥懐ろに入らずんば」それを追い込んでおくと「窮鼠猫を噛む」の例え、「蜂の一刺し」ということにもなりませんからね、ご用心ご用心と言ったところですよ。どうか権威を傘に図に乗り過ぎて道を誤らないで頂きたいもんである。稀有者、正真者を見縊らず、もっと広汎な視野、遠謀深慮に立って臨んでほしいというものではありませんかね？

それに諸君、正直に言うとこの私にしたところで必ずしも諸君より賤しまれる程に生命力が弱く、意気地が無く、頭の働きが鈍く劣っているなどと本気になってそんなことを考えていた訳ではないのだ。ただ便宜上一々そんなことに拘わることでもなかったし、血(知)の巡り方が諸君とは少々異っていただけの話しである。諸君らの大部分は既存の物理形而下に作用機能していたのに対し、私の場合生来生命の謂れからしてその必然の謂れの真逆霊的に具っていただけの話しである。多数派の諸君にあってはそれが負け犬の遠吠えに聞こえるかもしれないが、私の事実なのであるからこれはもうどうにも仕方の無いことである。それでも孤立する生命の逆風の中で、その立場の絶対的不利の孤軍の中で充分に全とうし、その生の義務と努力も私なりのやり方で果して来ていた訳であるが、その結果はこの通りであったという紛れもない事実である。これこそがこの人為社会の中で私の生命と人生に与えられていた生の立脚点立脚(地)であったのであるからどうにも仕方がない。生の事実の如何までを追い込まれ、奪われなければならなかったという紛れもない真実だけのことだったのである。そのことが私の生に対する脆弱によるものである―と言わば言え。その人間諸君にお尋ねするが、諸君は一体人間のどの辺りを以て、何を基準価を以てその人の人間性、生命性、その人生における生の豊かさや貧しさ、内面と外部、強さと弱さと貧困しさ、それを如何に測定り、判断し、基準にして捉えて言われておられるのであろう？　それは五感いろいろあるであろうがその差し詰めとするところ、その頼りとするところ基準と成すところは、差詰め結局究極とするところは至真心の真実を排除した、それは旧来形而下学に基いた人為社会からの由来、その意識と認識、即ち物理的価いにえているところのそれであろう。つまりは既存における通念や観念、既成概念の総称である常識、これを当てに準えさせて言い合っているところのものに相違なかったのである。ところがこれとて確固とした普遍なものではなく、時代、情況に応じて流れ、変遷を遂げていくものにすぎなかったのである。我々はこれを主体基盤としてそれぞれの立場と事情において、便宜としてそれを適応させ乍らそれを自己の都合に叶う如くに用いて行くとなればこれとてもう曖昧なもの、愚の骨頂となる他にはなかったことだったのである。

そこでもしかすると諸君は私のことを、とんだ嘘付きと思い、見ているのではあるまいか？　旧来からの歴史を紡いで築いて来た人類の絶対的伝統と習慣、人間の持つ根源的思惟に貫かれ、埋め込まれて来ている人類に欠かすことの出来ない人間にのみ埋め込まれているＤＮＡの基盤と礎え、それを時代と環境に合わせて衣替えを試みつつ継承し続けて来た、そしてこれからもそれを引き継いでいく人類の叡智、それまでを否定することはあるまい。それは君自身を自身が否定していくような、そのことに繋がることではないか？

否、否定するどころか、私にしたところでその人類のため人類の発展に敬意することに、畏敬して来ていることに吝かでないことは前章でも告白しておいた筈である。しかしその人類の行ないを何んでもかんでも鵜呑みにして称賛していれば良いというものでもあるまい。良いものは良く、悪いものは無いと素直正直に語ること、これがウィンウィン等々の関係である筈である。しかし乍ら私の見るところ、近代に入ってからの人類の生き方というもの、ことに現代における人間の有り様というものは、ことにその人間の物理経済至上主義からの過剰な文明と楼閣化した、それに伴う人間の本質、現在からこれからの心棒の抜け落ちた様な暮っていく頑冥不霊振りには便宜を通り越した、過誤の物分りが都合勝ってに横行し始め、そのことに確手としていた基準がぐらつき始めていることに心を痛ませない訳にはいかないということである。この人類の傾向を信じて疑ってはいないからなのである。私はその諸君、人間を認め、保障、証言しておこうではないか。が諸君、それは但しあくまで諸君の好んで棲家と成し、功罪相半ば、不霊にした同化一体化しておられる既存物理現実履行推進の上での話しである。そしてこの私においては、そんな地表社会における人為既存全体の価、それと同道していく変梃(へんて)こな物分りなど真っ平ご免、糞くらえという訳なのである。何一つ真実らしきものは見当ることは出来ないばかりか一層事を混み入らせ、困乱に導いて行くだけのことの様に思われてならないからなのである。そして現実的対応ばかりが取り沙汰されて真実まことは語られず、その実しやかの方を遥かに喜んでいる。すべてが柳に風で、正体本音は姿を見せず足も根拠も無い臨機応変の化け物適宜ばかりが迫り出していく。—ところがそれは頭隠して尻隠さずの謂れなのであるが—その方が四方、世間丸く治まる保守丸出しの民主主義、現実といった訳なのであろうが、真実うにそうなのだろうか？　そしてこう言う私を、諸君は何んと見るであろうか？　自身を棚に上げた欺瞞者、偽善者、思議も気骨も無い腐抜者、と見るであろうか？　ところがどっこい、—そんな見せかけの上辺の表象意識、既存の意識と認識、そのプライドをちらつかせ、根拠の無い幽霊意識の真実、寸足らずの真善美を実しやかになって振り翳してみたところで、そんな見せ掛けの知恵はみんな曖簾に腕押しといったところで、土台がすべてぐらついて危なっかしくて見てはいられないというものである。これでは片の付くことはありえない。始末の付くことはない—。されどその人間たるや、この既存の現実で、その既存現実から起った不始末をそれによって片を付けようと模索し続けることに懸命である。大童である。その網引きに熱中してまるで覚めるということがない。そっちの片がついたと思ったらまたこっちに問題が生れているという具合でそれが果しなく続いて呆しも切りもつかない。何しろそれでも諸君ら人間にとってはいくら自からのくらし振りによって、世の中、世界と社会、現実が落ち付かなく足場が乱れて混乱していようと、同化した棲家であってみればこれも棲み馴れた我家という訳なんでしょうからね。ところがこちらとしてはたまったものではない。懲り懲りといったところなのである。我ら高遠を目指す者にとっては、この人為地上の騒然とした暮しより、日射の届かないこの地下界の方がまだずっとましというものなのだ。それに諸君、そんな誤魔化師合いの不透明曖昧なくらしのどこが面白いと言われるんですかね？　まったく人為物理なんかのこの既存によって、この宇宙までも全体を巻き込もうというんですからこれは呆きれて恐れ入りますよ。この驕慢さは一体どこから来たものなんでしょうかね？　もっともその諸君ら人間の理屈からすると、「内的現象因果でさえ、肉体生命の表現、それこそがその人の全証明」ということになるんでしょうからね。そして私にしても、その諸君の一理を認めることに吝かではないにしても、が諸君、私はその諸君の一理原因結果主義ばかりによってすべてを認め、評価判断決定していこうとする姿勢、態度、ものの考え方そのものというのがどうも気に食わない。そこで諸君は声を大にして言われるに相違ない。「何事も、そのプロセスも曰くも見知ることに限界がある以上、その原因結果の現象からすべてを察知し、その人の人間性や生命性、その他何もかも判断推察していくしか仕方なく、已むを得ないことではないか。一体薮から棒にそんなことを言われる君の方に決定的にそれを判断していく基準なり、確かな論拠なり、真実なりというものがあるとでもいうのかね……」、それというのも私にしてみれば、その諸君にもっと余白を残すというか、奥行きというか余裕りをもって何事にも担(あた)り、人為表象結果主義に突っ走るのではなく、ちゃんと腰を据えて真実やら本質にも目を向けてほしいという訳ですよ。―そんな訳で諸君、もしかするとそんな人為的観念だけに捉われず、もっと大様になって構えることによってもっとそれまで見えなかったものまで見えて来るようになって、確かな判断なり、正体なり、本質や真実を掴み、知ることが出来ようというものではありませんかね。その点、むしろ私の方が諸君以上に生命性が深いものになり、洞察力がついていて、本質や真実については詳しく理解していることにはなってはいませんかね？　ましな生活を送っていることにはなりせんかね？　否、そうに決っている。

いや、どうも私らしくもなく、つい理屈が先行してしまった。理屈はその筋に長けている知的に発達旺盛に出来上っている連中に任せておけばそれでよいことなのだ。第一、そんな理屈によって世界が混乱した話しは聞いたことに耳に蛸は出来ているが、解決治ったという話しは未だ一度として耳にしたことがない。否、宇宙の秘義と同様、生命や霊の真相真理真実、正体や実相実体こそ、つまり形而上＝非具象＝にあるものこそ、その理屈とは真逆の性質によって成立しているものであり、深秘によって蔽われている尽上無幻（限）の世界のものであり、既にそのことは私の生命の中にあって証明され、知れ渡っていることである。━そして今度こそは、その観念的なことではなく、私自身の話しを始めることにしようではないか。どうか、その話しに入るのが大変遅れてしまったことを許して頂きたい。

七

私は病んだ家に生を受け、そこで育った。私の周りには病んだ両親がいて、そして同様に病んだ兄姉たちが沢山いた。この病んだ環境と病んだ情況のもとに私の血と肉が贖われ、心と躰とが培われていった。諸君、果してこうした情況のもとで育った私というものが健全な精神と肉体とを宿し、身に付けていくことがどうして出来たというのだろうか？　こうした條件のもとで健全な生命と魂を育くんでいくことが可能となることができたというのであろうか？　そして諸君の推察されておられる通り、他の兄姉たちと同様、私の心と躰も著しく損われ、世の物理的驕慢の全体環境の前にあって萎縮して見窄らしい人間となっていったことは明らかで言うまでもないことである。それとは総てに亘って逆様の世の中にあって、このことは私にとって決定的ダメージを与えられていくことになったことは言うまでもないことである。このことは世の中の現実と社会の強かな状況と考え合わせれば、そこに棲んでゆかざるをえない萎縮してしまった人間となることは避けようのない不可抗な条件とならざるをえなかったことは言うまでもない。諸君、その私というものはこの生命の状況の中にあって、この世の中と、自からの不可不如意の生命にあって一体どのような対抗対処の仕方をしてゆけばその生の道を全とうし、開かれてゆくことが出来たというのだろう？　生を死なさずとも、生きていくことが出来たというのだろう？　そのことを思えば、この生への焦燥感、閉鎖閉塞感に一刻として心の休まることは無く、治まりつかなく、夜も日も無く、心中は黯黮暗黒の固まりと化し、それこそ気も狂わんばかりの恐怖の連続であったことだったのである！　そして生命すべて当然なことなのであるが、この幼児期の生命の成長過程の如何というものが、その後生に記憶を止めることのない期間の謂れこそが、その人の人生の根本における生と性格の土台、基盤を成すものとして固められ、「三つ児の魂」として生涯を貫いていくことになる訳である。即ち、これこそが生のその人の「根本秘義」となっていく由けである。従って、この期間云々考えることと自体生命はこの期間に培われた生の基軸基盤、その遺産と可能性の宿命を負ってそれを最大限に活かし乍ら自からの生とその人生を切り拓いていく他にないことであったのである。従って私の場合で言えば、その悪霊的病的世界からの脱出は、後生以降に芽生えることになる全意志と意識操作の能力（ちから）を以てしてもとんと及びもつかない、それに触れることさえ許されない、その授った生の範疇（カテゴリー）で暮していく他にないことで、足掻けば足掻く程にその術中の中に嵌っていく外には無いことであったのである。諸君に私が何故にこんなことを持ち出し、告白しようとするのであるか、ならびに、しなければならないのか、その主旨と如何とするところがお分りになるであろうか？　実はそれというのも以前から理り続けて来ていた通り、これから諸君ら人間の前に晒し出そうとする論拠と詮議が、この章において最も肝腎要めの内容を包摂させていることであるからに他ならない。そう、このことは最も興味を注る、しかも重要な議題、私の人生の如何のことはもとより、諸君ら人間すべてにおいても同様、その生命の大凡、真しく絶対的支配、運命と宿命の源泉を決定付ける期間の云々なので、どうか心してご精読して頂きたいものである。

　即ちである諸君、我々すべての人間というものにおいては、多少の個人差はあるにしても、いまも述べておいた通り、大体三、四才に到るまでの期間というものにおいては、生命誕生における「第一の胎盤」のそれに対し、生の創成の「第二の胎盤」が設けられ、それによってその生命自身が養護(まも)られて然るべき時期に相当してあるからに他ならない。そしてこの間におけるいっさい記憶の残されず、留めることを許さないという、生に関する全知覚の吸収の働くところの期間に担るというところにこそ、我々のこれからの人生を生きて行かなければならないところの大いなる、しかも無限の秘義基盤が託されていることになっている、という生命の秘儀と理りが収納(おさ)められることになるからなのである。ここにその人の生者としての生命の由来と基軸基盤のすべての定礎設計(はか)られていたという訳である。その人における生の主体性と依り拠が付与されていっていたということである。つまり、「生命創造の神秘と混沌」に対し、「生の創成における神秘と混沌」がこの期間に培われ、埋蔵され、育くまれることになるのである。即ち、この「生の神秘と混沌」期の最中(なか)で生者としての基盤、人生に対する基軸の用意と準備のすべてが整えられ、吸収しておかなければならないすべてなる條件の基礎のノウハウというものが培われ、養われ、身に付けられていく。これこそが人其々の自己としての原型となり、個性や性格、性質や性分となっている。即ち第一第二の胎盤による神秘と混沌の創造こそがそれ以降のその人の人生の礎えとして、拠り所として定礎、決定付けられていたということである。諸君はこの私からの試論と論証というものをどのように受け止められたであろうか？　否定し、容赦ならない無知驕慢な解釈として立腹し、考えるであろうか？　そして、この第一第二期の生の胎盤、神秘と混沌期云々とは関りなく、あくまで一切すべては後天的生と生命の意識と自覚、その人の意志と努力、当事者の人生に対する向き合い方と意欲意志とその運命を自から切り拓いていく能力、外為的対象と社会全体を認識した中での交渉と働き如何、それを確信しているというのであろうか？　その意識の目覚た後の後天性だとしても諸君、その諸君の外為的社会的接渉の意識、その意志の働きとするところのその根本と本質の基礎はいったいどこから身に付け、宿され、芽生え、そして培育くまれて来ていたものだというのだろう？　一体その根拠、知恵、能力の基礎えはどこで養い培って来ていたものだといわれるのであろう？　即ち、諸君がその私からの論拠論証を信用しようとしなかろうと、私には確信を以てそう言い切ることが出来るのであるから仕方がないことではないか。それはこの「生命の神秘と混沌」の「創成期」を手掛りとして、そこからの依拠と根拠とによって、そこで得た生命的知恵、その財源と條件を手掛りにその自からの人生とその生を切り拓き、生命を営み、生を紡いでいくより他にないことだったのである。要するに諸君の信じている意志と意識の働きの根拠、根源とするところのものは、それを認めるのが容赦出来なかろうとどうしようと、第一第二の生命と生の神秘と混沌の創成期を基礎基調として、そこで身に付けた初期の知覚と知恵の根拠を自己の目覚以降の後生への既成の現実に応用、活用させているだけのことにすぎなく、いわば後天的「世知恵」にすぎなかったということである。私はこの素晴らしくも反面世に楯を付く生命の根拠、霊的原理から割り出した確かな論拠として誰にも譲りようもないものとなっている。そして私がここで提起して置きたかった先ず第一の願目も実はこの「生命の神秘と混沌」、「生の創成期」によるによる決定的生の真実とそれに伴うその人其々独自に齎らされる特有の＝個有の＝人生と生活に反映し出される宿命と運命との関係、その個性のテーマ云々であったということである。諸君は果してこのことに関してどの様な識見と意見と解釈を持っておられるのであろうか？

ここで諸君、僭越にも先に触れたナンセンスな論述、仮定の話しを展開することを許して頂きたい。それというのももし仮りに、この「生命の神秘と混沌」、「生の創成期」、つまりはこの「聖域」が固まり、成立するまでの間に、我々の生に対する客観的自覚とその意識、その意志が目覚め、働き出したとしたなら、我々の生、運命と宿命は一体どういうことになってしまうのだろう？　多分我々それぞれの生そのものというものが大混乱を来たし、おそらくは収拾がつかなくなることはもとより、この人間世界そのものが収拾のつかない大混乱を引き起すこととなって、多分崩壊してしまうことになること確実で私はそのことを請け合おうではないか。つまりその生は空中分解を起すこと確実なことだからである。如何にともなれば、それは簡単である。生命というものはそれこそ精密な組織と構造上の宇宙的規模、霊的原理が全連携し合って成立しているのに対し、この仮定仮説はそれを無視している話しであるからである。従ってこの私の提言も仮説もそれを始めから無視した提言、仮説であったからに他ならない。つまり、何故私がそんなナンセンスを承知の上で、こんな議題を諸君の前に持ち出し、展開したかと言えば、この私の生というものがこの人間の既成現実の生の中にあって死生に至り、陥いらざるをえなくなったことの、己れの人生の何も成就させることの出来えなかったことからの無念による人為人工と霊的生命原理による妄想からの私の「悪戯（いたずら）」がそうさせたからなのである。

―とにかくこの人間の生と、他の霊の原則原理に養護され守られていっている他生命全体との相異は、この人間の「生命と生の神秘と混沌」期、即ちこれ以降それを「聖域」として称することにするが、この聖域を分岐点、境として、人間にはそれを基点基盤としてこれを活用応用させていく能力と物理的理智が加わって具わって授けられているが、他の霊的原理に基く生命体の生にはそれに替ってこの盤石普遍の生が具えられている訳である。即ち人間はその物理的理智を手に入れたことによって霊的自然原理を日々失わせて来たのである。その人間がである、その霊的原理から離反した人間がこのいずれにせよ狭義でしかないその物理的理智を以てその一方的見地、直ち（すなわ）立場でしかありえない一理概念の解釈と釈度と基準を以て肉物が生命原理全体なものを一概一括りに比喩比較して決め付けて働かせていくことは出来ないことであるように、そのことは愚の骨頂、滑稽と言わざるをえないことであるからに他ならない。そして諸君ら人間は、その驕慢とも思われる自画自賛の傲りと、他の生体すべてに対して見下しているかのような驕慢な視点を以て、霊的自然生物全体に対してはもとより、我ら同胞に対してさえその様な物理的視線を以って眺め入ることはあってはならないことであるからなのである。つまり、そのようなことであってはとてもでないが対等平等の原理は働かないどころか忽ち崩壊し、更に共棲していくことなどとても出来た話しではないからである。人間はこの他者との折り合いをどう如何につけていくと言われるのであろう？　我々人間の営みはまさしくこの霊自然界の原理からの狭義自惚れからによる「離脱離反」とそれらに対する人為に対する活用のみを前提に人間主義を貫いて自己主義的＝利己主義と言った方が正しいのかもしれないが＝考え方しかしては来なかった以上、私としてはその立場からしても切実なテーマとして捉えていくことしか出来ないことであったからなのである。諸君はその我々人間の生活と霊原理自然全体との関係を実際問題として如何に考え、そのことを我々同志同胞までに発展させてどう扱い、捉え、考えていっていることなのであろうか？　そして私としては、この人間の物理的理智と知能の思惟全体が、自からの「生命取り」になっていかないことを祈り、そのことを確信せずにはいられないという訳なのである。この人間の「無用狭隘な生」を見せつけられるにつけ、その悲観はいよいよ募り、高まってくるばかりなのである。

そんな訳で、我々人間は―否、自然界に棲息するすべてのものが、実にこの聖域という基軸を依拠として、そこを中心に展開し、この自己本質からは無条件であることはもとより、我々の人生はそのものと切り離されることは無く、密接に関わり合いを保ち乍ら送っ行かなければならないことになっている。つまり先程も提示しておいたことであるが、我々は一見自身の自由意志を以て自由気儘に、それこそ奔放に振る舞っているつもりで、事実実際そのように思われ、見えもしていることなのであるが、実のところはこの「聖域」以来のそこからの拘束と支配を受け乍ら、その殻を終始終生身に纏って生きて行かざるをえないことだったのである。つまり我々はその内在生命＝本質生命＝という宇宙カオスという生命の成生によって、他生命を摂取、その栄養などを吸収していることによって、その恩恵を摂取受けていくことによって生命連鎖を行ない乍ら生かされていっている訳である。そしてその実践力を無碍無垢に自慢していく諸君と、そのことに一々事あるごとに以降の人生全般に内界と外界、自分と社会、人間同志同胞との関わり合いの中で、またその絶対環境と情況と条件の中で、また自己の生の表現と他者の生の表現との生の軋轢の中で、その生の過程プロセスの中で数々の、様々な、多様な関係とその喜怒哀楽、また全般的生の眺めである自己の人生に対する感慨と感懐――。そうした中での一般における並生と自己の生との根底根幹からの全くの乖離を起してしまった生、その埋めようのない生命のクレパス―そこには何を持って来ても永遠に埋めようの無い虚無の世界、否、それは私の生と生命とのブラックホールであったのかもしれないのである。そしてこのことは、この世界の中で、人間世界の中で何んとかそれなりに収納っていく諸君らにおいては凡そ信じ難いことであろうが、私が生命の本源よりどう仕様も無く実感してしまっているのであるからどうにも仕方がないことなのである。そしてこの私の関わる一切の問題は、実にすべてがここから発祥して来てしまっているのであるからもはや改めようもなく、人為狭義全体を以てしても治まりつきようのないことなのであるからいた仕方がないことなのだ。そしてこのことは当然私の聖域である、私の生命を育くんだ謂れと土壌、その霊的疾病、我家の環境と情況の條件の中でひとり閉じ籠って思索に更っていたことに大いに起因し、そのことが関与し、そのことを外して私の生命、生を論じることは無意味なことである。このことについても後からじっくりと諸君に供述し、触れることにしなければなるまい。

がここではそのことは一まず置き、これまでの聖域云々に対しての話しの先を続けることにしたい。―即ち、私がここで殊に強調しておきたかったのは、諸君がそのことを信じようと信じなかろうと、この聖域の基軸がその人のその人の生涯を通じての宿命となり、運命を形造っていく決定的主軸を成していくものであるという紛れもない事実である。私はその点、どんなことがあってもこの事実というものを誰にも譲ることはしない。そしてこの人間生活の最中にあって私の場合すべてが無効となって当初から仕掛けられ、仕組まれてあった以上、これとの抗戦と応戦は私の生涯における日常での戦ともなっていったのである。人間すべてが雪崩を打ってこの既存現実に下っていく中にあって、私一人がこの生命の篩み、霊魂からの篩みの中にあって取り残されてしまったことの無念と怨恨と良心として止ったことなのである。この人世の現実既存の謳歌と賛歌を口ずさんでいる中にあって、自分一人だけが取り残された援軍の一切断たれている孤軍の戦さ、その苦戦に次ぐ苦戦の応戦と抗戦だけのくらしはどれ程に私の心を歪いげさせていったことであろう！

　ところで、これまで論拠立て来た私からの聖域云々の見解を諸君はどのように思われ、感じ取っていることであろうか？　おそらくこの聖域以来自分の生命と生の命運が定められていってしまうという論旨論証というものは、物理的自信家で自負心の強い諸君においては到底合点も納得もつかない、鼻持ちならなく、我慢のならない、甚しくその自尊心を傷つけられるようなところに相違ない。またあるいは、こんな自分たちの意志と意欲の努力が無意にされるような、既に自身、人間の先行きの軌道が悲観的に決っているかのような、意欲を削がせるような発言と見解というものは断じて許し難く、根拠のない発言で、聞くに堪え無い、虚偽筋違いの解釈をしているのだ、そう思っておられるに相違ない。しかし私は、生命の根拠、生の真実の話しを「聖域」を理り譬喩として述懐したまでのことなのだ。諸君に他意があってのことではなかったのである。私は真実を伝えたかっただけなのである。遺憾があったならどうかご容赦頂きたいものだ。そして話しを元に戻すとして、その諸君ら人間に水を注す訳ではないが、その諸君の自慢とするところの具体的努力、生甲斐と活力の源は一体いずこから宿し、得て来ていることなのか、それは後天的意識、即ち既存の認識から身に付けた社会と物理と肉体によるところからの意識のそれに相違ないところなのだ。けして根源的本質の霊による先天的ものからではなく、そう思っておられるとしたならそれは錯覚錯誤からの物理的なものということである。環境的必然性に伴う要求要請が働らいての、それに促がされて来ていたものに他ならない。なればこれは先天的なものとは異なり、けして変更のきかないものではないからなのである。ところが私の三つ児の魂以来からの「聖域」たるや、この先天的と後天的との「隙間」と「狭間」に生じた「生の基盤と根幹」のものだと来ている。即ち先天的なるものはこれすべて本質的体現として既に生命そのものとして母の胎盤に在るうちから身に付き承って来ている神からの要請されていたものであるのに対して、後天的なるものはすべて自からの肉体生命より生ずる全環境からの殊に人為からの経験と体験の経緯と過程（プロセス）に具体的に埋め込まれ、積み重ねられていく習性習慣に基くＤＮＡ的なものであるからに他ならない。私はこの物理具象具体形而下の世界をすべてに亘っての不充分、不完全、不合理、矛盾抜け道を引き起させていく負と不條理を生み出さしめていく理不尽な裏腹な世界であるとして捉え、考えているからである。霊的形而上とは対立していく、破壊と創造を繰返していく世界であると感じているからである。強者が弱者を己れの都合に応じて操作利用して隠れてゆく人為のみに授けられていく邪賢刹那の世界として睨んでいる世界であるからである。ここには人間だけが棲み、繁栄し、これを以て自からその因果によって消滅していく稀有なる世界であると捉えているからである。そしてここは霊世界から捉えてみて常に正常であった例しは無く、常に偏向アンバランス動揺であったことだったのである。故に人間は正気であった例しはなく、常に彼の生涯は異常狂気である他には無かったことだったのだ。これが人間（人類）の持って生れた生涯の背負った宿命性質であったのである。本能であったのである。即ち物理肉体煩悩に伴なわれた生涯であったのである。彼は、故にその自からの「短命」を引き受ける他にはなかったことだったのである。

—こうした点から考え合わせてみても、人間の世界というものがどこから考えてみても正当本来のものからは程遠く、たえず裏腹を抱え持った世界であり、怪し気にたえず揺れ動いている世界であり、霊的普遍真実を好みとはしていかない中庸中道の中に紛れて行くことをよしとする世界であった。ありとあらゆるものが雑然と置かれ、まるで整頓されることを嫌っているが如くである。諸君はその点この雑然と整頓のテーマを如何に捉え、考えておられるというのであろう？　そしてとにかくいずれにしても人類全体としても、重心足場を個々其々においても生きていくにしても、この其々に育った聖域の立場、元手とその所在所産の財源によって生きていくにしても、この其々に育った聖域の立場、それを活かし乍ら生かされいく以外にはないということである。このことは人生、生命そのものにおける厳粛な事実であり、真実であることを請け合おう。即ち、諸君のよく言われる「三つ児の魂百までも」という訳である。

実は、私がこんな七面倒臭い、しかも諸君に不可解とも思われ兼ねない廻りくどい試論を展開し、意見を提起してみたというのも、実は自分の育った土壌と環境はもとよりのこと、思考の総てもがそのことによって如何なる変遷を辿らねばならぬことになったか、そのことが容易に納得が得られる扶けになるのではあるまいか、これから語られる精神と生命、人生と生を理解する上での参考と元手になると考えたからに他ならない。従って先にも断っておいた通り、それによって諸君ら人間の伝統的身に付けている既存からの定説、地上の概念、一般からの常識、社会からの通念を怯やかしたり、否決して覆そうとするものでないことは明らかだ。――一部にはそう考えない人間もいるかもしれないが――。これは両者の立場、思考え(かんが)を隔て、変えた本音と事実によるものではあるが、しかし争うべきものではなく、互いにより高い次元での理解と調和、その上での共存共生（棲）を目指し、求めて行くべきものとして考え出されたものに他ならないからである。ただ諸君らは社会集合体の中で、既成既存の意識と認識の中でそれを目指しているのに対して、私としてはそれ以前の前提として、まず第一に個々の生命性、本質と真実の尊重を基調として先ず考えて行きたいと考えていたからに他ならない。物理経済至上主義社会を前提に掲げて思索思惟していくのではなく、何よりも霊原理からの人間生命尊重が掲げられていかなければならないということである。私はそうしたことからも無闇矢鱈となって諸君や社会に反駁していた訳ではなく、自からの全とうなくらしを求めて止まなかっただけのことだったからなのである。私とて、先にも述懐しておいた通り、諸君とは別の意味においての現実主義者であり、本質からの肉体生命の賛同者であることに変りはないのである。私は只偏に自他共に真実が欲しかっただけなのである。だが、この人世にあって何んとそれが難かしく多難を窮め、しかもそれを望む程に、そこから突き放されなければならなかったことだろう。それは生命を賭けた恋愛が、理由も無く、生木が裂かれる如の様なものである。かく既に、諸君らの誇らし気なその彩られた道とは異って、この干涸びた孤道を弥が上にも歩まざるをえなく仕向けられていた宿命の人間であったという訳である。ここに歩みを伴にする者もなければ、語る者も無く、愛し愛される者は更に彼方のことである。まさにここは闇夜の霹靂、不毛の原野、孤狼の遠吠えといったところだ。人っ子一人無く、生命は哀傷に疼いて止むことはない。それに引き換え、人間の雑踏は矢鱈と騒がしく沸騰して狂乱の極みにある。まさに収拾のつきようのない極みといったところである。事体は一向に終息の気配もなければ、治る気配もなく、いよいよ以って破錠に真っしぐらである。そして彼ら人間の文明はいったい何を扶けたか。いよいよ怯えと焦燥と頽廃散引を与えているばかりではないだろうか？　何かがどこかで確かに内外から狂い出している。そしてこれをもはや元に巻き戻し、やり直すことは不可能である。そしてこの双方の悲劇は最悪にして放置しておいてよい筈も無い。ここにあって誰かが何かを決断しない限りその悲劇は必ず我々の上に到来する！　諸君、人間よ、この事体を何んとしようぞ？

　私は勿論、この自分の聖域の期間を記憶に止めていず、どういうものであったか知る由も無い。しかし、私はこの生命に確かに刻み込まれている成り立ちから推してもただならなかったことを推し測ることが充分に出来る。そして、意識が目覚めて以降からにおいても、このわが家の不幸悲劇は更に如実としていよいよ酷いものとして遥ぶるものになっていた。それはまるで家そのものが何者か悪霊にでも呪われ、遥ぶられ、崇られているかの如く、次から次へと治まることを知らない如くであったのである。御祓いや厄払い等等も行なって貰っていたのだが、殆どその効果効力の利き目は見ることはなかったのだ。そしてこの災厄は、その家を離れることになった後の私の人生全体にも纏り付き、ついぞ離れることなく、今以て私自身を食い荒し、悩まし免れずに崇られていた程であったのである。これはいったいどうしたことであったのであろう？　私の生命の中にも悪霊が棲み付いていたのであろうか？　これは私の生き方、この世の中、人間の生全体を懐疑し、自からの本質真理に伴う真実の生活（くらし）を求めて止まない私自身の生き方、それら世からの逆生をいかほどに鑑みても、世と人間との相性と反りの悪さを考え合せみても、また現実と私の画く理想との確執と衝突との抗争等々の事情を考慮してみても、私にとっては未だ到底納得理解の出来るところのものでもなければ、私の内部の因果に問いかけ、その答えを問い求めてみても、この老境に至ってさえも益々その混迷の度合いを深めるばかりのことで合点も納得も理解つかないまま難題となって私の中に堆積し募って来るばかりなのである。なれば矢張りこの私のみ一身に纏りついている家からの引き継いでいる悪霊、怨霊の生涯に亘る仕業なのであろうか？　それとも私の生とその生命そのものに由来し、問題があることでその因果によるものなのであろうか？　それでは私の幼少から少年期にかけての我家に起って来た祟りと怨霊との因果の関係は？？　そして青年期も終ろうとするに至って、一切郷里との縁を断ち切るに至っての情報も連絡も無くなったことによって一切が切れたことによって以後のことはもはや掴みようも無いことであるが、しかしこうしてそれでも私の上にのしかかってくるそれはいったい何んなのであろうか？　そしてこの謎は私自身が説く他にはないことだけは何より確かなことなのであろう！　今も語ったように、これは私の一身に余る謎であり、多分、この謎は私があの世までも抱え込んでいかなければならない課題と宿命となっていることとなのであろう――今となってはそう考える他になくなっていることとなのである。

ともかくその聖域期間で養われた生命基盤と生基盤というものが、私の生涯を通して、誰の身にも付き具わる通常必然の生を悉く疎外させ、摘み採り、弾かれ、本来必然の生が私の生の巣から追い落されていったということの本変である。彼ら正常とされる人間はその私を見て、これまでも述懐して来た通り、その私を失格者、病疾者、負け犬の意気地無しからの悪循環として、個人としてはもとより、仕組全体としてからも私の生の養分を掠め盗っていった訳である。

　そしてまたここで一つの議題について論証しなければならなくなった。―私はその人の生れついた時点で既に三つの要素、もしくは三つの素性というものを内包し、包摂していると考えている。つまりは、一つ目は自から特有に授けられている天性ともいうべき先天的素性、例えば霊魂などがそれに当り、後の二つについては言うまでもなく人間生命全体にインプットされている遺伝子と両親から譲渡され、継承されたところの血の執り成しによる素性因子全体のそれである。そしてこの三つの素性と要素は互いに巴えとなり、混然となり、複合複雑となって反応し合い乍ら呼応し、無限の広がりを型造り乍ら広まっていく。即ちそれこそがその人間に授けられし全体生命の証であり、生の本質性であり、主体性を成していくものであり、私のその生命体というものは、生全体というものは、その人間の生全体の中にあって奮い立って勃起することは無く、消沈して萎え涸んで行かざるをえない生であったということだったのである。

　そしてこの三つの要素と素性によって一つに型造られた生命性と人格というものが、私自身の唯一の生の所産となる訳だ。その意味からすれば、それ以降に与えられ、得るところの外的、物理的、形而下学的所以、社会全体からのあらゆるそれに類似連携している様々な学校教育やその社会からの環境全体、それが霊的生命の抽象的真実と本質にとってどれ程の意味があることであろうか？　形而上学的においてどれ程の意味があるものであろうか？　本来の所産ともいうべき本質的ものなどいずこにもあろう筈がない。しかしこれは誤解されない為にも断っておくが、あくまで生命の本質、根本的生成と成り立ちとしての云々であったことは言うまでもない。即ち、「聖域以前」と「以降」程の相異であったということである。そして「以降」においてさえ人間生命はこの霊的形而上からの決定的影響を受け、左右され、この存在なくして一刻なりともその生命の存続などはありえないことであることは、諸君にしたところでよくよく承知させられている筈のところであろう。そしてこの手の及ばない「以前」のことはともかく、せめてそれから「以降」の後天的なこと、即ち我々自身が人為的に生み出し、作り出し、生成し、創造して来ているものであるならば、そうしたものである以上、それに対してせめてその人間の手によって始末のつけられるものである筈であるし、また、その始末の付けることの出来ないものにまで手を下し、つけるべきものでないことの判断のつけられない人間あることは信じたくはないものである。その限りにおいて調和を前提として改善は進められるべきであるが、その限りのものでないものに手を出すことは断じて、人間性の良心からしても、禁じなければならなく、その範囲を越え守られていかないことは即身の破滅に繋っていくことがあることを人類はまず第一に覚るべきことなのである。なれど、尠なくとも現在までの人間の業状、殊に近代の人間の業状に目を転じるとき、その物欲にかられてその理性を失っていることを目の当りにさせられているとき、人間はその破綻破局に走るのが常である。

八

諸君、それにしても考えてもみてくれ給え。この我々の生命と生の基礎を盤石で絶対的なものに具え育くんでいく聖域を考慮して考えてみた場合、その土壌と條件となるところの「生家(いえ)」の環境というものにおいては、人間の社会環境のそれとの関係に置き替えてみても同様なことでもあるのだが、そこで齎らされ、育くまれることになる生命、その生を受け止めていくことを考え合せれば、それに足る健全さを自ずから平穏なものでなければならなく、けしてその生命と生を脅かしいたぶる、不穏に駆り立てるようなものであってはならない。もとより、それは外為的観点からはもとより、生命的精神衛生学の理りからしても殊にそうであることは言うまでもない。ところがその生命の保全を保証し、約束される場所でなければならない筈の人間社会環境の有り様有り方そのものからして、物理経済主導からして脅迫的観念を植え付け、歪んだものとなっており、そこから抜本的に見直されて然るべきことのように思われてならないのである。そしてこれを当局から卒先して糺していく姿勢のどこにそれが感じられるところがあるものであろうか？　そのことは未だ耳にした覚えはない。これに関連して私の人生においてもその物理経済至上主義社会全体根本本質から生じさせてくる体制の歪とは真逆の意識全体を以てこの人生に臨んでいる私にとってしてみれば、それはおよそ何から何までその歯車が当初より狂い出し、またそのことの是正を糺されて来ていたようなものであったのである。―この肉物的総勢の世の中、実社会からのシステムと、意識と観念その人間のえげつない意識、その生存競争の中にあって、その煽りを食うことによって更に、その物理経済至上システムの悪辣な本性と正体がより顕著となって、有利優位にあるものはよりそのように導き働き、不利劣悪の状況に置かれている者はよりその様に劣悪な状況に置かれる如く仕組まれ、それが二心を以て平然とまるで素面となって世の中の表通りを闊歩して行くのが日常の如くである。この当局、世の趨勢に逆う者はもはや何人もない。自からの生をむざむざ誰も失いたくはないからなのだ。悪い子（児）には誰しも成りたくはないからである。人生の粕を摑みたくはないからだ。馬鹿正直になって損をしたくはないからなのだ。この世と現実に敢えて逆えば人生（身）の破滅であることを知っているからである。これこそ当局、社会の願ったりかなったりの思う壺という訳である。なればこれに与する者はあっても糺して行かんとする者は一人として見当ることは出来ない。正直者が馬鹿を見るこのことは前記にも繰返して来た通例の通りのことであるからだ！

九

私はこれまで、このように諸君ら人間既存現実全体と異なった、誰とも心が打ち解けず、交われず、生命を通わすことの出来ない人間となってしまったのが、聖域以来の所以に基くものであることを繰返し供述述懐し、自懐もして来た訳であるが、その主な要因を占めているのが先にも述懐して来た通り、私の母の中に潜そむ魔性の働きによるところであることを身を以てつくづくと実感となし、思い知らされている。この母に対する抜き差し難い観念を抱いてしまったことは、その母を持つ子供の立場と良心において、血を現に授けられ、継承されている生命者の倫理感としても、それに伴う生理的罪悪感というものは免れることは出来ない。どうして自分の母親に対してこのような抜き差し難い観念を抱きたい者がいるであろうか。即ちこの母の持つ血の可能性は即私自身の血の可能性でもあることでもあり、その何んらかの働きが現に自分の中にも潜み、作用していることを認めざるを得ないことでもあるからだ。諸君はそこできっと、そんなことは貴方その方の勝手で、不勤慎な思い込みに決っている、そう思っているのではないだろうか。そして諸君、何よりもの当事者である私がそんな自からを損なうような勝手な思い込みを望んでするものだろうか。人は誰でも、先にも述懐しておった通り自身の負を尠しでも軽減させ負担を軽減させようとする本能が働くことは先にも述懐しておいた通りのことである。そしてこの私の血と生命に纏る論証というものは、その生涯の中で、意識の中で現われ、いつの間にか随行し、営まれていたことを私は自分の生命の折り折りの中に思い知らされていたことであったのである。例えば既に私にも見分けられる幾数かの兆候、その一途なまでの頑なさと悲観的に物事を捉えてしまうネガティブな思考サイクル、ヒステリックなまでに物事を「絶望的に捉える兆候」、これなどは紛れもなく姿形を変えた、母からの「魔性」を譲り受けた私の一つの性格の顕われを成しているものに他ならないからなのである。そしてこの両親からの直結している素性と血の執り成しの可能性は、私達九人の兄姉たちの中においても其々に姿形を変え乍ら紛れもなく彼らの中に反映し、受け継がれていっている性質であるに相違ないということである。それにつけても諸君、今更乍らどうしてこの様なことを蒸し返し、持ち出さなければならないのか、諸君にお気付き、またはお分り頂けるであろうか。つまりである諸君、この母の魔性と父の一徹の素性によってその間に醸し出され、現出されていた我家の一種特有な気流と土壌の醸し出された悪霊を引き入れた空気と情況と環境、それは我家に一種の疾病を生み出さしめていったことはおよそ間違いないことの様に思われる。その様な聖域の中にどっぷりと漬って育った私というものが、普通一般既存の空気とその環境の中で育って来ていた世間の中に出ていった私というものが、その空気に馴染むことが無かったばかりでなく、その彼らから巧くしてやられ、やって行くこと、打ち解けていくことの出来る筈もないことであったのである。この特異の生の条件を抱えた者が、この生存の現場において、諸君ら人間社会の間において一体どの様な生の対処と、それに伴う事体を引き起すことになっていったことか、そのことを是非考えてみてほしいというものである。それは一言に言ってそのまま、ありのまま素直に、無垢に現実に添ってゆくことのできていく者と、そのことに一々懐疑咀嚼を付け添えてゆかざるを得なく済まされなくなった者の、生のいずれにも立ち遅れなければならなくなった者の相違であった。既存の中で総てを賄い遂(おお)せていくことの出来る者と、その既存現実に脅威すら覚え、常に怯まされている中で、飢餓枯渇不満のひもじさからくる懐疑の投網を須らくにかけていかざるを得なくなった者との相違であったことは言うまでもない。前者は過不足のない者であり、後者は日常的に心の中に霊的不足と飢餓に見舞われていかなければならない不条理に襲われている立場のことである。この両者は大別して、常に掠めていく者と掠められていく者との根本に生に纏り付く相異であり、たえず噛み合わず、語るも辻褄の合わせようもない条理と不条理、肉体と霊的精神、ノーマルとアブノーマル程の生活上の断裂と亀裂程の相違の組み立て方の根本的逆流している様々の違う条件が絡み付いていたことであった。従ってこの両者はたえず空回りを起し、空中分解を起していくよりないことだったのである。しかもこの最も始末の悪かったことには、一方は既存現実の体制数多であり、正常健全良識と称ばれ、これを念頭に世界と社会と世の中が回り、流れ、その身の安全が確保されていた。これに対し他方はこの既存現実にたえず懐疑疑惑を働かし、より真実を求める故にこの体制数多に与することをせずして単独でゆくを宗となし、世間からは負、否の恫喝を食らい、その存在の稀有の変り者、疾病失格者、半端者、謀叛人、人非人間と見なされ、その世界から遂われる身となるのがその主な通例であった。従ってその地上にある限り、仮面防具を必需品としなければならなかった事は言うまでもない。このことはまさしくこの人生にあって無味乾燥の堪え難い重圧を同時に殺伐とした意識にさせられていく。

ところで諸君、ここで私からの仮説的質議なのであるが、果してこのような聖域と、その聖域の土壌を醸し出させていた両親に対して、生命の生成因果として抗議の声を挙げたとして、果してそこに何んらかの解決の糸口なり、好転の兆しなりが露われ、見えて来ることになるものであろうか。しかも親子諸共当事者であり、自からの生命因果によってその家の一大事と難儀窮境にあり、家全体が既に揺れ動いている暗中最中であったのである。その自分たちの意識を超えた作用と支配、すなわち祟りとか呪いとか怨霊悪霊とか、そういった超然とした手立ての仕様の無い作用と支配による因果、それを何んとか逃れようとするお祓いを求め、受けたことは先にも述懐しておいた通りである。そしてその家の中の「しこり」の取り除かれることのなかったことは言うまでもない。即ち、我家にはその住人の意識とは別の何か別の人目に触れることの無い意識が働き、作用支配している如くそれによって遥(いた)ぶられ続けていたという訳だ。その正体は果して何んであったのであろうか。そしてその里家との訣別絶縁をしてからもこの身体の中に棲む、およそ人間世界と切り放させていく、そのことによってその私の生活そのものを「悪生産」に追い込んでいく、追い込ませていく作用と支配、その私の意識を超えた、私をそこにいよいよ貶し込んでいく、例えば背後霊のような働き、それが働き続いているばかりではなく、いよいよ私をそこに追い込んで行く支配と作用、その働きの正体は一体何んであり、何んと表現したならよいのであろう？　私には今以ってその自分の意識以外の何か分らない流れと支配と作用のある正体を暴くことが出来ずにいた訳である。このことを含めて未だに私にはその生の決着をどれ一つとしてつけることが出来ずに有り、そしてこの老い先少なに老境の極みを迎えて更に手の打ちようもなくすべてに煮詰り、どん詰りを迎えている訳である。―そこで私がこうした自からの曰くを披歴し、述懐すると、諸君はおそらくきっと、「何んという執拗で大形な―」と思い乍ら顔を顰められ、私の生命事実の過程を無視頓着せずに通常認識によって、「自分の生に対する意気地無さ、だらしなさを認めることをせず、あれやこれやと聖域とか悪霊とか怨霊などという根拠も無いことを引っ張り出し、こじつけにしてもっともらしく持ち出し、両親の血と生命にまで遡って当てこすりの自からの弁明弁解の言い訳をするとは全く見果てたどうしようも無い見果た老耄だ。自から故意に墓穴を掘っていることにも気付いていない始末である」、そうした批判的見解を内心持ち出しているのかもしれない。否、そう見ていなければ、諸君ら人間の実生活、生き方からして逆に諸君の日常に矛盾して来るというものではないか、そうではありませんかね？　そうして諸君が客観的生の正統性としての待避―避難場所―（の正当化）―を常に設けていくのに引き換え、いつも孤出路傍にある私というものにはそれが無く、たえず剥き出しの自身と対峙し続けているより他になかったということである。諸君、何んと言ったってこの世の中、地表既存物理にあることの方が決定的有利と支配なのである。これに逆ったなら一たまりもない。そして私にしたところでそんなことは尻の青かった時代から知りぬいていたことなのだ。ところが既に述懐して来ている通りの事情によって、聖域以来の所以によって、人為全体に対する根源的懐疑者として、世の健全者の中の疾病者として、既存の生全体の本質的懐疑者として、その生が既に凝り固まってしまっているのであるからどうにも仕方

が無い。現実がいかなる悪さを仕掛けて来ようとも、それに受けて立つ他にないのである
から仕様が無いのである。

　ともかく、諸君がその私の生命の所以を信じようと信じなかろうと現にこの様にして私の生命は固められ、成立してしまっているわけであり、その私にしてみれば諸君、この私の中に刻々と刻まれ、生じて来る生命とその生に纏わりついて来る蟠りと取り返し、取り戻しようもない自他内外公私からの根拠を、先程も語った通り何処に持ってゆき、如何にそれを晴らし、そして慰さめ、癒し、始末をつけていったならよいというのだろう？　実際世捨て人同然の私にとってどこにもありはしなかったのだ。それは無限の宇宙(そら)に向って投げ掛けたボール＝問い＝であり、忽ちまちのうちに自分の身の上にまた降りかかって来る他にない問い掛けとなって跳ねかえってくるだけのことだったのである。諸君、この訴えるところ、話し掛けられる人、場所、筋、対象の見つけることの出来ない、自己に抱え、持ち込んでその解決のつきようのない自己自答の押し合いへし合いをしている他になかった生命の如何とは、何んとも情けない身の破滅を中に抱え込んでいなければならなかったことだろう！　そしてすべてはこのあてどない、行き場のない自己の押し問答と来ている。しかし諸君、この私の内界からの切実切迫して来る言葉の一切というものは、表象既存界に棲む諸君の現(うつつ)に既成化されている一理一通りの唯物思惟からの概念に基く功罪相俟つおしゃべりのやりとり、一般普通実際のくらしにおいては全く用をなさない、そこから排除嫌忌されてゆく、遠ざけられてゆく、実際生者の身と心と耳にも届きようのない、それを

汚すとして塞がれてしまう、つまり人間世界の心と身と耳からは撥ねつけられて行き場を失い、従って私の宇宙に空しく空転し乍ら彷徨う他になくなるというわけである。既存によって染められた諸君の世界にあって、現実実際にあって、それは余りにも無粋であり、その最中にあるものを白気させ、不快に醒まさせてしまうものであったからなのである。即ち疾うに知れていることであるが、私の場合、通常必然において身に付ける既存全般、以後生きていくべき通常の概念、意識の必然全般、通俗的健全とされている認識、基礎知識、一理一通りの常識概念、つまり日常の身に付けているそれと悉く衝突し、一線を画し、均り合いが取れなくなっているということである。このことは私自身にとって何んとも彼らとは反対に一々差し障り、不都合極まり無く、面白おかしくも無い無味乾燥で不愉快を障じさせる不機嫌ネガティブなことになっていたからである。私はその諸君の肉物に掛ける思い、関心の高さ、気持の入れ込みようをよくよく心得、知らされている。しかし私にとってこのことはその日常生活全般の中にあって、世人や諸君、彼ら人間世界にあって当り前すぎていて、当然で、何んでもないことであったが、私にしてみれば一々不都合で、支障来たしてくる事柄でしかなくなっていたからである。曰くを齎らしてくる発祥起源となって来るものでしかない世界であったからなのである。私にとって先にも述懐して来ている通り、生涯を通して根本的決裂談判を引き起させて来る世界にすぎなかったが、私の生を悉く立ち往生させて来る世界にすぎなかったが、彼ら人間にあってはこの世界の曰くこそが生甲斐の糧ともなっていることであったからなのである。

十

諸君、こうした霊的悲劇の疾病した空気、その影響下に漬っている家の中で育たなければならなかった私というものが、果して学校という新しい小世界、我家とは全く異なっている環境の中に入学したことによって、いかなる反応を見せる生徒、学業時代を送ることになっていったことか、果して想像がつくものであろうか？　その上、先述にもしておいた通り見掛けによらず妙に片意地を張る意固地なところが身に付いていて、周囲の環境に素直に入っていくことの出来ない生徒になっていたのである。そう、既に諸君もこの文脈から推しても先刻お気付きの通り、個我というものが人一倍片意地を張る如く強く身に付いていたようなのである。その私というものがその周囲の学友とも適合もしくは適応していくことが出来たものであろうか。そう、私ははじめからその学校生活にも、級友とも巧く馴染んでいくことは出来なかったのである。それは表象的にもそうであったし、内実的にも一層そうであった。そしてこのことは学生生活を卒えるまで最後までそうであったのだ。というより学年を追う毎にその傾向は顕著になっていくばかりで、最終学年を卒える頃には、その担任教師とさえ睨み合い、後に引くようなことはしなくなっているくらいになっていた。つまりは、この学生生活というものが、家での生活以上に辛辣なものになっていたのである。私という人間は、あまりにも学校という環境にあっても特異な生徒に成り下っていたのである。そしてこの特異さは既存の教育体制という学校の方針に具ぐわない生徒となって成り下っていた。諸君、それでも私にしてみれば家での骨肉の生活を思えば遥かにましであり、歓迎すべき避難場所となっていたことだったのである。私にとってはどれ程の救いの場所となっていたことかしれないのであった。本当にそのことに感謝したいくらいの気持になっていた程であったのだ。しかし反面、このいたって現実離れした、しかも、生徒らしからぬ生徒が、学舎という模擬的小社会体にあってどんな情況に晒され、いかにも無邪気でこだわりない悪餓鬼的腕白生徒、それを担け任つ教師との間でどんな心裡的抑圧と圧迫を強いられ、恐怖を以て人知れず悩まされ、内心では怯んでいたことか知れなかったのである。そのことに関しては、余りにも通り一辺、一理無垢、天然惚けしている既存の中で、無頓着振りを発揮させていく同窓らの間にあっては分りようもない、知りようもない、その必要も無いこととなっていたことだったのである。そして同様の世間社会というものは、現に一般諸君の大凡がそれを体験している如くに、あくまでこうした世間的度を越さない、外さない程度の頃合いをぎりぎりに寄り、心得、弁えつつ、糞坊主の方に共鳴共感を働かせ、その方が健康に、健全で順調に育っているものとして善きこととされ認識(みと)められ、受け容られ、尠なくとも聖人君子、糞真面目よりも一般感覚として面白味のあるそれらしい対象、学生社会人とされ、反対に音無しい、覇気の無い正義面をしているとされる対象においてはもの不足無(たりな)い人間としてその興味関心から真先に外され、悪餓鬼ぐらいの方が増しとされ、それが世間からの通例となり、認識されていることであったのである。私はそのことをよくよく知らしめされて来ている人間なのである。そして世間の枠意識に嵌っていく大凡の人間というものはその体制側、権威、強者、世の倣いに傅き、その傘の中、大樹陰に寄り添って隠れて行き、単独行動をけして好まないということである。これが俗性の特徴となっている訳だ。これが世の明らさまの現実である。そしてこのことは学校においても、社会の現実と同様寸分として違わず、反映されていっているということである。

とかくそんな訳で、私のような既存体制に与さず、あくまで単独歩行をとっていく人間、生徒というものは、結局教師からはもとより、同窓からも好感のもたれることも、信用もされず、その現実とはどこまでも噛み合っていくことが無い。この傾向はこの様に私には当初から既に身に染み付いて分っていたことだったのである。学舎においてさえ一人浮いた存在になっていたことだったのである。

そんな事情もあって、私には家にあっても、学舎においても、実社会においてさえ自分の身と心の置き処、安心して留め置くことを持ち得なかったことからも、常にその心全体はその場所を求めて周囲りを徘徊し、落ち着くことはなく、そんなわけでその警戒心を解くに解くことの出来ないのが私の人生全般であったのかもしれないのである。こうした私というものにあっては、当初はじめから最も肝心な心の中にはぽっかりとした埋めに埋め様のない永遠の風穴が空いたまま、それはこの老境に入っていよいよ暗黒の闇となって広がっていくばかりなのである。全身がその風穴で埋ってしまっているのであるからどうにも仕方がない。そしてその埋める手立ての無いことはこれまで述懐して来ている通りなことである。どうかこのことを私の聖域云々と考え合せてみてほしいというものである。

　例えばの話しがである。ここに生後それこそ間もない乳飲み児なり、子犬子猫がいたと仮定しよう。この幼気な乳飲み子なり、子犬子猫なりの小動物を、どうであろう、それこそ容赦無くこっぴどい目に遭して思いっ切り痛めつけ、恐ろしく揺ぶって虐待の限りをつくしてみてはどうであろう。愛情の破片らさえも与えず、只管、「おまえは駄目な奴だ。何んの役にも立たない、生きている価値すら無いただの穀潰しの泥棒のような奴だ。半人間のそれ以下の邪魔っ気ばかりしている奴だ。目障りだからとっととあっちへいって消失せてしまえ」、というとんでもない説教ばかり受けた人間というものが万が一にもなんとか成人まで仮りに辿りつき、育つことが出来たとして、その人間というものが以降をどんな、如何なる人生を辿り、いかなる思考えを抱き乍ら生きていくことになっていくものだろうか――という問題はさておくとして、こうしたとんでもない悪魔の様な人生と人間というものが、この現実社会、世間の中でどういう生き方をしているものであろうか。これに対し諸君らというものは、「仮りにも人の親になり乍ら、その自からの子供に対して、それも抵抗の仕様もないいたいけもないわが子に対してあり乍ら、そんな人手無しの恐ろしい馬鹿な空怖ろしい真似というものがその子の親として出来る筈もありえないことだ。万一いたにしてもそれは人間として最低にも属さない人間で、人の親になる資格もなければ、その子供を儲けるべきでも、生命あるもの、子犬子猫であろうと飼うべきではないことだ」、そう断言するに相違無い。ところがどっこいである、こうした族に限って、一般世間に紛れ込んで、一見人目からは、並人以上に善人面をし乍ら市中人中に溶け込んで外見上では見分けがつかないむしろ「人格者」を装ったりしているものなのである。自覚もなく市をうろつき回っているものなのである。つまり表の顔と裏の顔との使い分けが病的に激しく、その精神的＝生命的＝失患疾病を抱え持っているのが通例なのである。彼は社会的には通常一般の人間とは変りないのであり、私的内心に戻れば心の大病を抱え持っている疾患者なのである。例えば「酒乱」の症状と酷似しているのである。

ところで、話しが大変逸脱してしまったようであるが、こうした規定の学校と社会の教育指導方針に則っている既成の学業と仕付けにおける一般的考えと、通常の生き方を身に付けている同窓と教師、とそれと社会全般私との関係において、このまったく乖離した意識全体と感覚を身に付け、潜在においてそれを働かせて翻意してしまっている生徒というものが、その学舎という小社会の中にあって、それと迎合している普通の既成教育の下で、果してどんな受け入られ方をされていくものであろうか、しかもその教育方針は何もいつの時代に至ろうとその実社会と同様表象とは裏腹となって変るところのものではないのである。そんな訳で、既にこのような不動の意識が失望失意となって身についていた変屈な生徒というものが受け容られていく筈も無く、その確執葛藤はもとより、学校社会を問わず、自主自発的になってその自身に信じて励んでいく他にはなかったことだったのである。

それに私にあっては聖域以来の所以によって身に付いた性質に伴って如何にしても抜き

差しならない課題というものがあって、それは世の現実、人間全体の既成既存として掲げているそれと自身の掲げている真実の理想本質とがあくまで乖離していくものである―という根底からの不信、その不義中庸でしかないものであるという思いと、それを自分の現実、つまり自身の掲げていく生の本質といかに調整をつけていったならばよいのであろうかという私にとっての抜き差しならない早急の課題が突き付けられていたということである。そしてそのことにも増して、私は父譲りの頑固者、二度と撤回変更せざる不器用この上ない一途依怙地な人間、生徒であったことなのである。私にとってこの二兎は然らざるものとして混乱させられていたことは言うまでもない。少年時代のことではあったにしても、その私を大いに混淆惑乱させるに充分なことであった。そしてその私の打ち出した結論は、世の学舎の既存現実、その指導に自分を順応従わせるのではなく、自身の方針、その真実、それに従って求めて生きることとの方が遥かに大事としての結論に達し、それを求め、欲していたことでもあったことだったのである。しかしその私の決断と選択は、その後の学生生活のことはもとより、それ以降の私の実生活、人生を何んと追い込んでいくことになっていったことであろう。即ち学舎での同窓との孤立はもとより、学校教育の方針に倣い指導する教師からも理解されず、ただ反目的素直ならざる生徒として睨まれ、その制裁を受ける結果となっていったことは言うまでもない。しかも、私が私の吐の内を明さず、吐露することとのなかったことは言うまでもない。それは私の生命因果、聖域からのものであり、そのことを解説する能力を身に付けてもいなければ、仮りに身について説くことが出来たとしても、私は語らなかったろうし、また彼らがそれを理解する筈も受けとれる筈もないことを最初からそのことの方を熟知信じていたからに他ならない。自分ひとり個有の問題であることを理解していたからなのである。―とにかくいずれにしても、私の学生生活はその本分からいよいよ逸脱し、背き、逆うことになっていったことは言うまでもない。そしてこの本分に煮え切らない生徒がその担任教師からの逆鱗に触れることになっていったことは明らかなことであったのである。

十一

諸君、私には正直言って、この学生生活に身を置き、有り乍らも、その学生生活における意義も、教育の有り様有り方についても、勉学全体についても、総てに亘って何もかも何一つ意義らしき真実と本質とするところが見出すことが出来ず、そしてその学問らしきところが自分でも理解することが出来なかったのである。私は学生生活を通じて、実社会の有り方はもとより、これまでの人生全般がそうであったように、ただの一度だって心の底から、総てになっている既存現実になっている常識全体が、楽しく、愉快だなどと吐の底から感じ、納得したという例しが一度としてあったことがなかったのだ。絶えず何事に対しても逆流を起してしまっていたのである。どれも賛意するものが見つからなかったのである。みんなそれは「雲」のように通り過ぎていったのだ。従って、私には自から進んで机に向い、勉学勉強に勤しんだという記憶が無い。それ自体が、自分にも、自分以外のことに関しても、何か空々しく、懐疑に思われてならなかったからなのだ。このことは、社会に出てからも益々強まって来るばかりで、その認識が私を確信させて来るばかりだったのだ。つまりこのことは、独立して社会、機構から守られてしかるべきでなければならない筈の真理を学ぶ学舎、学校までもが、その社会と機構の中に取り込まれ、合体連携して、その制度全般がそのことによってどうにでもそれに都合のよいように変動出来るように染め返えられ、唯物制度、システムと連動することが出来るようにそれが当り前のように仕組まれているように社会の実体と呼応してあることが、私にはこの学校と社会が唯物現実の為に手を組み合って携えているように、矛盾して不合理な逸脱していることのように思われてならなかったからなのである。私はその自分の生命(せい)の本質から、そのことに酷い異和感しか知覚(おぼ)えることが出来なかったからなのである。ところが、その勉学の場というものが個々の人間とその生命の養成と育成、真理の探究、社会と世界と世の中の平和と真理と理想為に真に役立つ人間養成の為の学校教育に非ずして、物理経済至上主義社会の既存現実に合体して組込まれてそこに役立つことを目的として、その人間選別を行なうという理不尽な目的の為の一施設化して組み込まれてある様に感じられてならなかったという訳なのだ。この迎合阿世便宜方便の実社会への資格手得手段の段取りプロセスの為の勉学ならば、私にとってははじめからそこには意味も意義も何も見出すことの出来ない適わないことであり、そこからは降板撤退する他にはなかったからなのである。私にはこの上不合理と矛盾を増幅させている現実社会と、功罪相半ば矛盾を強いて生み出していく世の中、世界と社会とに手を携えて参画していく訳にはどうしても行かなかったからなのである。私の生きる道が如何にもそことは二分して異っていたからなのである。私には、その既存といたって相性が生命の根底から悪く合わなかったからなのである。この理想本質、真実を蝕んでいく世界、社会、世の中、既存現実とどうして手を組んで生きていくことが出来るというのだろう？　―そしてその私というものが学校生活、その後の社会、世の中、世界の現実、そこから逸脱した生を送っていくことになったことは言うまでもない。そこから問われ、責められ、裁かれ、逐われ続けて行くことになっていったことは言うまでもない。なれば、どうしてその真理理想、平和、平等、本質、真実を蝕んでいく現実と手を携えていくなどという不合理理不尽なことが出来たというのだろう？　こう書き記して来ると、そのことすべてに渡って物分りよく、既成既存現実の了見を弁え、世の中に精通することに素直で速やかな諸君というものは、この私というものが如何にもさぞかし鼻持ちならなく、不遜不節操な人間、生徒か、分別を知らない愚かで怠慢な生徒、世間知らずの世迷事でしかなく、その私の素性からして、その確かな現実と振り返って見れば正しくその通りだったのである。ところがどっこい私はその聖域からの家の事情と経緯からしても、私の素性の根拠根源からして世の実際現実というものがとことん信じることが当初めから出来なかったことになっていた訳なのである。というより私の境涯やら置かれている立場やら何んやかやらで、人間個々に対してというよりそれを司っている社会当局の意識現実に対して敵意を抱くことしか出来なかったのである。反感を抱える他に出来なかったことであったからなのである。如何にともなれば、個々ともなれば、全体、環境、社会、現実、既存に対して生きていくとなればその現場に従っていく他には無いことも充分理解の出来ることであったし、世はその悪循環の真っ只中にあることも能能承知していることでもあったからなのである。従ってこうした偏屈な生徒、人間が学校からはもとより、実社会に出てからも一層、その世界、世の中、既存の現実から受け入られていく筈もないことである筈のことである。そしてこのことは人間洩れ無く誰もが意識無意識を問わず承知していたからである。—であるからこそ彼ら人間は挙ってその現実の海に呑み込まれて行くしか選択の余地が他に無かった訳である—更にも不拘わらずこの生に関するこの秘義が公然と表で公けに語られた例しということ一度でもあったであろうか？　私はそれを耳にした覚えもなければ、世のいかなる著書、良識見識者連中の口からも聞いた例しの無いことである。生命の継承させていく生の一大前提とでも言うのであろうか。—かく、こうしたことを考えている生徒、人間は願い下げだとでも言うのであろうか。ところがこの既存認識、常識的認識からして、世と生と生命のタブー、身持の悪い、人間の禁制されているものを能能力説主張する様な人間は半気違いの問題外の人間として世界からも社会からも最先に外されていくという訳である。つまり肝腎の生が損われ本末転倒であるという生者からの理屈である。こうして彼らの理想は自から踏み躙られていったという訳である。一個の主張を、全体が葬るなど訳も無いことである。それこそが民主主義の正体である。権威が無力を握り潰すなど造作も無いことである。これが唯物思惟の原型と思惑と正体というものである。彼らにとってそれは正に火薬庫だったのである。――もとよりその私の言動それ自体が諸君ら既存認識、常識からして支離滅裂、問題外とされていることはその空気からもよく伝わり、承知していた。確かにその点正(まさ)しく出来の悪い生徒、人間だったのである。学生の本分人間の本来をそっち退けにして、それとは関係の無い方向に神経を突(と)がらせていたのであるから、これも私の性分という他にない。が諸君、そのことを認める以前(まえ)に、私にもそれなりの言い分、訳と事情というものがあって、私にしても訳も無くその本分を怠っていた訳ではないのである。出来ることなら諸君や人間、世の中からもはぐれることなく、実社会に不便することのない程度の人並の人間として勉学は身に付けて世間に対応するだけの能力(ちから)だけは身に付けておきたかったのである。が諸君、どうしてこのような聖域以来の私の身に付けた条件とその性分からして、その社会の成り立ちと既存の条件との折り合いからして、どうしてその私が「人並」を築いていくことが可能となり、出来たというのだろう？　迎合合流合体していくことが出来たというのだろう？　いや全くそこから削ぎ落されていく条件ばかりが大口を開けて揃いも揃い過ぎていたのであるからどうにも仕方がない。そして私の生はその圧倒的大多数、多勢の大気の中で消滅する他にはなかった訳である。そしてそれにさえ後ろ指を差されなければならなかった訳である。それが彼ら人間の民主主義と自由主義の価値基準であったのであるからどうにも仕方がない。もはや優劣の基準で。これは平等の価とは真逆のとんでもない価のことだったのである。

これがこの世の中、格差社会の現実と言うものである。そう言い切れる人間が如何様にいるであろう。そしてそれに参画している人間ばかりというのである。つまり、人間の推奨している唯物至上主義とその思惟そのものがその過中にあってこそ既に成り立っているというものではないか。人間が自賛していっているそのもの、依存していっているそのもの丸事、既に火元（因）そのものではないか。なれば如何にも「消火栓」を手元に設置しておかなければならぬ。これ具えずしてこれ行なうは余りにも愚の骨頂である。そして人間は正しくそれを振り翳し、振り回し乍ら大見得を切らせて闊歩しているではないか。善きにつけ、悪しきにつけすべてこの物理的思惟様々になって行なっているではないか。私というものはその物理的思惟の価と基準と思惑から否決され、罵しられ、掠められ、欺かれ、侮辱され、こずかれた上に葬られ続けて来ていたという訳である。それにつけても、その右に記述して来た様な連中に、その私の様な人間を果して罵倒していく資格、葬る資格があるものだろうか？　全くちゃんちゃら可笑しくなってくるというものである。—否、その諸君の私への評価、判断が如何程のものであれ高が知れているものであり、一向に構いやあしないというものである。そうして自からの面汚しを勝手にしていればいい。ただ気に食わないのはそれが大勢で、烏合趨勢となって、民主主義の原理と働きによって既存の支配から現実の火の粉となってひっ被らされて来るという次第である。勘弁容赦ならなくとも、社会、現実の方で、その実際の表象の働きの方を採用し、既成の事実となってその方が俗性であろうとなかろうと認められていくことになっているからである。それがこの浮世の現実と言うものである。馬鹿気ているにも程があるというものである。この表象浮世の現実に滞りなく速やかに即応反応していくことの出来る諸君においては、そんなテーマに一々頓着するまでもなく、歯牙に掛けるまでもなく、首を突込ませるまでもなく、既に事前からの解決済みであったという訳で、その実生活に向って言行一色体となって励んでいたという訳である。ところがこちらとしてはそこに一々段差を感じ拘わりを持ち、立ち止って一々考え直さなければならなくなるということである。

　ここでまた重複することになるが、私の幼少期における記述をさせて頂きたい。それというのも、ここに私のテーマの一つが宿っているからなのだ。—その頃の私の専(もっぱ)ら血道を上げていたことと言えば、それはひとり家族とも心を隔らせ、ただ一向らに自分の世界に沈澱深邃していたことと言えば、自己の内省という秘密の部屋を持っていて、そこに隠れて、閉じ籠り、その世界に入り浸り乍ら散索に更ける術を身に付け、知っていたということである。何しろ私はその家の事情、事体からしても、この時分から家族とはある意味において閉鎖的であったことからも、近隣の子供たちとも付き合いを殆ど持つこともなかったことで、子供らしからぬ、その遊興にも子供としてその暇を持て余していたことで、こうして「ひとりごっこ」に更ってその心を紛らわせている他になく、それが習慣となって身に付いていたという訳である。既にこの頃から世間、人間との付き合い方というものが遊離し、身に付かず、そのことに著しく遅れをとっていたことからも、そのことに対する劣等感は一方ではなかったのである。私の頑固なさはここからも由来していることなのである。世間知らずで、内心における反発心だけは一方ならず強く、片意地なのはここから発祥して来ていることは言うまでもない。つまり、こうした惨苦の家族であったことからも、其々が口数も尠なく、その夫々の心の部屋を持っているらしく、その兄妹の交流も窮めて鎮されていて、従っていずれもが孤独を抱え、自からの部屋の中にひとり〳〵が鎮しているようであった。その私にどうして世間の具象世界というものが身に付いたというのだろう？　それは、そのことに対する反駁心を身に付ける他にはなかったことなのである。その点生命というものは諸君も能々承知しておられる通り、いかなる場合においてもたえずその己れの置かれている情況―条件、環境の中で、それを材料として、素地素材としてその自分を料理咀嚼し、目的なり、甲斐なりを見出し、それを玩んで熱中させていく他にはその生命（生）を慰さめ乍ら紡ぎ出していくより他にないことではないか。そしてこの私の内省世界の思索においても、諸君の具象既存における思惟思索とは裏腹にしてその議題というものは観念的非具象において尽きるということがない。その具象的答えが得られるものに対し、その答えの―得られることの―無いもの、その悪戦苦闘を強いられるものばかりであると来ている。この私に内示的に展開されていく議題は主に自他を問わずその場に当面遭遇している事体事柄、その存念であり、その打開と理想への希求と憧憬であった。家族それぞれに次々にもたらされ、引き起されてくる奇怪なまでの謎めいた出来事、その中を暗中模索していたのが正直なところであったのである。それは他方における私の生命の真の自由と開放と理想への果しない咆哮（さけ）びと絶叫とであったことは言うまでもない。

それはもとより少年の未熟で幼稚な、あどけない、それでいて純粋な思考による問い掛けに違いはなかったが、それが素朴で懸命必死なものであればある程に切実な魂からの要求とその叫びになっていたことは言うまでもない。私には当初から、一般人間の既存の存念常識と俗性全般のことには興味が湧かなく、むしろ反感反駁のみが沸々と滾って来るばかりであったことから、従ってその真心というものはその表象地表には足の踏み場さえなく常に空中虚しく彷徨っている如くその少年時代を送っていたことだったのである。否、社会に入ってからも、そうした心の空虚な事情からして人間との付き合いにしても、これまで述懐して来ている経緯によってその縁、羈絆も無く、この老境に至るまで私の人生というものはその地下牢に逼塞しているよう他に私には何もなかったことだったのである。

諸君、正直に告白するが、今の私には、その今の今にさえ途方にくれ、訳が分らず、一歩としてこの人生を当初より実質として前に踏み出すことも出来ずに立往生したままでいる始末である。折角この授った生命と人生であるにも不拘わらず、この人間世界の根本本源から入れ違いを起していることで、この厄介な生命と人生を授ってしまったことによって、その生命を活かすことも出来ず、知らず、途方にくれてしまっている始末である。本当に、この足元をぱっと照してくれる灯りがほしいというもんですよ。否、薄明りでもよいのだ。これでは盲目同然なのである。

しかし諸君、私はその自身の名誉の為にも理っておくが、断じて疾病者でもなければ、ノイローゼでもない。それどころか、諸君の自慢をしている通常既存の認識と意識ぐらいこの私にも必然性、DNAとしてちゃんと身に具っているというものだ。当然な必然からの物理的「生理学」的譲渡というものである。そして私の場合、再参再四繰返し指摘して理って来ている通り、聖域以来の所以と理りと事情によって、明確にその必然既存、肉物的生理学に対しての反面教師的からの根源根底根幹からのそれに対する懐疑を身に付け、具えた人間なのである。さあ諸君、賢明さを謳っている人間よ、その私の頭の天辺から爪先に至るまで消し去って頂こうではありませんか。私の喪失った半生全体を賠償して頂こうではありませんか。そうでない限り諸君、その私に人間が物理先行優先、既存中庸現実からの価を以て失笑する権利もなければ、この世界の事体全体を引き起している最たる知能犯、犯罪者ということではありませんかね。

ところで諸君、ここで是非ご一考して頂きたい問題がある。是非それを諸君の「立場」狭義からではなく、いわば大局的見地に立って考えてみて頂きたい。即ち、このような学生としての本分、学業というものを訳あって徹底的に既存体制に刃向って、社会における通常認識、システムを根底からひっくり返し、真の理想社会建設の為に真正面を向いて立ち上ろうとする者が如何程にいることであろうか。そして仮りにそうした自己の生命を抛って闘った者があったとして、その彼ら諸君は、「国家叛乱罪」と銘打って、当局から連行されて刑務所行きか、さもなくば打ち首となるという末路が待っている。つまり既存体制がいつも生き伸び、正義稀有が滅亡ばされていくという顚末と結末ということである。これが人間の考え出した総体からの結論ということである。正体である。

十二

当時の私の学生生活において語るのであれば、この既成唯物社会体制に迎合している文部教育界全体の方針、その権威に乗っ取らされている学校側の意図と意向、それとは真逆である生徒自身の意向、その人間性教育（養育）の基盤と土台、その向上の為というよりは、その本来である真理の探究の場所というものは、完全に社会、国家、経済の現実に乗っ取られた、それを踏まえることを忘れた、その足場と意志の方針の有り様が有り有りと窺い知ることが出来る。そのことは学校側の方針であると共に、各教師にも以心伝心して伝わり、当然無防備である各生徒においてもそれに倣う他にはない訳だ。このことは即ち国家を司る当局と社会等々の権威と体制と民衆との関係に象徴されているそれと何んら変りのないことである。従って、一生徒が別の教育を望んでもこの学校教育の有り方、方針には社会のそれと同様変りなく、逆うことは出来ないだけではなく、その流れにおいてけぼりにされて浮いてしまうだけのことである。即ち、既にこの社会生活と同様、学生生活において、私における立場と処遇と（条件）、人生と生そのものが既にこの時点において割り振られ、暗示されていたということである。

私は概してこうした既存とは逆方向を向いた生徒、人間であったことからも、既にその私の臍曲り加減を見て取っていた悪餓鬼の同窓連中は別として、学年ごとの担任からの当初の受けはそう悪いものではなかった筈である。しかし私自身の特質の本性、正体が明らかにばれてくるにつれて、その化けの皮が剥れてくるにつれて、その担任教師を失望させていったことは言うまでもない。それでも、中一の時を受け担った女教師などからは、級の「神様」として祀り上げられたこともあって私の心は大いに擽られ、戸惑ったものであったが、同窓たち餓鬼大将からの吹き出し嘲笑いにそれも一気に陥落していったことはいうまでもない。そしてこの担任が入れ替る毎にこうした傾向を辿るのが私の常であったが、それも私の学業に対する姿勢と実績からして忽ち吹きとんでいったのだ。こうした私の学生生活の中で相違えた二人の教師の例をここに詔介しておこう。はじめに詔介するのは小六時を受け担った時の教師であり、この教師は通例の教師とは最初から異っていた。彼は近在の小学校からこの春当校に赴任して来た教師であり、私はこの教師を見掛けるなりテレパシーが働く如く直観的一目を以て相通ずるものを感じ取ってしまったぐらいで、その教師がわが級を受け担つことになっていたことは何んと奇遇で不思議な出合いになることになったことだろう。この教師は級全員隔りなく正対し、白黒をはっきりさせ虚偽擬装を許さず、正直であることを級全員に求めることを教育の根本に掲げていた。生徒一人々々の個性に向き合い、その長所を伸ばすことに専念し、引き伸し、また共に短所を矯めることにも心を砕いてその教育方針によって担っていた。一般の観念概念に捉われることなく、その生徒の真実と向き合おうと心を砕いていたのである。即ち真摯な姿勢、態度を崩さず、自身をさておいても生徒一人一人の為に身を粉にして担っているこの教師の心が生徒の心を動かしていることでもあったのである。彼はその姿勢を崩さず、そのことに自己を貫き通していたのである。私はこの教師に「居残り」をもうひとりの柿田という生徒と共に命じられていた。つまり、それ程までに私の勉学への情熱はそれ程までに目に見えて衰え劣っていた訳である。何しろ当時の私としては、「こんな学校教育であるならば登校通学していても意味も何も無い」、そう思い込んでもいたのだが、その一方で、「この家にいるよりは、この学校に来ていた方が遥かにましである」、それが私の学生生活における心情（事情）となって働らいていたことであったからである。この点からしても、その学校生活はもとより、教師たちに厄介をかけていた生徒も他にはいなかったのではあるまいか。そしてこの教師の計らいにも不拘わらず、私の学業は杳として向上することはないことだったのである。ただ私の心に残ることになったのは、この教師からの、「一歩一歩偉い人間になる道」という言葉だけであったのである。そしてこの言葉は、現在でも私の座右の銘として心に深く刻まれ、それを教訓として実行し、支えとし、今もそのことをこつこつと続けている次第である。

所詮この教師の框に捉われない指導に対して、これから紹介しようとする教師においては、既存の概念を徹底して遵守履行していこうとする型に嵌ったそれを指導する教師のそれであり、私とその教師とが巧くゆく筈もなかった。つまり、学校、社会の如何、当局の方針と理、その筋を通して指導して行こうとする理想の教師像、その本質本来とはあくまで矛盾を旨（むね）としてゆく現実的理想を求めていくそれと、私の聖域以来の身に固まった生命からの生の方針とが対峙真っ向から睨み合う結果となり、衝突することは免れようもなかったからである。それも舞台は中学の最終学年にあり、それも家からの要望によって進学部に籍を置き、更にそれに見合わない最悪的学業にあったことに所以して来ていることは言うまでもないことであった。これにこの担任教師が慌て不為かない筈がなかった。当然担任教師としては進学に相当する力を養なわせ、学績を早急に付けさせる為の鞭を加えることは必然の流れ、当然の成り行き、騎手指導者としての動作作用であった。ところがこの騎馬と来ては走りようにも走りようもなく、この「駄馬の難」に手を焼き応えることを聖域以来の所以、生命と生からの理わり、悪霊の最中に見舞れている事態の中にあって、駄馬の私としては応えようにも応えることが出来ず、それに身が入らず、そのレースから頓挫する以外になかった訳である。当然その教師がこの不甲斐無い私の態度と姿勢に失望し、憤慨し、御冠りとなって突き放し、見棄てることになったことは言うまでもない。そしてその間における事情と経緯について、私がこの教師に語ることをしなかったことは言うまでもないことであった。そしてこの間の事情と経緯を一般の理屈常識、既存の認識と現実から考え合せてみるまでもなく、非があって裁かれるべきはすべてこの私の方に有り、弁解の余地も、仕様のないことは私自身が何よりも一番身に染みて承知させられていたのは言うまでもない私自身であった。私はこの際、自己弁護は一切しないのだ！

ここに私と担任教師との蹉跌による角逐の暗闘が始まり、展開し、開戦へと発展し、いよいよ悪循環の深みに嵌っていくことになったのである。もとよりこの抗戦は私から仕掛けたものではなく、また、どうして私から仕掛ける理由と必要性があったというのだろう？　しかし戦いは勃発し、この教師から現に仕掛けられて来たことだったのである。そのはじまりが、私への徹底した無視であり、授業中における無視と私の順番を飛び越えての指示であった。その二、私の答案用紙の屑箱への破棄投函事件と女子クラスメートの発見による私の手元に届けられた経緯である。この答案が他の生徒に渡ることは考えられず、直接手にしている教師自身の行為であることは明らかであり、私としては霹靂な事件だったのである。その三、私の問いに教師はそう言って弁解したのであるが、私からはそんなことを申し入れた記憶（おぼえ）は全く無いことであったにも不拘らず、その願書が志望校に送られていず受験することの出来なかったことの一件である。彼は、「――しかしおまえからそのことは申し出たことではなかったことではないのか、おまえの態度が優柔で、はっきりさせておかないからこんなことになるんじゃあないか――」、そう言って突き放し、私一方を詰ったのであった。その四、私のみではなかった「名札外し」の理由を以って、朝礼の始まる全校生徒の教師の揃った面前において全生徒に響き渡る程の往復びんたを食らうことになった一件である。――それもこれもすべて、元を糺して行けば明らかなことであるのだが、いずれもその私というものが、既存の体制慣習に逆い、反駁し続けていることによる、現実体制側からの一方的弱者、稀有者への、しっぺ返し、報復、仕返しによるものであったことは言うまでもなく、それは明らかな仕打ちによるものであったのである。

この既存、表象、現実、その形而下唯物界の話しを展開させていくのなら、初めからその非は私の方に有ることになりあくまでその方面の連中に任せてお（行）けばそれでよいことであり、この愚にもつかない、価いしていない私が口を挟む場面でないことぐらい心得ているというものである。しかし乍ら諸君、この世界、世の中、社会、既存現実、頭のいい筈のこの形而下唯物界だけにことを牛耳らせ、任せておいて、好き勝手にやらせしゃべらせておいて、結論を決めさせていって本当に事はそれでよいものなのだろうか？　その彼らだけでこの世界、世の中、社会が巧く回り、治まりがつき、収支収拾がついて行くというものだろうか？　それは今日の情況を望見するまでもなく明らかなことであろう？その限界が見えて来ているというものではないか！　その既存現実、唯物至上主義に基く思惟を見るまでもなく、その必然人為の立場と感情の有り様を見せつけられている限り、その自由資本主義の生き残り競争を、狭義と立場主義の感情自我の行方を見せつけられている限り、物理的思惟とその形而下狭義による知恵、その火元（因）がどこにあるか、賢いことを自認している彼らにその辺りの事情と訳が分らない筈があるまい？　そして人間はその火元を隠蔽させる為に、それを具象的成果として持ち上げ、推進させていく為にあらゆる限りの小ぎたない手法を用いて、知的策略と駆け引きを以て自己弁護、正当化し乍ら、あの手この手の自己宣伝と工面を講じ乍らいい包め、推奨し、それを価値として目を向けさせ、操作（あや）って来ていたことは確かな事実である。こうして火元を隠し乍ら自分からを祭り上げて評価して来て人目を撹乱させ乍らその唯物界を持ち上げその流通を活達させ、いよいよ物理経済一辺倒によって人心を魅了して奪ってそのことを第一義に掲げ、本来の霊原理の法則を押し潰し、その結果本来を圧倒して平和理想と真理の系列を尻込み後退りさせ、その人為人間自体が全てを差し置いてしゃしゃり出て来たのがこの挙句の顚末と成り行きの結果という訳ではないか。

かくの如き必然人為全般に亘って不信と懐疑の疑惑を当初より抱き続けていたことからも、当時それが具象的形をとっていなかったにしても、霊的抽象、形而上の思いとして私の心の根底に既に不動のものとしてどっしりと根を降ろしていたことからも、私には人為物理的なものに対しては譲ることの出来ないものとなって、霊的本来を優先しなければならない何一つ治まりつかないものとして、私自身の動じようもない信念と原理の方則として、重石となって——生涯を貫き通すものとなっていた訳なのである。つまりここにあって如何なる不合理と理不尽なことを生み出していく、覆い被せていく人為物理思惟からの弁解も許されないものとなっていた訳である。従って、当初当時におけるこの担任教師との軋轢葛藤の抗戦にしても、後の実社会における勤務時代の主人らとの角逐の戦さにしても、社会、現実、既存、肉物世界との抗戦さにしても、人間一切との生における交渉と接渉ごとにしても、敗走に次ぐ敗走、物理数値多数決その他のシステムと仕組、既存における意識と認識によってその世からの必然性によって生と人生そのものをすべて無条件によって掠め取られ、乗っ取られ、失うことに至った戦況にしても、敗者のレッテルと、逆転の生の冤罪を生涯に渡って被せられて来ていた事実からももはや私としては理想と現実、中生虚偽と真実、肉物体制と霊的稀有の関係と同様、それと人間の手から抹消させ、その人間の踏み外した道を元の道に戻し、そのことを気付かせる為にもその死に至るまでその孤軍を引きずり乍らも、終止符を打つ訳にはいかなかった訳である。

十三

私はこれまで告白して来ている通り、このように病んだ家に生を受け、病んだ生活の中で育ち、その悪霊に取り付かれたような家族たちの影響を多分に吸収し乍ら成長して来た訳であるが、果してこうした病んだ生活の養分を存分に吸収して来た人間が、健全な生命と健全な霊魂を宿すことが可能になっていくものであろうか？　それはここで改めて書き記すまでもないことであろう。ましてやこの人為世界は私にとっては殺伐とした孤悲の自由を欠いた世界しかなかったことであったのである。そして私は到頭その授けられた生命の枠から生涯を通して抜け出すことが出来ず、今以て刻々とその病んだ生命の支配の中でその戦さと向き合い乍ら何んとかその生死によって身を繋いで来ている有様なのである。そしてこうした生命を繋ぐことになった私が、当初さかんに思索し、模索し続けていた自分の将来の設計と画いていた理想への予感のすべては悉く押し潰され打ち砕かれ、薙ぎ倒され、散散なものとして私の希望と理想とは累累として死傷を負い乍ら今となっては生の死骸として横たわることになったのである。生き残ったものはいずこにも見当ることは出来なかったのである。即ち、私の聖域から培養された生命からの思索思惟、心根、物事の発想と着想とそれに伴う思惟とするところのものは、どれも現実の社会における生とは根底からして噛み合わず、はじめから頓座する他になかった訳である。諸君はその点自分の都合、即ち、社会と基盤とした具象的なものでなければ容赦しないこの概念を担って来た連中である。そしてこの様な霊的生命を授っている者が、その外圧から矯正を促がされて来るものに対して柔順にそれに倣っていくことが出来るものであろうか？　そのことはこれまでも書き止めて来た通り不可能なことである。忽ちそれは瀕死を引き起していってしまうことになるであろう。これに引き換え諸君らというものは当初よりその人為物理に適合適応する如く、一体として身に馴染んで行く如く、その生がそのように聖域の理りからして溶け込んでいく如く成立している訳であり、その差異はこの人生において歴然なこととなって証明されている。そして私というものはその諸君ら世界との間に生命の根幹から軋轢の生を片時もなく煽られ続け、送られ続け、その戦火と対峙して交えていく他にはなかった訳である。一体諸君、その私というものが、その諸君ら人間の間において、如何に、どのように調整とその折り合いをつけ、自身の保全をつけていったならよかったというのだろう？　その諸君ら人間と融合和解を見出していったならよかったというのだろう？それは到底見当ることなど出来る筈も無いことであったからである。如何にというなら、諸君ら人間は、『そんな人間と関わることなど、こちらの生までおかしなものにされてしまう』、そう言って遠巻きにして皆んな誰もが洩れなく後退りしていったではないか。その私がどうしてその卓台に就こうとはしない、否定的に見成している人間と手を携え合うことが出来たというのだろう？　一人として、擦れ違って行くだけで、卓台に就く者はもとより、面を背けて同行してくれるものはいなかったことなのである。従ってこの煩踏する中にあって、私の生と生命と魂というものはその人生を通してたえず空中分解、疲弊疲労し、焦燥飢餓に襲われ、悲嘆にくれているのが常なることであったのである。その私にしてみれば、何んの蟠（わだかま）りも屈託も無く友好を暖め合い、仲睦まじく送っていくことの出来る諸君ら人間というものが一方の敬意にも似た懐疑の傍で如何に、どんなに羨望の的であったことであろう！　私にとっての一生を通じての悲観悲願でもあったことなのである。それこそ嫉妬の嵐といったところであったのだ。このことは既存の価の中で和気合い合いに睦み合っている諸君にはおよそ考えられないことに相違ない。そこで諸君は半ば呆れ顔になってこう言われるに相違ない。「それは君の生き方そのものの方に何んらかの問題なり、欠陥なり、落度があったからではないのかね。皆んながそれ相応なりに世間の現実を弁え乍ら、それなりに自分の居場所を見つけていっているのに対し、君は強情にも自分の我を正しいものとして貫こうとしている。世間の価が広範に亘って既に定着いることを認めて行こうともしない。むしろ君の方こそその価に問題があり狭めていっていることではないのかね。それでは人が君に寄りつかなくなるのも当然の成り行きではないか。人は皆んな、誰もが自分を否定されたくはないからね。その点君の方で自分で自分にその矛盾していることに気付くべきなのさ。多くの価をそれなりに受け容れていくべきなのさ。もっと肩の荷を下ろして気楽に構えていったらどうなのかね。君もその方が楽じゃあないか」。

「それでは結局私からの真意を何も理解せず、否定しているのと同じことになるではないか。それに私はその諸君ら人間における既存の一理一通り、一般常識的次元の思惟から語って来たことではないのだ。もっと本質的真理真実からの真正面会話をしたいと思って来ていたことなのである。既存一理ではそれだけのことでしかない。永遠に巡回するそれだけのことで、何んにも解決したりはしないただそれだけの上辺表象だけの通過していくだけのことではないか。私はそんなことはあくまでご免蒙りたいのだ」。

そして私はこの際、正直に諸君ら人間に言わせて貰うことにするが、この自分というものを、諸君らの目、価で見るように、必ずしも病人であるとは思ってもいなければ、諸君らの日常意識を必ずしも正常健全であるとも考えている訳ではない。平和理想など日常大凡の意識、物理的思惟のすべがことを歪ませ、すべての火元と考えているくらいなのだ。それらは多数数多の人間たちが都合便宜物理的思惟を以て作り出して来たその生活上の意識から正当性として心得られて来たものにすぎないものであろう。そもそも、その物理的思惟と発想と表現の中に、便宜調法ではあっても、確実に真実をして定義表現されているものがこの世の中、人間世界の中にどれ程にあるものなのだろうか？　それは便宜による我々の思い込み、観念や概念といったものにすぎないのではないだろうか—という訳である。であるならば、その物理形而下表象における観念や概念のそれに対して真実の内面から言い顕わされた省察、霊的見地を根拠に、それに基ずかれた本質的発想、見方が存在優先されて然るべきことではないか—という訳である。諸君はこの私からの対峙対立するような見解と提言などというものは耳に入らず、気に入りませんかね、と、まあこんなことを主張してみたところで、何よりも一般認識、通説通俗こそが諸君と世間、人間一般にとっては通用し、この私からの突飛な見解が通用しないことぐらいは私もよくよく承知させられていることである。地上で何もかも便宜だらけ、現実的処方を以て何もかも取り澄まし、暮している諸君ら事足りて満足している人間の対極に対峙している価を問おうとすること自体愚かしくナンセンスなことである。そう思っておられるのではありませんかね？　そして結局は水と油、互いに相容れるものは無く、この二つの見地は常に物別れであり、塗れてゆく他にない宿命と課題となって背負っていく他にないかのようにさえ思われる。否、既に、本質真理、霊の原則原理などは、その既存現実の中にすっかり取り込まれている人類などにおいては対象外、目的目標となってもいなければ、むしろ敵意に近い対象となっていたことだったのである。彼ら人間、肉物経済支持者、現実中庸主義者にとって本質真理、誠、真実などは現実を履行させていく為の最早邪魔者と化してしまっている（た）程であったのである。このことは、諸君らは昼夜苦もなく当然として意識無意識を問わずやってのけているわけだ。ところがこちらはそのことが一々気に掛って仕方がないと来ている。意識せずにはいられないという訳だ。痛くて痒くてかなわないという訳である。ところが諸君ら人間にとってはどうやらそれが遊戯を興じている如く快感で愉快で仕方がないらしい。この差異は果していずこより由来して来ていることなのか。とにかく諸君にとって、人間にとって、有産階級にとって、資本階級にとって、人生遊び半分であり、無産階級からそれとなく社会システムの流れの中で無条件に絞り取り、取り立ててゆくという仕組が既に構築されていっている。彼らにとって理想は御題目となっており、神棚であり、その真実は守られた例しはない。彼らははぐらかしの名人であり、のらりくらりがその手法となっている。

ここで、私としては組織、団体、及び集団全体の中における個々個人との関係について触れておかなければならなくなった。諸君、この私のような、ましてや既存の現実、実際から大きく逸脱食み出し、外れてしまった、霊本質に頑固に固執し、極めて融通と妥協の活かなくなった、従ってその世の中、社会、現実と反りの合わなくなった者にとって、共同社会生活、組織、団体、集団全体としても、個々社会人との付き合い方においても、これ程に不自由で、不都合なことはない。そこには公私に亘って気不味さばかりが発生し、その空気を悪くさせ、損い、すべてが滞り勝ちになって行く。これはすべて私が全体の既存現実に添って行かず、心底において懐疑を抱いているからなのだ。その私にしてみれば、そのことへの罪悪感が常に付いて回り、そこに正統性など抱けるものではない。その上、組織、団体の方からは連帯協調性に欠けるとして、反抗的と受け取られ、誤解されるは日常的となり、そこからは存在性の目障り、障害や弊害と受け取られ、それを起す者としての矢表に立たされてゆくだけのことになる。即ち、集団全体、組織団体にとってこうした人間はその意向、目的、経営していく現実に結果として反し、マイナスであると判断されかねなくなって来る。こうした経営世界、組織団体経済主導、共同社会とその現実実際にあってはその点において結束していくことが大事であり、個々個人の意向は二の次、三の次とされて会社、組織、社会、現実の意向を第一義に掲げていかなければ纏りが付かないということとされていくこととなる。このことは、国、当局、社会、会社組織の緊急時、逼迫時に個人の生命までを犠牲に晒されることとして必ず起ってくる事態と、まるでそのことがセットになっているが如くであるからなのである。即ち諸君、諸君がそれを善として実際に履行していっている、便宜として利用応用使用していっている既存方式、既成概念、大凡を占めている物理的思惟の正体と本性と心意心底なるものは、こうした理不尽、物理的力の原理、肉物的強者優勢に伴う弱者を負わせていく生、肉体が精神を食い潰していく生、その本能的循環によって、その生存競争によって、結局のところ、畢竟とするところ、人間の生、人間の生命性とするところは機能せず、働らいては来なかったことであったのである。通常、日常表象、上辺では、余裕りのあるうちは、平静を粧っているうちは、心落ち着かせてはいても、いざことが切迫して来ると、人間とはかくの如く生態を露わに露顕させ、自からを暴露させてしまうものなのである。ここにあっては人間の理性も精神も一たまりもあったものではない。

即ち諸君そんな訳で、この組織と行動、思考と意識というものは善きにつけ悪しきにつけ、信義、理性、精神如何の以前に、個々個人の意向以前に、組織的意向、連携、協調と妥協と調和とが重要として問われ、要求されて来るという訳であり、それによる利点もある替りに、必ず個人にとっての弊害もついて回ってくることになるという訳だ。個人としての意向を滅っして行かなければ組織も成り立って行かない持ちつ持たれつの関係となっている訳である。そしてこの理想と現実の関係は水と油のそれと同様に反発し合い、互いに相容れようとしない関係ではなく、相剋相い塗みれていくのではなく、互いの立場を其々に認め合い理解し合い扶助し合って補ってゆく関係になっていかなければ、結局は巧くゆくものも巧く器能を果すことも出来なくなってしまうことに相違ないことなのではないだろうか。如何んとなれば、その私にしても無闇にその組織大系に対して逆っていくものでもなければ、その組織の有効性も理解しつつ、互いを生かす如くそのよりよい関係を保ち築いて行かなければならないと心得、信じているからなのである。が諸君、私がここで問題にしているのは、その組織的行動と思考の裏と影で、現実と実際は大概霊真理と本質を御座成りに暈(ぼか)し、事の真偽を不明瞭なものにさせていく部分、個人の良質性までを紡ぎ組織という不透明な枠と鋳型の中に、物理既存の理屈の中に無理遣り押し込め、嵌め込み、巻き込んでその個人の尊厳を、理想と本質を済し崩しにして奪っていく傾向と節が見受けられてならないからなのである。——もっとも、そのことも、そうした規制と統制統卒が保たれていかなければおよそ組織も成立していかない側面を有しているからに他ならない。そしてこの個人の良質性や尊厳までを勇み足によって歪め、両立させずに紡いでゆくのであれば、私としてはそれに断固として反対し、けして容認する訳にはいかないのである。そのような組織と団体なら糞くらえということになるのである。そんな虚偽と誤魔化しの社会と世の中、現実と仕組であるならば、断固私としては抵抗していく以外にはないというわけだ。諸君はその点いかにお考えになるであろうか。矢張り現実経済既存が何よりで、有効優先である、そう言われるのであろうか。理想本質は二次二義的で、既存唯物経済こそが第一義だとでも言われるのであろうか？

ところで諸君、こうした聖域以来の生命からの所以からしてこのような現実既存から異端した―本当は逆らわなければならない筈なのであろうが―考えを持ち乍ら学生生活の本分とするところを徹底して人並体制の教値から離れて懐疑して怠たり、背き乍らこの実社会に送り出されて来た者に対し、この世の中、社会、現実というものがどう、如何にこの人間というものを迎え容れ、どのような扱い方をするものであろうか、この青二才で、西も東も全く世間知らずの未熟のひよっこに、その世間と現実社会が待ち構えていることになるものであろうか。そのことは何よりも大人である諸君が承知しておられる通り、些かの誇りを以て手易く容易に既存常識の法則方式を以て冷やかかに迎え容れ、間違ってもこの人間を温かく迎えて育て、導いて行こうなどとする酔狂な人間と社会、人権を尊重し、守っていこうとする者などありえないことであろう。高圧的冷遇によって不等に扱われる境遇が待ち構えているだけのことである。ましてや、世間、現実社会を手厳しく辛辣事更に弁えている人間であれば直更のことである。つまり、そうした社会的価に愚昧劣化した者であるならば余計にそうなのである。風当りは厳しいのである。人権尊重、生命平等、人間対等などはどこにもないことなのである。それを望むことの方がいたって甘い考えとされるのである。実（まこと）正統な考えの方こそがすべてが否的意識によって取り扱われることになるのである。つまりそのような正統な考えを実しやかに掠め取って行く人間社会、世間から表面上、対面上はともかく、最初めから省かれ、弾かれて期待などされず、ただ一向働き手として利用され、人非人的待遇を受けていくことになりかねないという訳である。これこそが実社会の本音、正体というものである。諸君たち世の中というものはここに極めて辛辣で手厳しく正直である。諸君というものは意識無意識を問わず、本音として、世間や社会の基準価として、常識として並以下と考えている人間に対して何んの損害も齎していないというのにそんな風に接し、初めから疎んじてはいないだろうか？　これを私の僻み根性からの妄想とでもおっしゃりたいのですかね？　しかし諸君、私は正直に言わせて貰うが、支配者的地位、階層にある人間が、その自分の地位を、世のシステムを、仕組みを巧みに権威として利用活用―もしくは悪用してまでも―我々の正統な生の活力までをその暗黙の決めによって必要以上に負を掛け、もしくは取り込み、足掛けにして肥え太っていく事実を身を以て体験し、思い知らされていることなのである。武力的人間世界に纏わる神話なのであるからどうにも仕方が無いのである。例えば早い話しが、このことは人間社会全体の組織と構造、人間生命に纏る肉物的心理に纏り付く本能的切り離すことの不可能普遍的テーマを持っているから直更始末に負えなく改善の見通しのきかない如何とも仕難い、どうにも仕様のない問答無用の世界として広く行き亘っているから直更性質が悪すぎるのである。

　何しろこの必然の世界、ましてや我々人為による唯物界の世の中にあってみれば尚のこと、それによる連鎖連携による営み、その因果応報に基く雁字搦めになっている営み、その営みに関係を持たない営みなんて一つもありはしないのだ。それに伴う己れの其々の立場というものをちゃんと肝に銘じて理解、誠実有効に活かしていってほしいものである。我々は我々なりに、その立場や情況、環境や条件に応じて、その己れに与えられているすべての條件のもとで、諸君がそうであるように誰もが精一杯把握し乍ら生きているわけである。どうかその我々の尊厳までを己れの正当性などによって上下格差の偏差偏重した差異などを故意として生み出し作り出していってほしくないというものである。ねえ諸君、人間の偏重、生命の格差なんてみんなそんなところから醸し出しているのではありませんかね。常識や世間社会の地位や、表象上辺の流儀なんかに捉われて惑わされ、どうかそんな狭い量見、狭義なんかで身勝手な早呑み込みなんかしてほしくないというもんですよ！

　そこで、これは私からの質議なのであるが、ここでひとつそれを披歴してみることにしよう。つまりひとりの人間の能力、人間性並びに生命性を見る場合に、諸君はいったい何をどのような角度、視点と基点から見、何を基準頼りに判断を下されるというのであろうか、という質議と尋問である。私の見るところ、僭越乍ら諸君のことばを借りて言えば、つまりその人の社会的地位、学歴学識がどの程度あり、どこの会社のどんな役職にあり、どんな技術や能力を身に付けているのか、またはどれ程の収入、蓄えがあるのか、どんな如何なる暮し向き、家族構成、趣味娯楽は―等々、つまりはその人の人間性や精神性、性格性質、家系を問題にするのではなく、表象の如何や物理的社会との結び付きとその関係いるのがその大凡といったところではないだろうか？　諸君ら人間社会では、心在り処など計りようの無いもの、形而上なものはさておき、すべてが形而下、物理的、社会的、可視的、現実的、それによる物理的なものを基準としていっているのではありませんかね？しかし諸君、それらは一つの目安になるものではあろうが、常に流動変遷を遂げていくものであって、裏切られることを前提にしているものであって、安心仕様の無いものばかりで成立している世界なのである。そしてそれとは別の見方、判断をすることの出来る他のものはないものであろうか？　もっと確かで重要な普遍的信頼をよせることの出来るものはないものであろうか？　そして人間はどうやら視覚的肉物的具象性のあるものの方が遥かに、伝統的も歴史的にも信用し相性が合うらしい。普遍的、霊的、本質的形而上的ものとはどうも反りが合わないらしいのである。その彼ら人間の生き方は正に、歴然とそのことを証明して見せていっている。彼らの意識は既に、疾にその意識からは、即ちその霊的、本質的意識からは立ち去っていったかの如くでさえあるのである。彼ら人間の信頼はその物理的経済の上に執着してあるのであり、ここに根を張ったかの様に動じる気配さえ見ることは出来ない。彼ら人間はこれに恋い焦がれ死守していっている有様である。彼らの生活全体はこれなくしては既に成立しようのないところまで来て塗れ腐り果ててしまっているのである。しかし諸君、人間はそんなものに身も心も全身を委ねてしまって自からの行く末を誤らせることになってよいものだろうか？　しかしそれであってはいつになっても文明がどれ程に進もうと―それ事体が自からを既に危機と焦燥と逼迫に曝して来ていることと同様なことだというのに―その拘泥の社会と現実から脱け出すことは出来ないばかりか、自からの存亡を危機に晒し続けていくことになるではないか。そして諸君たちは、心にも有りもしない許容と妥協を無理に持ち出して悔やみ、後で後悔の辛さから無理にそれを正当だて自分に納得させることになるわけだ。そこで諸君は、「ならばそんな知った風な偉そうな口を訊（叩）くあんたに、その人の人間性を見抜くことの出来る能力でもあると言われるのかね？　そのひとつの内省内面、心の内側の心裡真実までを洞察省察し見抜くことのできる確かな基準、方法でもあるというのかね？　それがあんたにも無いくせに、そんな偉そうな知った風な口を叩くもんじゃあない」、そう言って窘めた後、「その人の実際の言った言葉、ニュアンスの表現から汲みとってそれを社会、世間全般、人心の意向などと裁量しながら、その関係と照らし合わせ、見分け、判断していくより他にないではないか」、そう言って来るに相違ない。そして私は、諸君がそう問われて来るのを実は遅しとばかりに待ち焦がれていた程なのだ。そこでその諸君に遠慮なく答えさせて貰うことにするのだが、つまり諸君、これはあくまで私個人の持論であり、見解と提議なのでもあるのだが、それは一切の通常観念、社会的一理一応一通りの常識を一旦保留して頂き、その邪推と了見に打ち克って、無垢の白紙に気持を戻して頂こうという訳だ。余計な偏向した先入見、意識や入れ知恵が挿入されていてはこの際大変具合が悪く、困るのである。これまでの外部（そと）から身に付けた観念をシャットアウトしておいて欲しいのである。そしてその上で提言するのだが、それは俗に、「人の振り見て我が振り直せ」という諺があるように、自身の生命に基く真理は他人にとっても真理という訳で、その自身の真実を活かす為にも相手の自身と同じ生命の真理を自分の利益と意向の為に他人のそれを踏み倒そうとする意向を慎み、むしろ互いに互譲の精神を以て共棲して行く心掛けを持とうではないか—という呼びかけであったということである。諸君らはその人より先んじる意欲と気概を持たなければこの生存競争、現実の世の中、遅れをとり、とてもでないが勝ち残って生きてはいかれなくなる、その強迫観念に捉われていることによって、その全体的意向、認識と意識こそが弱肉強食の生存競争の意識を高めさせていくことによってあらゆる歪みを作り出し、醸し出し、延いては自分たちのこの世の中の地盤揺るがし、それ自体を不可不如意の悪循環と環境を悪からしめていく、醸し出していく原因となっている、ということに、足元ばかりに気を取られている為に、先を見通し、俯瞰遠望深慮していくことが出来なくなり、まるでそのことに気付いていないかの如くのように澄まし込んでいるように思われてならないということである。そしてこの「蛙の面」、「鉄面皮」、「見ざる聞かざる言わざる」からの利己自我と人為唯物社会における具象具体的価による生活感の自負と気負いを捨て去り、謙虚に自身の生に対する肩の力を抜いたときこそ、初めて自身のことはもとより、世の中全体、延いては世界全体の意識、人間全体の意識が柔軟に客観性をおび、冷静に対処することの出来る世の中、世界が見えて来るのではあるまいか、人の本来、本質と真実が垣間見えてくるようになって来るのではあるまいか、という主張であったという訳だ。このときはじめて人間（ひと）は不自由の壁から解き放たれ、真の自由が訪れ、平和が微笑み、理想が優しく囁き、人権平等が打ち建てられ本質真理が前面に推奨されて正座されて来ることになってくる。唯物は真実の為に遜る。

さて、そんな訳で諸君、この不本意でしかなかった学生生活、疑問でしかなかった義務教育過程を卒えると、進学を断念し、私は忌わしくしかなかった我家から逃れるかのようにしていわば「窮鳥懐ろに入らずんば」という思いでこの実社会にまるで救助の場を求めるかのように転がり込んでいったという思いの方が正しい。もとよりその実社会がけして住みよい所のものでないことぐらいはこの私にしても先刻承知し、わり切ってはいたことであったが、それでも未だ自分の努力と誠実さからすれば、その頑張りようによっては認められ、なんとかなり、我家にあるよりは、学校での生活よりもましで、なんとかなるのではないか、そうした甘ったるい希望的観測と期待が潜かに心中に働らいていなかった訳ではなかったのである。が、その潜かな期待も、その初日当座からしてその主人夫婦の言動からして私の心は打ち砕かれなければならないことになったのである。それは入職当座からして「外」の人間として第一声から言い渡され、その区別めを付けることをまず突き放す如く冷却の口調を以て言い渡されていたことに端を発していたことであったからに他ならない。そんなことは折目としても、社会的分別と区分からしても、私自身承知もしていたが、改めて主人夫婦の口からそのことを冷淡な口調で言い放されると、私としてはその衝撃は矢張り人事ではなかったのである。そしてそれ以降のこと事情については既に記述しておいた通りの実社会と、それにも増しての職場との関係となったことである。つまり私としてはこの実社会から根刮ぎ始めから、当日からして裏切られなければならなかったことであったのである。すべて世界から自分一人だけが突き放された様な気分にこの時より陥ってしまった訳である。私はこの時点でこの実社会と自分との関係がその人生が惨憺なるものになっていくことをそれとなくこの時点にして直観し、予感させられなければならなかったのである。つまり、これが私の実社会での幕明けであった訳なのだ。

こうして過去の一切から逃れ、ここに最後の自分の居場所を求めて来ていた私にとって、果してこの実社会、職場からその初日にして出鼻を挫かれ、背かれたことによって、どこにその身寄りと居場所、即ち生の存在を求めたならよかったというのだろう？　もとより家を去るに当って、それとなく母からは暗黙のうちに、家の事情もあって、職場にあっては誠心誠意を尽くして勤めあげることをそれとなく、私自身もそのことを覚悟を以て無言のうちに受け止めて暗黙の約束をしていたのが実情であったことからも―またその間もないうちから主人からも、「あんたのような心の中に疾病を抱え持った人間というものは、この社会の何処に行こうと、ことに若い女性からというものはびっくりさせてしまい、この世の中人に迷惑をかけて行くことばかりで、その心の病い、病識を自覚して君自身が改めて心を入れ替え、本気で治しておかない限り、どこにいても結局はその居場所も無くなり、生きてはいかれないことになるからね。それだけは君自身の為にも治しておいた方がいいよ」、その宣告と忠告を受けていたこともあって、理不尽と思い乍らも、それが私の聖域以来の所以、持病＝膏肓＝に対する偏見と誤認しつつも、私にとっては決定的意識を齎らされることとして傷付くことになったことは言うまでもなく、その影を生涯通して引きずっていくことになろうとは、予気予感によって怖れつつも、またこの時点では信じることは出来なかったことだったのである。即ち、この主人の言動と忠告も、私にとってはそれが「当らずとも遠からず」として深淵において、主人の言とは別に当初から私の心をいたぶり続けることになっていたからなのである。

　こうした中で、私がならば何故他の職場なり、別の道を選択して求めることをせず、捜そうとはしなかったのか、諸君にとって何んとしても腑に落ちない解することの出来ない不可思議で、疑惑疑問で、納得も理解も付かないことの様に思われているかもしれないが、もしくは暗に、その疑問をそれとなく察知していることかも知れないが、そのことに対する考え――私はこのように聖域＝三つ子の魂＝以来の所以によって「世界の膏肓」に入ってしまった人間であること、ましてや今も語った通り母との暗黙の約束が骨肉を貫いていたこと、勤務先の主人からの警告と指摘とが相俟って、私自身の生と生命と心とがこの人間社会の現実既存、意識と認識の常識の有り様とが益々肉離れを起し、その疑問疑惑懐疑を掻き立てられ、拗れを決定的なものに導かせていたことによるものからに他ならない。それに私にはこうした聖域の事情と経緯からして、社会的、具象的、物理的何んの才能も育られていなかったことからも、私にはもうこの時点で、この世界人世のいずこにあろうと、その理解されることは不可能で、彼らから排斥されていく他にない身の上にあることをそれとなく、しかし痛切に切迫した実感迫って来るものがあったからに他ならない。私はもはやこの時点で、「四面楚歌」に陥った自分であることを意識せざるをえなくなっていたのである。例えばである、私が全身この身をすからかんにして最善を仮りに献くしたとしても、彼ら人間は全身からこの肉物現実既存の生に取り込まれ、それに共感を得ており、その彼ら総意の方に共感して味方に付き、この私の生き方に敵意敵対を抱くであろうことを既に身に滲みて感じ取っていたことであったからなのである。如何にとなれば、彼ら人間の生きるということは、紛れもなくそうした生命の表現に他ならなかったことであったからなのである。そしてこうした事情と経緯によって私としては如何にしても身動きが活（取ることが）かず、この獄門の職場に身を留まらせているより他に無かったという訳なのである。そしてこの事実と心境の心持ちをその同様の立場に無い者がいくら理解しようとしてもそれは他人事でしかなく、不可能なことである。そしてこの職場において展開することになった私の住み込み勤務生活についての獄門の惨劇については一々取り上げるようなことはすまい。私はただ只管に人非人としての扱いでしかなく、不善の生が定位置としておかれるだけのことであったからなのである。その結果として職場から私に導き出されて来た答応え、それは、「君ひとりのお陰で店の空気、職場の皆んなが戦々恐々、攪乱されて緊張に威々して神経を掻き乱されてしまっているじゃあないか。哀れで可哀想じゃあないか。君はそのことにさえ気付かないのかね。君一人でこの店の空気を台無しにしてしまっていることに——」、という私一人を罪人として祭り上げる主人からの再三に渡る叱責と苦情苦言であったことは言うまでもないことである。なればその主人から糺問されているそれが始めから、出だしからして壁に押し付けられてしまっている、手足のもがれてしまっている私にどんな如何なる抵抗の仕様があったというのだろう。弁解の仕様があったというのだろう？　それが私には自分の聖域以来の生の謂れ、生命の謂れを糺されているかの如くに思われ、私としてはその聖域以来の身に付いた生命と生の謂れに懺悔する他にはなかったことであったのである！　結果としてそのことを主人は知らねど、私にしてみれば問われていることになったのである。であるならば、この変更の活かない身に染み付いた生である以上、また、委細変更する必要のないことを強要されて来ている以上、またその要件が濡れ衣で、自分に覚えのない潔白である以上、それをいっさい被せられ、咎められている以上、その私にしてみれば理不尽をはるかに超えている主人の不見識、私への悪意あっての、貶しめる為の、もしくはとんでもない誤認をしている上での、されどその主人そのものが私の不善、病疾、不祥事であることを百パーセント自認している以上、私からの言い分、それももはや通用はもとより、する必要のない、理解される筈も無い、余計に拗れ、本題が頓挫し、決裂が待っているだけの、私にとってはそれはあらゆる事情から鑑みても、それだけはけしてあってはならない事態であることが当初より分り切ったことになっていることであったことからも、従って私の立場としては、この主人からの言い掛りが何んであろうと如何なる理不尽なものであろうとそれを呑み込みで、腹に納まり切れないものであろうとどうしようと、それを堪え忍ぶ以外に無い立場と情況に追い込まれていたことだったのである。もとより、このことが誰からもその私の情況を理解出来る筈もないことであったことは言うに及ばないことであった。もっともこうした主人との関係というものは、これは私の生、生命と世界の生全体との根源からの決裂のような、もはや生涯に渡って解決のつきようのない生命の根底根幹より貫かれた私自身の未解決の課題、テーマとしてその人生に今も、その生涯を閉じるまで、そこから開放されることのないことであることはこの一身を以て解っていることであったからなのである。

それにつけても諸君、相次ぐ子供たちの不倖と悲劇にひたすら堪えている母との暗黙の「約束」のもとに、私がこの職場に居座り続けていなければならなかったことの罪悪感と自己嫌悪の日々を思ってもみてくれ給え、その私としてみればいったいどう身を処し、脱すればよかったというのだろう？　いかにこの窮境難局に乗り切って立ち向い、克服してゆけばよかったというのだろう？　それこそ孤軍四面楚歌の私には何も打つ手は無く、ただ只管奮戦すること以外には何もないことだったのである。

もともと老舗の権威の主人が当初はじめから、世間社会の仕来たりというものを弁えていない心の通じようもない侮蔑的人間として明らさまに遮断拒絶的に最初から偏見を以て抵られて来ている以上、私としてもその主人夫婦というものを信頼しようにも、その取っ掛かりさえ見出しようのないことであったのである。その信頼関係が拒絶されてあり、その主人夫婦より最初のはじめから疎まれ、蔑すまれ、否々（非）されてあったのではその勤務生活も巧く行く筈もないではないか。このようにはじめからその先入観によって嫌忌されてその人間性生命性まで疑われているとあっては、私としては取り付く島も無いことであったのである。尤もこの主人夫妻からしてはじめから社会の縦割り目線で物理的賤しんで来ている以上、侮蔑して来ている以上、私から、端からそんなものは期待せず、それすら穢らわしく思っていたのであろうから―ことに奥方の所作、私に対する振る舞いというものがそうであり、私は慌てふためいて退いてしまった程であったのである―私としては「無」の態度を取り続けているより他にないことであったのである。そして私がこの主人夫婦から無言のうちに徹底して叩き込まれたことと言えば、暗黙の「言」によって、この世の中、社会にあっての規範に則っての観念的良識、世間と社会の常識的価の規範からの外れそれを弁えていくことで、そこから私というものが如何に外れた性格性質の破綻者であったことが、その現実、世間と社会に役立ち倣わないばかりか、それらを損ねていく人非人、病疾者であることを徹底的に指摘され、その心と生を最初めから、根本から、徹底的に意識して入れ直して行かない限り、私の将来も未来もあったものではない、もとよりこの職場にあっては尚のこと店として大いに困ることである、という如何にも商人らしい先例旧来からの保守的教訓に尽きているということであった。即ちこのことが店にとっての根本からの、根底からの私の性格というものが最大のネックとなっていたことであったからなのである。そして私としてはその主人主婦からの暗黙の強請（制）の言を、現実実際の事実なこととして半分を認め、他方の半分を自身の真実を守る為に徹底的に拒否拒絶として、放り棄てたのである。この先如何なることが待ち受け、待ち構えていようとも、それに怯むことなく、その聖域以来の自身の真実を改めて貫き通して行くことを誓っていたのである。私にはそうしていくより他には道がなかったことなのである。それが私からの譲歩であり、他の私には私は成り変ることは出来ないことであったのである。その点私にはいずれにしてもその未来、将来というものが、いずれにしても主人の予言通り、この人間社会の現実の條件意義にあって、その当面の生を失って、仮死することによって生き延びるか、それともそのことにも破れて本当の自死を取るか、その二つに一つの選択しか残されてはいないであろうことを確信させられていたのである。そしてそのことは私の現実のこととなって、幾度かの死境をさ迷い、乗り越え乍ら仮死による半死半生の背水尾根伝いの生を辿りつつ、この老境の境地にまで辿り来たっている始末なのである。これはとてもでないが、人は何んと言おうと、私にとっては生きて来たと言えるものではなく、只管、その生き死にと向い合い続けて来たというのがその実感と真相であったのである。如何にと言うに、一人の人間、一人の生命者、一人の生者として、その具象具体としての人生経緯の何一つとして辿ることはなかったのであるから、これはとてもでないが人生と呼ぶことの出来るものは、その足跡は何も無いことだったのであるから。さて、それでは私の半生はいったいどこにゆき、消えることになってしまったのであろう。それは人間すべてがその私に向ってまるで勝ち誇った者のようになって言うことであろう。「それは君が人生に意気地が無かったことで、自からがその自からの半生に責任を果さず、自分で自分を葬って来ていたからによるものだからに決っていることではないか」、それではその私からその諸君に問い直そうではないか。「それではその諸君のその意気地のあった、責任を果して来た生とはいかなるもので、いかなる仕掛けによって築き上げ成らしめて来ていたものであったのか？　と」、そこで諸君らは考え込んでしまうか、あるいは既存のありきたりな一理一応一通りの常識的発言をするに決っている。そして私はその諸君らすべての人間に問うことにする。「即ちその諸君ら人間が生の意気地、自慢にして主張しているものの一切というものはすべて、既存におけるこの社会と世界と現実を支配席捲に、大いに貶しめられ、後片無く歪んで行く不合理、理不尽、矛盾を引き継ぎ起していく決裂談判の世界、中庸不善の駆け引きによる隠微擬装によるでまかしの世界ではないか。そこに正善真義などあった例しの無かったことによって成り立って来ていたものである。こうした中を諸君ら人間は実しやかに言い合い乍ら掻い潜って来ただけのことにすぎないではないか。正当めかして生きて来たことにすぎなかったではないか。それを真正面めかして健全な生として言い包んで賢そうに振る舞って来たにすぎなかったではないか。これのどこが意気地があり、責任を果して来た生と言えるのか？　―」、そして更に付け加えていうならば、「世の中、世界全般に広まっている唯物経済の流れ、その既存現実を支持参導し続けていく総体の風潮からの本音と価から、私という生命性、人間性を一眼一義的に照射して見、計り、言い括るのであれば、差し詰めこの夫婦のように私という人間は諸君ら人間にとっても、先にも述懐しておいた通り、当らずとも遠からず、ということになってしまうことだろう」可様、聖域以来私に身に付いた生、生命性と人間性の基盤は悉く人為のそれとは重なること、反りが合うことが根本本質においてなかったことによって立往生し、閉塞窒息する他にはなかったことだったである。果して世間的一般からの既存の表現DNAからの本質はともかくとして、こうした人間がこの世の中にどれ程に無意となって屯ろし合っているものであろうか。そして人間であるならば、その限りにおいてその社会と世界の既存、現実、価、それに順じてそのように生きていかなければいけなく、ならないものなのだ、などという当局や社会全体からの差し出がましい意議のご宣託などいっさい筋違いの理を成してはいないことである。それではこの世界委細纏まりも収拾も納（治）まりもつかなくなる、そんな権威からの狭義物的締め付けなど知ったことではない。第一それが巧く行ったという話しも聞いた例しはなく、現状は世界も社会もいたる処この一理一応一通り既存の有り様表象上辺の有り様のことではないか。この世界を纏めていくにはその人為の価を超越して、宛ら霊の原理、自然の法則、これと人其々の自身の誠心誠意、真実を貫き通していく、このことの他に何があるというのだろう？　という訳だ。後はすべて出鱈目である。誤魔化しである。便宜と調法である出たところ勝負である。実しやかの世界である。見せ掛けである。擬装である。方便である。そして既存の世界は人間それ自体も含めて如何にもこれによって巡り、回って循環している。そして人間はこの自から拵え上げたこのブラックホールにもれなくすべてが吸い込まれてゆき、諸君ら人間はその現実既存のホールに集いつつ、それなりに巧みに、上手に、その世界の中ですべてを学び、習い覚え、順応し、泳ぎ回っていくことがお上手なだけであったのである。そして私といえば泳ぎが呆れ返る程に下手糞であり、反駁的私からの態度が彼らのそれに対して相応わしからざる損ねていたものとして、数値と民主主義の値とによって生の死界に送られて来てしまっていた訳である。

　それにつけても、こうした四面楚歌、八方塞がりの絶望的住み込みによる気も抜くことの出来ない職場の絶望的生活の中で、何んとしても今暫この生活を続けていくより他になかった私としては、その急場忍ぎとして「二つの生活」と「二つの精神」を網み出し、そのことによって何んとしてでもこの急場忍ぎの酷難を乗り切って行くしかないことだったのである。これこそがこの職場にあっての私に与えられていた最低限の暮していく、生きて行かなければならない道であって、私はこの職場に踏んばり続けてく他には残されていない最後の道となっていたことなのである。もとよりそこに齎らされることになった私の生活というものがどんなものになっていくことになったか、それは想像の外のことである。この苛酷な自己矛盾は私の良心と魂を如何に、どれ程ずたずたに引き裂き、傷つけ、労苦と苦役に曝していくことになっていたか知れないのである。

　こうした中で私の心に再び浮上して来た疑惑は、私自身へ齎らされている血、それに対する不安と疑惑であった。兄姉たちの上に次々と引き起されて来ていた忌わしい不幸な出来事とその悲劇、それと直結びついている自からの血への疑惑である。自分の中にも紛れもなく同様同等に流れているという事実、そのことは主人夫婦からの絶対的排斥と私への懐疑と疑惑の視線と相俟ってより確かな自分への疑惑として注られ、その可能性に怯えなければならなかったことであったのだ。このことは自分のこれからの人生により聖域以来の所以と重なって一層の絶望感を増幅させて私を追い込んでいたことは言うまでもない。私はこの我家に纏り付く暗く忌わしい霊的陰影、兄姉たちに降りかかる不幸と悲劇に伴なう家の霊気と目にすることの出来ない気配をどれ程に呪って来たか知れない。この我家に齎らされてくる抜き差しならない、免れようもない呪わしい不可思議な命運にどれ程に怯まねばならない幼少と少年時代を送って来たか知れないのである。

私はこの頃から自分の生命を「病葉」だと思い、感じ取るようになり、その青春の最盛期に差し掛り乍ら、既にその輝きとするところはいずこにも無く、その闇の絶望の淵に突き落とされ、頼る者も無く途方にくれてさ迷い歩いている感覚に陥っていたのである。この先人生の途上にあり乍らも、そこには花も咲かず、蕾さえつけることも出来なく、もとより実をつけることなどとうてい考えられないままに萎み、やがては盛夏を向える前に枯れ朽ちて、その遠くない先に死にゆく宿命ではないのか、そう確信めいた恐怖が次第に現実味を以て、胸に広がり迫って来ているものを感じ取らされていたのである。まるでその頃の私というものは、その精神も、魂も、貧民街を這いずり回り、地辺駄と接吻し乍ら歩いていたような感覚を味わっていたのである。星一つ見い出すことの出来ない闇に凍てついた寒風に晒され乍ら、すすり泣きしながら世界の迷路を、灯りを見出せないままに、揺られるままに抵抗さえも出来ぬままに震撼として、飢餓と怨讐怨霊、憎悪と義憤、裏切と寂寥の孤立、それがこの頃の私のすべてであり、青春にして真冬厳冬の真只中に私は心を魔痺させて生命と生を守るために無感覚となって冬眠させるが如くによってそれを本能的知恵によって選択していたのかもしれない。正気であってはそれを到底凌いでゆくことなど出来なかったのである。そして時偶のぞかせる良心は、却って私というものを裁きの庭に自から引っ立てていくことになり、傷の上に傷を抗わせることになっていた。つまりこの頃の私というものはそれまでがそうであったように一層それが如実となって来ていたことであったのである。まるで悪魔怨霊にでも見入られた様に、すべてが悪循環の真只中にあったのである。―それは私の生涯においてのことでもあったことなのである―社会が、世界が、世の中全体がその私をまるでせせらっている様に感じられていたものである。益々自分というものが、現実というものが、常識というものが、既存というものが、人生と生そのものというものが私のやること成すことを嘲っているかの様に思われ、私にとって世界と社会、人間というものが信用ならなく、全てが否決しているが如く感じられていたのである。出口が一切塞がれ、立往生する他にない自分がそこに突ったっていた。それは全体が、世界が、社会が、自分自身が一寸先が見えない霧の中であり、視界はもとより、喪失感であり、そこでは人生も生もあったものではなかったことだったのである。私は後々その時のことを振り返ってみるのだが、あの忌わしい時代に、既にありとあらゆるすべてのものを、人生も生はもとより愛も希望も、色彩も、信用信頼も何もかも、体温さえも、人間生命との羈絆のすべてを失って―来ていたように、置いて来たように、棄てて来なければならなかったように、自分の生命から諸其となって剥ぎ取られ、毟り取られ、削ぎ落されて来たように思われてならなかったのである。その私にはもはや物理的生の余力(ちから)は何も残ってはいなかった。残っているとすればその物理全体に対する根幹からの怨恨であり、不信感であり罪悪感のみが湧き起って来るばかりのことだったのである。もとよりその形而下すべての思惑こそが人間にとっての具象的生命力のすべてに繋がり、絆となっているのであろうが、私にとっては、私の生の根本とそれらが全体総意となって削ぎ取られていっていたことであったのである。というその実感が、私の中枢で駆け回り続けていた。もはやそのことを外しては考えられなくなっていることだったのである。—そして私があの時代を乗り切り、その生を蘇生させていく為には、乗り切り、生命を継続させていく為には、何よりも私がその失った生を再生、生れ変えていく為には、その物理的生の要素その対象のすべてを投げ出し投棄して、過去の自からを清算しなければならなく、そうしていかないことには生れ変ることが出来ず、その試練と苦役と運命と宿命を乗り切っていくことを諭(さと)されていくことになったのかもしれない。諸君、それは生命そのものを、その肉体物理によってそれを支えにして生きていくのではなく、霊的威力によってそれに護られていくことを私は引き受け、そのことによって私は自分の生が甦えり、守られていくことの方を即ち、自身の具象である肉体生命の「悪さ」からはもとより、すべてのその周囲りの悪さを仕掛けてくるものからの避難、自身を撤退させることにまで、その生を選択したのである。これが人間への裏切りに繋っていくことになっていくことになっていったことは言うまでもない。すなわち、既存認識、物理的思惟とその常識はこの時より私にとって

「好敵手」とせざるを得なくなっていた訳である。―この過酷でしかない職場において、「母との無言の約束」を守り、果していくことの為には、その義務と責任を守り通していく為にも、我が生命自身の切羽詰ったぎりぎりの譲ることの出来ない魂の戦でもあったことなのである。

この職場にある限り、その職場に適った、職場の空気を乱すことのない―私にはその空気など以ての外のことであり乍ら、―それも乱した覚えも更々無いことであったが―それまでの私を改め、その主人の気風、希望に添うような人間として、「その気風、意識を改めることをして貰わない限り、この職場で一刻も働らいて貰う訳にはいかない」、この主人からの要請は極めて私にとって理不尽極まりない辛辣であると共に、私自身自からの生き方の根本根幹から改編仕直さなければならないなどということは―表裟汰などとは訳の違うことであり―至難この上ない不可能なことであり、とてもでないが受け容れることの出来ない、容赦ならない要求だったのである。私はこの主人からの屈辱的私だけを貶し込む様な理不尽この上ない要求要請に対して、それを拒むよりも、取り敢えず、それを心にも無い同意をして見せたのは、真先に浮かんだのは母との暗黙の約束のことはもとより、自身の中に流れる血への疑惑を明らかなものにしておきたい、解決しておきたいという思いが私に強く働きかけて来ていていたことによるものからに他ならなかったからなのである。そして予って打ち合せておいた主人と精神医療医との口裏合せに、「患者」とされてその医院に主人に伴われて訪れることになった私がどの様な診療と治療を受けることになったかは先に記述しておいた通りのことである。それを復習しておけば次の通りである。

「私はあなたの主人からあなたの精神的診療、治療を承ったのではなく、あなたが職場にあって、職場のみなさんといかに問題なく巧く働いて行くことがあなたが出来るようになるか、そのように成るようにと、そのことだけをあなたの御主人から依頼を受けているのです」

そして通院による結果から言えば、当面の私の血に関する疑惑の問題は、「そのことに関しては何んの問題もなく、普通の健康な人のそれと全く変り無いこと、なればそのことに関しては余り気に掛け、悩まない方がよい」ということで一応のけりがついたことではあったものの、後者の件、即ち主人からの、職場における私の一連の諸行為行動、そのことにおける社会人としての人間性の偏向と欠除とそのことに関する「病識」の一件については最後まで医師も譲らず、私も譲ることをしなかったことによって平行線のまま終ることとなった訳である。

私はこの店での職場の道が完全に閉塞し、道が完全に断たれることになった以上、その自からの次の身の振り方、道を差し当り緊急に考慮(かんが)え出さざるを得なくなっていた訳であるが、既に「実社会」との関係も店でのそれと同様断たれていたのも同然という不信感もあって、そこに求めることは私の中ではありえないこととなっていた訳である。なれば私としては実家に戻るなどは直更当初より考えられないことであったことからも、そこで考え出されることといえば自力で—と言いたいところであったが、先にも記しておいたと思うが、聖域以来の育ちの謂れと所以もあって私にあっては社会的、物理的、具象的ものなどは何一つその才も器量と技量も身に付いているものなど何一つもなかったことであり、むしろそのことに関する反駁感のみが身に付いていたのが実情であったことからも、つまり私の人生は既にこの職場にあり乍らも路頭に迷っていたのである。なれば如何にしても私には独自に独立して生きる以外には道がなかった訳であるが、手に何んの才も職らしきものも無い私にとっては自からの生命を括るか、それともその身を括る思いで何かを自力によって始めるか、いずれにしても一触即発の思いの中で何かを始めることの他には何もない様に私には思い惑られていた訳なのである。私は元々持っているものがすっからかんの中で散々悩んだ挙句、それでもそこに辿り着く、回答が得られるまでの、見出すまでの、数日の模索繰返し、手掛りを捜すための猶予期間が自分に欲しかったのである。その間、私はこの職場に居座り続けていることへの、罪悪を重ねていなければならない自分に対しての嫌悪感を負い乍らも、その自分の足場の降ろしようもない職場での私の身柄は宙に浮いたままになっていたのである。誰もが村八分の私に無視していた訳である。店からの、主人からの緘口令が布かれていたのである。私は本当の土壇場に追い込まれ、めまいと偏頭痛頭痛に見舞われ、半ば意識と血の気を失って朦朧となって送っていたのを今となっても記憶している。そうした中で考え出したことは、私の最も性に合わない卑屈にもして来ているこの職場にあって身につけた仕事を最後の頼みとして、それも性の反対にある商人として独立を試みるという案が砦として嫌忌でも浮上して来たということである。このことが私にとっての最后の九死に一生、頼みの綱の選択として来ていたことであったが、これさえ、何んの保障も無いことであったことは言うまでもない。しかし、これに自からの今後のすべてを託していく以外には無かったことなのであるからどうにも仕方のないことであったのだ。ここにおいて、この生命と生を繋いでいく、否繋がせていくどんな思索と支索となるものがあったというのだろう。

　そして拭うことの出来ない汚名だけが着せられ、遂にその日が八年間の苦業苦役を終た後、やって来た。それでも誠心誠意私なりに表現し、勤めて来た挙句のこの「蛞蝓に塩」、「獅子身中の虫」としての追放の刑に処せられたのである。数日前の私の二十五度目の誕生日を控えた終戦日のことであった。入盆数日前のことである。既に実家のもとには、十三日に父との上京を促す書簡が私に無断での主人の元の里に送られての挙句のことであった。私の直観の働き故の顛末のことである。翌日、私は早速「辞表」の書簡を日曜日であったが認め（したた）、旅行（たび）より戻った主人にそれを真っ先に突きつけたことは言うまでもない。その席上で私はこの実家への手紙の送付して置いたということ（事実）を当人である主人の口から始めて知らされた訳である。それに伴う私の衝撃と激昂は如何ばかりのことであったかは先に記しおいた通りの事に証していた通りのことである。

　このことによって私の再出発のことはもとより、実家への報告の段取りとその目論みが一挙に一変し、容易ならぬ困難なものとして暗礁に乗り上げ、その先行きに泥を塗られた格好になったことは言うまでもないことであったのである。私自身に対する家の霊気の事情と絡めて、母が憂慮猜疑心を走らせていない筈がないこととして私には容易に推察がついていたことであったからである。その最中を私は帰郷報告をしに帰郷らねばならないこととなったことなのである。これが私にとっての「火に入る夏の虫」にならない筈の無いことであったからなのである。私はそのことに戦わない訳にはいかなかったのだ。

そして前記にもしておいた如く、この帰郷報告はその母との心裡的断絶を引き起し、この店を辞して来たことに対してはもとより、自立に対しても憂慮猛反対されるに至り、死に裏打ちされた孤独な再出発となることになっていったことは言うまでもないことだったのだ。私の母への失望と落胆は一方なものではなくなり、深刻なものになっていったのである。して母の父への執拗な上京を促すのを振切り、指定されている十三日には私一人が上京していったことは言うまでもない。

第二のメッセージ

一

こうして私というものは、聖域以来の事情と所以の重なりによって、この地上の肉物的人間全般とは益々縁も絆(ほだ)しも遠く隔たった者となり、ひとり地下界へと沈潜していった。人間のどの生活も私には嘘っぽく当て嵌らず、疑わしく、これで善しとするところのものが本質的に見当ることが出来なくなって来たからなのである。このことによって私と人間との背反背離した生活と人生が決定的なものとなっていった訳である。同じ人間としての生命を授かり乍ら、ひとりどうしてこうもそこから放り出され、逆様の人間として生きなければならないことになったのか、私一人だけが人生に誤っていたとでもいうのだろうか？　いや全く私には自分が人間であることが不可思議に思えてならなかったことぐらいの事だったのである。否、彼ら不自然な生き方を選択をしている人間の方こそが誤っていることではないのか？　いずれにしても、人間とはいったい何者なのであろう？　これに対する明確な回答をもっている者が果してこの世の中に一人としているのであろうか？

諸君、その私の生活が、人間全般との生活とかけ離れたものになることになったというのも仕方のない節と側面が多々見受けられることができる。第一、この人間総てが当然我が物顔をさせて営んでいく唯物主義全般が気に食わないと来ている。不合理、矛盾、格差偏重、ありとあらゆる抗争の原因の種になる元を喜々として、平然と自慢し乍ら作り出し、撒き散らかして紛争の原因を一方では得意気になって励み、甲斐として振る舞い合っている人間社会と、それを評価していっている人間の心と意識というものが知れなく、我慢がならないと来ている。そこで諸君らは、もう私の聖域云々のことを忘れ、「それは君自身の度量の無さ、意識と心と了見の狭さ、偏見からくる一人合点、善がっている思い込みにすぎない」、として表象既存の一般解釈を下してその肩を持っているに相違ない。そしてその言葉をそっくりその儘諸君達人間にお返ししようではないか。そしていずれにしても、その既存物理思惟全体のそこの「網」に皆んなしてぶらさがり、掴まり乍ら、何んとか生きていっているのに対し、私というものは聖域以来の所以からそこに両足を踏ん張り乍らも壊死を引き起してしまっていたということである。そこに私一人の方に問題ありとして否定的になって押し付けくるのであれば、私としてはその諸君ら人間の生の御都合主義、優位主義、生の本能的正当主義としてこちらを睨んでいるその生に対して、根底根幹よりその人間の思惟とは対峙して行かざるを得なくなる。それは人間の本来あるべき姿を自から否定していくことに繋っていることであるからなのだ。

もとよりその様な私ではあっても、諸君と同様の生身の肉体を具えている生命、血の通っている肉体を持ってそのことによって息ずいている人間であることに間違いない。そして私はその自からにも、当然諸君ら人間とは異って当初聖域、三つ子の魂の理りからして、裏切られ続けて来なければならなかったということである。つまりその諸君ら人間とは逆に、この飢えたる自からの魂というものに、人並のもの、肉体物理的なものの何も慰さめ、癒してやることを、その霊的なものを活かしていく為にも、半ば禁欲、理性的生活を目指して来ていたという訳なのだ。けしてそれを霊の前面に押し立ててやることをせず、慎んで抑えて来たという訳なのである。彼らは従って、本能として私の中で泣き叫んでその私自身に抗議して訴えて来ていたが、私はそれらに見て見ぬ振りをして最少限のものしか与えてやるとことを禁じて諭し続けて来ていたのである。また、聖域以来の事情からも、その成り立ちからしても、私は元々物理的なことに関しては貧しくもその生き方を強いては学習んでは来なかったことにも起因由来していることでもあったからなのである。私は戦時中の生れであることからしてもそこにはじめから抑制的著しい抵抗感を以て育って来ていたからなのである。それは私における、彼ら人間のそれとは異なる霊的本質の植物性に基く秘義なのである。物理的そのことに万全な諸君に、その生理的秘義本能なるものをこっそりと打ち明けてほしいと思っているくらいである。この私の肉体の真実への呵責というものが、そのことにいたって厳しい見解を持っている諸君に果して理解、お分り頂けるものであろうか？　否、それは諸君に尋ねることの方が野暮で愚かなことに相違ない。しかし諸君、それもこれも広義から言えば、自身の生命に対するある種の尊厳に対する犯罪行為、冒瀆、立派な犯罪（つみ）に相当するというものではないだろうか？　最低限の生命の基本・真実、維持にさえ応え、賄ってやることの出来なかったということは、その人生、生そのもの、生命の所以、肉体の謂れからしても、これ程貧困貧相を呈することは他にあるまい。しかし、このことも聖域以来すでに私の生命の中に成立し、身に付き、具わり、組み込まれていた一つの生の方向性であると同時に、人間生命全体の矛盾と不合理、生の不均衡を生み出さしめていくことに対する、私の生命の中に対立対峙として引き起されなければならなかった宿命としての前哨戦であったのかもしれないのである。そして私の生命の中には、こうした生涯にけして越えていくこと、踏み越えてはならない不可不如意の対立軸、ハードルが幾数も始めから具えられていたということである。故に私の人生というものはそうした意味において始めから、その人生のスタートラインについたまま、原則的に何に一つにおいてさえこの人間の醸し出していく、至上最優先、絶対として行く唯物至上主義という障害物によって立ち止ったまま一歩として歩み出していくことの、具体的生の、社会的生の適えていくことの見当ることの出来ないことであったのである。このことにおいての自己嫌悪と罪悪感と焦燥感と失意絶望感は人並の比ではないことであったことだったのだ。我が人生に対する負債と呵責の念は人並のことではなかったことだったのである。片時でさえ生きた心地はしたことがなかったことだったのだ。全身が火宅火急であり、火の海であったことだったのである。否、氷河に閉じ込められたのも同然だったのである。その折角の人生にあってこれ程の過酷な人生の運命と宿命を引き受けた生罪（生き乍らの罪）を負った者が他にあったであろうか？　そして人並、既存、常識に並行して生きることとの既存者、その生を謳歌していられる諸君ら人間からその私に投げつけられる既成概念からの石礫、矢尻（鏃）、罵詈雑言は言葉の限りを尽くされて来たのである。ここにあって彼らがいうように私は非常、人非人であったのだろうか？　それとも既に人間そのものが非常、人非人であったのであろうか？　私はここで礑と判断がつかなくなる。一切の言葉を失うのだ。諸君ら人間の生き方そのものが既にそのことを証明してみせていっているからだ。果してこの世間からの、社会からの、人々からの絶対観念に、この孤狼にある私がどのように太刀打、対応したならよかったと言うのだろうか？　そんなものはいずこにもありはしないのである。それは人並の人の生の話しである。世俗世論の話しである。そしてそこは自由気儘である。口から出任せである。そしてそうした人生に対するどうにも理解することの出来ない慕ってくるばかりの無念と生き恥、痛苦と絶望と悲哀、延いては肉物生命に対する自己嫌悪、そうしたものの全てを抱え込み乍ら、更にこれからも生き延びていかなければならないことへの矛盾と残酷さ、惨たらしさ、それを如何に灯し続けていったならよいのだろう？　このことは生涯に抱え込んだ私の生命の研ぎ砂のようなものである。このことは人並の死に惜しみという他の何ものでもない。実に肉物世界、既存現実への裏切り、本能への卑劣窮まりない人間社会全般への背信行為である。私はその世人への罪の気配と同様に、自身への罪状であることをはっきりと意識させられ、認識し、潔白でない人間であることをここに正直に白状告白しておこう。私の身体、私の生命そのもの、私の心は不可純の固まり、宇宙的カオスそのものなのである。そしてこのことは何も私のみに限ったことではなく、汝らにとって私の支離滅裂の様に思われるであろうが、しかしそのことは大なり小なり世人すべて、生命（せい）あるものすべてが既にその中に投げ込まれていることを、私の方から保証しておくというものである。

さてそんな訳で、私は世間からも非難冷遇される内省地下室に身を潜める住人となった訳であるが、この暗くじめじめした世界が元来から暮しよい筈もなかった。諸君と同様、出来ることなら公然と陽の目を見ることの適う、世間からの厚遇を受けることの適う地上界がいいに決っているのだ。それにも不拘わらずこれまで供述述懐して来ている通りの聖域以来の事情と所以と根拠によって、陽の当る多勢者の筋と理屈の合わない地上界と仲違いをしなければならなかったことによって、すっかりこの世界に閉じ籠ってしまった訳である。この聖域以来の人生の所以は地上と地下、内界と外界、虚偽と本質、現実と真実こその相違はあれ、諸君においてもその運命と宿命、生命の所以、聖域の由来に違えぬことは全く同様である。私はそのことを生命の基盤・土台・依り拠ろとして信じて疑わない。即ち、聖域以来の生命の成り立ち様によって其々の本質的運命は人為既存の成り立ちによって既に其々に条件付けられてしまっていたということである。そして諸君ら人間というものは、自からが論出創設した人為の如何、その総体数総体制の只中、世間と社会の只中、既存と現実の只中、必然物理の只中、すべては数値の力に伴う論理、多数決の民主主義の魔術魔力がものを言い、その表象（おもて）世界の上っ面の気風を如何、流れの如何が如何様にもものを言って事を運び片していくという訳である。このことはどこからいっても難癖をつけられることなく、「斯くの如く左様でごもっともでご座居ます」という訳で頭を下げる他には無くなるという訳だ。文句を付けようもなく、文句をつければ火達磨の刑が待っているという訳である。従ってここに面と向って異議申し立てと文句をつける者はいなくなるという具合である。こうして現実は闊歩し、理想はそれに遜っていく他になくなるという訳だ。まるでその既存は、聖者の大行進といったところである。そして私にしても当初のうちはその諸君らと大差はそうなかった筈のことだったのである。それが世の荒波に弄れ、風雪に堪えていくにつれて、その私の特異な性格と相俟って、意識も次第に人為既存に対して依怙地になって固まりだし、明確化して来ていたという訳である。私の心は―諸君は私の方から勝手に遠ざかっていった、そう言うであろうか―人間の生が私からの生を嫌悪して次第に遠ざかっていった。そのことによってひとり取り残された私からは、不安と焦燥ばかりが募り出し、公私に亘ての懐疑いばかりが色濃く増して来るばかりであったのである。つまりそれは諸君、私が青春という生命の盛りを迎えるのにつれて、一層著しく顕著深刻なものとなって来ていたことは言うまでもないことである。それまではまだ青く固い果実であったものがようやく色付き出し、世の中の様子もこれまでになく知れて来たことに伴う感覚と意識のようなものである。それまで一理表象平面的簡潔当り前であったものから、妙にややこしくなり出し、屈折をおびはじめ、複合重複して絡み合い、それまで範囲限界のあった壁というものが取っ払われ、無際限になってしまったことで、完全にその思惟の依り拠ろとしていたものが取っ払われたことによってすべてがばらけ出し、霧に隠れてしまったという訳である。ぐちゃぐちゃになって訳が分からなくなってしまったということである。つまり従って、それを初めから自身の中から自身の手によっていっさいを面構築面構成為直さなければならなくなったという訳である。すべての事柄に断言して言い切れるものが諸君ら既存者のように既存認識に添って淀みない必然当り前であったものが委細なくなり、私はその無数の訳の分からなくなった事柄に言い淀むようになってうろたえていなければならない人間になってしまった訳なのである。心はしどろもどろとなって、締りも纏りも無い欠いた白痴同然の人間になってしまっていたのである。私はその点においても初めからすべてを為直し、その必然一理既存の基盤、当り前のその素材を元手として、自分自身の言葉、語源として言い替え、すべてを構成し直して語り直さなければならなくなったという次第なのである。これに対して既存者においては一理一通りの振幅によって凝り固まり、そこに集い、其々の信念、確信、具象性を持ったことば、それに自信を持っていた。そして私はその根っ子DNA、万人の基盤から自信を失ったのである。私はその彼らにとっては白痴同然の大バカ者として侮られ見縊られ、誤魔化され、いいようにその連中からあしらわれ、弄ばれ、彼らの観念と仕組によって最下位の人間として貶し込められる羽目に陥らねばならなくなったのである。世の中の阿呆になったのである。その私が彼ら人間にどんな振る舞い、生き方をすることになったか、それによる生き恥を晒し、掻くことになったことか。そして諸君の人間一般がその常識によってその既存認識において滞りなく行なわれていく万事に対して、私の場合、これを生命の具象性に求める肉物による旧来からのそれに求めるのではなく、それを非具象性の真実、形而上である霊精神に求め、応えようとする。この一つの生命の中における二極化した分裂と隔りによって益々混乱を強いられていたという訳である。諸君にこの心の軋みと摩擦、葛藤と軋轢というものが想像がつき、理解し、お分りになるものであろうか？　それは諸君、到底言葉として表現し難い程の生命と霊魂からの絶叫びとなったのである！　この頃から私の心は一層俄かに掻き曇り、私の青春は灰褐色によって包まれてしまったのである。たえず震撼させる雷鳴が遠く近くから轟いていた。それにつけても諸君、このような生命そのものからの動乱と嵐の性質というものが、果してたったひとり孤立した中で凌ぎ、堪え続けていくことが可能となり、出来るというものであろうか？　その生命の所在に堪え続けていくことが可能となるものであろうか？　そして私は正直その生命の極限に及び、その感情が発露を求めて暴発しそうになる都度、ある種の地殻変動を起し、その波動によって辺りの連中を困惑させていたことに気付いている。この時分の私というものは、自分でもそれと気付かずにこの地殻変動の内憤、地滑りによって実にとっつきにくい人間になっていたに相違ない。しかしこんな私の、生命の内憤、トラブルの事情など、世人の健全健常と称せられている一義的既存生命の持ち主においてはもとより、一理一通りに澄まし込んでいくことのできる連中においては何んの意味も何も無いことであり、私はその連中によってせせらわれ、侮られ、排斥されて来ただけのことであったのである。何しろ私は常にひとりぼっちであり、この世の全人というものが赤の他人のほかには誰も、それこそ誰もいないことであったのである。そして私にとっても、諸君たち其々にしてもそうである如く、この自分の中の生命そのものの理りこそが全宇宙的なものであり、紛れもなく全支配に変りはないことだったのである。ただ、諸君と私との相異とするところは、諸君らが表では集団、組織、社会、仲間を形成結束しな乍ら、裏に回っては個我を主張することに懸命であるのに対し、私においては表では個我生命の真実を探究（求）し、内面においてはそのことに基く全体の団結を求めて止まないのである。そしてこのことによる食い違いは、諸君ら人間が私に対してそうであるように、私においても人間に対して決定的不信感を抱いているということである。

私はこのようにして既に自己の人生を途上にあり乍ら聖域以来の所以によって半ば葬りざるをえなくなり、―自からそれを葬ろうとする者などどこにおろうか。そんな者など一人としていない筈である。ただ、この人間人為のシステムにおいて、外的條件によって、そこに追い込まれていく人間なら事欠く・こ・と・はない。―その生の現場を離れ、凍結冬眠させることによって、その生の消費を最低限に止め置くことによって、その生を辛うじて温存継続させて来た訳であるが、果して諸君、このような生命の性質を孕んでいる者に、例えばその生を最大限に物理的に発揮させていこうとする世の中全体の中にあって、その生の復活と回起の機会は巡って来るものであろうか？　冬眠の目覚め、その春は訪れるものであろうか？　雪解け、解氷の春はやって来るというものであろうか？　活き活きとした暮しを取り戻し、花を咲かせ、やがては実りをつける日がやってくるものであろうか？

そしてこのことは諸君ら人間にとって当然生の循環としてやって来るものであり乍ら、私にとってその生の循環は一切が聖域以来私に身に付いた循環とその謂れからしてその外に運び出され、愛も絆も縁もすべてが人生からシャットアウトされてしまった訳である。そして私の生の復活は、もはやこの齢を迎えては、その青春期からしてそうであったことなのであるから直更のことである。この霊的真実というものは、その逆の、生れ乍らにして「三つ子の魂」よりこの人為既存に生を約束され、活きた生活の循環によって当然の如く獲得肯定していくことの出来る当り前の必然既存の最中置かれてある諸君には、およそ通用しない想像の外（ほか）のことであり、すべて「自己責任」の有無如何によって話にけりをつけられてしまう問題外とされてしまうことは明らかなことである。私にしてもこの話題（はなし）はもうこれっきりにする。いずれにしても、諸君ら既存の人類人道の道を歩んでいたにしても、この私の聖域以来の真実を貫く生にしたところでも、そこには「破滅」の二文字の他にはこの人世の条件の下にあっては他に選択の仕様も無かったことであったからである。

　ところで諸君はきっと、私の「生の快復を願い、その努力に必死になっている」という供述と、「この地下生活が一番身に適っている」というくだりの間（あいだ）に対して大いに矛盾を感じ、不審と乖離に思われているに相違ない。確かに諸君の表象的見地、既存の認識の一理的判断をする限りにおいてはその通りであろう。しかし諸君、生そのものの本質的裏腹な作用から見た場合、その生の持っている性質、本質からしたなら、この生の置かれている状況からして、このことは矛盾しているどころか紛れもない双方とも異なった肉体と精神、物理と霊に伴う真実の心の動きなのである。つまり生というものはいかなる境遇境涯であれ、そしてどんな表現方法であれ、それはまさしく生そのものの対応に他ならなく、生の証明を求めて止まない生命の働きそのものなのである。そして私の生の性質の如何は、諸君のそれが、須らく肉体唯物に向って表現、対応対処されていっているのに相応して内省霊心に向って只管表現され、その場面カテゴリー狭義世界の力学の真実を止め置くことを止まないからなのである。この私の生の回復と復活が、諸君の既存必然性の肉体唯物思惟に倣ったそれを指して言っているものでないことは明らかで、あくまで霊的真実の精神に基く真実を基調としているものであることは言うまでもないことである。つまり、その矛盾しているかにみえる双方とも、私の生から発祥している真実なのであって、けして生命の醸す生理本能を閉鎖してしまおうとするものでないことは言うまでもない。―そんなものは誰も閉鎖しきれるものでもないことは言うまでもないではないか―あくまで調整コントロール均衡を保つことを意味した超然的希求、理性の表われというわけだ。諸君はそれでもまだ納得がつかず、矛盾しているとその私を疑ってかかり、自分たちのそれを健全な生理―つまりは既存の物理的日常生活の凡て―の方が正当な生活として組み伏してしまおうとするのであろうか？　しかし諸君、諸君たちの肉物形成、形而下だけによる―何か、もっと重大で、大切で普遍的なものを欠いてはならないものを欠かせている――不埒放埒している生活様式によって、それが日常的に正常な経済活動として現にあらゆる場面と処にあらゆる形式あらゆる処方となって際限の無い分裂と矛盾、不条理と不合理が引きも切らずに引き起され、発祥し、生み出され、その軋みと歪み、汚濁と汚穢、汚染がぶん撒かれ、垂れ流され、それこそ収拾治まりもその見通しもつかなくなっている始末と有様ではないか。諸君らはその自からの齎らしていっている曰くと問題に対して、物理経済活動優先によって目を節穴にされ、どう、いったい、如何に向き合い、解決へと調整し、その本来真実を求めていっていると言うのだろう。一体その諸君たち人間に、当局、社会、ありとあらゆるその方面の牽引している指（主）導者らに、それに当る真剣にその意志がおありになる者がおられるのであろうか。そのことを思う時、私においてはその事情からも震撼とさせられ、お寒い限りのことである。一般既存の意識と認識によるその物理的思惟方則によるその汚辱汚濁汚穢を齎らしていく「生産者」「創造者」の立場からではなく、経済的利益優先主義からではなく、この諸君ら人間の生活風気、様式、形式全体に伴う分裂と矛盾、あるいはその不条理と不合理、理不尽と偏見格差とありとあらゆる紛争による収集に伴う全関係、その意見と思惟思考の全表明と回答を本源的、根源的、真の立場に立ち返って霊的なってここは是非隠すところなくここにちゃんと提出提起し、お示し願い、伺いたいものである。ねえ諸君、如何がなものでしょうかね？　どうかそこから擬装粉飾などして逃げ回ることなく正直に忌憚の無い御意見とその立場利害に捉われることなく、左右されることなく、正当視することなく真実だけを提出願いたいもんですよ。それこそが先端、先頭を行く者の責任というところではありませんかね。

それにもう一つ、諸君は私のこれまで述懐して来た「尋常で人並な生活への回帰の熱望」ということと、「生の不可不如意」の述懐を絡めて疑問を持ち乍ら、「一体そのあなたというものに、生の不如意を打開し、その苦境を脱するだけの、将来に向けての具体的妙案の展望なり、方策なり、そのあてになる（できる）確かなるものがおありになるとでも言うのかね、あるとするならばそれはどんな如何なり妙案と方策で、一体どんな具体的手立てなりあての確信の持てるものなのか――」、そう疑問に思い乍らも尋ねたい心境であるに相違ない。が、そんなことは私の生命の在所、棲をナンセンスと誇り、鼻先で嘲笑ったた諸君らにどうしてこの私が真面目に取り合って応え答える義務があるというのだろう――。と正直突き放していたいところであるが、それでは身も蓋も無く、私もその諸君と同様感情と立場に溺れることなく、真向から語ることにしようではないか。互いに大人なのであり、冷静に、理性的になってこの世にある者の良心として話しに応じることにしようではないか。そこで話しを先に進めることにするのだが、そうだとも諸君、私にはそのはっきりした妙案なり方策なりその手立てなるものなど、諸君の総じて尊重して考えていく既成既存、表象概念、一般的認識の中になどあろう筈も無い。従ってそこにおいては八方塞りということになり、従って云々ということにもなる訳なのだ。諸君、その私の切迫した心情状況如何なるものが果してお分りになるものだろうか。およそ賢明な読者であるならば、最早その私の秘めたる人間の唯物本位システムに対するアンチテーゼが如何なるものなのか、お気付きになっておられる筈である。そうだとも、私はその諸君ら人間の好んで採用していっている既存物理の系列血統感、本音というものを尠しも信用してはいないのだ。

それどころか、その唯物論自体軟体動物のような中庸中正的得体の知れない八方美人的表象付き合いの巧みさとその不誠実さによってのらりくらりによって、実に保守的巧妙生き上手な掴みどころのない滑子のような存在と睨んでいるからである。諸君ら人間の社会とその生活心裡というものは大凡そんなところによって便宜と利益先導によって賄なわれていっているのではありませんかね。唯物心、即ち真心真実本義本質真理正義に対していずれも体のいい賛意を装った否定、二枚舌、逃腰根性、世間体、外見重視、その既存大勢数値重視、そんなところによって成り立っているというもんではありませんかね。それこそが物理主義の得体、正体というものである。それこそがまさに世界、社会、政治、人間、生と生活その総てを蔽い尽くしてそれが当然化して罷り通ってしまっている。これによって不合理、不歪み、ありとあらゆる矛盾に反発反駁しようものなら打ち首同然である。その権威と法規によって冤罪もしくは死罪にされる。これが物理の現実である。私の生はそのことを実感せざるをえない生であるからなのだ。これを諸君ら人間の方に否決する理由はいずこにもないということである。そこで諸君らは、私の生き方、つまり霊的真義と真心に纏る生き方を結局畢竟婉曲に、唯物現実を優先させていく数値と既存の良識、通常の認識の理由を以て否決していくのである。ここに諸悪の根源のすべてが如何無く発揮発祥し、市民権を保ち乍ら際限もなく涌き出し、溢れ返っている。この世の中、現実、既存、生活全体、人心、によって一目瞭然明らかに垣間見えていることではないか。従って、その諸君ら人間の大多数に踏み潰されない為にも、自前の地下室で身を守っていくことの方が無難というわけである。地表の騒音は気に掛かるにしても、自世界の広がりによってひとまずは半減させることができるという趣向である。何より人間からそこまで及んで干渉される筋合いはない。これこそ既存者から身を守っていく私の最後に残されている手段であり、砦なのである。この人為既存者から駆逐された生の最果てに私の生、生命ぎりぎりの生存が保たれているという訳である。もとよりそこに人並の一切の色彩は消滅し、あろう筈もないことである。

それにつけても、この誰もいっさい手の差し延べる者のない絶望的世界へと直走っていく生命の衝動とその感情の理わりというものがその諸君らにお分りになるものであろうか？　否、既存の生活に忙しい諸君には分りようもないことである。興味の有りようも無いことである。そしてもう、このような諸君の機嫌を損ねるような記述をくどくど繰返すのはよしにしよう。が諸君、そこにそのことによって齎らされることになった私の暮しというものぐらいはどうか考えてみておいてほしいというものである。諸君ら人間にとっても全くの無縁という筈も無いことなのであるから、否、本質的なことから言えば全民もれなく直接的に関わりを持つことは明らかなことである。いやそして考えることといったら、世俗を離れてたった独りの身の上にとっては、嫌でもその自身と向き合うこと、それより他にはなくなるというものだ。これ程辛苦い苦役というものが他にあるであろうか？　そして諸君というものは、一方でその既存の人の溢れ返っているところから、その煩わしさと瓦欺抜きをすることによってそこから逃れ、海へ、山へ、川へ、里へとその行楽地にいって生命の洗濯をしてくるという訳だ。その相違はいったい何んなのであろうか。そして諸君ら人間というものは、その溢れ返っている人間故にその人間を軽量粗末に扱い、人から人へと食い散らかして渡り歩いて行くではないか。諸君、私は人を大切にすることは自分を大切にすること、自分の真実を大切に思うことは人の真実もを同等に無理なく大切にしなければならないことであると心得、そのことを信じている。ひとりの人を心から愛することは、その以前として、全世界を愛する心を育くまずして自からの心を育くまずしてありえない、そう信じている人間である。してその稀有な生き方こそが、その私の手からは全世界は零れ落ち、そのひとりの人さえ私に近づいて来てくれる者はいなかったのだ。果してその私が誤っていたのであろうか？　それとも人の生き方、考えの方が、つまり既成概念、認識の方が正しかったとでもいうのであろか？　さて〳〵、人は狭義現実既存に生きるべきであろうか？　それとも大義、真実の為に結束して霊の原則を尊崇して生きるべきなのであろうか？　―こんな生活をもう半世紀以上も続けている。そうだ、半世紀以上もだ。半世紀といえばもう人の一生事のことである。されどわれの人生を顧みるとき、その十分の一の生にも及んでもいないであろう。そしてその苦役なら人の何倍もの比ではないこれが私の自分の人生の意義でもあるのであるからどうにも仕方がない。そこで読者はことによると、その私を憐憫と同情と蔑みの目で哀れみ乍ら眺めているのかもしれない。しかし諸君、前にも理っておいた通り、そんな安直な好意は折角乍ら固辞辞退させて頂こう。そんな諸君からの筋違いの同情憐憫を受ける謂れなどどこにもないということである。

痩せ蛙にも五分のプライド、一寸の虫にも意地と魂が息ずいている。ねえ諸君、そうじゃありませんかね。

いいですか諸君、ここで一つ実験的試論を展開してみることにするのだが、例えばの話しがである。これまで自由の天地を自在に飛び交い、走り回っていた野生の小鳥なり蝶なり、獣なり、何んでも構わないが、ひとつそれをひん（つか）ずかまえて来て、狭い籠（篭）なり檻の中にでもぶち込んで閉じ込めてしまってもごらんなさい。彼らはその自由を奪われ、死の恐怖と自由の天地に戻らんが為に、あらん限りの死にもの狂いの抵抗を試み、その籠なり檻からの脱出を計ろうとしてけしてそれを諦めたりするようなことはしないに相違ない。しかし彼らは彼らなりのあらん限りの知恵と能力を振り絞って抵抗し続け、その生命の原理とするところに、人間との間に何んの隔たりなどあろう筈もない。何んでそんな自由の天地を奪われ、死の恐怖に晒されてなるものか、人間なんぞからの理不尽窮まりない支配と拘束を受けて籠なり、檻の中になんぞ閉じ籠められ、不自由で、すべての世界の権利を奪われ遮断を、強いられている生活なんぞさせられてなるものか、という訳である。我々生命（せい）ある者にとって、そんな何んの罪も縁りも無（な）くして「収容所」の中に押し込められ容れられて世界から隔離されてしまう程恐怖で屈辱的で辛いことは他にないのだ。自由の天地を奪われた上に、死の恐怖に晒され乍ら、他からああしろこうしろなどと痴ましい説教と指図をされ、その捕われた支配者から愛情だなどとされて芸を仕込まれたのでは順応者ならいざ知らず、心ある者であるならば自然の天地が一番いいに決っている！　ところが諸君、私というものは聖域以来の所以と理りによって、どうやらその檻に嵌るべく足枷をどうやら人世の生に足枷を嵌め込まれてしまったらしいのだ。いや確かにその殊の理由（わけ）によって、生にとっての一斉天地の自由の翼、その翔ぶ能力（ちから）を完全に奪われてしまっているらしいのである。諸君、この折角の生涯において最も取り返しのつきようもない謂れもない重責を負わされている、自分の生を取り戻しようもない宿命と運命の債務を背負（所為）込むことにどうやら仕掛けられてしまったらしいのだ。何んともこのことは私の分際では身に余る情け無いことではないか。そしてこの上ない不自由な身の重いくらしを送っている私が、その身の軽佻にして敏捷な立ち回りの活く連中からの餌食に次々に嵌められていく次第なのである。まるでこの人為世の中というものはそのように誂えられ、設定されてシステムとして仕組んでいっているが如くである。強者、権威、資産家、体力、知力の勝っている者での物理全般、このことにどうして抗議せず、黙って従っていられようか。このことはどうあっても根底根幹より改革していかねばならぬことである。生理的にも原理としても、論理的にも収まりつきようもない不届き千万な世界、問題（こと）である。―その人間が太初より創造を繰返し、作り上げて来た、知恵を絞って来た、その叡智の結集結晶させて来た人類のあらゆる仕来たり、習慣、システム、仕組と規律と約束事、それが添い従っていくことが出来ないからと言って、その伝統を少しも尊重せず、放棄している（く）者など何処にもいる筈がない。そんな訳の分らないようなことを言って、本来の人間として、生者として意気地の無い醜態を晒して、いい大人が語ること自体何んとも見苦しい限りというものではないか。―そしてこのような人間との縁、羈絆の途絶えたひとりぼっちに取り残された私というものが、この人生の閑暇と如何に証明していったなら如何がなことになると言うのであろう？　いやまったく、それこそ滅多打ちにされることになることなのだ。それこそいいですか諸君、そんなことにでもなろうものならその自分の生命全体、この世の中全体に疑問を抱かずには済まされなくなるというものなのだ。嫌でもその自分に与えられている生命の運命と宿命、真実というものを考えざるを得なくなるというもんですとも。その必然既存生命からにして然から迫られることになる。

いやあ、ここでまた一つの問題が生れてしまった。諸君にこの議題を考えて貰いたい。実は、いったい、この生命というもの、殊に人間というもの、この必要性に心の核芯からどう仕様も無く切羽詰まることとなくして、何を如何にどうしてやり出しましようや。飢えずして過不足なく充たされていっている者が、欺様なことを本気になってやり出しましようや。それこそこの文明便宜、唯物酒池肉林に首まで漬っているこの横着者、惰性なる者は、何も、それこそ何も遣り出しはしませんぜ。傍で戦争がおっぱじまろうと、人が飢え死しようが、焼け死んでゆこうが、一事的な表面上、社会的にはともかく、そんなことには関係わりなく日々惰性が何よりで、必要性に自身が何んとしても迫られ、追い立てられることによって、はじめて致し方なくその重い御輿を上げることになるといった具というわけだ。そして、私が聖域の三つ子より総てにひっ包めて根本本質より飢えと必要性に日常性そのものに迫られているのに引き換え、それに相応して必然既存のうちに、巧罪織り成す相伴ばしているうちに、そのレールの上に乗っているが如くのうちに、凡てのことが過不足なく身も心もそれなりに、人並に、充され、内外真偽世界総体からの、一定の還元と必然性のうちに受けているその流れの中に在（居）る諸君たちというものが何んで必要以上のことを成し、その必要に迫られていないそこから守護られている者が、どうしてその真理や根本、理想や平和について、本質や真実から、一定の概念や通念、認識や常識、その一理一通り以外に、その物理的現実の思惟以外に、根本本質から迫られ、飢えてしまっている、現実既存とはどうしても、如何にしても辻褄を合わせ、揃えていくことの出来ない者が、それとは異なって、それに正面向き合って真剣になって取り組まざるを、その日常の生と生活、人生と生命を犠牲に、自身と人間の本来の生活と、損得に拘わらず、そんな一切を乗り超えて、ぶ（う）っちゃらかしてでも、その一切の理屈を超えて関わらざるをえなくなるという訳なのだ。従って既存の概念通例一定に従って生きたる者凡てはこれに対し素知らぬ振りをし乍ら、これも一定の認識によって、分別を持ちつつ異口同音に外方を向いていくことになるという訳だ。わが身わが生が最も大事、大切という訳だ。これ以上の弁え、見識は他にはないという訳である。これによって後ろ指は指されることはなく、指されるのはいつもこの体制から外れた、斜に身構えることなく、真正面に構えざるを得なくなった稀有なる者たちのみなのである。そして後者はある意味において「疫病者」と称せられ、前者が健常者としての立場を手にし、その保護下におかれていくという次第と段取りと手筈なのである。これが現実世界の成り立ちと性格というものなのである。何しろ人間諸君においては、この渾然としている唯物カオスにある既存が凡てに亘って心地よく、肉体共ども取り以てくれて実に棲み心地に満足を提供し、多少の嫌忌させられることはあっても、それを意識的になって、根本的本質的に変えていく程の、またその面倒と係っていく程の、自からを損なわせていく程のその理由情熱も見当らないという良識と見識を以て、それとは程良い距離感を保ち乍ら、健全な生活を守ってその市民生活、社会生活を確保確得して行くという意識無意識を問わない心底本尊からの全般における生活態度と姿勢である。それを賢明（懸命）としていく態度である。ねえ諸君、諸君らの生活風景はそんなところではありませんかね？　口先、舌先三寸では何んとでも唱え、美辞麗句、擬装して言って回ろうと、自己満足的心の飾り、詭弁を労して行こうと、その言葉に実が籠らずとも、別段困ることもなく人並に世間を渡って行くことが可能である。むしろ真正面より世間を渡っていく上においてはこれほど歓迎され、受け容られていくことは他にあるであろうか？　今日においてはむしろ当局からして、世の中全体として、この物理的思惟からの巧みで賢明な言葉使いをすることの方が人間には納得力、説得力を与えることであるらしい。そしてこの世間と社会向けの尋常さ、人並意識からしてもその人生から外れることなく、真正面として生きていくことには充分に可能となっていく。全くこの私からすれば、その諸君たちというものは始末に負うことの出来ない不愉快な人達である。否、何んと仮面を被った、賢しくも恐ろしい心底(そこ)では何を考えていることやらで心を操る名士のようにさえ思われてくる程である。

いやどうもこれだからいけない。何も世と諸君の慣例に倣って口裏を合せていれば何も問題は起らないものを、それに倣わず、従わず、口裏を揃えて頷いてゆくことをしないばっかりに、自分の信念を貫いて行こうとするばっかりに、諸君ら常識を弁えている人間からは総好かんを食らって嫌われ、このような人生において最も居心地の悪い処に押し込められてしまった訳なのである。世の中小利口になって渡っていくのが一番なのであるが、ところがどうして聖域以来の所以が祟って如何にしてもそうしていくことの出来ない、我慢のならない性質(たち)が身に染み付いてしまっているのであるからどうにも始末が悪く致し方がない。諸君の賢明な世の中の理に適った、それを得た快適で全とうな生活(くるし)その総てを振り切ってまでも、こうしていく以外に道が見つからなかったのであるから仕方がない。今の私の暮しといえば、その諸君ら全とうな生活しを封印してまでも、その不本意で痩せこけた寒冷地において一向心の田畑を耕し、何がしかのかたちを超えた霊的至上の実を収穫を得んが為に、その開墾と痩せこけた土壌に何がしかの天然からの養分と肥料を与え乍ら、種を撒く準備に取りかかろうと勤しんでいるところである。その私の一箇所に止まって停滞しているのに引き換え、人は乗り物によって次々と空中(そら)を翔ぶ如く追い越していくではないか。されど私は愚者の一つ覚えの一念によって、自分本来の願った暮しの手掛りを求めて、その真実の一念を求めて、一向その自分自身になろうとしている。なれど他の人間は一体何になろうとしているのであろうか？　私は自分自身になろうとその真実を求めているのであるが、彼ら人間は、一体、社会人になろうとしているのであろうか？

諸君、それにつけても諸君たちの人間世界の営みと生活というものは皮肉で、残念な生活闘争という名の競争を展開させているのではありませんかね？　最初、太初、始まりは、出だしは、本来はそんな筈ではなかった筈なのだ。何故なら、人間は当初、生物の中にあって一番か弱い存在、立場にあった筈で、おそらく単独では生きては行かれない存在、従って徒党を組むことによって何んとか生き延びていた存在であったのではなかろうかと考えられるからである。それがいつ頃からか、自然の霊から火を起すことの知恵を学び、それを手掛りとして次から次へと開発、考案していったことは容易に推察、考えられることであったからである。――しかし人間というものは進歩発展を遂げていく傍ら、太初当初の始まった当座から、その本来の初心と目的を忘れてそっち退けに為る如く、そのことによって別の道、即ち霊とは恰も真逆である物理の道にすっかりその心を唆かされて現つを抜かす様になり、現在（いま）となってはその真心さえ見失なって、無きが如しである。――しかし私においては自分の為にも断じて断っておくが、この本来の生活の手掛りを求め、こんな地下室に潜りこんでまで内省の思索にのめり込んで、しまっている訳ではない。その必要性に如何にも迫られ、問われ、その宿命の謂れからしても、聖域以来の生命の理り、その真実の由緒と根拠を求めて、それを自分の生命の根拠と聖域を手懸りとして探求探訪探索しているまでのことなのである。そしてこの霊的内省世界においては地上のそれの如く一切の勝ち敗け、優劣、明暗は無く、皆な一途に等しい真実であるということである。その限界も境界も無いということだ。すべては連鎖連携の原理と真理によって成り立っており、どれ一つ欠いても成り立たっていないものはないということである。結局煎じ詰めるところ、根拠、真実、真理、本質、その問題の一切原理は一つ拠ろに集約し、要約されるところにあったという紛れも無事実である。そして唯物具象形而下の思惟というものはこれを個々ばらばら、其々、別個にして、専門分野分数化して別けて、相対根拠に依拠させて全体を鑑みて考えることを排していくことを旨としていくということである。如何んとなれば彼ら物質至上経済を旨としていく人間にとって、そのことが何よりも便宜で調法で利便性において何よりもすべて背くことに結果とし為り、合致していくことにはならないと考えていたからなのである。もとより、この私にあって、諸君の地上で味わっているような肉物的色彩による心の底からの愉悦などあろう筈もなく、それはあくまで私にとっては静謐静寂にして真理がぽんぽんと叩く時だけのことである。霊魂、霊妙によって真心から原理を味わうことの出来るときぐらいなものであったからなのである。しかし諸君、その世界というものが、人間人為唯物至上経済主義の思惟によって、いくら心安まることの無い、生命と魂と真心を掻き乱され疲労させられ、蝕ませる苦役辛辣な作業ではあっても、私はそのことに戦いを止めたりはしないのだ。如何にというにそれこそが私自身の真実を取り戻すことの唯一の作業による戦の場であり、世界であり、生命そのものであり、霊魂と精神を死守することであったからである。それに諸君、その内省的地下作業にしたところで、諸君たちの地上界で思っている程には悪いこと、辛苦く悲哀ばかりによって占められているものばかりと限ったものではないからである。それなりに、地上ではけして味わうことの出来ない別個の、それに相応わしい甲斐なり、歓びとするところが随所にあって、ここはそのことによって直接も間接も誰も傷つけ、悲しい思いをさせることのない、むしろそれを進んで負うことによってそれを抜け出そうとすることによっての喜びとしての還元と変換させ乍ら産出させていくことのできる崇高な世界であることでからに他ならない。その点生命の本質というものは何んと不可思議な宏大無辺な力をもった世界、宇宙（そら）を以ている営みなことであろう！　真の本質的充実が与えられ、用意されているということである！　して、そこからしたなら人間人為の営みは何んとせせこましい狭義世界よって凝り固まり拘り乍ら騒々しくも争い、喚めき合って血腥（ちなまぐさ）い生活（くら）しに明け暮れている俗界下方（界）にあることであろう。おお、災禍（わざわ）いなるかな人間どもよ。まことの道を過誤（あやま）れることなかれである。

それにつけても諸君、諸君ら既存の生活の殆どをうっちゃらかし、一向省庁の意向に迎合した学問とは縁を切り、独自による人間社会とは無用無縁の学問ばかりに精出し、表象物理の知覚に反駁反動して敵対し、決別してしまったような私というものが、このような諸君も臆して手をつけることも、見向きも振り向きもされず、嫌忌して行く作業に身を沈め、取り憑かれてしまっているというのも全く奇縁な話しではないか。されど諸君、よくよく思考えても見給え、むしろこうした実際現実的ではなく、唯物一様から一切閉ざされているような生命からすれば、むしろ当然な生命本来の成り行きによるこれは対応と反応というものではないか。そしてこの生命というものの行方と真理を探り、点検し直し、それを証明しようとする思案というものは、表象における自身の立場と感情、既成の概念に捉われず、頼らず、偏狭偏重に陥ることもなく、地上人為からの強迫と誘導にもめげることなく、それを振り切って超えて一歩でも本質に向って近づいて行こうというのである。わが棲むところはあくまで、適わぬ真理真実の棲む処なのである。そして諸君ら唯物既存生活に熱中する人為世界というものは、そしてその方に一切肩入れしていく当局と社会と民衆一般、あくまで通俗既存に寄り添うところのそれでしかなかったのである。それに引き換え、諸君のそれというものはあくまで真偽贋造、中道中正中庸の俗界と手を組んで如何にも尤もらしく実しやかとなって便宜としてその世界の構造築き上げて来てしまったという訳である。そこからしても、霊である本質真理の一切を、物理経済を進展と発展させていく上で如何にも妨げになると感じ、そぐわないものとして、その系列をいっさい厭離排除して遠ざけ、場合によっては駆逐封鎖してしまった訳である。それによって唯物経済社会とその人間がいよいよ増長していったことは明らかなものとなっていったことは言うまでもない。その霊全体に対しての彼ら陰険陰湿な仕打というものは、その口先三寸の儀礼とは異なり、余りにも目に余るものがある。彼ら物理的賢人、文明人、既存現実主義者、彼らはその罪悪感に魘されてはいないであろうか？　否、とんでもない。反社会的な者、非物理的な者を蔑視を以て優越感心裡を携えていることは社会全体からして確かな事実である。彼らは既に霊的地盤を遊離し、物理科学文明を一向尊貴して敬い、もはや糸の切れた奴凧の如くに迷走している有り様であり、やがては速やかに陥落する以外にはあるまい。

―おお血（知）迷った哀れなる末路の人間どもよ、ここに至ってもなおその自からに自慢自爆するというのであるか？

つまり、具象形而下からであれ、肉物既存からであれ、貪欲に豊富な物理的な思惟知識を吸収蓄えていくを以て、その手法を以て世界を速やかに総てが解き明し、それを肝心要めなるものとして考えておられるようであるが、だが諸君、その諸君に尋ねるが、そうした物識りや学者連、物理既存至上主義者どもによってこれまで一度だって我々の生命、真理に基く平和なり、理想なり、その謎なりが解かれ、示された例しがあったであろうか？高遠なるものの鍵が具体的方策を以て示され、何かが解き明かされた例しがあったというのであろうか？　その根源である物理的賢さに伴う知識知恵なりの云々によって、しかもその生命の育って来た環境と情況、社会的分野の條件次第によって大いに制約され、しかもその異なりを見せていっているではないか。逆に、いよいよ混迷不霊を見せ、謎は深まり、複雑になり、現物は奇々怪々としてその本来から遠ざかっていくばかりではないか?!

諸君はその点からして如何にして考え、思われておられるというのであろう？　その諸君らに断じて言わせて貰うことにするが、心と霊魂と精神の問題、生命と高遠と深遠（深淵）に関するテーマにおいては、これまでの世間の適合通例、諸君らの自慢としている形而下学からの知識の追究を学問からの探究などによって、その表象既存からの思索と探索などによって、一義一理の論理と筋立てそれと同様にその外にはなかったことで、解明された例しはなかったことだったのだ。否むしろ、その一義一理の論証論法の外部的からの思索思惟というものはいずれも物理実際の知性には富み、適ってはいても、その肉物的思惟思想のシステムによって一義論理体系には適応していくばかりで、それは近道で、便宜で、実際現実、既存社会、民衆体制と一応は向き合ってはいるものの、実しやかなポーズは見せてはいても、結局は、その実情は、それに擦り寄ったもの、権威が何んらかの物理的事情によって体制に機嫌取りをしたものにすぎなかったのだ。諸君はその辺りの世の中と社会と権威の動向、またその世と現実から受ける焦燥とジレンマの辺りのところをどのように感じ、受け止め、思考(おも)っておられることなのであろう。否、諸君らはその自分たちの齎していく、あるいは齎されていく有りとあらゆる不合理と矛盾と欺瞞を半ば承知し乍らも、納得ずくで、矢張り生の保全と利益、御上を第一に考え、現実と実際に名を借りて―よく言って―心ならずも故意として、平和と理想と本質の系列を後廻しにしていっている。諸君、その物理的探究心というものは、建前上何んと言って言い包めようと結局は「悪魔の唆かしと選択」ということにならなければよいのだが、私は「人間のその危なっかなしい物理的思惟と行ない」に、危惧して止まないわけなのである。の私の見解に向きになって反論を返して来るに相違ない。「あなたは賢しらになってそんなことを言われるが、世間一般の通念というものは、人間が永い歴史をかけて積み上げ(重ね)て来た生きる為の英知によって積み重ねて来た普遍的なものではないか。それをあなたは独り善がりの見解を持ち出して無暴にもそのことを否定するようなことを言われるのは如何にも浮薄蒙昧で世間知らずにも程があるというものだ。それに、完全なるそうした生の手引き・・・・なんていうものが無い以上、その我々の身に付けている良識を活用していくことこそが何よりというものではないのかね」、諸君は半ば立腹の体になって、そう思われているところに相違ない。確かにそれは諸君の言われている通りであり、一理一応において適っているというものだ。そのことを私の方から保障したいくらいの気分である。私はその諸君に一々逆うことはしたりはしないし、善意と建前、一般の規律と法則、意識においてその大いにその諸君に保障しておくというものだ。そしてその限りにおいて私はその諸君たちにいらぬお節介をやいていたことになる。が諸君、我々の生活は何も地上物理人為の論理―理屈と意見、意識と意志というものがすべてというものではあるまい。人類による良識の目（網）から零れた地下の住人たち、弱者、貧者、病者、稀有な人々においてさえ、であればこそ尚のこと、ちゃんとした立派な諸君たちとは別個の対蹠対等対峙した論理、意見と意識、意志と理屈というものが真理を突いた言葉を身に付け、それが働いているんですからね。それを侮り無視して耳を傾け、貸さないという法はないではないか。そうじゃあありませんかね？　それに諸君は、それがいくら人間が太初より歴史的に積み重ねて来た人間の生きる為の知恵だとはいえ、大勢大凡の意識だとは言え、どうしてそんな便宜やら数値の論理や民主主義の約束事の概念、物理的形而下学から生み出されて来た概念だけが我々の生活にとってそんなに有効で、理に適い、正統なものであるなどと決め付け、言い切ることができると言えるものなのであろう。一体その根拠は何処から発し、生じて来ているものなんでしょうかね？　私は僭越乍ら思うにそれらの殆どというものはもっかのところ物理的思惟から生み出されて来たものたちばかり、つまりは多少の欠点、トラブルと調法、不合理と不行届き、多数決と偏重、力づくと不公平、それらの要因を孕んだ体系となっていた（る）からではないだろうか？　ねえ諸君、ざっくばらんに平たく言ってしまえばそんなところではないですかね？　そして多少の欠点、不合理とトラブルには目を瞑り、もしくは高を括り、後のことは頰被り、もしくは未消化の生に伴う「排泄物」は皆同罪として黙認され、許され、細かいことには一々口出しをせずに大目に見ていくという訳で、「大河の中、もしくは大海に」みんな垂れ流しにして済し崩しでいくという具合である。それでもその汚濁の大河なり大海の世の中を泳いで渡っていかなければならないという訳で、それに伴う焦燥とストレスは付いて回るという訳であるが、それに舟に乗っていくことの出来る連中はそれでまだいいにしても、泳いで渡っていかなければならない者にとってはたまったものではない。そしてそのとばっちりと皺寄せは末端にある者が諸に被せられていく（くる）という寸法と段取りと手筈となっていく（る）という訳だ。これこそが物理的思惟に伴う正体なのであるからどうにも仕方がない。この責任を取っていく者は何処にも見当らない。相見互らの共同責任、共同作業という訳だ。ところがこれではとんだ手品が仕掛けられているが、その種明しはここではしないことにする。それは諸君ら一人一人によってよく考えて頂こうというものだ。―はてさて、その大河大海の行く先は一体どういうことになりますやら、空恐ろしい限りというものである！　諸君はその我々自身の中で醸し出されていく人間総体の罪状因果、その辺りのことを一体どのように捉え、考えておられるのでしょうかね？

　とは言え、この私の生命と暮しを根拠とした思索の作業にしても、諸君の指摘し、私も承知している通り、極めて現実性に乏しい欠落している部分があることも事実で、私はそのことを素直に認めることに吝かではない。従ってその基準における善し悪しの判断は別として、地表と地下の論理、現実と理想の論理が互いに連携し合って立場を認め合い、対等の両論としておそらくはそのバランスと調和を計っていかなければならないものなのかもしれない。どちらかがどちらかを言い負かし、制圧するようなことがあってはそのバランスは保たれなく、アンバランスなものに陥っていく。そしてどちらいずれの作業にしても、追求してゆけば行く程に別の意味において際限なく、問題は山積みし、課題と疑問が積り積って、深まっていく。実に無限で示しがつかない。しかしここで両者に肝腎になって来るのは安直安易な妥協点、早合点と手近な回答と納得を排し、どこまでも厳かに真実に近づけ、掘り下げて行こうとする姿勢と態度と意識、その生命力が問われている様に思われる。何しろこれはあくまで其々の生涯的普遍の問われているところのテーマであるからだ。そしてその自からから逃れ、虚偽無逸を貪り、自身を甘やかして魂を損なうような真似だけは慎んでほしいものである。諸君、この私からの提言は如何がなもんでしょうかね？　そしてそれこそが互いへの理解を深めていく信頼への鍵に繋がっていくことの様に思われるのだ。私には諸君を非難排撃するつもりは更々にないことなのである。またそうした立場と能力も無い自分であることをよく承知もしているのだ。つまり、私は諸君に真実からの理解者であってほしいし、私も諸君への真実からの理解者でありたいと願っているからなのである。

それにつけても、何故こうした自身の骨身を削り、赤っ恥まで晒すような、また不謹慎とも受け取られ兼ねないようなことを告白してゆくのか、否、諸君に告白するような形式をとり、言い回しを使っているのか、またその対象を「諸君」として呼びかけ乍ら記述していくのか、実は正直に言えば、この不謹慎とも思われ兼ねない断章に一切諸君の面前に晒される心配が無いと本当のところ確信とも言える安心し切っているからに他ならない。私はそのことに安心し切っているのだ。それにもし万一、この拙ない断章が諸君の面前にでも晒されるようなことにでもなったなら、私の方こそ身を、身を潜めなければならなくなるのだ。なれどもうこれ以上身の隠しようもないことではないか。それこそ私の雷火であり、顔から火が出ようというものなのだ。とてもではないが人間すべてに合わせる顔がない。生きた心地がしないというものだ。私はこの文章からも読み取れる通り、臆病な人間で、地下室の静寂さが何より一番なのだ。そして諸君らは生存競争の旗手であり、外部と交わり、私はその洞穴に身を潜めていなければならない、生きていくことのできない身の上なのだ。それにつけても、この諸君と問いかけて二人称的に供述することは、何んとこの創作を容易に運ばせていく上において援けになっていることだろう。私はこの思いつきに天に向って感謝したい程の気持なのである。

二

　さて諸君、諸君はここまで読み進められ、さぞかしこの停頓してしまっているような―私の人生と生活そのものが埒が明かなく―人生、生命が既に全くそうなのであるからどうにも仕方がない―文面に対しては勿論のこと、この私のことを嫌に陰気で根暗らで、堅苦しく、その上現実離れした分りにくい理屈ばかりを捏ね回している、まったく人間味を欠いた温みの伝わって来ないつまらない男（人間）文章、という印象を抱かれておられるに相違ない。しかし諸君の言われる面白い男、魅力溢れる男の規範基準になっているものとは一体どんな規範基準を指して言われておられることなのであろう？　一体そのような規範なり、定義といったものがこの世の中、世界、否生命そのものに存在している（する）ものなのだろうか？　もし諸君らがそのような概念なり、思議認識なり、印象なり固定観念を抱いて言っているとするならば、それはおそらく偏に諸君の一理偏見、立場だけからの狭義な見方と解釈と印象から来ているものであるに相違ないからである。否、偏っているどころか、一般認識と常識に基く既成概念からの先入見そのものを踏襲しているに相違ないことであるからなのである。そして僭越乍ら、私の思うところ諸君らのそれと思っているところのものは、多分人間の生き方、既存の延長線上にあるそれを、自身の立場や感情に合わせてそれに都合よく解釈させていっているものにすぎなかったのである。つまり共通共有概念として共感共鳴を得ていなければ認知されてはいかないというわけ（こと）である。ところがここで私が語って来たことと言えば、その諸君の既成概念を逆撫でして覆すようなことばかりをして（言って）来ている。これでは諸君全般から嫌われるのも必定というものだ。ところが諸君、これまで再三述懐して来ている通りの事情、聖域以来からの生命の所以によって、諸君らの必然性に伴う一理一義的生き方というものが思わぬ聖域からの疾病にかかったことによって一般の生のカテゴリー全般に対して重篤な懐疑者となって全人為的調和統合していくことが覚束無くなり、本質と真実の系統ばかりを恋しがり、人間諸君らの依拠するところ―足場―に中庸中正という名の不正の影ばかりを感じ、見出す様になってしまった次第なのである。如何がです、この私からの回答ではお気に召しませんかね？　そして、「そんな人間人為の通常における真しやかを装った紛い物の意識のことなんか構うものか、私は私の具った意識のそれに基いてどこまでもとことん生きていって見せる、人間唯物界から、既存現実からいくら煙たがられ、死地にそれによって追い立てられていこうと―現にそうされているのだから―構うものか」、という訳である。私にはそれしか生きる場所と術道が他にどこにも見当らないのであるからどうにも仕方がない。また、この私の生き方というものは必然のうちに、人為世界からの民主多数化方式の固定化されている意識と常識から完膚無きまでにとっちめられ、見縊られ、その唯物界からのあらゆる権利から召し上げられ締め出され、その既存の生から総ての人生と生と、もしかしたら生命さえも剥奪されてしまっていた訳なのであるからどうにも仕方がない。

　諸君、それがいかに世間的に善意善良として満ち溢れているものであるにしても、また、悪いものと評判されているものであるなら直更、自分の立場、自身の感情からだけの狭義による思い込み、恩着せや押し付け、そこからの先入見意識からの正当化と決め付けというものは既にどうしようもないことではないか。我々はすべてがいずれにしても一立場（感情）でしか生きられず、考えられない者（存在）であってみれば尚の事、不完全で「正当真正」には生きることの適わない生命そのものが既に設定され膨大なものを抱えている不成熟で偏重しているカオス的な存在に相違はないのだし、「正真」に辿り着くことの出来ないものであることを認識することを出発点にもっといずれ何事に対しても謙虚に物事を捉え、柔軟に考察していくことに務めていかなければ、自己の思惟に固執しているものだけであっては、肝腎の和解も御別れということになって付けられ、本末転倒いうこととなってすべてが脱落混乱しかねず、強いては、闘争へと発展し、悲劇と破壊と惨状を齎らし、それこそ―既にそうであるように―収拾も治まりもつかなくなってしまうことであるからである。つまり、自分だけの意見に固執してそれを押し通そうと押し合いへし合い押し問答をしていたのでは、実際的、現実的、多数決的、その物理的力に基く（よる）関係だけの処（借）置処方においてでは結局のところ本質的、根本的解決には至らず、何がしかの不備不満、欠損する者が必ず生じることに繋がり、これを敢えて強行突破し、その不満と欠損を封じ込めようとすれば、またいずれは形を変えるなりして新たな問題、破綻が生じて来ることになりはしないだろうか。後者の負となっていくことは明らかなことだからである。人間は己れを霊長とするであれば、賢明と誇るのであるならば、その責任ぐらいは取り、それに相応わしい生き方が求められるのは当然であり、遥かに理性と節操と倫理を掲げ、其々に自覚ある行動、生き方を心得として行ってほしいというものではないか。されど然るに現代の人間の生き方たるや何んと驕慢となってしまっていることであろう。物理に狂奔して自からを顧みることを見失い、本末転倒を引き起してあらん限りの醜態をさらけ出している有様ではないか。人間が人間としてもっと人間らしくあろうとするのであるならばもうそこそこに狭義物理主導による生き方を慎み、そこを脱してもっと普遍性のある生き方をして、その俯瞰した視点に立返って、「骨肉の争い」に明け暮れている場合ではなく、超然たる自からの境地と真の人間としての道を歩むべきではないのだろうか。諸君ら人間は、この私からの提言と如何を、どのように受け止め、思われることであろう？　そしてその為にも其々が利我を張ることなくすべてに亘って些かなりとも謙虚に自重を以て冷静客観になって辺り全体を睥睨俯瞰しつつ、正確に掴み取って活かし、心の余裕(ゆと)りを以て全体に施してゆかなければならないからである。我々はその自からを只管に還元してゆきさえすればよいことなのだ。さあいざ、今からでも早速それを実行し、取りかかり、始めようではないか。諸君。

私はここで、この立場と感情に関しての試論をもう少し展開させてみたくなった。私はこの立場と感情ということについてかなり以前より興味を惹かれて来ていた一つのテーマにもなっていたのである。諸君、この立場と感情、つまり自分の生誕以来の立脚点、足場と生の現場、即ち聖域によって身に付けて来た―ついた―生命の素性と方向性、生の辿ってゆく原質的運命と宿命からの過程に伴う現在という生命の視点とその断面図、生命の成長とその状態に伴うあらゆる心理とその現在地（位置）とそのことに対する実感、その生命の総轄を示唆意味しているものであることは言うまでもない。諸君、そこには一体どんな容量が包括され、含まれていっていることなのだろう？　それは言うまでもなくその人其々における生命の編み続けて来ている全営みとその働きからの理りの全量であろう。諸君はその点自己の生命と人生とその生というものをどのように考え、捉えらえておられるのであろうか。そして我々はこの生命の根拠と状況に伴う立場と位置、経験を手懸りとしてその時々、その瞬間々々を点検しつつ確認し乍ら、その意義とそれまでに身に付けてきた知恵を支え依り拠として、よりよい明日に向って生きていっているのである。その具象形而下からの狭義な視点からだけで、すべての事柄が収まりついてゆくものでもあるまい？　つまり先程も述懐しておいた通り、その立場からのものが善であれ、悪的に思われるものであれ―尤もそれを規定して考えること自体、不可純にして混沌としている生命のカオスの中にあっては＝世間的一般の基準基軸にあってそれを一概になって被せてしまうには余りにも忍び無いことではないか。そしていずれは、「生命の本質と真理」、「高遠なる目的」、「崇高なる思惟」、その大いなる計り知ることの適わない霊的原理を道標として、誰にも、何処にも、偏向偏重することなく、全生の為の大いなる等価、真理真実が発見され、打ち建てる者が現われなければなるまい。その超越したる勇気ある者が現われ出でて来なければなるまい。そして我々人間のこれまで打ち建てて来たそれというものは何んと俗にまみれた偏狭狭隘で意怙地によってへこたれている偏ったものでしかなかったことであろう。一方には都合がよくとも、そのことによって他方を凹ませて苦しめていく性質を兼ね具えているものでしかなかったのだ。我々はその不合理不都合性と馴れ合い乍ら、欺瞞を以て不公平、虚偽、紛いなものを生み出し乍らも、その元々矛盾した物理的向上を目指してその基盤の中に洩れなく巻き込み、猪突猛進して来たのであり、これからもその不正解不公平の矛盾している現実を以て未来に向って異口同音になり乍らその擬装された道を突き進んでいくという訳である。これに一石投じる者さえなく、咽喉涸した者が益々水を求むる如く、躍起になっていくことは知れている。如何にと言うに、彼らはもはやそれがDNAとなり、血と肉となり、中毒となってその塩辛い水を更に求めているからに他ならない。

―それにつけてもその諸君ら人間というものはその自から冒犯していくどうどう巡りの矛盾と不合理の食い違いをどの様に調整し、均のえ、帳尻をつけて是正を計っていくと言われるのだろうか？　そしてその為の努力を実際にどれ程に計っておられるのだろうか？否、私の見る限り、僭越乍ら、非礼乍ら、その物理至上主義に伴う不可純の排泄はすべて人任せ、弱者貧者お人好しに擦り付け、人目を避ける如く、もしくは公然と構わず、その生に伴う不可純を世に垂れ流していくという訳なのだ。そしてそれもこれもすべてはこの既存の世界を生きてゆかんが為、世の狭義において己れの生を雲隠れさせていかんが為と来ている。知は多少働いているかもしれないが、遣ることといったら心底はこの通り、その御粗末を通り越している有り様である。すると諸君、諸君ら人間にとっての生きるということはいったい全体どういうことになり、何を意味することになるのだろう？　是非私にもその辺のところを分るように包み隠さず一理綺麗事ではなく、その本心本音とするところを、真意深底とするところを、この私にも納得のゆくように見せ、説明解説して頂こうではありませんかね？　諸君らはその自分たち人間の現出させていく、もしくは露呈させていく様々な不条理、拗れさせていく世の有り体、その自分たちに如何に決着を付けさせていくというのだろうか？　そんなことは委細理屈ではなく、お互い様で、この世の中、現実の荒波を突破して生き抜いて行くからには、そんな成り振りには構ってはいられない、ということなのだろうか？　そして私にはその諸君の大胆さ、面の皮の厚さ、知っても知らん振りの図々しい無頓着さは身に付かなかったということである。聖域以来ずっとそのことにはひりひりぴりぴり心の被膜が痛んでならなかったという訳である。蛞蝓に塩であったということである。そこに諸君は憤然となって反論して来るに相違ない。「何を君は今更血迷っているのかね。それに、何も我々にしたところで、その自分たちの生き方すべてを善きものと考えているわけではない。悪い箇所（ところ）も多々あることだろうよ。しかしこの生の現場というものが誰からも保障されていない以上、自分で切り開き、乗り切って完とうしていかなければならないものである以上、現実と世の中の仕組がいかに辛辣で不条理理不尽であるからといって、その最中にあってさえもそう現実とも付き合っていくしかればならない以上、そしてその自分の人生に責任を以て世の中に敗けることなく生きていかなければならない以上、そんな君のような甘ったれたことは言ってはいられず、男であったなら人に甘いところ弱いところは見せられないではないか。それに、その生存生理の本能にまで立ち入って我々の生き方をあれやこれやと抓み出し、言及し、取り出して来ては云々すること自体その人間性（生命性）としても切りも果しもなく、それに傍目からしてもあまり芳ばしいことでもないばかりか、不謹慎なことではないか！　何はともあれ、我々は生活生存していかなければならないことなのだからね。『武士は食わねど高楊枝』などと君のように高を括って痩せ我慢をして呑気なことは言ってはいられないのだ」、そう言った後、諸君らは引き続いて、「それに、さも高潔で聖人君子の様なことを言っている君にしたところで、これまでそんな生活を現にして来た訳でもあるまい。―私はそんな聖人君子面をした覚えもなければ、高潔な人間だなどと言った覚えもないことだ。それどころか、この世の中、人為社会の価の中にあって最悪の否決されてしまった最低最悪な未成熟の人並外れている人間であることを強調して来た筈ではないか、そんな人間が何処に居るというのだ。皆んな誰もが世間に向って高く売り込もうと躍起になっていることではないか―。だったならばそんな駄々っ子が拗ねるようなことを言わず、もっと人並の大人らしい自覚を以て人生を前向きになって素直に立ち向って生きていったならどうなのだ」―ああ諸君、その諸君こそ、これまでの私の聖域以来の私の述懐を何一つも理解してはいなかったばかりか、通常必然、既存常識の、私の一番気に病み苦悩んで来たことを、お節介にも強制強要（脅）強迫して来ていることになるではないか。私にそうしていくことが一から出来なかったからこそ、そこに生きることが出来ず、そこに壊疽を引き起して人生を人並に送ることが出来なくなってしまっていたからこそ、こうして恥じ欠きの文章を晒し、立ち上げているのではないか。私はそれによってこの地上地下のどこに隠れ、身を潜めたならよいのか、そのことを真剣に、本気で思い悩んで考えているというのに、どうしてこんなことが平然と言うことが出来るというのだろう？　大きなお世話、心配も御無用にして頂きたいというものである。その何も理解していない諸君からの指図を受ける筋合いはないというものである。私の人生の如何のすべてを奪っておき乍ら、盗人猛々しいと言うものではないか。それに諸君に人間は自分の罪を棚に上げて、「人間が人間らしく生きていくための生活権利と確保」云々ということと、「武士は食わねど高楊枝」云々で、必然的生理本能のいわば人間の原罪（生きていく上での生犯罪）にはその罪を問うようなことは出来ない、というような趣旨のことを言われてその私を責めるが、そのことに関してもいろいろ云々したいところではあるが、それはそれとして諸君はその世の中の間隙を縫ってそれをいいことに自分の都合のよい方に改編改竄して引き回し乍ら生活を満喫しているではないか。諸君にその世渡り上手と、生に対する狡猾とそれ故発祥発生させている邪智蒙昧がないとは言わせまい。そしてそんな手前勝手な識論、「生罪」（原罪）を正統（当）化して洗い流そうとしたところでその公認されている集団結果は因果として伝承され乍ら後世に生命として伝わることになり、消えることはないという訳だ。何のプラスにもならず、解決にも繋がっていくことはないばかりか、文明的知識と頭脳(あたま)（知能）の発達と共に無知恵となって、功罪となって、他方で我々を怯やかし、威嚇させて、物理至上のそれを基に人類に便宜とは裏腹となって追い込んで脅威となって（襲いかかってくる）いくだけのことである。この世（人類）の懇願の火は自からのそれによって煽られ、それによって益々掻き消されるばかりか、益々「至上経済唯物主義」の思惟の妄想によって益々掻き消されるばかりか、それによって取り返しのつかないことになっていくだけのことである。その人類の齎らす最悪のシナリオ、悪循環による悲劇的展開だけが果しなく繰返されてゆくことを人類は己の自身のこととして覚るべきなのである。そして私において言うならば、尠なくともその生に纏る必然の生罪、原罪を感知し、それを省み乍ら自重的生活を送っている（く）という訳だ。そこで諸君は突き放して小馬鹿に侮ったように、「それは君が勝手に主義としてやってゆけばよいことであって、何もそれを関係の無い人にまで糺して言うことでもなければ、我々れに押し付けがましく説教訓をしてまで干渉することはないのだ」。諸君は半ば焦立ち加減になり、憤然としてそう切り返して来るに相違ない。しかし諸君、こうして其々忌憚のない対等な意見の交換と本音からの披歴と吐露し合えることの下地（環境）があってこその、そこに意見を大いに提起主張し合っていくことの出来る環境こそが成立し、そこによりよい解決と理解し合っていくことが可能となり、よい知恵も生れ、浮んで来ようというものではないか。既存の社会統制的価の見地からすれば其処に然ずから抑制がかかり、硬直して言いたいことも言えなくなるからなのだ。そうじゃありませんかね？　そして権威からの一方通行ということになり、テーマは膠着することになり、固まったもの、動きのとれ（りようも）ないものになってしまうというわけだ。そこで私がこう言い出すと、「それでは君の言っていることは支離滅裂してしまっているじゃあないか。君自身、本当は自分で何を言っているのやら、分っていないのではいなか」、そう思っているに相違ない。しかし諸君、そう先回りをして既存解決によって早とちりしないで頂きたい。つまり私は矛盾も分裂もしていないことを言っておこう。私はあくまで諸君との本心に伴なう忌憚のない意見の交換をしたいといっているのであって、自身の立場や意見の主張を貫き通しましょうや、と言っているのではないのだ。そして我々というものは―矛盾して聞こえるかもしれないが―自からの見地でしかものを見ることができず、考えることも、感じ取ることも叶わない生物である以上、自からの了見を広げる意味からも、相手の意見によく耳を傾けることは互いに有益なことである、と言ってみたかっただけのことなのである。つまり諸君、ここのところが最も肝腎な点なのであるが、この自分という世界観に限らず、他にも無数の世界観が在り、その相互関係によって世の中全体はもとより、我々自身は存在させられ、成り立たされ、生命を其々に営なませていくことが可能となっているということなのだ。してみれば諸君、我々はこの全体観、世界観、そして宇宙観と社会観を常に念頭において生活を営み、展開させて行かなければなるまい。諸君は既にその全体観を承知し、それを弁えた生活を試み、営んでいると言われるのだろうか。しかし対面上と建前ではともかく、いざ日常的実生活、私生活の本音となると、その口先とは裏腹な生活を送っているような気がしてならない。あくまで利我的狭義な生活の方に惹かれて狡猾な生活を送っているような気がしてならないという訳だ。いやどうも、話しが脱線して来て困る。つまり私がここで提言しておきたかったのは、前にも述懐しておいた通り、我々同類のよしみである以上、そう我先に威勢し合った個我による利潤ばかりを求めた生活を展開させ、していても仕方があるまい。いよいよ窮屈になるばかりで、余裕りがなくなり、息苦しくなって来るばかりではないか。もっと肩の力を抜いた暮しをして行きましょうやという訳だ。ねえ諸君、この辺りの注文と提言ならば、いくら地上既存に気負った暮しをしている諸君にしても、そう無理な要求ではありますまい。如何がです諸君、これらも矢張り私の考えは甘く、諸君の暮しの方がエネルギッシュで既存の生活スタイル、人生の理に適っている、そう言われるのでしょうかね？

ところで諸君、私がこんな病的で一般実生活とは如何にも反りの合わないかけ離れたことばかりに考えが流れ、思い煩らった偏った片輪な暮しをしていることを、いったいよきものと考えていると思うだろうか？　いやいくら諸君でも、それで私が満足しているなどとは考えないだろう。いやまったく、これは終生の抜き差しならない無念といったところである。断じて容赦ならないといったところのものだ。そこで諸君はきっと一義的決り切った見当違いの慰め方をして来るに相違ない。「ならばいい加減にそんな訳の分らない御話託を並べていないで、さっさと地に足のついたもっと建設的全とうな生活を始めたらどうなのかね。君の生活こそ人生の本筋を見誤ってその人の道から外れてしまっているではないか。誰に聞いても、その君の道が真正面であると答える者などいないだろうからね」。これは果しのない諸君と私との押し問答である。全体対一の問答である。私の聖域からの理りは既存において端から無視され、度外視され、テーマに据えられることもありえない。そして地上既存から一切を葬り出された者の無念として、無罪にして重犯罪者の無期懲役者として、それこそ歯が折れる程に食いしばってその悲鳴を挙げ乍ら堪え切って見せてやる。何しろ私は苦痛堪能者であり、精神の異端者であり、人非人にされている人間なのである。そしてこの人間としての立場、生命本質、真意の大義を意識し乍ら生きていってやろうではないか。何しろそれこそがこの世に与えられている私の生における現場であり、運命であり、現実実際、既存との関係なのであるから仕方がない。そして諸君、私はその自分の置かれている生の現場（立場）から目を背けたり、離して尻尾を巻いて逃げ出したりするような真似は絶対しないつもりだ。それをどこまでも貫き通してやる—こととしか出来ないのであるからどうにも仕方がない。そして聖域以来の生命の不可不如意をどうするか、それが私の頭にこびりつき、離れることがない。敗者の遠吠えと、世の勝者によって逆転されたことへの怨恨である。

　ところで諸君、今更どうしてこんなことを蒸し返し、持ち出すのかと不審を抱かれるかもしれないが、実を言うと、諸君はそのことに気付いていても、意識もしておられないかもしれないが、この現実世の中、社会それ自体というものが、「数値に基く哲学」と「肉物経済至上主義に基く哲学」とによって纏りつき、迎合することによってすべてがそれを中心に巡回し、都合よく相応し乍ら生み出され、築かれ、創り出されていっている世界に染ってしまっているということである。これ一色と言って差し支えない程世界はこれに抱き竦められてしまっていると言っても過言ではあるまい。諸君は何だかんだと言い乍らもその世の中の流通サイクルとシステムの流れ、慣習に溶け合い、笑って寄り添い乍らその世界からの還元と思惟恩典の特典に与り、それに丸ごと欲し乍ら生きていっているという訳であり、それが当り前、必然と当然なこととして受け止められていっている。そこには何んの隔りも、意識さえも働らいてはい無いという訳だ。それこそが彼ら人間の日常となっていることであるからである。ところがこの私というものにおいては、既にそのこと自体がまさに意識体、衝立て、仕切り、障害物となって聖域以来の所以によって逆に生というものが悉くにささくれ立ってしまっているわけである。多分、こんなものは滅多にはいないことであろう。従って誰にも気付かれることがないままに世の中のすべてから見過され、世界からもおいてけぼりを食っていくという訳である。こうした立場に置かれた人間、生命というものにおいては、それに染って順応していくことも出来ず、従って反作用を引き起していよいよ自分の中に閉じ籠っていく他にはなくなる訳であるが、余りにも人目に付かないことからも人からも気付かれず、理解されることはありえなくなるということである。その世の中の恩典からは一切取り残されることになり、その恩恵に添(そう)していっている生活所作振る舞いと自身のそれとの埋めようの無い裂け目全体にどう仕様もない懐疑と義憤の混ぜこぜになった世のシステム全体への憤然となった視線、世の数に数えられる者とその数にさえ零れ落ちていく者との悲哀（あわれ）と理不尽と飢餓。だからと言って、ここではその諸君を個々比喩引き合いにして非難している訳ではないのだ。つまり私がここを諸君に意見を提示しておきたかったのは、そうした世の中一般の常識からの、システムからの、現実既存からの還元と恩恵を受けていく頻度と度合の有無、そしてもう一つ付け加えて言えば、如何に社会など公共から必要とされているか否か、もしくは愛する者の有る無しの条件とその資格の有無、物理的社会の価の査定から洩れて有る無しの、その度合いと密度と頻度、その充足度によって人の幸福度はもとより、その存在感や思惟思想、精神や生甲斐、生命力やその人の健康状態にまで波及し、その人間の生命観に大いに拘わりと影響を及ぼしていくことは明白な事実となっていることである。人間性や生命性に対して抜き差しならない拘わりと影響を与えていくことも如実なことでもあることなのだ。そしてそれもこれも、聖域の謂れ次第、宿命と運命によって大きくそのことによって、左右され乍ら既に社会環境からの意識を伴い乍ら成り立っていたという裏付けに基かれていたということである。否、その人の努力と能力次第で、それを自己克服していくことが出来、それが可能なものであり、私のそれが無力者の詭弁、言い訳と弁解にすぎぬ。そう言い括ってしまおうとするのはいったいどこのどいつだ？　それも矢張り「三つ児の魂」の謂れ以来の基礎基盤に則ったものに過ぎないことではないか。狭義な自画自賛からの意見にすぎませんよ。―そのことは、ある人にとっては恐ろしい人生展開を齎らしていくことになるも、またある人にとっては人生における追い風、有効有益な人生展開を齎らせていく―箱庭―ことに繋っていることに結び付いていることでもあることとなのだ。所謂、世間で言っている「星の下」、「星回り」という奴である。そしてこれこそが正にその人の生活感、人生観として密着し、其々に固定観念、実感として定着することになる。とにかく生命というもの、人間というものにおいては例外なく、環境と状況にその生が染り易いものなのである。従って先程も述懐しておいた通り、そうした立場からのみ発した思惟思惑と意見というものは一義一理という私的見地と了見の範囲内（カテゴリー）に留まり、けしてその小宇宙を超えることはありえない。従って、その自身の一理一立場でしかないものを他者他人にも当て嵌めて押し付けようとしたり、あわよくばその狭義でしかないものを抹殺して消してしまおうとか、もしくは大いなる義に向って洗脳してやろうとか、いかなる関係であるにせよ、この唯物世界において個人から国同志においてまで頻繁に日常的に相手の意向を無視し、損わせ強攻させていっていることは専らのところよく見られるところの意向と行為とするところのものである。この侵犯的、侵略行為というものは権威ある者の中にとかく横行し殊に強者が弱者に向けて暗黙のうちに、相手を威光威嚇を以て服従することを前提としており、対等ということはありえないのだ。ここではこの現実社会と世界においてはもはや専ら人権も社会も有ったものではなく、そんなものは成立する筈も無いこととなっていたことであったのである。諸君はこの私からの持論と見解をどのように思い、受け止められることであろう。もっと他に生命と環境に適応（かな）った持論というものが諸君におありだろうか？諸君の口から是非忌憚の無いところをお聞かせ願いたいものである。

　ところで諸君、私はこれまで心から反動精神が身に付き、今では地上の諸君から愛想尽かしをされ、遥かに遊離した生活となり、そうした事情からもこうした内在内省的地下茎的生活を送るようになり、人っ子ひとりいなくなってしまったことを訴えて来ている訳であるが、果してそうした生活を営んでいる者が地上人並既存に生きている諸君との共生（棲）を願い、求めようとしたところで、果してそれを適えることが可能となるものであろうか。果して既存常識に生きることとの切符合体に懐疑し、壊死を引き起してしまっている者に、そこに絶対的信頼を抱いてその社会と環境の中に適応染って生きて——泳いで——いる中にあって、その泳ぎ方を知らない者が一緒になって泳ぎ、生きていくことが可能となっていくものであろうか。正統な絆を結び合わせていくことが可能となって行くものだろうか？　そのことは最早私がここで改めて答えるよりは、その地上生活を謳歌し、堪能している諸君の方が遥かによく承知してご存知なことだろう。そして、そうした理由を以て、私はその諸君ら全体、人間から「——そうした人間との付き合いは一切ご免蒙りたい。願い下げだ」とされて来た人間という訳である。その人間の既存の価に最も相応わしからざる者として、私はひとりその固定概念の人間世界から放り出された訳である。従ってそのような私であってみれば、このとてつも無い生命を理解し、受け容れ、共棲していける者でもなければ、既存人為の狭義であっては非常に困難で具合が悪いという訳である。しかし乍らこの人間社会にあってどこに行ったならそんな酔狂な人間にめぐり逢うことができるというのだろう？　間違ってもそんな者はいないだけでなく、如何なる境遇にあろういる者ばかりであるからなのである。

とも洩れなく誰もが既存を弁え、そこに何はともあれ生を置いていかなければ已れ自身の生そのものが成立しなくなってしまうことは自明の理となっていることを諒解していって

それにつけても人の心というものは、いつでも例外なく残酷であり、非情であり、その肉物人為既存の空を雄飛していく者に惹かれ、懐柔し、羨望の眼差しを向け、これに対してそこに疑惑を以て睥睨し、その世間全体に懐疑の眼差しを向ける者を訝るのであろう？世間の常と交って行こうとしない自己の生き方に拘わりを持つ者を逆に賤しむことになるのであろう？　このことは世の常識、物理的思惟本能、既存必然の有り様として代々生理本能としても、防御本能としても受け継がれ、誘導されて既に関心の意識の中枢に罪科としても拭えざるものとして定着しているものである。つまり涙を流し乍ら愛を込めてこの真実の大地に接吻し、自から生きる者の罪として感じ、その赦しを請い、死に向って献身と奉仕を約束してしまった者としては、世の具象形而下の人価を愛さず、おめおめそれとは裏腹の中に、真理真実の中に已れ自身をあくまで求める。人間はこれを煙に巻き、すべての罪科とその他に被い被せたのである。それに白を切り続けたのである。

それにこの際、私は嫌われついでに包み隠さず言ってしまうが、諸君の好んで知恵とするところの物理的策意と掛け引きと交渉、相手と自分の本音本心はさておき、暗黙である「表向き要件を相半ばの互いの利する━納得のいく（つく）ところで手を打ち、纏め上げ、事をあまり構えることなく穏便に収めましょうや」という中に、いったいどんな意味合い

と要領要請が包合され、潜み、隠され、裏取り引きされていっていることなのであろう？諸君は一度だってその自分たちの交渉の内容の如何について点検検証し、反省を加えてみたことがあるのであろうか?「事を余り深く構えず、穏便に収める」、この言葉は私にとって小悪魔的魔術の響きを以て、善良的邪るさによって甘言として迫ってくる。さぞかし諸君にとって気持の良い酔わせることなのだろう。他とは関係無しに広く寛大な心という訳だ。互いにとっての充足感を与えてくれるというものではないか、しかし諸君、そのほろ酔い気分になる以前に一寸待ってくれ給え。いいかね諸君、「事を余り深く構えず、ここでは穏便に収める」、なんていうことは言わせませんぜ。ここではじっくりと事を構えて頂こうというもんですよ。どうしてこの場面で気楽になんか構えていられましょうや。ここではよくよく覚悟しておいてほしいというものではありませんか。諸君、相手（対象）を寛大になって赦す、私はそのことを以前までは諸君と同様善良な心、尊徳な意識の一つであると考えていたものである。高遠に通じる第一歩であると信じ、確信していたものである。ところがどうしてどっこい、それは私の思い込み、間違いで、むしろその逆の事勿れ的浅薄な考え、手前勝手な不行き届きな仮面を被った心であったらしいのだ。つまり諸君、諸君の間での偽善的裏工作の商業的裏取り引き、談合、密談による方便と便宜によるものではあるまいか？　という推察である。そしてこのことを渡世と生活の為の当然な処方と知恵と権利としていずれか内々に心得ている。諸君はこのように当り触らずの方便、表向きの意気投合、上辺の共通共感によって万事この世界、社会を収めてしまっていったのだ。見せかけの、上っ面の平穏無事と意気投合という訳である。そしてそれこそが現実を穏便に滞りなく収めていく潤滑油としてすっかり定着させ、そのことに納得してしまっている。しかし諸君、あまりそれにいい気になって上滑りの調法と優位を愉楽しんでほしくないというもんですよ。それでは諸君の心の中は空虚しい風や猜疑心が吹き出すことには繋がりませんかね？　塵も積っていつかは暴発することにはならないだろうか？　世の中全体、世界が結局は弱者に向って皺寄せして行き、巡り回って紛糾して来ることにはなりませんかね？　それにこうした遣り方、表象処方の理解の仕方、その場限りの理解と納得では、手間も時間も掛からずに済むであろうが、次の（用）事に直ぐに掛ることは出来るであろうが、それではいつになっても本質的には、根本的なところにおいては始末も納得も理解もつかず、根本的なところでいつも問題が先送りされ、結局はすべてが「取り敢えず」だけの事体事柄だけのことで世の中も人間も世界も流れて行き、何も肝心なことは始末も決着もつかないまま持ち越され、その一番肝腎要めの用件は常に蔵の中に納められたままで、腐り果て、結局はその「無上」は放棄して通常既存の「こと」だけを味わされていくことになり、この至上無上知らずの世の中とその世界ということになってはしまいませんかね？　それではいつになっても人と人とが、相手（対象）と自分とが、延いては国と国とが、世界が、世の中が、社会が、あらゆる事柄が理想も平和も引っ包めて、我々生命の営なみそのものが、たえず地盤根本本質から揺らめいて動揺を隠すことが出来ず、落ち着かず、何も治まるものも治まらず、またその手段も方法も知らず分らず、自分の本心さえも理解することさえできず（適わず）、その真実と真理が見えては来ないという訳で、自分の心の中にたえず何か訳の分らない不安を抱え、その真実は永遠に辿り着くことは出来ないということである。殊に、現代人というものは誰もがその不安感の中に漂ってそれを抱えているのではありませんかね？　そしてその人と人との関係にあって生み出されて来るものは、世界も、国同志も、世の中社会も、現実環境全体も表象物理既存だけの事実、見せかけだけの事実、それに輪をかけての文明優位に伴う空中における情報合戦の中身そっち退けの虚偽ばかりの異界と来ては、もうこれは支離滅裂の世界という他にない。総てがこんがらがって全く見通しがきかなくなってくる。何を判断材料、基準基盤に置いてよいのやらさえ分らなくなって来るという始末である。諸君、これはこの世の中、世界、否、人間そのものの冒して来た成れの果て、そうじゃあありませんかね？　諸君、これは私の余りにも穿った見方見立てというもんでしょうかね？　―そして私の一番の懸念とするところは、その一般物理社会、既存の生活そのものにおいての付き合い方全体の既成概念のことはともかくとして―それ自体が歓迎すべきことではないが―苦楽を共にしている共存生活体においてさえも、その世間との流儀に倣ってそんな関わりと「西風が吹けば―的」暮し方をしていくといわれるのであろうか？　そのことが心配でならないという訳だ。どうかこの了見というものは、私の先に提起しておいた「二重生活」、つまり本音と建前云々と照し合わせ乍ら自からの利する方に順応させ乍ら反射的になって考えていくというのは如何がなものであろうか？　諸君はその点自分たちの付き合い全般とそれに伴う暮し方というものをどう考え捉えていっているというのか、広義で捉えるのか、それとも狭義（私義的）によって現実的になって捉えてゆこうとするのか、その辺りをよくよく考えてみてほしいものである。

そして諸君ら一般既存の生活圏においてはそれで充分にこと足り、支障を来たすこともないらしい。猜疑と疑心、誤解などによるトラブルもすべて通念と観念、一般認識によって承知の上、覚悟の上の心得であるらしい。諸君は本当にそれで心から満足し得心が行っておられるのであろうか？　つまりここからが何より肝腎なところなのであるが、その一般表象（象徴）や既存認識の便宜的関わり合いである限り、そこには必ず必然としての立場の行き違い、感情の縺れは起り、それによって高遠と疑義的は現実によって歪められ、愛と真実（まこと）が不浄によって汚されたものにされていくということですからね。尤もそんなことでは些かも動じることのない諸君であるらしく、その皮膚（心）はまるで鉄面皮（てつ）の如く頑丈に厚かましく強かに出来上っており、それを未然に防ぎ、平然として乗り越えていくことができるということであるらしい。とにかくそれこそが同罪相身互いの混沌（カオス）の中という訳だ。諸君、諸君らの地表の生活こそが悲喜裏腹入り混ったそんな土壌の上に築かれているのであり、それを疾うに認識しつつ受け容れている半ば納得付くの諸君たちなのだ。不平不満、誤解もなんのその、何んでも有りが諸君らの世界なのである。もっとも諸君はその物理表象カオスの既存を悠然と調理し、自からの口に合う如く、その自からの妙と味を愉しんで世を泳いでいく。諸君の生とはそんなところではありませんかね？　そして私の見るところ、諸君はその波風を当然の如くに自からを掏り合わせる如くにそれが諸君それぞれの秘義ということになっているらしい。それに引き換え、この私ときてはその聖域からの謂れによって何んとこの人世にあって。あっちにぶつかり、こっちにぶつかり、まともにその歩みを進めた例しというものがない。一向に目鼻が立たないばかりか衝突ばかりを繰り返している始末と来ている有り様である。その為に擦り傷が絶えることが無いばかりか。摩擦と軋轢こそが私にとっての日常茶飯となっている。無事に済まされた例が無いのだ。それに引き換え諸君ら人間の生とは功罪相半ばであり、異口同音を感じ取るまでもなく当然なことであるらしい。何んと幸いなことではないか。そして何んと紛れてしまっていることではないか。すべては如才無く擬装されている概念の檻の中で、それに則って生きて行きさえすれば何んの問題も起らなく、平穏無事に守られ、その段取り手筈通りに願ったり適ったりの中で当面生きて行くことが出来るという訳である。そして本当にそれで良いのあろうか？　世は既にその生の煽りを食って既にあらゆることが障紛れ込んで障じて来ていることではないか。諸君ら人間はその事実を何んと捉えているのであろうか？　それでもあくまで頬被りをして澄まし込んで行こうというのであろうか？　そしてこの私と諸君ら生に関する段落は一体何んとしたことであろうか？　根本根源からの生の決裂はいったい何んとしたことであろう。この生の軋轢と誤差とその埋め合せようの無い軌道の取り違いはどうしたものであろう。そして人間はその当然とする道を総動員にして渡っていくのであり、私は埒外をひとり行く他に無いという訳である。しかし諸君、諸君ら生活全体というものが埒内に納っているからといって、既存システムの中に保障されているからといって、そんな悟り気になっていられては困るのだ。その以前（まえ）にちょっとはその自身の生なりを省るなり、尠しは疑念を持って考え直して改めていってほしいというものである。いいかね諸君、いくら既存唯物が現実で、それが諸君にとって有益で、実際で、一見洩れなく誰もがそこに生活（くらし）ているからといって—そのこと自体が本当にそうであるかどうかは分らないことではないか。諸君はそんな要領の確信を一体どこで得たというのだろう？　人は見掛けだけではとかく分らないものではない。—何もその既存現実を以てそれがすべて正統的根拠を持っているものであるとは限らない。それを一括りにしない意識ぐらいは残しておいてほしいものである。私はこの際正直に言わせて貰うが、その諸君ら人間全体の自慢としてゆく地表形而下、現実既存その唯物表象主義こそが、反面裏腹となって高遠なる真理世界、本来のあるべき平和と理想の光を打ち消し、閉させ、誠実さを虚偽擬装によって煙にまき、唯物現実経済主義ばかりを推し進め、自由と民主主義を履き違えさせ、肉物生命ばかりを煽り立てて来ていたではないか。文明科学ばかりを責き立たせ、本質と真実を体よく挫き続けて来ていたではないか。その結果天地を汚し、自己本来の生命を麻痺させ、その因果として過剰になって災厄を齎らさせて来たのは一体どうした了見に基くものなのであろう？　そしてこの不埒な唯物現実の行く先（未）に何が一体待ち構え、平和ではなくどんな惨状惨劇が待ち構えていることになっているというのやら。このことは人間自からが選択し、齎らして来たことの責任としてよくよく考察点検検証を深めていかなければならない現代人に課せられ、負わされている猶予待ったなしの課題となって付き付けられていることなのである。

三

諸君、どうかこんな陳述を繰返している私を、世を拗ねる捻くれ者などとどうかとらないで頂きたい。私は諸君、諸君と現実への自己鬱憤と鬱屈した思いから、その鬱さを晴らすことの為にこんな陳述を繰返している訳ではないのだ。どうか私という人間を誤解しないで頂きたい。私にしたところで諸君とは心から仲良くやって行きたいし、こんな内省的弁証生活ではなく、諸君たちと同様の表舞台、地上にあって活きた実生活をしていきたいものだと本気でそう考えているのだ。実際、その焦燥と羨望の嵐といったところなのである。とは言え、既にこの老齢を迎えてとあっては、何もかもがもはや手遅れなことなのであるのだが、どうかこの惑える霊魂、彷徨える生命というものをそう邪気にしないで頂きたい。

ところで諸君、私が諸君ら人間の存念と好く噛み合わず、やっていくことの適わない謂れが聖域以来の理りと所以によるものであることは言うまでもないが、しかし乍らそのことすべてに押し付け、その自からに逃げ回っていた訳ではなかったのだ。むしろ、その所以と理りの因果の中にだけ封じ込めるところに自分の卑怯と脆弱さを見ているくらいなのである。我々生命あるものはすべて停頓の安逸を貪っていてはならなく、日々新たな真理真実に向って更新と邁進し続けていかなければならなく、それを欠かしてはならないのである。それに、我々すべて生命あるものは、宏大無辺の宇宙にぽっかりと浮んでいるような星みたいな存在で、たえず不安と背中合わせ、隣り合っている頼りない寂しい存在でしかありえない。従ってその反動として人は反面において絶対的信頼におけるものを求め、多勢に紛れ込み、集団団体に身を寄せ、それに頼ろうとする生本能を誰しも抱え持っている。しかし多くの我々というものは、そこに絶対的信頼することの出来るものを見出すことの出来無い故に妥協せざるを得なく、その仮り物に身を寄せて多くはそこに裏切られることになり、失望と不信とに苦悩まされることになる。つまりそれらの多くは、手近で目に映っているその具象的なものはおよそ断片的去来するものにすぎなかったからである。物理的形而下にあって構成されているものはすべてそのことによって成立しているものに他ならなかったからである。そこで私としては、そうした形而下的物理人為世界から自身を撤退させ、移り変っていくものに一切執着せず、偏に霊的精神、その本質と真実の中に身を委ねていこうと考えている訳である。それが人間人為の中に生きる他にない世の中にあっては、すべてが私の落度、過失(あやま)ちであるとでも言うように睥睨する。確かに人間である以上、その中に、その世界に暮し、棲み続けていく他にない訳であるし、誰しもがその経験からも、生本能からも熟知しており、誰しもがその人為社会の条件の中に自己の生息を求めていくのが必然である。実際の話し、霊世界に本質と真実を求めてその世界に入っ

ていく者など、仏門、宗教に生きる者は別として何処にもいないことである。―もとより
その中にあってさえも、俗世と多くを関って生きていく者もいなくはないことであるが―
私は人間の生世界をそのように望見しており、そこに肉体唯物生命を第一義に掲げていく
人間の不埒加減、大嘘付き、虚偽、隠蔽、実しやかに擬装していく人間の不誠実を現場現
実の中で見せつけられて来ていた訳であり、そうしたことからもその霊世界と関わること
によってそれを払拭し、消却していくことを善きとして信頼したのである。これに対し人
間は当初より肉物生命本能によって魅了され、すっかり魂と心を居抜かれ、逆にそのこと
を誇りにし、名誉と感じるまでになってしまっているのである。この誤差（ずれ）はもはや何んと
しても既に理りようもない歴然なものとなって食い違いを起してしまっていることである。
事の真相をいよいよやこしく隠蔽して自からをも騙し欺きつつ許容正当化しても来たの
であるが、そのことによって我々人間の虚偽性と出鱈目と頽廃が始まり、堕落が顔をのぞ
かせ、いよいよ以て上昇しつつ結局はそのことによって逆に下降えと成り下って行くばか
りである。物理的賢明さを身に付けて行くのとは裏腹に、小賢しくも悪質巧妙化していく
ばかりである。このことは物理的思惟によって自から証明し乍ら既に当初より磨きをかけ、
始まっていることである。実体がそのことを証明して見せていっている。これを我は「人
間の邪知蒙昧」と称んでいる。彼らはそれによって安住を獲得し、それを貪る者となり、
自から自からの本分とするところから脱落し、その本来を締め出していくということであ
る。人間はこの自からの本末転倒した諸行行為に気付くどころかこれを正当視して逆に擬

の世界を真と成し、それを握り潰し、駆逐していっているではないか。人間は可様に惰性である保守中庸狭義宜しく悪と化し乍ら大挙してその外面のいい現実適応の道を能力として突き進んでいるではないか。根拠（ねっこ）を断ち切って心を空中に舞い上らせていっているではないか。もはやここに言って聞く耳を持た（貸さ）ず、侮蔑していくばかりである。白眼視するばかりである。既存思想、物理的思惟を溺愛していくばかりである。そして諸君ら人間というものは、これまでの繰返しになるが、総じて行なう社会既存の上っ面表象善意の軽快とは裏腹に、中身内容においては空虚な悲哀感と共に進展の無い閉塞感、焦燥感に捉われていっているのではないだろうか？　そして人は、そこから自分だけを度外視してその責任から逃れようとするのである。そしてまるで他人事のように、「――人は何故なのだろう？　世の中はどうして――こうなのだろう？」、てな具合に自分をその表象循環から切り外し、こう極めて真面目興って考える振りをするのである。諸君はこうしてそれと自分とは一切まるで関係無いと向き合わずして考えるのだろうか？　そしていつまでもそんな薄氷の虚栄の仕合せに噛りついていくのだろうか？　薄汚れた、故旧（ふる）惚けた微温湯に漬ってそれに縋りついていくというのだろうか？　その上辺だけの信頼、表象観念だけの縁（ゆか）りと絆の方が調法便宜で、根幹真実からの関係は却って不便だとでもいうのだろうか？

　いやそうは言っても、諸君の世の中が時代を超えた、必然性による「人間の生態」それをもたらしていく人類普遍の支配と体系によるものである以上、そこに露顕（あら）われる現実と世の中、人間（ひと）の心の仕組と構造は変るものでもなければ、変えられるものでもなく、またそんなことは実際問題として誰も望んでいることもはない。例えば理想や正義、信義に基く平和と幸福、その倫理などというものは、本質真理への提言など、現実実際の前にあっては青臭く子供騙しの正義感くらいのものだったのである。現実にとって侮った与し易い軽んじる対象でしかなかったのである。そして諸君らにとってはすべての不可純の定理をどう認識し乍ら取り仕切り、やりくりさせていくのか、そのことが大人としての裁量と見識の知恵で、そこを客観的に省察して新しい英智を生み出していくことこそが問われ、評価に結びついていくことになっている。諸君はその点実にクールである。「君子危きに近づかず」という訳で、けして不可不如意の泥濘(ぬかるみ)に足を踏み込むような愚かな真似はしない。ところが地下界にあって身動きの活かない私にしてみれば、その諸君の如才の無さ、表象の纏(まとま)りというものは本分本来からして何んとも邪智卑法で責任の無いものとして映って来てならないという訳なのだ。そして正直に告白すれば、この私とて諸君が見て取っている通り、確かに品行方正な生き方を必ずしも片方(かたえ)において同伴として肉体生命を必定不可欠としていっている訳でもあり、一方の生命の具象地盤でもあってみれば、それをしている訳でもなければ、出来ている訳でもない。疚しいところも多々持っていることを正直に告白しておこう。そもそも大体生命宇宙全体とはそうした裏腹陰陽混沌カオスの中で成立が果されて浮んでいっている、私はそのことを霊的真理として理解も納得もしているくらいなのである。つまりこの私の生命のそれにおいても、諸君ら人間全体の生命のそれと同様、原理として不可純不可分のカオスの中で営なまれいるのであり、従って私の生命においてもたえず休むことなく、その欲望と意欲によってその生命全体が促がされ、唆され続けている訳である。この活動を欠いては、生命は何一つ成立も、始まりも、進展することもありえないことなのだ。第一諸君考えても見給え、ましてや太初より人間生命能力才能天性、その本能、それを突き動かして来た原動力、つまり煩悩によって生み出し続けて来た、それを継承伝承展開発展させ続けて来たありとあらゆる開発し続けて来た生命とその生の行き掛かりからしても、それは正しく善意を超えた偏に本能と煩悩から突き動かされた意欲、積重ねによって成立ち、保障され、それがまた増幅として生命と生に還元され、その往復運動の中で展開され、保証されて来ているようなものではないか。その中で人間人類が独自に生の手法として必然性として便宜として網み出して来た手段、それこそが霊世界にあって一番弱身な立場に置かれて（あった）いた人間の霊世界にあって打ち克って行く為の、克服していくための手段として網み出して来たのが、生き抜いていくため、人間自身己れが栄えていく為に網み出されていったのがこの、今日の物理的繁栄という創生の築き上げて来た人類の基礎軌跡であったように私には考えられるのである。―しかしこのことは現在今日に至って反面裏腹において大変な一方における墓穴ともなりかねない危機を孕みつつ生み出して来ていることも確かな事実なのである。―矛盾していることのようであるが、このことは私の方から正直に告白しておく。私はそのことをよく知っているし、自分に嘘は付きたくはないのだ。ところが私がそのことを認識しているのに引き換え、人間諸君はその罪科生きていくことは、必然性として付き纏って来る罪状を冒し重ね乍らも、その罪科についての認識を自己正当化を強いられていることによってその生の原罪に関する意識はもとより、認識も本質的なところにおいては全く感知されていないばかりではなく、省みられてもいないばかりか、旧来からのそれを継承踏襲させていくことに懸命であり、真からの改革は肉物本能からしても無視され便宜表象既存現実だけが問われていくだけのことである。即ち根本本質から悪びれることなく大いにこれに逆い、どこまでも霊とは折り合わず、これまでの自驕した生き方をどこにも改める気配も風情も見られない始末なのである。これではどこまでゆこうと折り合うべきものも折り合わず、纏るべきものも纏るはずもないことである。永劫の不義・不成立の平行線である。この理性では如何とも為難疑念を私は知っているし、この疑惑というものに確信を持っているのだ。

ところで諸君、私は何故こんな諸君の支持至上としてゆく物理思惟の現実（必然基盤の既存）を訝からしめ、心を痛め、自からの骨身を硝ぐ様な思いをしてまでもそれに対峙対し、踏み込んだ話しをしようとし、指摘をするのか、諸君はその私の狙いとするところにお気付きであろうか？　実は諸君、この我々の生命に纏わる生涯離れることのない性質と煩悩に纏わる生の可能性が一体となって齎らされていっているものである以上、我々自からが分離させて考えることのできない、逃れようのないものである以上、生と人生から切り離すことの出来ないものである以上、せめてこの生きていく上でのこの原罪に対しても背後へ隠し匿まってしまうのではなく、むしろそのことを前面に踏まえ、認識確認し合い、そして善事には誇りと称賛の拡がりの輪を、罪業には懺悔の呵責を以て互いに労わりと反省を以てゆこうではないか、そう呼びかけてみたかったまでのことなのである。諸君、この私からの提言というものはお気に召しませんかね？　しかし諸君、この自己操作が其々の中で速やかに働いていくことのない限り、いつになっても真如の道は開かれず、示されず、世の霧は晴れることはありえない。前方への見通しは塞がれたまま、益々閉ざされたまま見通しの立たないことになるからである。それとも、諸君の視界はもうすっかり晴れていて、改めて何も語るまでもないこととだとでも言われるのだろうか？　とにかく諸君ら人間というものは世間世界時勢などによって圧倒され、それに抗うも何もあったものではなく、その風と流れの中に慣らされていってしまうものである。

そこで諸君は、「そんなことは一々人様に呼びかけたり、問いかけたりして云々するべき事柄でもなければ、自分の心の中で自分の良心と其々に向き合って自問自答して始末をつけてゆけばそれで済むことではないか。人に強制すべき筋合いのものではあるまい」、憤慨半ばにしてそう思っているところに相違ない。そしてその諸君に引き換え、私にはそんな分別臭く悠長にしていられる程の余裕(ゆとり)も残されている時間も立場でも無いという訳だ。とても音無しく引き下っていられるものではないということである。諸君からは劣かしい悪足掻きに見えるかもしれないが、こちらとしては死にもの狂い、既にその中に骨まで漬って生きた心地も無く自他公私に亘る救命救済に必死の体なのである。

否、それにつけても本来、私はこんなことを痴がましくも諸君の面前に取り沙汰するつもりはなかったのだ。要するに私がここで取り訳強調しておきたかったのは、今日自分に生じて来ている所為、置かれている情況と立場、成れの果ての全てが、聖域からの條件のみによって成立顕われて来ていると押し付け、そこに逃げ込んでいる訳ではなく、両親からの血の執り成しと継承のことはもとより、自分に天意から授けられ、与えられ、齎らされているところの「第三の生命と性質」、そのいわば最も肝腎（心）の舵取りである霊魂の性質がもっと別のもので、もう少し人世に適合（応）して行くことに敏なものであったならば、あるいはこの世の中と社会の価と現実が我が性質と近しい霊の本質の方に向けてくれているものであったならば、諸君ら人間全体にこのように背き意固地になって諍い、反転するようなこともなく、もっと柔軟に人世に素直であったのだろうに―と、まあ如何様にも成りようもないことを、無意なことを考えて見る訳である。そして未だ、私には分るべきもない、知るべきもない、生命の創造性における秘密、可能性がもっと他にもあったのかもしれない。私はその余白を人一倍残し乍ら考え、諸君ら人間と接し、教えを乞いつつ生きていこうという訳だ。自分の知っている（と思い感じ取って）いること、認識している（と思っている）こと、この己れが生命に感知していくことのできることには、一立場、一生涯でしかない生命にあっては、ほんの些細かなもの、一握りな（こと）でしかないことなのである。自身と信念に充ち溢れている賢明なる諸君、結局人間生命とはいかに偉い人間であろうとそんなところではありませんかね？　否、世の偉人と称せられている人間程、肝腎些細なことを意外と見落しているかもしれないのですよ。とにかく人間すべてパーフェクトな生命などありえなく、不備不完全なところを補い合って成り立っているものであり、その狭義でしかないものに自信たっぷりになって吹聴してほしくないというものですよ、そうじゃあありませんかね、諸君。

しかしもっとも、この天意からの霊魂の譲渡、両親からの血の受け渡しと生命の継承、社会人為の有り様や人間環境によるもの、それと他の生命の成立と心に関する様々な可能性、それらを考慮え合わせてみても、今更どうにも始まることでもない。聖域以来の条件がもっと整い、健全で穏やかな、私にとってマイナス不利益のみに働くものでなかったならば、私の生命にしてももっと異なったものとして応じていたことだけは何より確かなことである。人並の人間世界から人並の人間として受け容れられていたことであろう。しかしこれも今更詮無いことである。矢張り人間は誰もがその生来に身に付けた聖域によって、「三つ児の魂」によって、その与えられている生命の條件によって生きていく他には自己克服していく手段は何も無いことなのであるから。

もっとも諸君、こんなどうにもならない、箸にも棒にも如何様にも成り様のない、社会外為からではなく、霊的本質に心を奪われ、生命にしたところで先にも述懐しておいた通り、実によくしたもので、この焦燥と不如意の生命を抱えながらも、生き乍らえていく上でちゃんとそれなりの生命の対応による働きからなるところで用意発揮されているものである。諸君、とすると存外この焦燥苦役と不如意不安を抱えた生命にしたところで、その痛苦の闇の世界である地下生命であれ、その操縦操作の心掛け次第によっては―人為世界からの云々のことはともかくとして―そう悪くもないものなのかもしれない。ひょっとすると、そこで目を凝らし続けることで、地上には見当ることの出来ない至宝と巡り合うことに成るかもしれないからである。

いやどうも諸君、明解な説明、明快な解答を導きだすことの至らないことに我乍ら精神の未熟さを痛感させられている。然為ればこの私からの供述というものは諸君にすれば尚のこと要領を得ないことに相違ない。どうかこの精神の浄化整理し切れずにいる我を許して頂きたい。私の充すことの出来ない無思慮力不足を許して頂きたい。が諸君、諸君はその私を結局世の敗者、愚者からの自己弁明、実証性を欠いた弁証と決め付けてしまいたいところであろうが、私は正直それ程の敗者でもなければ、ましてや霊本質的なところまで腐ってもいないと考えているのだ。第一諸君は何を根拠に、何を基準にしてそんな簡単に人の価いまでを評価決め付けて判断を下してしまうとするのだろう？　そうだ、諸君の方で言わぬのなら私の方から痴がましくもそのことを代弁しようではないか。即ち既存一理の考察、必然主義による社会的マニュアル、その一理信頼性からの共感性であろう。その既存から外れることのない無難な常套な解釈というわけだ。そんなものが真実からの解釈、評価と言えるのだろうか？　冒険の無いところに真実が見えてくるのだろうか？　私はその正体が人類の歴史に基いた意義そのものであったことを確信している。彼ら人間全般はそれによって既に安心し切っており、そこから外れるものを内心本音では大いに嫌忌して、それを排除変人扱いしていくのがその常なる本音と体制なのである。

つまり地表現実と内省の本質との関係、肉体物理（唯物）と霊精神との関係、既存中正中庸と真実、浅薄表象と遠謀深慮との関係、その総体制に伴なう対峙した関係にある限り、またその逆戻も成り立つという訳で、それもまた数値の関係で真偽なりというものが逆転されてしまうということなんですからね、その立場と感情に頼り過ぎず、狭義人為の絶対支配に限らず、もっと冷静客観の俯瞰した視野を以て正しい判断、正確な表現を仰ぎたいものである。人は人としていつまでも一般認識に振り回されず、独自の判断を本質から形成して行きたいものである。そしてもしかすると、諸君の中にもその私の通俗と常識を排した見解と見方を厳しすぎるとして、もっと公私に許しておおらか二様に構えていった方が何事にも巧く運び、行くのではないか、そう進言する者も尠なくはない筈である。実際の話し、この世の中の情況を考慮するとき、それは実感を伴って正解であろうし、その限りにおいて疲労困憊して行き詰ることはない。道は多様に開かれており、孤立することはなく、人はいずこにあろうと溢れているということである。されど私はその一理既存の道を選択するようなことは、諸君らの強制や進言でも不拘わらず遂にしては来なかったのである。否、何んとしてもそれを選択することは、聖域の由来のことはもとより、私はその人為の何より評価してゆく既存認識の現実常識によってこの人生のすべてを削ぎ落されて来た、決裂させられて来なければならなかった人間としての強烈なまでの意識と印象を植え付けられて来ていた人間である。そうした私というものが、霊の本質をすべての原点であると確信している者が、そのことによってすべてに否決され、葬られた人間というものが、その人間社会の現実既存と与して行かなければならないというのだろう？　ということに尽きていたということである。それにもしかすると、先例の指摘を楯にして、強固で手厳しい諸君からは、「何んの義理も恩義も縁りも無い君などから、そんな差し出がましい口を聞かされる筋合いも、説教も、講釈も、指図も一切される覚えはない。そんな戯いも無い、下らないことに拘わって無駄な一人合点の思い煩いをしているのが馬鹿なのだ。酔狂なのだ。誰一人そんなものを本気で評価している者など一人としていないじゃないか。第一、自分の頭の蠅さえ追うことの出来ないくせに、そんな御託宣を並べているからそんなざまになるのじゃあないか」。その嘲けられた上にお叱りを受けることになるのかもしれない。そして、その生に対する驕慢で、狡猾な意向意識というものが諸君ら人間の心底に蔓延し、定着し、支配的になってしまっている以上、私というものはまさしくその諸君の実際主義の間にあっては、大義真義、大我を以て（抱いて）小義を棄却していることによって、一切無駄口を叩き、余計事に拘って生きて来たことになる。この生命、この霊魂を真心、生そのものが、実際既存の生によって、唯物思惟そのものによって、その存在理由を結果として、現実として打ち消され、抹消され、否定否決されていたことになる訳だ。その実際的諸君、社会と世の中、現実と世界、人間の間において、私の立場、尊厳、人権はどう、如何に保たれていくというのだろう？　舌先三寸、体面上はともかくとして、実際上として、社会学として、物理的思惟として、実際上の見掛け目映りとして、その私をぶん投げ、見下し、人並に扱っていくことを憚っていくではないか。そして何よりも癪に触るのは、意識無意識を問わず、既に私自身が社会からの伝承、生命の伝承、生の入れ知恵、DNAとして組み込まれ、それを人間すべてと同様に行ない働いては来なかったか—そう問われれば、私とてその返答に困るということである。只私としては、その自分を正当化、俄かに分別して来ることは出来なかったし、その自身の生態にたえず苦い自己嫌悪を味わされて、その処遇と始末に困惑させられて来ていたことも確かなことであったのである。そのことに自身の立場からも消し込んでいる訳にはいかなかったことであったからなのである。それに再三理って来ている通り、その生に自信溢れる—私の目からはそう映ってならないのだ—強気一点張りの諸君に対して、私としては説教も講釈も叩いているつもりもなければ、諸君ら人間を責めているつもりも更々ないことなのだ。私にはそんな大見得を切れる様なものは、これまでの記述でも分る通り、むしろ劣等感の固まりの様な男であったことからも、それは羞恥のみに他ならなかったことだったのである。只、私としてはその諸君ら人間界から流離し、社会生活全体を喪失してしまっている聖域以来からの生であることからも、そこに七転八倒、悶絶して来た人間である。そうした事情からも自からの置かれている生の立場と情況、運命を懐疑し、そのことに総点検、検証しなければならなくなったまでのことなのである。別にその諸君に他意あってのことではなかったのだ。須からく自身による所為と事情から発したことだったのである。癇に触ったならどうかご容赦願いたい。否、それさえ筋違いというもので、諸君がその私に向っ腹を立てることもなければ、憐れんで見下すこともない訳だ。第一、前にも理っておいた通り、地上の唯物カオスの中で身勝手な—諸君ら人間にその意識は全くないことであろうが—暮し向きを謳歌しているそのことがこの人世すべての災厄の因果に繋がっていることにも気付こうとしていない者が、その煽りを食って割り食わされて地下界に逼塞させられている者に向ってそんな憐憫やら、逆に誇りやら、嘲けりやらする程の立派な正統な暮し方をしている訳でもあるまい。そんな軽薄的である既存の良心良識という不埒不穏欺瞞めいているそれを誇る程のものでもあるまいに。して何よりも、その諸君らの日常的便宜である唯物思惟から発している、不合理と矛盾を生み出していく既存唯物本位である邪智蒙昧を引き起していっている全からくりと仕組とそのシステムやそれに都合のいい現法論法を作り出して正統面をして世を司っている連中とその権威に媚を売っている社会や世界、これに対して糺問していかなければならない真託する生命者までがそれに付き随っていかなければならないという社会的理屈、世界の機構、人間の意識は一体どこから生れて来たものなのだろう？　それでなければ世界、社会の統率が取れて行かないではないか、だって？　それをむしろ糺していっているのは権威を悪用しているのではなく誤用していっている彼らの方ではないか。そのことは世界自身が、カオス現実が、唯物至上主義が、肉物本能が―何よりも実体として証明されていっていることではないか。そしてその巧妙で、邪まで、狡猾な人間諸君の生き方を毛頭も省みることをせず、その不合理因果を一切棚上げ、自己正当化して訳も無く人を謗ったり、憐れんだりされたのではたまったものではない。それは諸君ら人間の思い上った狭義による見当違いで、物理的思惟からの思議で、到底勘弁ならないという訳だ。一体諸君というものは、その自分たちの醸し出していっている歪んでいる一切の生のからくり、矛盾と不合理の操作、心裡の辺りをどのように捉え、思い考えられ、自分たち生活のカテゴリーの中で、それをどう如何に改善改革、是正していこうとしているのであろう？　私の観るところ、それは生の醸し出していくところの煩悩であり、全くその気の無い皆無といって差支えのない、只々必然既存の継承に他ならなかっただけのことだったのである。それにこの私の生命にしたところで、人間のそれにしたところで、これまで述懐して来ている通り、どうしようもなく、無条件に成立させられている三つ児の魂の慣わしなのであるからどうにも仕方がない。そしてこの生命というものは、諸君達人間の醸している現実の正体を実際実態としてこのようにしか反映も対応も反応も示していくことが出来なくなっているという訳である。つまり、私はこれまで主張して来ている通り、この聖域以来の付与されている生命の所産と資質によってそれを根拠、依拠として全主張をか細くも全とうしていく以外にないことであり、それこそが私に与えられている物理的貧困であり、生命の在所であり、なれば私としてはその生命の与えられているその所産、資質を糧として、それを最大限に発揮させ、主張させ乍ら生きていくより他にない訳である。諸君ら人間には如何なることが転っていようとも、私としてはそれに余所見するまでもなく、ひたすらその自分と向き合っていくより他にはないことであったのである。所詮私はこの浮世にあってはひとり身を託つ身でしかなく、この世界にしか生きることの出来ない身の上なのである。そしてその生命の「霊的本質に如何にして生きるか」、そのことこそが誰にとっても其々に問われている人間としての最終的、窮極的課題となって我々自己責任の問題として使命が与えられているのであり、我々人間はそのことにどれ程に応えられていっていることなのであろう？　我々はもはや余所見はしていられないし、そのときはもはや過ぎ去ったのである。諸君はこの私からの見解をどのように感じられ、思い、判断・評価をしていっていることだろう？　矢張り人間らしからぬ、怪しからぬことと考えるのであろうか？　私はそのことを人間から問われ続けて来ていたのである。

　ところで諸君、ここで新たな問題が私の中に芽生えて来ている。実は先にも触れ掛けておいたことなのであるが、その生そのものに必然として纏りついて来る避けて通りようもない罪と罰、即ちその「生の原罪」についての云々である。我々はこの自己の生を全とうしていこうとする上で、より生を可能ならしめようとしてゆく過程と段階の作業の中に、必然的、自動的、社会的事情からにおいても、あるいは故意として行っていく多くのことにその問題とトラブルを抱え込むことになる。そしてこの極めて生命力に近しい利己的個我の生罪を滞りなく冒していってこそ、物理的行為に及んでいってこそ、皮肉にも諸君ら一般人間の云々する素直で正常な物解りのよい健全な共感される行為、真正面な生命感覚が培われ、その心身が養われ、築かれていく。人並の外部全体からの還元を受けた生と生活と人生、その生命が保障されていくという段取りが整えられているという訳である。そしてこの社会生活から普通に考え合わせて見ても、そこから洩れることの外にない。稀有にして例外対象外であるその私においてはその対象外に身を晒していく以外には無かったという訳である。こうした場合、既に問答無用であり、私はこの規範外として社会人からはもとより、世界、世の中からの冒犯者としての制裁を受けていく羽目が自動的に待ち構えていたということである。もとより、その社会からの物理的制度、既存の規格から、その私の持前の運命そのものが懐疑によって包まれ、その人間総意のそれと同意していくこと、それ以外に出来なかったことであったとはいえ、そのことが私に理解納得出来よう筈もなかったことであったことは言うまでもない。そのことは、彼ら人間すべてが既存物理の必然性に身を置いてしゃあしゃあとして生きていたのに対し、霊的実感に執拗にその生を拘わらせて行かざるを得ない事情を抱え乍ら生を全とうしようとしていた私にとってそこに帰着していく他に無いことであったからなのである。そして私からこんな逆説的なことを言い出すと諸君は不審に思われるかもしれないが、どうかその私への早まった判断と解釈は誤解の因となるので、その既存一般からの推測は御無用に願いたい。実は、私は予って理っておいたと思うが、何を隠そう霊本質を支持するそれへの現実主義者であり、諸君ら人間の支持し続けて行く物理的既存における理想のそれとは真向から対立不信する懐疑者であるからに他ならないからなのである。諸君らは既存通常のそれをあくまで理想主義者としていくのであろうが、私にとってはそれは単なる似非者であることにすぎない。従ってもし仮りに、この生と生命本来の働きを無視し、観念上や便宜、根拠本源を抜きにして社会人為的価によって高圧的に、狭義寸足らずとしての一理的論理を振り翳して言い括ってくるのであれば、そしてそれによって霊的本然（感）、真理真実を現実実際を楯にして押し潰しに掛ってくるのであれば、私としては断固としてこれに闘い、奮戦を挑んでいく他にないことなのである。

そして私の提唱して来ている、生命の霊的本質を根拠とした範疇での生の余地と自由と開放、その生活の方が諸君たちにとっても結局は世の物理的既存表象における仕組や機構システムやその法則（ほうそく）、社会通念による意識や認識のそれによる一般認識に基く一般生抗原理によるそれよりも遥かに自分たちの本質根拠において有益合致を齎していくものであるーということに全くー物理肉体に凌駕もしくは制覇されてしまっている多くの人間という者はーそのことに気付こうともしないのだ。否、むしろそのことに明らかに通常の社会通念に囚われ、本念に背き、人間の物理経済意識というものは大凡において肉物力関係の思惟に頼り、霊本質的根拠からの有益についてはまるで御伽噺か何かのようにしか本心では嘲って考えている始末なのである。ねえ諸君たち人間とはそんなところではありませんかね？　そしてその利害と損得関係が障じれば、相手の立場領域まで無断で立ち入り、侵入して威し、場合によっては生命さえも召し上げ兼ねない有り様様相と相成る。私には諸君ら人間というものが上下左右大小拘わらず、そのような関係に思われてならないという訳である。ここでは理性も良心も人の生命も立場も何もかも有ったものでは無い。人権は忽ち空中分解である。あるのは自分一人の生命、物理的生あるのみである。そしてその己が生命も消滅していくという訳である。これが生命の実体ということである。つまり、私のこれまで提唱して来ていることは、このエゴイスティック的凡ての不合理矛盾を生み出さしめていく肉物至上経済主義に纒り、基づかれている思惟によって発展進歩ではなく、破滅破綻を迎える以前として我々必然日常に齎されていくその生における危険危機と原罪と覚しきものを素直に認め合ってゆき、その生の不備不覚の至らなさを生の代償としてプラスに還元させてゆく生き方を心掛け、其々に物理的思惟に基くものに寄らず、あくまで霊的生命本質の根拠に目覚め、その意識操作を試み合っていこうではないか、そう諸君に呼び掛けてみたかったという訳である。つまり自身の旧来これまでの不備不完全不充分でしかない物理的なものにいつまでも信仰潔白立てて正当付けていってみたところでいた仕方なく、結局は却って拗れ出し、一層互いに気不味い思い、不信を植え付けられ、侘しさと空虚さが募って来はすまいか、それではいつになっても互いの間に霧が立ち罩め、益々見通しがきかなく混沌として息苦しいものになっては来ませんかね、という訳だ。それでは諸君、我々というものに芽生えてくるのは狭狭こましい不安と了見ばかりで、本質的進歩も発展もないし、真の正体さえもどこかに吹っ飛んで隠れ、身を潜めてしまうというものではないか。生者として、人間として、生命者の良心というものが痛ましいというものではないか。つまり、浅ましい現実の了簡と我々自身の肉物における表象への驕りと甘え、の前に曇らされている良心を呼び覚まし、失いかけている本来の霊的原則の良識、生命性と人間性を早急に呼び起し、その既存唯物の篩みから自身を解き放っていこうではないか。真の自由を手に入れ、人間性を取り戻していこうではないか、とまあ呼びかけたままでのことである。それでも諸君はまだ、そんなことよりも旧来からの霧の中、混沌カオスの中、既存現実による唯物思惟の真只中、頑冥不霊の中にある方がましで性に合っている、とでも言われるんですかね？　その諸君ら人間の物理至上最優先の知恵と根拠と了簡、理りの如何を是が非でもこの私に納得の行くように説明、伺いたいものである。

　ともかく我々の生の実体、並びに正体というものは不可解この上ないものであり、如何にも屈折しているものであり、混沌としているものであってみれば、最后の最后まで突き止（詰）めてみなければその真相、正体になかなか辿り着き、掴むことの出来るものでも（は）ない。私にしてみたところで、自からのことであり乍ら、これまで供述して来ていることに寸分の相違はなく、偽わりはないと確信はしているものの、しかしその自分に弁解を持ち込む訳ではないが、この記述にしても窮極まで表現出来ているものなのかどうなのかを問われれば、それは疑わしくもなって来るところであり、その限界をつくづく感じざるをえない。未熟者であることを先ず自覚することはもとより、諸君に告白、打ち明けておかなければならない。またこれまで記述して来ていることに無数の枝葉、脈絡が通じてあり、細胞が広がってある（いる）ことも紛れもない事実であるからである。そしてこの枝葉や脈絡、細胞にしても、生命の根拠、生の真理に照準し（狙いを定め）て考え合わせて頂けるのであれば、普遍の真理に基いているものであり、一定であり、自ずから諸君人間すべてと共通し、理解と判断がつこうというものではないか。何しろこれまで記述懐して来ていることは、生命の根拠と真理に基づいているところによるものであるからに他ならない。それだというのに諸君ら人間というものはそれを態々その肉体物理に対応順応させていく為に、個々狭義を持ち出してそれに被せ、社会の通念と価を以てそれをすべて一般概念に適合させ、それを理不尽にも、愚かにも対峙真逆にある霊真理本質にまでにも及んで覆い被せ、それを実しやかに言い包めようとしている始末である。この人間の驕慢さは底知れ無い。霊世界に対する報復、悪意が潜め隠されているかの如く感じられ、思われてくる程である。即ち人間は、霊生命の真理の価である真理云々を除外してまでも、万事すべてを一般認識のそれによって言い括り、計測ろうとするのであろうか？　この狭義を以て真義大義までを計測ろうとする故に、残念なことに、諸君ら人間との万事における生の価、真理というものが根幹よりすべての点において微妙に捩れ出し、食い違い、生のニュアンスが微妙に誤差出し、やがては決定的相違と対立となって露顕われて私の前に越えようのない壁となって立ちはだかることになってしまった訳である！　即ち諸君ら人間のそれというものは、自分以外他の者、世の中、現実、社会のすべてが悪いとして自身を正当化不問に分離転嫁してその原因を求めてゆく生理と心裡が色濃く反映していくのに対し、私のそれにおいては、「自己とその人間生命全体との関係」として全体的に問わなければ済まされなくなってしまったということである。それにつけても、この諸君ら人間の、現実を生き抜くということに関する自分優位に展開させていく巧妙かつ狡猾に仕組んでいく知恵のからくりというものの中には実に硬軟真偽善悪織り交ぜていくことに優柔傑出しているところである。その人生における機微は実に称賛に価する傑出振りである。否、巧妙の窮みと言ったところである！　その処世は無骨者の私にしてみればその邪智ぶりに感服する他にない。そして我がバベルの塔はその自からの聖域の由来はもとより、諸君ら人間の生の手によって自動的、必然的に打ち砕かれ続けていく宿命を担っている。完成は最早ありえないことではあるが、それらもとにかく蟻の事業としてそれを積み上げていく他になく、一向それだけのことである。如何にとあらば、それが私の残された唯一の生涯を賭けた事業となったからである。

それにつけても諸君、このように唯物現実を主幹、主眼としていく具象人為の仕組であるのに対して、あくまでそれに対して霊的疑惑の反抗態度を崩そうとはしない者に、どうしてその自分というものを、それでなくとも世人から絶対的失望睥睨され続けているというのに、少しでもその世人というものを尊敬し、その自分というものに対して自信を持ち蓄えて行くことが可能となることが出来るというものだろうか？　その自分にさえも疑惑と不審を抱き、持ち込まずに済ませるものであろうか？　その既存の常識、人為における体制と価全体、それに物理的自尊心を持つことなど到底不可能なことである。その自分と常に四六時中向き合いつつ葛藤に、晒し続けているものを尊敬することなど不可能なことである！　そして諸君たち功罪相半ばする人間の邪賢の巧妙な生は、それを敬い、自信と信念さえ裏腹となって携えていく次第である。諸君、私は正直に告白するが、その人為世界に生きているだけで、痛くて苦しくて、侘しくて空虚しくて、悲哀しくて淋しくて適わないのだ。凍えて、震撼(ふる)えて、飢餓えて、失意に取り憑かれて適わないのだ。絶望と孤独にだけ食い荒され、何をする気も起らなくなって困っている始末なのである。まるで生きた心地がしないのだ。この人間世界こそ、私にとっての生の死刑執行人に他ならなかったのである！　ところが大凡の人間の生の感懐と感慨というものは大方において既成既存に添って、そこに当り前に同乗っかって行くばかりである。混同相乗りしていくばかりである。

「この地上に人間として生れて来てあることにまずは感謝をし、この地上世界に生命のすべての曰くが整ってある。人間は誰しもがそこに自由に羽たいて生き、その人生を全とうしていかなければならない」、などと味も素っ気も無い当り前で無味乾燥なことを、一理一義でしかないことを抓み出して来ては尤もらしく平然と何んの責任も無いままに言われてみてもただただ困るだけのことなのである。平和だの理想だの愛だなどと並べられても一層困ることなのである。これはまさしく「蛙の面に小便」である。無責任の表われの見本である。取り上げるにも価しない羞恥（はず）かしいことである。ここのどこが人間賛歌に価すると言われるのであろう。私にとってはそれを平然となって口にする人間というものが知れないのである。世界は正にその人間によって混乱のみが何んの収拾も無く、いよいよ拗れていくばかりだというのに、どうしてそれに讃えることばなどが飛び出してくるというのだろう。世界は、我々生命ある者たちは、計り知れない犠牲の上にしかこの生を成り立たせていることとしか学んではいないことなのである。—そうした人間の生、この人世の生であってみるならば、その我々というものが何を望み、何を以て生き、いかに生を試みなければならないのか、その一番の根源から我々は再考しなければならないことであろう。すなわちその者からはもはや一切の人生からの甘味甘言は消え去り、苦渋の惨苦辛酸のみが絞り出されることになるであろう。いかにも見窄らしくなり、人前にあって面を上げられなくなり、俯き項垂れて、罪を冒した者の如くとなって、人を避けて歩かねばならぬことになるであろう。それを嘲ることなかれ！　彼をその境地に追い込んだのはそれは加害者である汝ら自身ではないか！　彼が自からの怠慢によって招いたことではない。彼は宿命と運命と自からのプリンシンプルと必死に闘ったのである。これ程に諸君ら汝らの中に闘った者がいるとでもいうのか？　既成既存の人為による狭義の価の中で、それと妥協しつつ、魂を、原理原則を売り渡し乍ら、現実を貪りその尤も貴重とすべきところのものを穢して来たことだけのことではないか。それによって皺寄せを醸し出し作り出して来ていただけのことではないか。しかも社会の構成に対して媚を売るようなけちな真似をし乍ら。果してどちらが人間として、一生命者として貴重誠実であるか―それは諸君自身で判断すべきことであろう。社会全体が率先して考えて頂きたい課題である。

それにつけてもこの既存の世の中においては、こうした同様の事件はよく頻繁に起っているものである。例えば、「何んだこいつは、別に利害も面識もないというのに、はじめから嫌に威々なんかして頭なんか下げやがって、まったく妙な変な陰気臭い惨めったらしく忌々しい奴ではないか。こっちの気分まで塞がせ、滅入らせ、閉口させやがる奴だぜ。―よし、一つこいつの根性をもっと取っ締めて叩き直してやろうではないか、この世の中の屑の様な人間は、この世から消えて貰った方が世の中も助かり人の為にもなることなのだ。そうだ一つこの世の中の為にも貢献してやろうではないか。こっちの憂さ晴らしにももって来いというものだ」、諸君は、この自分たちの肉物生命の中に宿らせている差別的偏見狭義による思惟と相対性原理の状態と心裡（裏）との関係を、この人間生命の中に宿る太初からの本能的弱い者苛めと、それを庇うのとは真逆のより強く働く発想を、生の働きの中で齎らされていく物理的力への信仰と思惟と論理の側面を、弱者と強者、善良と悪意、愚者(お人好し)と威勢者、高給者と貧者、肉物と霊精神、自然と人間、病者と健者―その対立軸によって齎らされることになるからくりとそこに陰険に展開する人間模様と社会模様との一切の関係を、有産階級と下層無産階級の間に織り成されていく関係を、そこに演出されて行く光りと陰影(かげ)、理想と現実、平和と戦争、その関係を、それに纏り付いている国家と社会と人間、当局と民衆の思惑と駆け引き、そこに綾成され変容していく世の流れと人間模様、そこに乗じていく他にない諸君の人生と運命と私の人生と運命との関係し果して諸君ら人間は如何なる思惟と感慨と感懐を抱くのであろうか？　―いずれにしても諸君らはその表象上の具象的生活者であり、その風雲と日照りに堪え乍ら艱難辛苦、悲哀交々を乗り越えていく特有の知恵を持っている訳であるが、私はそこにあっては蚯蚓(みみず)となって生きる他にはなかった訳なのである。日和日向に出没すれば忽ちにして一巻の終りであったのである。

　ところで諸君、これは僭越で、強かで、穿った発言ということになるのかもしれないが、果して世に課せられた愛と平和と幸福を創造創築するという人達、理想主義者、社会建設の為に携わり、その義務と責任と誇りを負っている人々、その行政法人、政治団体、社会法人、平和団体、財団法人社会組織、福祉関係―果してその彼らに本気でそれに取り組み追求し、希求する意志というものがおありになるのであろうか？　つまりそれというのも、従来からの社会的認識、一理一体系からの取り組みと発想というものであって、それによる理想社会とその建設というものが果してその姿を現わして来た例しがあったであろうか？　その物理的発想によってそれが可能構築されていくものであろうか？　そして私がこんな痴がましい意見を提唱してみたというのも、人類創成以来当初太初からの機構そのもの、構造上の領域と範囲そのものが一歩として脱出脱却しようとする意志が見当ることができなかったばかりか、むしろ善きにつけ悪しきにつけその人間（自己）本位からのカテゴリーの循環の中に好んで埋没して納まり、その狭義の中をどうどう巡りの循環を繰返し続けて来ていたように思われてならないからである。つまり彼ら役人、人間と言っても一向に差支えないのであるが、その彼らというものが現にそこそこにその衣食住というものに飢えることなく、ある程度実際上充されていっている者が、愛も理想も、平和な暮しも様々に築き、功罪相半ばしているにしてもそこそこ達成され、飢餓危険と安全から守られていっている者というものが、今更どうしてその自己達成し築き上げて来たそれを破壊の危機に晒してまでも、新規で崇敬崇高な目的に向って精励し、必要として乗り出して行こうとするものであろうか？　という云々であったという訳だ。狭義な現状依存で自分に満足している保守に骨の根まで漬っている者が、どうしてそこから上って新規を求める為に新しい世界を開墾するために己が生命を危険に晒してまで一旗揚げるために出かけて努力して行こうとするものであろうか？　そんな酔狂な者が彼らの中に現われるであろうか？　それは断言しても構わないが皆無であるに相違ない。それは在るとするならば希有者の大馬鹿者ぐらいなものであろう。如何にというに、利口者は理屈は語ってもけしてその現場に身を晒し、運ぶことはありえないと、要領がよいものであると相場が決っているからであり、これに引き換え、希有者にあっては既に心身諸共その現場に置かれていることであることであるからに他ならない。これを客観的に、一般的に、世間においては「奇人変人とは大馬鹿者」と称するのである。

彼ら人間の理想社会の建設とは、あくまで一理一義一通りにおける現実物理からのカテゴリーに納まり、その狭義による理想社会の不合理矛盾の建設に他ならなかった。多くの民衆もこれに賛意を表明わし、その建設に参画って来ていたことだったのである。その彼らに崇高な理念と信念は不必要であり、必要なのは現実理念に基く経済的豊かさこそが物を言っていた。即ち彼らにとって本来の理想とはあくまで幻影幻想でしかありえなかったからなのである。私には既存の彼らがその様にしか思われなかったのである。諸君、どうして私がこうした誰からも歓迎されず、却って非難と誤解と不審を招き、その上反感を買うようなことばかりを持ち出し、そのことに熱中してしまうことになるのか、お分りになるであろうか？　それは私がそうした人為全体の既存の処方に本質からの疑問を抱きざるをえなくなっている情況と境遇に追い込まれていたからであり、元々現実と理想との相性というものが悉く、衝突ばかりを引き起す事情と情況、所以と所為を抱えていたからに他ならなかったことは言うまでもない。―尤もいつもケチと言い掛りをつけて来るのは現実の方からであったことは言うまでもないことであったが―つまりおいてけぼり食いを食わされた挙句、條件の悪い部所に回され、最低の手当てと賃金を以てその罪科を被せられ、送られていくのは豚箱の地下室であったという訳である。「―ならばそのことを抗議も主張もしないで黙って随従っているお前さんらの方が悪いに決っているではないか」だって？　見えない鎖りと足枷と口封じの轡を嵌め込んでおき乍らその言い種は無いではないか。つまりこの物理的思惟循環させていくこの社会、当局、世の中、力に伴なう全てのサイクル、世界そのものがそうした不合理性と理不尽とすべての歪みと悪辣の限りをその一方で醸し出し、生み出していく現実が実際に直に目のつかないところで当局構成からして現に行って来ているという事実である。これに対して稀有である一分際にすぎない者がどうして抗議の声火の手を挙げることが出来るというんですかね？　挙げたとしても、そんなものは握り潰されるか、冷水を思いっきり浴びせられて抹消抹殺されるが落ちというもんですよ。尤も、これが集団訴訟となれば、放っておけなくなるので別ですがね。従っていかなるどんな繋がりも持ちえようのない希有者は常にどんな振る舞いをされようが泣き寝入りする他に手が無いという訳である。―何しろこの人間世界というもの、この肉体物理からの既存の思惟思想こそが蔓延はびこっており、本能常識概念こそが鋼の箍となって、拘束となって我々は監視し合っており、雁字搦めにされている訳でもある。このことは良識者、見識者、哲学者、内閣総理大臣、法務長官といえども万事洩れなく一つの羅針盤となって君臨しており、その評価を避けて通ることの出来ないものとなっているからだ。まるで閻魔大王がその門の前で関所となって仁王立ちしている如く風情である。そしてこの私の人生といえば、この人間世界にあって最悪の罪人として振り分けられた訳である。

　ところがこの地下室で暮らす者にとっては、この人間世界の処方というものがどうにも符に落ちなく、こと足りもせず、気にも食わなければ、食い足り無いということである。そしてどちらかと言えば、そんな表象的既存における極めて常識的現実的処方＝便宜的御都合主義、幽霊評価の概念などというものはまるで根拠を省略いた、素通りして解決させているようなもので、一時的空しいものばかりで、例えば糸の切れた奴凧みたいなもので、結局は一時凌ぎの小間切れ表象処方にすぎないという訳である。

　この辺りで外れていた話しをまた本筋に戻し、自分の話しの先を続けることにしよう。私はそんな訳で、人為世界のことは何一つとして信用し、確信を持つことが出来ず、その自分はもとより、肉物界すべてに亘って懐疑って掛っている。その自分というものがどうして、如何にして信頼尊敬していくなどということが出来ようかというところ迄であったが、従ってその私にはその肉物界の一切というものにおいて固定定義定着確信出来ているものは何も無く、そこにおいては私の存在というものは宙に浮いたまま、不安定と疑惑と苦しみを伴って、心の安まるということが無いのだ。尤も、同様な生命の原理に基かれて成立している諸君たち人間においても、それは別の真逆の価、即ち宛にすること出来る目にする事の出来ない抽象による同様なことであるに相違ない。しかも、そのどれ一つとってみても解決されるような種類のものではないと来ている。到底そのようなものを抱え持っている自分というものを―諸君ら人間はその狭義による具象観念を以て其々に自尊心を持って振る舞ってそれに活き活きと活動しているようであるが―私においてはとてもでないがその自分というものを尊重正当化などしていけるはずも無く、そのすべてに纏い付かれ、その足（人生）を運ぶことは出来ず、その疑惑を諸君ら人間の如く突破して歩んでいくことが出来ない始末なのである。その壁、不如意不可抗と闘うことで精一杯というより、片すより取り散かってしまうことに大童（おおわらわ）の始末なのである。諸君らはその私を見て「意気地無し」として嘲けるばかりである。疑惑を掛けられて、失笑されるばかりなのである。つまり、失態失態の連続という訳だ。何しろこの唯物界全般を疑惑懐疑して、そこに努力する自分にさえ自己嫌悪してしまっていたのであるからどうにも仕方がないではないか。つまり、私はそこに人並に生きて行くことの出来ない自分に劣等感の固まりとなって「豹変」してしまっていたのであるからどうにも仕方がない。即ち一方は本質原理、霊の真実への自尊心であり、他方は物理社会全般の懐疑と不信（審）感への強烈な意識である。そして人間大方の生の足場は、基盤は後者に置かれてあり、私の大方の生は前者におかれてあるのであるから、このトラブルはどうにも避けようが無い。私にとってこの両立はもはやありえないことになっているのであるから仕方がないのだ。そして人間は根を地表（おもて）に持っていることで、ひょいひょいと滑らかに軽快にこれを取り行ない、始末を付けて行くことが出来、私はその生からはじめから弾き投ばされて脱落してしまっていたということである。このことはすべてに亘っての生の食い違いを引き起し、転倒させる。生は通じなくなり、理解はそそくさと逃げ去り、私ひとりだけが通う道も無く取り残されることになる。死生だけが私を抱き竦める。

そしてこの人為現実既存の生を生きることの出来ない致命傷、失意を負って不治の難病を煩っている私としては、その生命の根拠、所以を追究すること以上に、今となってはこの途方にくれている生、不可不如意となっている生命と生の失意の最中にあって、この現実からの負債でしかなくなっている生の営みをどう如何に意味と意義を与え、取り戻し、快復させ、心を呼び戻し、霊魂をいかに慰さめ、救済させていくことが出来るのか、またこの最少限の窮みに追い込まれている生命と生の現場から自からを齎らすことが出来なくなってしまっている以上、その中にあって生命と生の灯りをいかに点らせ、消えかかっているにせよ、その灯を絶やすことなく灯し続けていくことが可能となるのであるか、その思案思索に全力を注ぐ他に見当ることの出来ないことであったのである。そしてここで付け加えて言わせて頂けるならば、私の生というものは聖域以来の所以によって諸君ら人間のそれとは微妙に、しかし決定的に食い違い、その生の足場を異にして実生活の歯車がいたるところであらゆるところで軋み出し、決定的、根本的生の意識の相違となって、その誤差（ずれ）からの痛痒に苦悩まされ、その生が窒息してしまっているそのどうにも仕様の無い、取り戻しようもないものを何んとか取り戻そうとする中で心と魂は悲鳴を上げつつ必死に堪え、足掻き、堪え忍び、今となってはそれこそが自分の領分として心得、おりしもその死生におかれている自分の存在に対しての快感さえ覚え始めている始末である。その点、生命とは、生とは、その存在であり続ける為に、何を生甲斐にするやら、手段に選び出して来るやら、全く知れたものではない、ということである。

四

私はそこで、その諸君とは異なった次元での、密かな快楽というか、その霊的心からの精神による悦楽の境地からの論証を試みたくなった。諸君がその私をどのように受け止め、考え、捉え、解釈を下し、評価を加え、感じ取ろうが、それは一切諸君の立場と感性によるところで、私がそこに関知したり、云々介入すべき筋合いのものではないからである。とは言うものの、諸君の判断ができれば立場からの、一義一理からの共有的一般常識的馴れ親しんだ公用のものからではなく、諸君独自個有の本質的思惟からのそれであってほしいものである。第一、生命そのものが其々に宇宙の星座のそれと同様宏大無辺の中に浮んで連携し合っている未知なるものによって其々が蔽われている謎めいたものである以上、その肉物具象を伴った狭義不可純と不合理な矛盾個我カオスによって成り立ってあるものである以上、我々の知りえる外部表象形而下の価如何によって物事を知り得たような顔をするのは余りにも人間として驕慢で軽率にすぎないことのように思われる。諸君はその錯覚思い違いを我々の驕慢、傲りと自惚れとは思わないのだろうか？　一体どこでそんな短慮気短かなまでの横暴な判断の仕方と権利を身に付けてしまったというのだろう？　ところがこの人生というものは皮肉にも、裏腹矛盾にも―活動的世間からの評価を得ていく為には、表象一般共有からの価に生き、その既存の価に則って迅速な判断が求められていると来ている。寡黙深長であっては現代では手遅れになり、乗り遅れてしまうことになる。誠実より機敏であることが求められているからなのだ。饒舌機転の活くことの方が遥かに求められているからなのだ。時代環境はそれを待っていてはくれない。そこでは要領のいい人間ばかりが先んじて微笑んでくことになる。諸君はこの人世現実と真実の価を何んと見るであろう？　諸君はそれとも、あくまでも血（知）の巡りの素早やさ、良さこそが世の通例で勝負どころとでも考えているのであろうか？

そう、この議題は本当に愉快な議題だ。ひとつ心してこの論旨を展開してみることにしようではないか。私は先に、たとえ現実にあって絶望に陥ったとしても、晴々として生きる望みや気力さえも失せ心をへし折られてしまったとしても、譬えば倒木から新しい芽が復活してそこから生れ出して来る如く、その一時の失生の衝撃、逆運、試験、喪失感を乗り切りさえすれば、やがては自身、冷静さ、気力と体力を取り戻すことによって、その落胆と失意を克服しさえすれば―それとて容易なことではないが―その人なりの自分自身を発見することになり、それだけ心が磨かれ、一段とその心と生が飛躍して来ることになろうというものではないか。一歩本質真理へと近づいていくことになろうというものではないか。光明りと生甲斐なりが復活し、見えて来ようというものではないかという提案をしたと思うが、それはこの。その可能性を探ってみようという訳である。その苦役、逆運の克服が果してどういうこととなって意味と意義を齎らし、包摂させていることなのか、今一度よく考えてみようではないか、という提議である。それは諸君、丁度灯りの突然消えて目の前が一瞬真暗闇に包まれて身動きのとりようもなくなってしまうが、しかしその危機を脱し、目が次第に馴れて辺りの情況が見えて来るにつれて、その暗闇の中にあってさえもそれなりに薄明りとなって対象と物象の輪郭が現われ、網膜に映って来ることによく似通っている。つまりこの私にしても、その闇夜の中にあり乍らも、それなりの、私なりの光明と生甲斐の可能性を模索することによって朧げにぼんやりとその正体が目に映り始めて来ていたという訳である。尤も私の場合、陽の光りの届きようも無い深界の奥深く没り続けていたわけで、自からを発光させる他にその手段がなくなっていることだったのであるのだが―その私というものは地表（価）にある諸君ら人間世界から生活全般というものすべからくを拒否否決され続け、そのことによってこうして地下界に人生丸事生き埋めにされることに至ったことはこれまた記述して来た通りであるが―諸君ら人間はその私に―そんなことは身に覚えのないことだ、そう言って来ることに決っている。意気地の無い自分を棚に上げ―諸君ら人間にとって意気地が有るとは精々人間既存の価に従って励むということ位の意味でしかないことではないか―人間世界に転嫁して立腹憤慨していると思っていることぐらい疾うに察しがついているのだ。憫笑されていることも百も承知しているることなのだ。しかし私はそんなことを諸君に逐一非難しているのではなく―そんな表象狭義ことを一々論(あげつら)っていても仕方のないことではないか―私はあくまで既存表象（表層）ではなく霊的真如に拘わる（纏る）根本的因果についての真面目な話し、議論をしたいものだと真剣に考えているのである。ところが諸君ら人間の方ではその話しになかなか乗っては来ず、食らいついても来ない。まるで馬耳東風、暖簾に腕押しといったところである。―その仕組とからくり、理由(わけ)の話しをしているのであり、間接的「西風が吹けば―」からの歴然とした仕打のことをここに証明しようとしているのに＝諸君ら人間は、「そんなことは俺たちにとっては知った風もなければ関係も無いことだ」―そう言い切って言い捨てることは目に見えているが＝私はその諸君の人間の言い逃れなど一切断じて許しはしないのである。知らん振(ぶ)りなどはさせてはおかないのである。その私の真実(まこと)の生活への手掛りが断たれたものになっていればいる程、世の中のシステムと仕組を楯にその世の中、現実の阿吽を理由にこの私の生のありようを疎か怠慢、愚者として否決されていることを常識的認識から辿ってみても、そのことを痛感させられているからなのだ。その人生すべてへの失意と軽蔑と絶望が増して来れば来る程、尚一層そのことが食い込んで来て適わないからなのだ。その傷痕(いたみ)が不治として生命の窮極(きわ)みへと誘われ、その苦悩(くる)しさに身悶えをして七転八倒し、その余りに生の意識が遠退いていく中で、失神していく中で、その過程につれてこの私特有の密かなる決意快楽がその痛苦苦悩と共に際立って深まって行き、深刻へ深刻へと刻々とその醍醐味も増して来るといった具合なのである。諸君にこの味わっている、諸君の一般における生の醍醐味とはまるっきり対峙対極対立して位置(おか)れてしまっているところの、生命の醸し出していくところの七転八倒する苦痛苦悩苦悶する足掻きから滲み出て来るところの醍醐味からのエキス、それがどんなものか、如何がなものなのか、果してお分りになる者がおられるであろうか？　諸君の地上で味っているところの肉物常識一義一理で味わっているところのそれとは真逆の関係において味わっているところの私のエキスとエクスタシーそれがどんなものであるのかその諸君に理解が出来ているであろうか？　諸君らの既存上で合理的に大手を振って味わっている社会的、物理的、経済的、肉体的、本能的快楽の極致、それとは裏腹にして与えられ、齎らされていく生の不合理という矛盾、不条理によって与えられてくる生の極地、果しなくどこまでも、その物理的生の末端に及んでいく生の皺寄せによって、公認されて常識的に取り去られていく、否決されていく生の極致とその醍醐味である。失心、生の限界を超えたところから起る死生の極致の喘ぐところのぎりぎりのところから滲み出てくるところ、死急に喘いでいるところの快楽である。落ちるところまで落ちた上での、それでもさらに追い落とされていくところの死に裏打ちされているところのエキスとエクスタシーである。それでも人はこの者を赦していくであろうか？　否、人は、彼らは、諸君はそのことにさえ自覚症状は無く、知りもしないのであるから、従って赦すも赦さぬもなく、その社会、既存、常識、本能、システム、等々に随って、これを苛め抜いていくことは現実のいたるところにおいて既に今も、いつでも、ところ構わず日常的に行なわれ、証明され続けていっている処々のことである。つまり日常茶飯、システム、本能なのであるからどうにも仕方がなく、止められようもないことなのであるから仕方がない。自覚の有る無し関係の無い生理となって齎されていることとなのであるから、従って治まりようもない如何ともし難いことなのである。すなわち諸君、諸君の好んでありつくことの出来る地上（表）生の快楽と快癒に対しての生命の所以、聖域以来の理りと事情からして悪條件になってありつくことの出来ない抑制と理性が働いてしまう者に—そのことについてはこれまでの記述の中で再三触れて来ていることである—どうしてこの地下界からの快楽と愉楽の在り処を知ってしまった者が、無闇矢鱈となってそれを味わうことが出来るというのだろう？　自身の生の尾を齧り、その悪循環を断たずにいられるというのだろう？　そしてこの私と諸君との相異は須からくに均衡を望んでいく者と、自からの欲望とするところには済し崩しに不均衡不合理を生み出していく者との決定的、根本的相違の確執と軋轢の対立が生じて来るということである。正に現実と理想との衝突そのものに他ならない。そしてもっと正直に有り体を具体的に語るならば、諸君ら人間世の中の現実既存から見放され、自身の浮ぶ瀬の閉ざされ（封じ込め）られたことによって—これも諸君ら人間の一切関知したところでは無く、偏に私の勝・手・な生き方、だらしなさ、意気地なさとして人間自らからは顧みるまでもなく片され、始末を付けられ、至らぬ者として否的に転嫁されていることを熟知させられているということである。それでであり乍らも、ここでも現実と理想、数値の関係、社会認識常識と個々の関係からしても、悪くも無いのに、正統であるにも不拘わらず逆に、まるで鏨をこの骨身にぐいぐいと容赦無し打ち据えられている如く、この生命全体、霊魂そのもの、真心と良心の真実が疼いてのたうち回ってその痛苦、正義感の憐れが堪え難く悲鳴と絶叫を発し、その境涯と人生からの孤立のことはもとより、社会の理不尽、現実の横暴、肉物世間への不審、力への信仰への怨恨みの思いが募り、居ても立ってもいられなくなるこの人世から零れて生きていることとの「釜茹」状態の己れの身柄とそれによる義憤を思い、その生命と霊魂とが重なっての窮みを味わされていることへの感懐である。その諸君ら人間社会の真義に対するふしだらと不節操、品行と性質の悪癖からの反動反転してゆく生命の心裡（裏）とそのメカニズムとするところのものが諸君にお分りになるものであろうか？　即ち諸君、諸君の好んでありつくことのできる肉体物理既存における本能からの悦楽と愉悦を求める生に対して、生命の所以、聖域の由来と理りと事情からもどうしても無条件になって素直にありつくことの出来ない抑制と理性、制約が働いてしまう者にとっては、そのアンチテーゼを知ってしまった者にとって、即ち物理的経済至上主義の循環そのものが他方において必然原理として諸悪不合理の根源を生み出さしめていっている事実を突き止めてしまっていたことによって、そのことに無闇になって、積極的に味わうことに自身の罪、人間社会の犯罪性を熟知してしまっていたからに他ならない。その不均衡格差を積極的に喜々として生み出していく経済的欲望の所在には、自身の生の置かれて来た事情からも、当局と世界の事情を考慮鑑みるまでもなく、私にとってはその社会の積極的動向に参与賛同していくことはどうしても受け容れて行くことは出来ないことになっていたことであったからなのだ。これを彼ら人間は私の悲観による社会対する謀叛なこととして、一言で言い括るのである。それは正しく私の最も深淵に値する海溝のマグマからの秘め事と、地上（表）に雄飛する人間諸君の既存を肯定的に捉えて味わっているところの総合物理的快楽に基く生活姿勢、そこに引き起されていくその纏り付いていることが、人間世界にあって如何程に把握理解され、その真相とするところを呑み込めていっていることなのか、この肉物生命に関する対応と順応の有り方と可能性とメカニズムの真相とその多様な現実に対する心裡というものが真実うに理解認識了解出来ていることなのか、その人間の真偽に関する問いとう訳であったのである。そして肉体生命はもとよりのこと、霊的本質生命そのものにおいてさえも、途轍もなく膨大にして一筋縄では済まされない、途方もつかない空恐ろしくも他方においてそれよりも遥かに素晴らしい計り知ることの出来ないものと秘めているものであるが、これに対して全てにおいて憂愁でしかない、煎じ詰めるところ物理、具象、形而下の、狭義による物理的知恵力による法則でしかないものによって世界を、宇宙を、全体を表現わそうとしたところで、それは観念、屁理屈を脱することは出来ず、それを並べるだけのことに他ならない。それをすべてに当て嵌め、言い繕ろうとすること事体、それを愚かしくも驕慢という他にないのではないのだろうか？　そこには常に心からの謙虚さがあって然るべきことではないのだろうか？　それでは第一諸君、諸君ら人間のその浅知恵、驕慢狭義によって真義原理原則真理とするところが勝手に、人間の都合狭義によって勝手にへし折られ、言い包められ、結局我々はそのことによって生涯というものを右往左往して、誤った道を急がされて歩まなければならない破目になるではないか。否、人間はその道を真っしぐらになって走っていっているだけのことではないか？　皆んなそのように思い込まされ、騙されていっているではないか？　ねえ諸君、それでは人間というものも憐れ過ぎやあしませんかね？　ねえ諸君、人間生命というもの、どんな場合、いかなる情況條件環境に置かれ、立たされようと、その与えられている場所と範囲範疇(カテゴリー)の中で、ちゃんとそれに相応わしい良心と平等で対等の互いが互いを尊重し合って、権利を認め合って、その本来を全とうしてゆくことの出来る世界と世の中に創造と設立して行く義務と責任を負っていることではないのだろうか。尠なくともそれに反するような現在の生き方、有り方というものは以ての外ということである。私はつくづくそうした権利が保障されていく社会、人間であってほしいと思うのだ。そして私はその現在時の人間の真逆の生き方を以てここまで貶し込まれて来たという訳なのである。

　否諸君、私は何もその諸君ら人間を責めている訳ではないのだ。ただ、私はその諸君たち人間のように誰もが当り前に味わい、築いていっているその地上生活が築いていくことが出来ず、そのことに伴なう私の生活事情、主に精神事情というものを一寸話しかけてみたまでのことなのである。この誰一人いない地下室から歯ぎしりを地上にも届く様に噛み潰し乍ら、それを眺め、自分の生活と照らし合せ、その甚しい光景相違を悲哀悲嘆を以て味わいつつ、そのことを快楽として味わっていっているまでのことなのである。諸君ら人間から邪見邪魔者として蹴飛ばされ、踏み付けられ、掠め取られ乍らもそれを必死になって堪(こら)えつつ一方ではその有り体を愉しんでいるという訳である。—如何がされました？

諸君。開いた口が塞がりませんかね？　まるで狐に抓まれたような顔をしておいでですぜ。否、こちらこそ閉口させられるというもんですよ。いいですか諸君、健康健全な加害者さん。あなたがたの生きることの当然の権利としてありとあらゆる方面から殴りつけられて来ている病苦と抑圧の重圧を必死になって堪えつつ、それをこちらからどう如何に感じ、受け止め、どう表現理解しようが、そんなことは一切こちら側の感性によるところの問題で、そちらからどうこう云々される筋合いの間柄ではないと思いますがね。そんなことよりあなたがたの功罪相半ばしているこのない交々ぜな既存の表裏している一筋縄ではいかない物理的不埒な生の処方箋こそ、何んとかして一つ統一して考えて貫いたいというもんですよ。それに諸君らの一般常識的社会からたんまりと評価されていっている物理的血（知）の巡りのよさ、賢さからの働きというものはすべてが形而下に委託委嘱していっているようなもので、一理表象（層）表皮の軽々しい変遷移行していく世界、止まらない対象、底と根本の無い、それを除外した世界、開いた口の塞がらない世界で、頭脳（あたま）の先っちょだけの、言っておきますがね、生命全体のこと（もの）とは訳が、筋が、根拠が異うのだ。それは形而下にすべてを拗って依存させている物理世界そのもの、人為世界そのもの、狭義そのもの、狡猾驕慢そのもの、単なる便宜処方であって、霊本質、真理真実の原理原則とは訳が異うのだ。この処世的でしかないものであることを、人間はそのことを心に刻みつけておいてほしいものである。生命の重さとは訳の違うことを心の底からも刻みつけておいてほしいというものですよ。人為世界が頭脳世界だけのことでどうこう言って回ろうとも、それを狭義な解釈などによって、その人為の価に誤魔化され、玩んだりして。どうかその物理的知性の上っ面の当て推量の了見なんかで全体を支配したり、解釈して言い張ってしまうなどという真似だけは、錯誤錯覚倒錯などは間違ってもしてはほしくないものである。早とちり、早合点、早呑込みというものは困りもので、どうか慎んで頂きたいものである。何故如何にというに諸君、この浅知恵による当て推量と解釈というものは、その知能（あたま）の働き血の巡り素早さとは引き換えに、別っこに＝功利性と自己保身の利便性によって凡てを都合便宜に任せ、応じて覆し、正当として言い包めていく手に負えない手段（こと）と考えられるからである。物理的思惟、思惑から発揮して来ているからである。まったく油断も隙も無く、信用信頼するに値しないものと考えられるからである。それをまた短絡的操作というもので、自分の都合のよいよう＝方＝に合せて糊塗し、こじつけて辻褄を合せをしてしまうという次第なんですからね。つまり抜け道抜け穴だらけということである。何んと言って語ろうと一理が通ればすべてが通ってしまうという次第だ。そして生命の本質、霊魂との正反対、主体と誠実を、忠実に守ろうとする者にとっては自己嫌悪、自己の笧みと良心の呵責に繋（つな）がっていく。諸君というものはその短絡的自己操作というものをどれ程に意識、認識しておられるのであろう？　そしてそのことにどれ程の良心の痛痒と嫌悪のさすことはないのだろうか？　いや、その諸君たちに正直に言わせて貰うことにするが、そのことに気付くも気付かぬも気付かぬ振りをするのも、すべては無意識のうちに万事必然織り込みによってＤＮＡ的に操作され、まるでそれに反省も、理性も自粛も立ち入る余地も無いということである。そんなことは生来からの必然一体、生理現象、生本能というわけで、この既存認識のうちにすべてが収納(おさま)っている、そうではありませんかね？　諸君はこの私からの見解と証明というものにはお気に召しませんかね？　しかし諸君があくまで自信家でおられることの出来るのは、既存一理というものに懐疑うことを知らず、そのことを寧ろ罪悪を感じている私にとっては、何事にも、障害となって、その人生そのものを滞(とどこう)らせて行くものであり、一事が万事許しておくことの出来るものではないという訳である。そして諸君というものは、まるで獣が既存物理における獲物を狙う如く、かくのごとくして自己の爪を研ぎ、利と経済を追い唯物を追いかけ、異性を追いかけ回し、その物理的知性ばかりを磨いて、霊魂と真心を養育くむことに慊焉(けんえん)し、その既存表象の世渡りの為にのみ爪を磨ぐことにのみ神経を注いで集中させるのである。如何です、諸君というものは明らかにそんなところではありませんかね？　—ところで諸君、憎まれ序いでにもう一言わせて貰うが、主体による「生命丸事(ごと)」云々で理っておくが、ここで生命丸ごとという意味合いは、全人共通している「元素」その「質」と「仕組」の可能性のことであり、生命のもつ本来の容量という意味合（こと）なのである。そして諸君、この生命を語ろうとするとき、この全人に共通共有している容量を前提として考慮考察して考えることは不可欠であり、抜きにして考えることも、語ることも出来ない。ところが現実と実際はどうかと言えば、その諸君が前提にしていくことと言えば、社会性や既成既存、現実、実際、世間社会の価という機能が最大前提となっていく。これが最優先されて語られていくということである。極めてこの物理がこの人為の全理性に適い、為らくに弥が上にも文明の進化進展に伴って適宜に片付いていくという訳だ。これが現実をブルドーザ宜しくその地面（唯物界）全体を掘り起し、世の中世界全体を改善改革していくという理屈である。そう正しく、文明現実物理経済主導牽引する社会の原動力に事欠くことはないというわけである。これに引き換え、霊世界全般なるものは、寧ろその足を張りかねないとする逆の考察えが蔓延してはいないだろうか？　そしてその物理経済全体に盲いられた人為全体は、彼ら人間は一体どこに向おうとしているのであろうか？　それは彼ら自身も知らない、気付いていない未知なる世界であり、そこはどちらかと言えば光りある世界ではなく、いよいよ速度を早め乍ら、闇の世界、破滅の世界へと誘導かれ、引き寄せられていることの様にしか思考えられなくって来るではないか。果して諸君、この世の中、人間同志というものがそんな歪みを生み出していってよいものだろうか。いつまでも悪夢に盲いられてよいものなのであろうか？　なれば人間よ、悪夢悪霊に現つを抜かすことなく、一刻も早く本心に還り、我を取り戻し個我に溺死することなかれである。そのようにして人間というものはその自分たち己れの冒犯していっている総合的功罪相半ばする中庸的罪状、趨勢や数値本位による罪、経済と物理と体制に纏り付いている我々に生きていく上で切り離していくことの出来ない個我の罪、社会の罪、物理の罪、現実既存の罪、環境の犯していく罪、諸君ら人間はそれらに纏わり付いている罪の辺りを一体どの様に、如何様にして捉え、それらに対処し、考え、また贖い、償っていこうとしておられるのだろう？　いいかね諸君、この一見合法的、合理的、物理的、世間的理に叶っていると思われている、調整されているると思われているそれであってさえ、人間のやることにおいては手落ちはつきものであり、不完全不充分であり、未成熟、段階、過程でしかないもの、途上のものばかりのものであり、それらは必然として、物理的なものとなれば直更のこと、既にそのものが不合理矛盾を包摂した切っても切り離していくことの出来ない、本質的、根源的、真理真実の系統、霊の原理を実しやかに巧みに疑似させ乍らも、それとは決別しているものであるからに他ならない。つまり人間というものは、ことに人為における肉体生命というものにおいては、霊的生命とではなく、物理的生命と手を組んだものとなっていることは自ずから如実となってその生に証明されていっていることであるからである。もっともこれさえも聡明で賢明な諸君にあってはもう疾うに熟知しているところに相違ない。そしてそのことを何もかも充分に熟知承知した上で、それであっても本能煩悩には勝てる筈もなく、敢えなくそこに陥落、没落し、支配占拠されて行くことになる訳である。しかも物理的強烈なまでの知性の自尊心を携え乍らのことであるから直更質が悪いとしか言い様がないのである。して自身に不利が降りかかってくると思われることに関しては口出しをするが、そうでないものに対してはあくまで口を閉ざし、知らん振りを決め込み、利己の私生活だけを、即ち狭義の私生活のカテゴリーを守り、巧みに運んで行くことを心得てゆく。―だとしたなら諸君というものは良識的市民ではあるかもしれないが、世と社会からは称賛されていくことではあろうが、私から言わせればそれはあまりにもお人が悪いというものである。社会世間が如何程に持ち上げようと、本当にいい加減にしてほしいというものである。芯なるもの、人としての真心、霊の原点を失わずもっと周囲に広範になって深く心を砕き、配慮していってほしいというものではないか。

いやどうも、勘繰りが過ぎて困る。この失敬を許してくれ給え。そしてまた元の話題に引き戻すとして、ところで諸君は先程から、ひょっとするとこの私のことを心中において、狂人の気狂いでも見詰めているときのように訝しく、怪嫌して思っているのではあるまいか。うさん臭い眼差しをしてこの私からの、世の常識に噛み付いて、噛み合っていかない主義主張を、猜疑の目をして眺めているのではあるまいか。如何です、図星ではありませんかね？　しかし残念乍ら私は正気も正気、すこぶる五体健全の正常そのものだと来ている。—そんなことを言っても誰も信用しようとはしないことだが—当人自身がそんなことを言っていること自体が尤も信用おけない、だって？　—しかしそれというのも、少しばかり聖域以来の所為と由来によって身に浸透ついた臍曲りから、自分と諸君ら人間全体との性向に治まりがつかなくなって、その狭義による傾向と立場とが食い違っているだけのことではないか。それに偏見を抱く諸君ら人間全体の意識の狭さの方にこそ問題があることではないのか—という自己正当化云々とは関わりないという訳である。そして何も、常識既存数値の絶対者だからそれが正常健全という訳ではないことぐらいは承知しておいてほしいというものである。即ち、正常健全者の既定とは、日常生活において（あっても）正常な判断が出来ること、そうではありませんかね？　そしてこの病んだ文明社会と世界の中で、それに惑わされることなく正常健全な判断の付く出来る者がどれ程に居られるものなんでしょうかね？　私はそのことに疑問でならなく、稀有のことのように思われるという訳である。ひょっとするとこの現代社会においては、寧ろそうした正常健全な人間はもう絶滅してしまっているのかもしれないのだ。私はそう真面目になって考えているくらいなのであるが、諸君ら人間においては如何がなものでしょうかね？

　そして私がこんなことを言い出すと、現代社会に生き、この文明の世の中と現実に免疫を持っている既存者である諸君らは一体何を思うことであろうか？　否、そのことはこれまでも語り尽くして来ている通り、今更繰返すまでもないことであろう。その私が生命に基く魂からの健全さをいくら主張し諸君の前に説いてみたところでそんなものは鯱も無く、誰もが洩れることなく正当化していっているように自己弁護として受け取られていくのが関の山である。この屈折した私の心裡、精神状態一つとってみても、それこそが諸君の尊重する「総体の意識」、「数値の力と論理」、「既成の概念と観念からの常識と認識」から生じさせられて来た因果応報と作用という訳である。ねえ諸君、人間の身に付ける心理と意識の生成なんて差し詰めそんなところではありませんかね？　いったいもっと他の別のところに、この人間心理と意識を身に付ける過程がいったいあるものなんでしょうかね？　あるとするならそれを是非お教え願いたいものである。

　いやどうも、我乍ら要領を得なく、無駄口が過ぎて困っているのだ。これだから諸君からは嫌われるし、実際においても何一つ成し遂げることも出来ないのだ。すべては黙っているに限る。そして諸君に上辺で同調し、傅いているように見せかけて合槌さえ打っていればこんな深傷を負わずとも済んでいた筈なのだ。誰も触れたがらない独自の真実の意見、真底からの本心、それはこの世の中の現実にあっては益にはつながらず、不利益に繋がるだけのことであり、禁句（タブー）とされていっているだけのことなのだ。諸般に応じているように見せ掛けて自身の立場は明瞭明確にせずになって行きさえすれば、保守的になってさえいれば万事が保障され善良市民とされ、地道な軌道、人並の人生を歩んで行くことが約束され、可能となる。そして私にはとてもでないがそうした既存の道には生きては行くことは出来なかっただけの話しである。しかし諸君、考えても見てくれ給え、私にはこの地下壕にしか生きる場所が結局は与えられてはいなかったのだし、そのひとりぼっちでしか暮していくことの出来なかった人間なのである。私にとって人為地上の生活というものはすべてに亘って嘘っぽく、性に合わなかったのであるからどうにも仕方がない。肉物既存の功罪相半ばするそのすべてに適合していく諸君のそれと当初から隔絶してしまっていたのであるからどうにも仕方がない。既存のどうどう巡り、表象循環、偉く賢そうで、実しやかに席捲している楼閣虚栄文明の生活など真平ご免という訳だ。そして私の真意、誠心誠意の生活は人間諸君にとって最も謀たばかれる生活であったようである。尤もつまらない無味乾燥の疎ましい暮しとして思われ、映っていた様である。そのことは彼ら人間自身が顕著に目の当りに証明していっていることではないか！　その矛盾している、それをあくまで損って行く生活を何よりもの目標として掲げていっている彼ら人間が、平等について、平和について、幸福せについて、理想について、愛について、その他ありとあらゆる物理既存全体に対して声高にして語っているとは一体どういう事なのであろうか？？？

五

私はこれまで自身の供述を展開させて来た中で、その比喩として諸君に再三にわたって引き合いに出し、その相違と意識の誤差を発見し、指摘し乍ら記述を進めて来た訳であるが、その過程におけるこれまでの解釈に対し、ここで新たに異った見地からの解釈を加えなければならなくなった。即ち、自からのこれまでの供述を実証するためのまったく逆説的反面からの、対立対遮した見解である。勿論、それによってこれまでの解釈を覆すものでないことは言うまでもない。

その観点から鑑みるならば、現実と実際において、必然的に矛盾と不合理を生み出していくことは極めて必定なことであり、実際者にとっての活力となっていくものであり、その循環によってこそ夢幻物理世界が現実として成立展開し、その希望と夢とが適えられていくことになり、未来が更に拓かれ、展がっていくことになるという考え方と解釈とその理屈である。欲望と生甲斐を進求める肉物的生命はそのことによって益々充たされ―五感は益々それに向って磨かれて開発発展され、旺盛過敏に鍛え上げられていく。それこそが彼ら実際的人間自身の生命讃歌、否、私にしてみれば肉物讃歌であり、その唯物生活とその人生讃歌となっている。即ちそれこそが「活況に充ち溢れた生活（くらし）と人生」、「活されている肉体生命」という訳だ。そして我々肉物を主導主幹としてゆく大多数の人間にとって、逞しくこの活況に充たされた生の営みを誰しも大抵大凡の人間が同行し乍ら社会参画し望んでいるという訳だ。彼ら人間にとっての理想と真理、平和と権利、幸福と愛、夢と希望は正しくこの肉物思惟、経済の豊かさの礎上にのみ燦然と輝きを放っているのであり、霊的本質の上に輝いているのではない。あくまでというよりは人為的人間の頭上にのみ冠は輝き続けていくということになるということである。人間の主張は結局すべてこの人間生命と人間人為の物理経済至上主義の上を繞って終始展開されていくのだ。即ち、実生活の基盤がしっかりと揺ぎないものに整って根付いて来ていたということである。しかし―そんなものはみんなどれもが近視刹那現実の積重による不完全不合理矛盾、他方による罪造りでしかないもので、永遠に整う筈もないことでなのであるが―永遠にけしからぬ罪造りを引き起していく所以を縁りによるものであり「そんな霊的理想論―他人事に関っていられる暇（ひま）も筈もなく―何よりも自分たちの口、生き抜いていくことが先ず第一、最優先である」という理屈である―もっともその諸君ら人間人為にとって、どの辺りまでが揺ぎないものであり、どの辺りからなら本来の誠実な霊的理想、霊的高遠に着手するというのか、私の見てとっている限り、それは諸君らの外交辞令的挨拶みたいなもので、真相は識れず現実第一義、物理既存経済こそがすべてであり、本来である私の求めている霊的理想本質の根本思惟の気持など毛頭の余地さえ無いことになっていたからなのである。実際のところ諸君ら人間はそんなところではありませんかね？　そしてそこに必然として付き纏ってくる曖昧空間カオスという「ブラックホール」が仕組まれている醜悪な行為、生罪と原罪というものは生きる権利の基にタッグを組み乍らそれでいて罪と罰にも当らないばかりか、寧ろ法に触手するものでない限り既成物理に適っている限りにおいて養護され乍ら奨励されていっているのがその現状現実実態である。これがグレーゾーンとブラックホールの有効性という奴である。寧ろ評価の対象と認定公認認可の推奨されているのである。例を挙げるまでもなく、ギャンブルなどはそのお先棒である。つまりその裏返しとしてこの唯物カオスである社会既存の仕組の中にあって、正義、真実、霊的純粋を万一徹底する者あらば、その者は生理、本能、煩悩の達成者として餓死する以外になく、追い込まれることになることは確実であり、それは既に証明済みされていることである。即ち、この正真を貫く者の方こそが、物理軽犯罪法にひっかかり、遥かに重罪に処せられるという結果的現実証明である。そしてこのことを如何に考えるかは、それぞれの霊魂によって照らし、問い、判断しなければならない原則的テーマであろう。

とにかくそこには必然としてありとあらゆる体験と経験を重ねていく中で、それに伴うありとあらゆるテーマ、課題に突き当り突きつけられ、その可能性が現出して来ることになるのだが、それについては神代の昔からの世の習い、生命の仕組みと習い、それに霊への習いと、誰の咎でも無く、むしろ心の強化、生の知恵としての暗黙の総意の諒解の下に本能によって目認されていっていることである。但し、これをどう、如何に自分に受け止め、咀嚼解釈してゆくかは個々其々の裁量に任され、委ねられているという訳で、その人の人間性に直結していっている事柄となっているという訳である。これに関連して生じていくことになる世の価と人間の価、そこに直接関っていく世の歪みと人間の過ちにつきるというものではないが、そのことは都度其々が其々にその都度是正してゆけばよいことになっている。―と、そうは言っても、口先三寸、表向き建前、社会や体面上、概念や通念としてはともかく、それが現実となって迫り、本音本心となって来ると俄かに怪しいものとなって来る。つまりそこにあって本質根源的、霊的真実によって自覚されたという例しはなく、その殆どは世の通例と概念、羈み既存の概念に依ってそれを遂行していくばかりである。そこに目的らしきものは何も見られなく、それを突き詰めて深くことを構えて考察していくことは却って当局、民衆、権威、社会からはもとより、保守的一理、既存一通り、無難安全策、多数派工作的民主主義（と共産主義）でなければ人間の有り様、営み全体の妨げ、邪魔となって仇となり、敵対となって齎らされてゆくことになる。体制の、日常の、既存推行と履行に担る邪魔になる、という紛れもない真実（まこと）と本質と霊的原理原則を排除させた人間本音本心の剥き出しの事実である。

諸君はこの私からの逆説的、否、顚覆的論拠かもしれないが―否、諸君ら既存の人間の常識的考察こそが尋常で、真正面で、正しく正論というところのものに相違ない―をどのように思われることであろう？　いやまさしくきっと、その通りだと頷いておられるところに相違ない。

ところで諸君、何故今更こんな逆説的論証を持ち出してみたのかと言えば、私はこの諸君にはっきりと答えることにするが、それはつまり出来る限りことの事実を忠実に、しかも一理側面からだけではなく、出来る限り表裏を総体的多面多角から正直に伝えたいと思うからなのである。そしてその真実を伝える為の努力はどんなことでも惜しんではならないと思っている。つまりは私からの内省的意見と地下界からの見解にしても、それは一人間の生、一生命の生からの紛れもない事実に則ったものである以上、一面的、反面的、側面的立場からの一理的憾みを匿せず脱しえないものであると考えるからなのである。すなわち諸君ら人間からの確信めいている意見や見解の多くということになれば感情が入り込み、冷静な判断などつかなくなり、無意識のうちにも自分優利の手心がどうしても加えられ、引き寄せられ、その作為やら主観と良心が働き、我田引水、正当化は日常のこと、到るところ、それが意識無意識に関わらず、そういうことにならざるを得なくなるからである。そしてこのこと自体が既にことの真実を曇らせ、歪ませ、紛らわしく枉げてしまうことの事実である。そもそも我々の意見、見解というものの殆どはそうした外部からの一理的影響というものが強く関わっているものであり、絶対もなければ、完全もありえないものでもあるものだし、常に側面と反面、一理一通りと一つの提言に対して無数の意見というものが入って来る。その中には耳を貸さなくともよいものもあれば、耳を傾けなければならないものもある訳だ。そこにはなかなか難かしい判断が問われることになる。そして我々というものはそれと真摯に向き合い、考えを進めなければなるまい。その意味からも、その己れの心は出来る限り恒心にしておかなければなるまい。

さて、外れた話題をまた元に戻し、その先を続けることにしよう。この諸君の方こそが潤滑した遥かに活き活きとした生活を送り、その活性された生命を営む人間で、私の方こそが涸渇し、干涸びた、まるで死んだような固まった暮しを送っている人間であるという根拠となっているものは他でもない、諸君らには赦し赦され、一定の共有共感し合うことの出来る、それに基いた観念と常識によって結ばれ、循環していっているが、同調し合った中でその生活を営なみ、築いていくことが通常の常識の下で可能となっていっているが、私に至っては、それが本質的に既に生来聖域より立ち切られ、既に全体において壊死症状を引き起していたということである。その理由についてはこれまで再三触れて来ていることなので、ここでは触れるまい。ただ、人間の既存の生とは全く反りが本質から合わなくて決裂し、私のそれが致命傷となってしまっているということである。そしてこの私に身に付いたプリンシンプルはいついかなる時にあっても片時となくその私を支え、またその私を霊世界へと攫っていったことは言うまでもない。そのことによって人間世界と私との間にいかなるトラブルが生じることになったかも、これまで記述して来た通りである。即ち、そのことによっての私自身の肉体生命のことに対してはもとより、人為全体との間に、私はどれ程の罪と罰を背負わされて生きて来なければならなかったかということである！それが私の生涯を亘って片時もなく責め続け、開放されることはなかったことなのだ。その私の生からというものは、これまで述懐して来ている通りおよそ生の死臭というものが漂よい、たちこめ、正体という存在感が失われて空虚空疎で、荒涼とした不毛の原野が生命の中に広がっているばかりであったことなのである。そこにはもはや花も咲くこともなければ鳥も飛び交うこと、四季の移ろいも、更には実りさえも更にありえない。ただ空虚空疎と化した心の原野を魑魅魍魎たちが年がら年中悲哀しみの余り泣き叫んでいるばかりなことであったのである。諸君、それこそが生の存在感を失った私の侘しい半生そのものだったのである。そこで諸君は、「それでは折角この世に生命を受、生れて来た、その甲斐も歓びも何もあったものではないではないか。第一、そんなことは人並の五体健全な躰を持って生れて来乍らとても考えられない、信じられない、馬鹿気きったことだ。それらはあなたの生命にしても、人生にしても、その生活全体すべてというものがあまりにも憐れで悲しすぎるではないか。それに、もしあなたの言っていることが仮りに事実でその通りというものなら、その生命の情況に対して何も手を打たず、とてもでないがその生、生命というものが堪え切れず、持ち堪えることが可能になる筈もないことではないか！」、そう思ってその私の生と生命にさぞかし不憫不審に疑惑疑念を以て憐れみ乍らも貶んでいるところに相違ない。そこで私は答えるのだが、実は私は既に生れ落ちて聖域以来ずっと、たえず精神と心はこの世の奈落どん底に底迷し、地辺駄を這いずり回っているのが私のくらしの日常であったことからも、一度としてその幸福の味も、奈落が既にそこに備ってあったことで却ってそのことに気付くことの出来なかった者が、その諸君たち人間の求めるような幸福を敢えて求めるようになるものだろうか？　その手段を知らず身に付けていなかった者がそうするものであろうか？　どうして人間の幸福を失うことすら知らない者が、たえず不幸であり続けて来た、それが日常であった者が、どうしてその死の選択に踏み切れるものだろうか？　人間から忌み嫌われ、疎外される続けていた者が敢えてその人間の中に加わっていくものであろうか？　たえず人間の価いから、その基準によって見下され続けて来なければならなかった者、それがどうして自尊心など抱くことが出来たというのだろう？　そしてこのことは聖域以来首尾一貫としてこの半生において人間の価と生に反感を抱き続けなければならなく、そのことに伴う私の罪状は人間への怨恨と共に死ぬまで消えることはありえないということなのである。どうしてその私というものが人間から好感を持たれ、その関係、絆と縁を繋ぎ結ぶことが可能となるというものだろうか？　そして人間（ひと）はその私の正体を垣間見ると、畏怖したように立ち去っていくのが常だったのである。「君の立居振る舞いを見たなら、ことに若い女の子はびっくりして恐怖れて皆んな逃げ出していってしまうからね」という訳だ。

そしてもう暫くの間、この私からの論証にお付き合い願いたいものである。いいですか諸君、諸君にしたところで同様なことだと思うのだが、我々が心から、この全霊を挙げて嘆き悲しんでいるようなとき、身も心も打ちのめされ、拉がれて絶望の淵に追い込まれ、立たされ、この世、世界にたったひとりとり残された気分にそんな背水に置かされているようなとき、そんなときに自分でも気付かなかったその悲哀とまるところの思いも寄らない潤沢なエクスタシーの感情がどこからともなく心の深淵から突然沁み出して来て、それに全身が蔽い包まれて思わず涙に噎せんでいるようなときには、誓って言うが、どんな悪党だって—彼らも人並の生命保持者である限り、我々全とうな生命の営みのそれと寸分も違えるところはありえないことなのである。そしてどんな、如何なる立場境涯にある人間であれ、それが万人の生命との一致点に達したところにこそが、我々生命の最も崇高肝腎で貴重な本質真理が棲(す)んでおり、心の財源であり、生命の資産なのであるから。—独裁者、例えばマフィアの首領(ドン)にしたって、ヒットラーやムッソリーニにしたって、その傍ら側面で平然と人の悲しむ様なことをしたり、悪事なんか働きはしやあしませんぜ。すべてそれが平然とそれを成すときは決って心も躰も渇いている通常健全な状態にあるとき、人の苦痛みを顧られなくなり、見失って自念にばかりに掻き立てられ、猜疑心に掻き立てられてつい感情が先行して理性を失って溺れることになってしまうのだ。その社会的、人為的、物理的価とその思惑の方に捉われ、本質的、根本的なことを見失って理性や良心を追っ払い、ことの真実が見えなくなってそれを無視、粗末に扱って、自からの心を苛めて、不埒な考えに走り、引きずり込まれて故意として他者を犠牲にしたり、傷つけ、それをやってしまうのである。そして一旦やらかしたことはもう後戻りは出来ないのだ。その挙句、場合によってはそれが因(もと)となっていよいよ曖昧混沌カオスの世界に嵌っていく。即ち、「やってしまったことはもうどうしようもない、こうなったらとことん行くところまで行ってしまえ、後は野となれ山となれだ！」という訳である。それこそが何とも悪事の恐ろしいところなのである。良心(こころ)は麻痺を起し、やってしまったことは仕方が無いこととして忽ち自己弁護＝正当化＝を始めるといった具合である。何しろ、生きていく為には多少の悪は生活の必需品という訳である。そしてその罪意識の鈍い物理的思惟者というものがその必需品である小悪不善を生活の調味料として活用して肉物を喜ばしていくことはあっても、そこに反省、良心の呵責や痛みなどどうして覚える必要があるというのだろう、というわけである。むしろ彼らが考えていることは、そのことによって「社会経済に俺たち＝私たち＝は貢献していっているのだ」、という屁理屈ぐらいなものである。そして当局も社会もこれを歓迎称讃するという物理社会のいたって当り前の循環と変哲もない既存現実からのからくりであるからである。そして憎まれついでにもう一つ諸君の常識に反するようなことをここで言わせて貰うことにするが、中庸中正の徳をたっぷりと過不足無く常識として旧来環境習慣より身に付けられ、育って来た人間諸君、物理的既存に紛れて＝塗れて＝それに程良く調和して最善の善良市民を確保している人間、彼らを理想的健全な、善良な市民であるなどと印象付けるように言い出したのは一体どこのどいつなのだろう。こんな大嘘付きな人間をそれとして大真面目になって祭り上げたのはどこのどいつなのか、このなんとも一理的、表象的、薄っぺらで平板な解釈であることか、これは四捨五入的何んの苦労も知らない頭脳（あたま）だけで考え出し拵え上げた凡夫の発想である。世界の表象一理一通りだけを見て解釈した発想である。地下、深海、深淵を見ずじまいの、表象既存だけから掘鑿した発想、その賢さからの発想と考察である。本質根拠を抜きにした無味乾燥のいかにも人間的保守中庸の発想である。そして世人も社会もこれを共感として称える。何故なら彼らは本質、ネガティブ、真実、根拠根源を本質において忌み嫌っているからなのだ。斜に構え、正対していくことを酸く嫌って行くからなのだ。彼らは正対していくことを知らないのだろうか？　それともそのことを不躾とでも考えているのだろうか？　既存物理に生きる人間は総じてこうしてどれもが真正面ではないのである。真実本質に無愛想なのである。真理とするところに素っ気無いのである。そして反体制、逆境に晒され、その波打際の重吹に晒され乍ら生きなければならなくそこで育った人間、生命というものは、必死に自己克服と葛藤い、真実に支えられ乍らその外気、抑圧に敗けまいとして自己を磨くことによってこれに堪えていくことに懸命である。その彼らというものはいずれも個性的であるのに引き換え、既存の人間、その一様に彩られた個性というものはどれもがのっぺらぼうである。諸君はそうは思いませんかね？　どうかそう憤然とせずに、観念感情に流されることなく判断してほしいというものである。そしてどん底の地下界にあるときほど、却って人は感情を慎み、心を広く客観して保ち、その判断が可能となるのである。このとき人は神に近づくことが容易となり、本来の人間らしさを取り戻すことが出来るのである。慈悲慈愛を抱くことが出来、悟りを開くことが可能となるのである。そして人が真に善良になるということは、こうした状態になることを言うのであろう。そして私がこんなことを言い出すと、諸君はきっとその私を大嘘付き、出鱈目の思いつき放題のことを言っていると思っているに相違ない。しかし諸君、我々はこの逆境やどん底を脱け出し、這い出して地上に現われるや否や、凡人というものにあってはその病疾が癒え、健全に戻るや否や、地下界での逆境にあったときの経緯のことなどつゆ忘れ、快癒した途端、別人になったように以前の健康であったときよりも逆境に遭ったその仕返しでもするかのように残忍さを発揮する光景はよく見掛けられることである。そしてこれこそが諸君ら多くの人間の、健康体に戻った証拠と言ったら言い過ぎであろうか？　何しろ自分の生きていくことの前にあっては、物理至上主義の血統者というものは血も涙もなく容赦を知らない人達なのである。おやまあ、また憫笑ですかね。諸君は形勢不利と見て取ると、直ぐにこの照れ隠しによって誤魔化しにかかるのだから質が悪い。そしてその諸君ら人間というものに、この自から仕掛けている不合理窮まりない地下界を見下し加減になって嘲罵する資格など、霊精神の真実に劣っている者であるかのように平然と蔑む様な態度をとるのである。そしてそれを笑うことが出来ず、その人間の諸動全体にいつも拘わり、そこに引っかかっている私の方こそか何よりも可笑しく、普通でなく、何より歴っきとした病者の証拠、証明ということになるんでしょうかね？

六

話しはいたって飛躍気味であるが、諸君、我々がこの世の中にあって一番嫌い、何よりも恐れているもの、それが果して何んなのであるか、僭越乍ら諸君にお分り頂けるであろうか？　是非ともこれは面白く、興味を注る議題でもあるので、一つこの議題を心して取り上げ、展開してみることにしようではないか。諸君、ここでは自身の胸によく手を宛がって頂き、虚偽と邪推を打ち払い、観念や自念に捉われることなく純粋無垢となって検討し、心からの推理推測を働かせてみてほしいというものである。自己と曖昧なところで妥協することなく、あくまで頑強に、容易な物解りを斥け、性急な結論は持ち出さないでほしいのだ。この部分だけは極めて厳粛に考えを貫いて頂きたいものである。実は、先程もうっかり口を滑らせてしまったことなのであるが、私の考えているところの、果して諸君ら人間に本気になって平和を願い、理想社会の建設を望む意志があるのか無いのか、あるとするならばそれは諸君らにとってどんな姿、かたちによるものを平和と理想として描いていっていることなのであろうか？　その意志と意識の中身の内訳と内容は一体どんなこと（もの）になっていることなのであるか？　という問いである。そしてその諸君ら人間の眼差し、目論んでいるところのそれというものは、即ち世の中全体、世界の眼差し、目論んでいるところのそれというものは、私の見て取っている限り、私の考えているところのそれとは大凡異なったところの、別なところの、極言して言うならば真逆なところから由来して来ているように感じられ、思われてならないという訳である。つまり諸君ら人間のそれとするところのもの、至上経済とするところの社会物理現実の市況とするところのものは、すべてが狭義に基く唯物思惟本位の武力（ちから）の信仰によるところの手法、即ち物理経済至上主義からの思惟と考察考慮とする物理表象処方からの発想に基づかれているようにしか感じ取ることができないということである。そしてこの手法と処方というものを拡大して覗いて見るとすべて肝腎な要件となると権力、社会、体制への委譲による他人(ひと)任せ、刹那便宜主義、本来とは裏腹の個我的平和と理想と愛の近視眼的あく無き傾きによるそれへの探求（心）である。されど多くの人々はこのことにさえ既存の認識と現実に引きずられて懐疑している者は皆無に等しいといったところ、具合である。彼らは当局からして大局的見地、大義大局真義の根拠とするところを見失ない、俗衆を盾に置いたものであり現実狭義によって他の情勢と形勢を見乍ら窮々として行なわれている有様である。その自己の危うさを認識していれば未だしもであるが、その現実処方に自尊心(プライド)を持たれて辺りを走り回られるとあっては如何にしても困るのだ。つまり、それは現実中庸の処世術、それこそが何より必須の避けて通ることの出来ない人の道となって君臨していたからである。この他にすべての行く道は自ずと塞がれていたからである。そして人はこの曲りくねった＝のたくった＝一本道を誰もがそれ程懐疑(うたが)わず、それに糅て加えてその裏道までを見出し、それを正当視し乍らそれに随ってゆく。これに正面切って懐疑し、抵抗して筋を通そうとする者はいない。それは即自からの生が立ち枯れて成立して行かなくなり、死に直結直面することになることを知っているからなのだ。そしてこの物理経済主義の世の中には、資本主義、民主主義、自由主義のありとあらゆる都合便宜に擬装した主義が実しやかとなって君臨し乍ら養護されて罷り通って行く。ここにあって純潔なもの、真実なもの、本質的なもの、真の平和と理想と至純なるものは通って行かないばかりか小馬鹿にされ、掠められ、貶しめられ、否決され、擦(なす)り付けられ、誰の手も煩らわせることなく自動的からくり仕掛けによって地下室へと収容されていくことになるという次第である。つまり、「そうなったのは君自身が、世間を弁えることをせず、その自己の責任を果さず、負っては来(果さ)なかったのであるから自業自得であり、人と外部的情況を恨むなどは筋違いの以ての外、とんでもないことである」、その論拠によって言い括られすべては一巻の終り、という訳である。そしてこれこそがこの人間世界における正道を邪道によって罪を被せる普遍的掟であり、肉物生命における物理的社会の宿命となっている。されど、それを当り前として受け容れられていく生の境涯を授かっている者は元より同根なのであるからそれで問題はないだろうが、それによって悉く問題にせざるをえない霊的生を授けられている立場にその宿命によって至らされなければならなかった者、その生命者においてはたまったものではない！　その人間世界の基盤、掟、宿命、運命、根本根底、からくりと仕掛けと仕組などというものはすべてがとんでもない話しである外他にはない。話しにもならない話しである。生きた心地などどこにもあった話しではないのである。これはどこまでいこうと折り合いも帳尻も合わ（つか）ない生涯の並行線の話しである。それは生の火宅、生命の地獄、霊魂の生き埋めでしかないことである。そして一般の人間はこれをせっせと醸し出し、遣りながら、その不合理、理不尽をせせらったのである。

それにつけても、諸君はこの自分たちの不始末を不条理な物理的目標と、それに対する霊的理想との関係をどのように思案思索考察と、思考をどう如何に、受け止め、それに対処と折り合いをつけていこうとしておられるのだろう？　また、その不合理と矛盾と裏腹を引き起していくものでしかない物理的思惟思考による目標と真なる霊的理想との間、関係をどの様に取り仕切り、取り持ち、使い分け、調整調合し（擦）均り合わせ、バランスを計っていくというのだろう？　また、そんな器用な真似を一体どこで考え出し、考案し、身に付け、弁える技術（テクニック）を獲得したとでも言うのであろうか？　そしてその現状は既存の現実に映し鏡としてそれを既に証明していっているであろうか？　それによる現状は正しくこの惨状である。裏腹惨憺たる有様である。いやどうか気を悪くしないで頂きたい。私は諸君を個人攻撃している訳ではないのだ。それどころかこの私にしても、諸君に向ってそんな大口を叩ける程立派な生き方をして来ている訳でもなければ、ご覧の通り諸君ら人間の拵えた価の中で、一方で同様の生命の血脈を受け継ぎ乍らそれに応じられることが出来ず、この最悪の体の有り様なのである。そのジレンマの中でのたうち回って来ているのが現状と実情実体、正直なところなのである。多分、その私というものは、原罪を生きなければならない為にここに使わされて来たひとりなのであろう、そう思っているくらいなのである。そしてそのことを正当化せず、それと対峙し乍ら生きていこうと思っている人間のひとりなのである。そして諸君の大敵は、世の流れ、現実に逆ってまで、自身の環境、自身の生息住処から、新たな自身の境地、世界を求めて冒険し、その安住の軌道＝既存＝から外れるようなことは何が起（あ）ろうともしてはならないことなのだ。例えば真の、真実（ほんと）うの理想を求めるようなことはけしてせず、既存の安泰な共通の観念に基づいた一般的良識の理想を求めていくことにある。つまり既成の衣食住で、それに合わせて人並に満足を得ていく限り、人から後ろ指を指される心配もなければ、市民生活とも調和を保っていくことが可能となるという訳だ。諸君の生活とはそんなところではありませんかね。そしてその諸君の暮しにあっては、何はともあれ、傍から痛みを蒙った場合、これに対して断固抗議の声を上げるなり、対象の相手のことはいざ知らず、自己主張をはっきりさせて訴えていくことをしなければいけないと来ている。相手の立場に遠慮して自己主張を抑制えていくことは美徳でもなければ、「与し易しとして受け取られていく」そのように心得ておられる。されど、常にその人の世の背水窮境に身を置いている者にとっては、そう自己の主張ばかりを押し通していくことがどういう窮地になっていくことになるであろうか？　そして世界がいつの世、いつの時代においても、物理的必然性によって歪んでいくことに変りようも無いのは、こうした圧倒的それを生存競争甘いことは言ってはいられないとして支持されていく肉物的勢力、支配がこの人間世界を覆い、占拠占有していっていることによる押し合い圧し合いという啀み合い、摑み合い、果ては取っ組み合いものに他ならないからであることは、今更言うまでもない。これは既に自明の理となっているところのものである。されど尚人類はこれを、本質を振り切って現実の名の下にこれをあくまで確守させていくのである。ここに人間の最大の劣悪化と愚かしさ、脆弱さの所以となって働らいているることとなのである。彼ら人間はこの己れの弱点を数値の価を逆手に強さ、賢さ武力の信仰として勘違いを起して正当化、吐き違え、好んでこれに自からをその都合に応じて身を寄せて来ていたのである。その全体環境によって目を晦ませて本来であるところの本質根本、基盤とするところを欺き続けて人間本来あるべき姿を忘我して見失って来ていたのである。このことは我々其々の生態に深く関与して浸透密着し、食い込み、その関わりを免れることは最早出来ずにいる。彼ら人間はこの現実に否応なく取り込まれている。この溝泥に漬って、すでに身動きが活かなくなり、目も心も退化してそれ以外に身動きの取りようもなくなって来ていることなのである！　彼らはその生態を正当化していくことによってその目と心からの生を尠しでも己れにとって有意義なものにしてゆこうと、その既成観念からの狭義に熱中している有様である。この賢しらな人類にとってもはや本質的プリンシンプル、原理原則信条は無きが如しであり、彼らの念頭念願に去来しているそれは、この現実を如何に差し詰め個我物理的に豊かなものにするか、そのことしか錯綜して眼中にはないことなのである。すなわち人類においては本来の原則霊的範疇はもはや望むべきもなく、この肉物経済至上主義と心中でもするが如き勢いである！　こうした最中にあって、それとは真逆の者たちは大いに縺れ、躊躇らう他にない。そして私はつくづく思うのであるが、人間にとっての既存肉物意識、その他至上なるものはすべてが唯物界のカテゴリーの中にひっくるめられ━善も徳も、義や摂理倫理においてさえも何もかもこの形而下の基盤の上に調理表現されて置かれ、語られてゆくという具合である。つまりすべてを俗化、拙劣、便宜、調法に引き下げられて自からに泥を塗りたくっていたということである。擬装実しやかに既存現実に都合よく整えられ物理的蛋白質ビタミン等々が投入されていっていたということの事実である。即ち、人間とは高尚を被った擬勢者と定義することはできないものであろうか？　すべて彼らは形而上、心や霊精神に至ってさえこれを物象化、具象化して形而下界カテゴリーの中に消化してゆかなければ気の済まない、理解しようとしない連中だったのである！　この事情については彼ら人間がありとあらゆるものに対して直ぐに色付け色分けし、そこに括り付けようとして行きたがることにも心が明らかに露顕われ、証明されていっているからである。社会、マスメディア、現実媒体を見るまでもなくこれは一目瞭然なことである。ここに優越と劣等は動かし難く印象付けられて行き、免れない歴然なものとなっている。如何です、人間殿、汝らの思慮分別、情操性といったところでそんなところではありませんかね？　即ち第一に置いている、我らの人間生活を如何により豊かに輝かせる為の心とその精神を養い磨かせると言ってみたところで、心の底から、根源から一体として望んでいたものではなく、観念として、意識として、概念として、唯物如何に適合評価される中でそれを望んでいたことにすぎなかったのではあるまいか、僭越乍らそんな風にしか私には人間のそれというものが思われなかったのである。つまりすべての唯物界への対応対策対処、それのみに終始していたにすぎなかったからなのである。即ち、人間は何はともあれ、何を言って語ろうと、畢竟太初当初からの所以を以て、この生以外にはしては来なかったということである。この私の見解に対して、正面から反駁出来る人間が果してどれ程にいるものであろうか？　私はそれを卑怯にも横槍を付いて来る人間の外には知らない。そして私の孤独はここより発祥していたことであったのである。

人間(ひと)は差し詰め、自身の為に生きる、という。しかし本当にそのことに徹しきれている者がどれ程にいるであろうか？　人はその以前(まえ)に、何んだかんだと言いつつも、体面的包摂の方を遥かに重要視してそのことを気に病み、その外部的、社会的、物理的関係、繋がりの方を大切に考えてはいないだろうか？　心の関わり以上に、利害関係によって結ばれ、その方を問題にしてはいないだろうか？　その質議であったという訳である。如何にというに、この物理経済が総てに渡って先行していく社会にあって、その人間関係においても自ずとそのものが多くを占めていく様に思われていくことになるからである。なればそこに齎らされてくるものも表象的、物理経済的、社会的関係となってそこに止まざるをえなくなって来ることだからである。そしてこのことは既に誰もが承知していることであろう。つまりそこには瑞瑞しい関係というものは、その環境からしてそこから立ち消えてゆかざるをえなくなることが容易に想像がつくことであるからである。社会はいよいよ乾上った上に煩雑一辺倒になって来る他方では本音と建前が拡大し、そこにはおぞましい隙間風が吹き抜けていくことになるからだ。そこには猜疑心が宿らない筈がないからである。こうした中で心を穏やかに保ち続けて行くというのは、かなり厳しい環境にあると言わざるをえない。現代という時代は、そうしたあらゆる環境条件からしても、個人がその心の主体を保ち続けていくことは、いよいよ外圧環境が強まって個人の中に嫌でも立ち入って来る時代環境にあることからも非常な困難な時代を迎えていると言わざるをえないことなのである。そうした意味からも自己の霊魂(たましい)、心の真実までも抜き去られないことを心より祈るばかりである。

ところでこの私と来ては、幸か不幸かその量計する術も持ち得ないことであるが、どこでどう踏み違えてしまったのか、聖域以来の経験と事情によって、まるで真理と理想とが生命の現実と混然一体となって結び付き、それがまるで強力な接着剤でもあるかのように表裏してくっつけられた様に何んとしても剥がれようもないのである―別にこうなっては剥す必要もないことだと思うのだが―終生の免れ得ない意識となって私の体内に完全に棲み付いてしまっているのである。私の生涯の盟友といったところだ。そして諸君に正直に告白するが、一般認識において分別と要領の中にこそ真価を発揮するその諸君とはあくまで異なって、この私にとって真理と理想は盟友であると共に、同時に生涯における無念の戦友を背負った宿敵、足枷となって私の中に宿っていることも事実なのである。ところが諸君、私は諸君、即ち人間のことを愚か軽率にもそう判断した訳なのであるが、正直実際のところは諸君の中ではどうなのであろう？　私の推理推測というものは相異してはいなかったのだろうか、それとも狂っていたことなのだろうか？　是非ともそこのところを、真理と平和、理想と高遠に対しての見解、道標についてのあらましというものの諸君からの忌憚のない意見と見解というものを是非お聞かせ願いたいものである。矢張り私の観察と推察、観測している通り、人間諸君らはこれを一般認識、通常の概念通り、表象上辺舌先三寸体面ではともかくとして、本音のところにおいては物理的思惟宜しく、霊的真なる理想、平和、真理真意などはありえないものとして毛嫌いしてあくまで現実的、物理的、人為的それを求めていくというのだろうか？　包み隠さずその事実、真実、真相と本音とするところを—誤魔化さず、聞かせてほしいというものだ。良識的分別の行き届いている物解りの明晰の勝れているといわれている諸君、この物解りのあくまで鈍く、社会的分別の悪い私にも理解るように、納得できるように、どうか匙を投げることなく、呆れ果てることなく、憤慨することなくその辺りのところをお聞かせ願いたいものである。良識的諸君、如何なもんでしょうかね？　しかしそれでいて、既存のテーマを深化させて知的に其々に素晴らしいことを口述されて感心すること頻りであるが、実際は如何がなのだろう。当人自身、その通り言行一致の生を実践実行していることなのであろうか？　また、世間、社会、人々、其々口先三寸においてはそれらしいことを如才無く語り合っているというのに、世界、現実、実際となると一向に代り映えしていかないばかりか、実体、真相がいよいよ裏腹の中に隠れ、陥っているように思われ、見えて来るのは如何なる事情によるものなのか、その間に一体何が介在し、生じていることなのであるか、諸君はその辺りのところのことを、如何に見て取り、観察し、推察を及ばせていることなのであろうか？　例えば諸君ら人間というものは、それでいて良識的、見識的社会人としてそれに相応わしい口の聞きようをしていながら、実際平生となるとそれとは別の、逆のことを遣り出すから私としては大いに戸惑い困乱させられる他にないのである。否、諸君は本能的、潜在的、社会的見地からしても疾うにそれが身に付き、知っていたのである。つまり先にも述懐しておいたことだが、これを神棚に供えておく分には差し支えないが、いざそれを実生活に取り込んで降ろし、それに手を染めようものなら大変な事体になることを。即ち、それを機に自分が自分ではなくなり、この現実基盤にあって生活も人生も何もかも、その実在感、存在感が喪失衰亡していくばかり、停止状態に陥ってしまうことを――！　ねえ、血の巡りのいい活動家諸君、そんなところではありませんかね？　そして人間が生きていくということ、生活、生命を維持継続させていくということ、それは理想も真理も高遠も、そんなものは全く実際のところ関係なく、役にも立たず、大嘘も大嘘で、現実と日常は正しく塗れつつ、その逆の物理的事実を現然として暗黙の中に説き、そのことが無条件に迫って来るという訳だ。そして諸君、人間自身がそれに現出参与させていっている張本人であり乍ら、他人事の様に振る舞いつつも、その自から醸し出していく一端を担い、その渦の中に自からも巻き込まれて悪循環、悪戦苦闘を強いられていく次第であるから何んとも滑稽な図、不思議な話しではないか。賢いのか愚かなのか計りようのない始末である。して諸君ら人間というものは、そこに何んの境界も隔りも設けることなく、抵抗も意識もなく、フリーパス、無条件になってその渦中を往来し、その日常を送り、そこに意識も認識もすべてが納まっていっている次第である。このことは一切人目に付かずとも、私と人間世界との絶対な、結論の出ることとの無い意識の相違、開きとなってしまっていることなのである。

諸君、話しがあちこちに飛火し、纏りがつかなく、誠に申し訳ない限りである。私はこうした事柄を筋道を立て、論理的、学問的、教養として解り易く具象具体を以て語り、記述していくこと、明らかにしていくことが極めて苦手なのだ。それ故一寸先は闇でいつも行き当りばったり、その場その場に遭遇したものを書き進めていく以外に、私の見通しのいっさい立たない人生がそうであることと同様に、その作法(さほう)というものを知らないのである。それだけで私の無作法な人生を証明しているというものだ。とにかく諸君、私という人間は他の人間とは打って変って、頭の働きというものが鈍く、その上に硬直して具っているのであるからどうにも始末が悪く、諸君の後ろを一歩も二歩も三歩も引き下って、遅れて歩いていく他にはないのである。この点諸君とは段違いに遅れをとっていく他にはない。まったく自慢にもならない話しである。私には物書きはもとより、この世の中、人世を生き抜いていくにはほとほと不向きに出来ているのである。一から十まで欠けていたのである。このことは当初から、聖域からの折り込み済みなことなのである。すなわち生活も人生も「無」きに等しいことなのである。この平生既存人為人価にあって前向きの意識にあって、私の真価は「無価」になるより他になかったことなのである。みっともない程に生きることに無器用この上なかったからなのである。諸行為、行動そのものが人為の行動行為になっていなかったのだ。ただただ恥かしい限りの一言だったのである。何から何まで無様なのである。人様に見せられるものではなかったのである。諸君はそれを「一纏めにしていく意気地が無かっただけのことなのだろう」、そう言われるに相違ない。しかし諸君、それは余りにもせっかちにすぎる考えではないだろうか？　それでは兎の思想というものではないだろうか？　まるで手順を踏まずぴょんぴょんと跳びはね跳び越えていってしまうというものではないか。つまり諸君には弁解にしか訊こえまいが、私にはその実行する以前に何事にも自分に確認を取り付ける必要があったという訳である。ところが諸君らというものにおいては確認以前に既に同時に行為行動実践として伴っていたということである。後から確認検証が付いて回って来るという、私にしてみれば逆転現象が起っているという訳なのである。果していずれが正常正解なことなのだろうか？　私はその正解を知らない。ただ、それは今更言うまでもなく、人間大凡がそうしたもので出来上ってある以上、「先ずは行為実践をしてみること、それが先だ」、そう言われるに決っている。つまり「先手必勝」という訳だ。そして晩熟と曰く付きの私としては、常に後手後手に回る他にはなかったということである。勝機を逸っすること甚しい人生でしかなかったということである。ところで諸君、諸君は何を根拠とし、指して勝利を掴み納めでいることであったのだろう？　私にとって、人為の価いに伴う物理的勝利だけが必ずしも人間の勝利であるとは考えてはいないのである。そんな事を思考えているのであるから私にとってこの人生は余計に何事にも厄介混乱するだけのことなのである。すなわち人為のそれとする価とするところとは真逆のそれ、つまり「敗けるが勝ち」、とするから私の人生にとって余計に複雑となり、深さと幅と奥行きが無限になってしまうことで余計に厄介なのである。ああ、その点「イエス・マン」であったならどんなに楽ちんなことであったことだろう！　一理既存通りだけの人生、その枠とカテゴリ、そこに全的、焦点を絞ることの出来た人生であったなら、どんな快適な人生を送ることが出来ていたことであったことだろう。易しい人生を歩むことが出来ていたことだろう。そのときには、社会からも、人生からもあらゆる人間からも好意好感を以て迎えられていたに相違なかったからである。彼らすべてを敵に回すこともなく歓迎されていたに相違ないのだ。ところが私には生来の所以と、聖域からの事情によってその手順が当初はじめから既存の人間とはまるっきり食い違い、反りが合わずじまいになり、生涯を通じて人生そのものとも背離することになってしまった訳である。そしてこの人間の齎らしてゆく「物理的享受の既存現実」を私は人間の不治の悪疾として睨んでいる。その物理現実から本質に次々と投じられて来る物理的思惟思索、そのあらゆる悪制限による軽率窮まりない表現における石礫、過失と錯誤、虚偽擬装と欺瞞については、彼ら人間にとっての生きていく為の当然許される思索と行為の範疇というわけで、自身を責められる謂れは何処にもそんなことに一々よろけている脆弱な生の方が生気地、だらしが無いとされている。そしてこのゴミと汚染の堆積は果しなく世界と人の心の中に音もなく、痛痒と痛苦を与え齎たらし、伴わせず、静かに深く人心と世界に潜行し乍らその生命を損わせ、侵蝕させていっている。されどその物欲経済に霊魂を損われ、その狭義狭隘の現場世界の豚小屋の中でのみ肥え太ったそれらは益々その世界の中で増長し乍ら塗れて果しなく己れはもとより世界、人心をや令落し、陥落滑落してゆく。この物理によって霊魂と心の真実(まこと)を喪失した豚はもはや真の人間に帰還(もど)ることは不可能であり、別の真実の人間の出現と到来を待つ他にあるまい。

そんな訳で、中枢基盤の土台が定まらず、その腰元がふらついて流動している人間世界にあっては、私の本懐である夢見ているそれは一たまりも無く捻り潰され、裏切られ、敢えなく捥ぎ取られていく常態であった。これは人間の仕組んだ、快楽的意識を超えた本能からの策略であった。私の生はこれに搦め取られていく他にない生であったからのである！　何んと忌々しいことではないか。当初から貶し込まれてゆく生の境涯、それと契約させられていた宿命、その後の運命でしかなかったことだったのである。そして豚どもはその私の方が悪劣悪疾であると罵しり蔑すみ続けていたのである。ここに私の救済は最初めから断たれていたのである。彼ら人間は結果として心の中でそれを正当としていたのである。どうしてこのような世界に、巡り合わせとはいえ、その私が賛同して行かねばならない理由があるというのだろう？　それこそ滑稽というものではないか。それを彼らは非難したのである。その私にしてみれば、この人為における世の中こそお先真暗というものであった。停止、立ち止まったまま辺り傍観していく以外になかったことなのである。汝らはともかくこの河に特異な泳法を編み出して来た連中であり、その浮袋を持っており、文化人有識者からしてその首から上の解釈皮膚の心、表象既存における推進者どもという訳であるからこの世の中、何んのことはない、お粗末な限りである。にも不拘わらず彼ら人間はここに好んで価値を求め、それを有していると考えたのである。まったく跛で、頓珍漢な話しである。偏見もここに極っている。しかしこれが全体をなしているのであるから彼らはそのことに目端が活かなく、それを当然当り前と支配者どもの流れからして思い込まされてしまっているのだ。これも厄介な話しである。つまり人間は既存現実、その偏見偏向した環境によって当初より物理的必然性によって養育され続け、それが体＝生命＝

全体に染み付いていたのであるから、そこから余程のことのない限り、否、如何にどんなことがあろうと、この既存の意識と認識をＤＮＡとしても骨身に植え付けられて来ていたのであるから、その意識からは抜け出しようも無かったことなのである！　それは諸君、人間在るところ、世界を望見しようと同じこと、まったくいたるところ青山有りともその歴史に変りようもなかったことなのである。生命そのものに変りよう筈もなかったことなのである。全く飽き飽きした話しではないか。即ちこれこそが人間の生そのものの正体であったということである。つまり人間の生存における窮極の本音本心、その本質と正体とするところ、それは畢竟、「他人（ひと）はどうあろうと自分にとっては常に利と安全が保障され、他が如何程に貧しく飢餓（うえ）て身が危険に晒され、及んでいようとも、自身が豊かで常に優位安全でありさえすれば、それで事は問題の無いことである」、だったのである。世の、世界の、人間の、現実の、生の実体というものがそのことを善し悪しを遥かに超越し乍ら、残酷にその心裡にあることを明らかに、悲しいかな、残念乍らそのことを日常茶飯の中で既に証明して見せていっているではないか！　そしてこの人間における窮極の生、意識、諸行動というものは、日常、平生の中で時折顔を覗かせ乍ら脈々と我々自身の中に受け継がれていっていることなのである。我々の生はそれを欠かしては成り立たないと来ている。そしてこの窮極の生甲斐の基盤、土台、支配支柱と中枢を成し、唆していたのが肉物本能であるところの唯物経済至上主義への表現、思惟全体への欲望からの処方箋であったという訳である。とすると、これこそ人間の持つ諸悪の根源ということになりはしないだろうか？　そして人間は現在（いま）となってはこれを生活全体の支柱、中枢に据え、他をすべて抑え付け、これに随（したが）わせ、既にその全領域を占拠占領席捲牛耳ってしまった如くである。これ以外には問答無用という訳だ。まったくこの既存唯物原理、現実実際以外畢竟無用とは恐れ入り、呆きれ返る他にない。何んと量見の狭い驕慢依怙地なことか。人間とは差し詰めこんなものでしかなかったのだろうか？　であるからいつになっても相も変らず現実不霊、こんなざまでしかなかったことだったのだ。

しかし諸君、いつまでもこんな浮わついた、本質に対して無責任なことでそれでいいものなのだろうか？　生命からの根拠、本質、生の基礎基盤と支えを投げやりに済まし込んでいていいものなのだろうか。それでは纏るものも纏りがいつになってもつきようもないというものだ。自分個人に納得、纏りがつけば、全体、根本、本質的にどうであろうと一向に差し支えがなく、構わないとでも言うのだろうか？　それでは我々の本質的生の意味と意義を否定してしまうことにはなりませんかね？　己れ自身の生の意義までを否定することにもなろうというもんですよ。そこまで唯物個我に自身を根刮ぎ刈り取られてしまっては、それは哀れというもんですよ、諸君はそうは思いませんかね？　それは諸君、人間の事勿れ主義もここに窮まろうというもんですよ。私はそれを大目に見ていくことの出来ない質なのだ。何んとなれば、私は人間のそれによって、精神思惟（こころ）の有り方によって欺かれ、間引かれ、掠められ、生の全身全霊と人為と社会の価に相当しえなかった理由を以て巻き上げられ、生の屍ねにされたことはもとより、人生そのものを人間として骨抜きにされてしまっていたことを実感としてよく思い知らされているからなのだ。このことは、生命あるものとしてけして生涯を通じて許せるものではない。そしてこのことを人間の大方はもとより、社会の趨勢、当局の既成と法規法則までもが、これを私の社会制度に対する考え方の脆弱、怠慢、無責任、身から出た錆、生に対する自覚の欠如と心得の欠如＝不心得者＝として私の生を結果として全面的に否決して葬り続けて来ていたからに他ならなかったのだ。そこまで人間全体というものは、これまでの己れの生全体を正当立て、潔白であるかの如くしら・・を切り続け、自己評価をすることの出来る存在であろうか？　人間はもっと自身にゆとりをもって謙虚に顧みてゆくことは出来ないものだろうか？　もっと霊の存在に畏敬して遜っていっても罰は当らないのではないだろうか？　いずれにしても驕りすぎると碌なことは無いということである。そしてこの生の擦れ違いはピンからキリに至るまで甚しいものがある！　ところが知ってか知らぬか、意識のあるのか無いのか、無邪気な諸君、並びに人間というものの大凡は、その我々の生の前提にしていくべき信義、高遠、本質理想である生命の根源根幹、土台と基本に対してあくまで御構い無しの知らん顔、「そんなものがいったいこの世の中に何んの意味と得があるというのか」といった顔つきである。まるで、てんで歯牙にもかけていないのである。これではもうその人類に期待など寄せる方が愚かに見えてくる、馬鹿にされるというものだ。鉄面皮もここに窮まるというものである。―それでは人類の最終的、根源的目標、目的とはいずこにあったことになるのだろう？　矢張り何んと言っても既存の踏襲、物理的経済の繁栄、それに準ずる生活（くら）しの豊かさにあるとでも言うのだろうか？　その科学力であるとでもいうのだろうか？　そして言わずと知れて全世界、全人類、正にそこに向って闇雲に直走っているではないか！　文明科学、便宜一直線ではないか！　人間とはそうした目標に向うもの、情熱を振り向けていくものでしかなかったのであろうか？　そしてこの既に修復の活かない凋落振りは一体どうしたというのだろう？　そして彼は、人類は未だ山頂きに向いつつ谷底に滑落していっているではなかろうか!?

それにつけてもなかなか巧い理屈を考え出したものである。見事に利己利我エゴイズムを攪乱演出し、利用形成し、エネルギーに結び付けているというもんですよ。とてもでないが凡くらな私など太刀打ちの出来る世界ではない。至難の業ではない。この「既成の事実」、「人為全体の意識と本音」の前にあっては理想も真理も高遠もすべてが弾き飛ばされてしまう。もしくはこのブラックホール宜しく呑み込まれてしまうのかもしれないのである。そして諸君の立場は常に安泰、けして生の倫理の足場が浚われてしまうことはありえないという訳である。常に太陽は諸君の上に輝いてあるということである。地下室で陽の射しようのないくらしをしている私にしてみれば、その諸君というものは嫉妬の坩堝はもとより、罪悪感に顔向けさえならなく、俯き乍ら生を送る他になくなるというものである。その懺悔の追打ちといったところである。悪くも無い罪の上塗りに七転八倒といったところだ。それこそ生きるべき場所さえ締め出され、擦り切れて消滅してしまう。その日陰者を間接的西風強風―になって更に追い込み、追い詰めていく、それを意識していっていることに自覚の無いその仕組とからくりの人間自からの手法と意識のそれというものが、それが分っていよう筈もないではないか。何しろ全員総動員で仕掛けていることであり、その中の消し粒一個が理解など出来よう筈もないことではないか？　それだけに、つまり自覚も理解も出来ずに自動的に生の正当性全体の仕組とからくりによって行なっている半々の協同作業、行為であるだけに、世の慣わしとなっていることが空怖ろしいことなのだ。その世人の活動こそが当然で、それに逆っているとされている私の方が自動的に裁かれていく社会共同体のからくりと世の仕組のことの方が空恐ろしいことなのだ！

ところで諸君、我々と人間の醸し出させていくありとあらゆる心的なものも含めて物理的生活全般から生み出され、排泄されてゆくゴミと犠牲の問題と課題の話しの続きであるが、全てが霊本質の中で消化されて行く中だけでもの事総てを考え、そこに棲んで行こうと考え、努めていく私の目から見ればもとよりのこと、諸君ら人間というものがその霊的本質世界から如何にも、どのようにも欺き誤魔化し、手を変え品を変え、その目を晦まし乍ら、実しやかを粧いつつ、体面と体裁を守り、繕ろい見せ掛け乍ら、善人と良識を粧いつつ暮してその人間生活の華やかさを誇示し続けて行けば行く程に、その「化けの皮」は隠し遂せるものではなく、必ずその自然＝霊＝の上に暴露噴出露呈露出して現われることは明らかである。それに大体諸君、そんなことは、即ちその人間のいかなる暮し振り立居振る舞いというものはいかに人目につかないように振る舞ってみたところで既にそんなことはお天道様がお見通しということである。であれば人間思い上ることなく阿漕なことは自から慎んでいくことである。ましてその生活全体から、そのことに伴う排泄ゴミ、不用ゴミとなっていく残骸の数々にしても、あらゆる形、姿、現象を問わず、現出、もしくは露出してあらゆる消滅するまでもなく増加し、我々の身の回り周辺至るところに目に見えるものに限らず、目することの出来ないものもひっ包めて刻々とそここに降り積り、堆積していっているものであることは心有る者なら誰もが知っていることである。それは我々人間の築いて来た自慢する科学文明に彩られた生活の上に限らず、その精神構造の上にさえ多岐に亘り、表になり裏になり、外になり内になり、いたるところにおいて、時においては荒々しくまた時においては音も無く静かに降り積って堆積し続けてゆく。我々はそれを至る処、あらゆる場面において内から外からその報復、仕返しを同源として表裏からも受け続けていかなければならないのである。つまり、そのことの是非を問われて続けているという訳だ。我々の中に、そのことに対してどれ程に耳を傾け、心して聴き取っている者がいることであろう？　諸君、その我々の高慢する心に御用心御用心。どうか人間は、自然の中の一員として謙虚に驕ることなく暮していってほしいものである。節度とけじめを弁えていってほしいものである。物理的知能に驕って無制限に霊に対して馬乗りになることなかれである。もう我々人間はこの辺りで先を急ぐことなく、それよりも一旦立ち止って全体、世界、宇宙、自然、我々自身すべてを霊的に眺め直し、顧みて、その大いなる調和均衡のバランスを考慮考察えつつ我々の足元を見詰め直し、その界隈の自然＝霊＝全体と仲良く協調し合い乍ら調和ハーモニーをとりつつ穏やかに過ごして行きたいものである。尠くとも、唯物界全体を先行、奮って行く様な真似、生き方だけは心して慎んで行きたいものである。諸君はこの私からの論証と提言を如何様に思われるであろうか？余りにも現実既存世界の情況と事情を無視した、浮世離れした無防備な甘ったるい考えだと思うであろうか？　いずれにしても人間は、人間の一人勝ちではなく、小競り合いの原因を作らない、霊世界の無価全体を尊重していくことをしていかない限り、後々そう遠くない未来、近いうちに、自からの首を自から締る結果になることは間違いのない明らかなことである。私はそのことだけは断言して言い遺しておこう！　即ち諸君、人間のこれまで旧来からの価値基準を基本（根本）一から見直し、検討を仕直し、出直しをしてゆきたいものである。一から我々人間の生きる意味と意義を問い直したいものである。突っ走るだけが人間の能、生ではあるまい。「爪を隠す」のもまた人間の仕事なのである。生存競争ばかりが競争ではないことを人間は悟るべきなのである。唯物的利己（エゴイズム）主義の現実、そこにこそ人間のありとあらゆる艱難辛苦と思い煩いの悲劇の元凶、そのものが襤褸と同源なって由来し、巣食ってあることを、もうそろそろ、否、とっくにそのことを悟って然るべきであったのである。霊長としての大いなる理性に目覚め、それを携えて置くべきであったのである。されど人間はあらゆる口実を設けては肉物近視眼的（現実的）人間象徴主義の思惟思考によってそれを排除し続けて来ていたのである。人間は真実よりも遥かに実しやかである虚偽虚栄心の方を支持し続けて来ていたのである。何を犠牲にさせておいても、それを達成させることに血道を挙げることに精出させて来ていたのである。この人間の根性は頭の天辺より爪先に至るまで行き届いてしまっているのだ。つまり人間というものは先程も触れておいた通り、大地、世の中がどれ程に天変地異が起ろうとも、「己れ（個人的）のところにまで被害が及ぶことの無い限り」において「物理的目標達成」が優先され、そうした考えの族の基に生きているのが全体を占めているのである。しかもそのことが不公平感を生み出し、齎らせていることを重々と百も承知認識し乍らも、そのことにはあくまで頓着せず頬被りを決め込み乍ら公然と行なっていく（た）のである。それもこれもすべては利己エゴイズムの自由自惚れ、現実の理に貢献している口実と結び付いてこれを挙行しているのであって、後ろ指を差される所以縁りは何処にも無いという理屈と筋道である。何んとも奇々怪々な話しである。それを一言に言って種明しをすれば、何んのことはない、物理経済社会を循環させていく為である。国の存立（存続）と民衆の生活を守る、という口実の為に他ならない。これを司っていくのが当局者社会の公然たる義務と責任とされていたからに他ならない。そして国民はこれに無條件にそれに随行して行かなければならない義務を負っていると誤認し、これに随わざるを得ないように容赦なく機構から仕組まれそれを守らざれば罰っせられていくということである。なれど、当局社会を指摘する者は見当らずの姑息な誤り＝過失ち、国家の大罪のそれに当局者が国民に対して謝罪まった例しも果してあっただろうか？　否、曾て遡ってからもあった例しもないことであったのである。これに対して敗者、弱者程ほったらかしにされ、無視され、尚不利に追い込まれていくことになっていくというのは、そこにどうした事情と理由が潜み、働いていたことなのであろう？　それも先程答えておいた理由に基づいていることは言うまでもない。つまり、国家と社会の方針、国民の総意であるところの定礎である唯物経済循環至上主義とそれを守り保障していく為の民主主義と自由主義、それに具体的社会人として貢献せざる者、寄与して行かざる者、その体制に逆い寄与せざる者、それが国、当局、社会の恩恵から零れていくのは極めて当然な理屈なことである。という意志がその裏で強力に働いていたからに他ならない。そして私の立場についてはここでは一切語らないことにする。如何にとなれば、それはこれまで充分に語り尽くして来ていることであるからに他ならない。それよりもっと有効な話しをしたいからに他ならない。それにつけても、諸君というものはその象徴既存の一部分を見ただけで、どうしてそれ程までに騙され易い人達なのだろう？　その謎についても簡単である。諸君の既存に関する肉物意識、それへの関心が、興味がひとりでに、その社会への象徴、表象に目を向けさせ、それに吸い寄せられていくのと併行して、本能的にも、生理的にもそうなっていたからであるに他ならない。それにもう一つ、諸君の、先ず自分の生の足場を固めることが第一だ、そう言われている生の足場とは、いったいどんな足場のことを差して言われているのだろう？　それも言うまでもない。通常概念に倣った物理的現実、既存における価に基いてそれに準えて目標基準として自身から定められている、という以下同文的なものであろう。社会は、現実は、物理全般はその意識に則って運営されていっているという紛れもない絶対的事実である。これは既に社会、現実に世界に向って「敷かれてあるレールであり、一つの軌道であり、目的目標」となって用意されており、そこがいかなる場所であろうとなかろうと、嫌いな場所ではない限り構わないのだ。ただ現実の流れ、既存の流れがそうなっているのだし、それに向って歩みを進めなければ自分としてもどうにもなりようもないのであり、なればいずれにしてもそれに自分の方からとりあえず自身もそれに向って添うてみるという訳だ。そうした意識と意志、社会への漫然とした目標が主であったに相違ない。つまりはそうしてゆかない限り自分の生活も、人生も取り敢えずすべて在ったものではなくなる、ということを知っているから、その自分の尻を叩き、靭を入れ、努力、頑張っている、ということであったのである。ここにもとより理想や真義、平和真実―等々そうしたものは一切なく、今任在排除されていたからなのである。そこには現実のみが支配していたからなのである。ただそこに自分を馴らして対応させていく以外他にはなかったことであった訳である。そのことは各自身既にその以前として認識し、其々各に弁えられていることでもあった。果して人間が新規の世界に入っていくに担って、新しい環境、営み、世界の中に、それ以外に何があったというのだろうか？　後のことはすべてはこの基盤、土壌、土台の上に対処対応しつつ、必然的に発祥して来ていた一切の現象でしかなかったことなのである。そしてこの基盤、土台、足場とやらば、その足場の何んと狭苦しく、ゆとりが無く、たえず海上の舟上にある如く揺れ、ふらちき、安定したためしはないことなのである。一本筋の通った普遍的信頼の置くことの出来るものはいずこにもなく、むしろそれはこの社会構造と同様それは邪魔扱いとされて来ていたことでもあったことだったのである。これが現世における人間の営みのすべてであったのである。おお、何んと人間の求める豊かさの土壌、基準と価の狭義による貧困であることか。物理全体によって世界を欺かれていたことであったのである。そして戦戦恐々窮々とし、周囲全体が干涸び切った荒んだ不毛の世界になっていたのでは、諸君もその折角の平和も理想も結局泡沫の露、として消し去っていったのである！　諸君は、人間は、この世界をそんな風には捉えないんですかね？　そして人類は正しくその生き方によって伸るか反るかの、攻防をその既存の因果を以て何か訳の分らないホールに向って突進していっているではないか。全員が総掛りとなって、有無も言わせずに、その足場を真偽で分らずままにせっせと築いていただけのことにすぎなかったのである。まだその上その物の設計も色々区区で、纏りも何も一向についてはいなかったことなのである。そして私というものはその人間から問答無用で叱責され続けて来ていたという訳だ。果してその正否はいずれの方にあったことなのであろうか？　とにかく人間というものは現状既存という基準と根拠によって判断を下し、正否を問いたがるものであり、私はその未来を如何に？　を考え、過去を礎えとして現在を生きている。否死んでいるのであろう。こうした世の中にあっては、仮りに広い心、真心唯心、大我と称する人達でさえ、一たまりもなく既存現実の中に呑み込まれていってしまうということである。それ程までに人間の既存現実の引力というものは強力強引であり、人を貶し込むことには問答無用の世界であった。何しろこれは絶対なる包囲網なのである。これを破るは正に命懸けである。常に正当を固持する人間に逆うは不当を覚悟しなければならない。汝らはこの憂き目に堪えていくことの覚悟が出来ているか？　私はそれを人には勧められない。その行く末に責任を持つことが出来ないからである。それだけの自信も驕慢さも身に付いてはいないことだからである。私には、事を異にするからと言って、その者を排撃否定していくことは出来ないのである。そもそも人間に限らず生命というものはすべて出生も場所も環境も育ちも「異」にしているものであり、それが当り前なことではないか。なればその意味において人は、否、生命というものは総てが孤独なものであり、故に人は、否、生命は仲間、共感者を求める者でもある。徒党を与みたがる者である。これは何故によるものなのか？　そこにはどういう計略、思惑、奸策が潜み、働らいていることなのであるか？　いわゆる集団による防御本能からなのであろうか？　いずれにしても、人間においてもこれを裏腹に求めていることは確かな事実である。ともかくそれはそれとして、人間、生命あるものとして徒党を与むことよりはまず個我の存在でしかない自身をよく見詰め、見極めることより（から）始めるべきではないだろうか。自からの誤った箇所を是正し、省みてゆくことから始めなければならないのではないだろうか？　それが人間には殊に課せられているように私には思われてならないのである。ともかく人間というものは、生理的からももれなく本能的に正統的に構えてゆきたがるものである。これ自身は別に罪なことではあるまい。ただ、そのことに付随して何よりいけないのは己れと立場の異なるもの、対峙している者、反対反駁する者、気に入らない者、相性の合わない者、生理的に受け容れられない者、その他力と数値の関係、社会的外部の価による関係、外見上の関係、利害関係など挙げたら枚挙に遑が無いことだろう。なれどこれは物理的思惟に基く外面的事情と感情の問題である。これに対して霊的精神者がどうしてそれと関わる必要があるというのだろう。彼の心の窓口は常に開かれたままになっているのであり、その出入りはまったく自在なのである。―だというのに、どういう訳か私の心の中には未だ誰も出入りして来た覚えはないことなのである。それはどうしたことなのであろうか？　いやまったく、それは私自身が偏に既存の中に棲むことの出来ない人間であった（る）からに他ならなかったからなのだ。即ち、私の他はすべての人間が、既存の中に生と身と生命を所在させていたからなのだ。このことは、私にとってこの人生を生きていく上においての決定的疎外されていく運命を背負わされて行くこととなった訳である。

そのことに関連して諸君、科学と文明に関する話しの続きであるが、その科学文明というものが我々の暮しの中にあって、物理経済のそれと同様、確かに便宜とその系列における豊さを届けてくれるものに相違いはないだろうが、他方ではいよいよ至上霊的なものを我々から遠ざけ、その心を消し去らせたり、衰弱させたりしていっていることには間違いないのである。謙虚謙抑を斥け、心を驕慢に傲らせていっているのである。その物理科学の文明を、それ程までに信用信頼させるに足るものであったのであろうか、そのことへの疑問質議であったという訳である。諸君ら人間は、そのことには余りも無頓着、感知したがらないようである。即ち諸君、この科学文明世界というものは、我々人間があくまで唯物的思惟、その知恵に基づいて人間の事情と都合、その便宜において、霊であるその自然の事情、他の生物達にお構いなく、寧ろそれを人間の長所として一方的無制限に活用しつつ、その霊全体の意向を無視してバランスを崩し、侵食して蹂躙し乍ら勝手に思いのままに都合便宜に応じて補充補足して開発促進させ、一方で痛めつけてばかり行くことは、人間として、一共棲者として、弁えとして、如何がなものであろうか？　自然に対する思いやりがどれ程に行き届いているものなのであろうか？　人間は、彼らにとって単なる侵略者の存在に他ならなく、すぎなかったのではあるまいか？　しかも我々というものは遥か後生末裔の者にすぎなかった筈である。それがこの地上を大顔闊歩しているとは何んとも痴（おこ）がましい話しではないか。その人間から、ことに近世に至ってその領地の大半を逐われた霊自然の悲哀を、人間はどれ程に自覚自責し、理解し、心に止め乍ら、それに報いようと心を砕いて来たであろうか？　それはおよそ残念乍ら皆無なことに等しく相違ない。そのことは近世における人間の生の有り方、唯物経済科学の有りようを省察するまでもなく歴然として表われ、証明されていることである。既存の現実の有りようを見れば、己れの心が疾うに痛むばかりである。して人間（ひと）はそれを省みるまでもなく、その既存の延長線上をいよいよ速度を上げ、辺りに一切お構い無く、自からをも波乱の危機に一方において晒し乍ら、その唯物街道を一直線の真っしぐらである。自からの寿命を縮め、貶し込んでいることにさえも気付いていぬかのようである。おお、この賢き者の何んと痛ましき愚かなる振る舞いであることよ！　人間の中には、それを自然に対しても寄与し、無用に転用していっていると思考える向きも、御多分に漏れず稀少僅かであろうが、それさえも人間の視点からのそれ大差ないものではないだろうか。自然においての霊的意向とはその多くの場合何んら関わりないことであり、感傷でしかないことを悟っておくべきことであろう。人間中心であることには違いのないことである。どうかそれを諸君、動物擁護だの、自然保護だのと言って自賛善行良心良識などと言って霊に対する当然なことを擦り替えないで頂きたいものである。あくまで謙虚な心構えであってほしいものである。そもそもその太初より、その天然真理、霊原理との袂を分つことによって、それと対峙する肉物生命を進化発展させることによって人間世界を切り拓き、当初における霊自然界を畏敬しつつ生存し、信仰を以てその自然から拝領しつつ弁えを以て畏敬し合い、補い合い、宇宙と大地、すべてとのバランスを取り持ち乍ら調和した穏やかな時の流れとともに共棲くらしていたものがいつしか、狩猟の移動的生活スタイルから定住の稲作農耕としての暮しを持つ余裕りの生活を持つ時代からなのか、それまでの謙虚であったものから、余裕りを抱つことによって次第に肉物に関わる心が活達になり始め、物々交換を経て徐々に貨幣による経済物流へと変換移行して行く過程を経て行くにつれて、それまでの霊自然との密接な繋がりを持った生活から今日の人間の生活の基礎を成すことになる物理経済による便宜生活へとその発達と共に徐々に舵を切り始めると共に、人間の心もそれに併行して霊的自然の調和のとれていた心から、その肉物的物心へと移行依存しはじめていったということである。この環境変化が人間の心の変化を促がしていったことは何よりも推測されて来ることである。されど当時は、中世位まではまだその霊自然とのバランスはなんとか保たれていた筈であったものが、いよいよ近世に入るに至ってその物理経済流通が激しさと依存度を増し、文明便宜がはびこって来ると共に、人の心もその物理文明に移乗するかの如くその価値基準を一変していったことは容易に想像推察のつくところである。そして現代となれば言わずもがなの如く文明がその「地」を離れて空中楼閣化して来ているのと同様に、ある意味において「ＡＩ」の世界に入って人間も霊魂の抜けたロボット化しつつあり、本来の人間生命をさえも去ろうとしているかの如くである。ここにおいて人間の心は、霊自然の本来とは完全に袂を分ち物心以外断ち切って何も寄せつけないと言ったら過言であるだろうか？　果して人間は、本来こんな世界を意識して望んで来ていたのであろうか？　これは人間生命本来の歩むべき道筋とは別の世界ではないのだろうか？　人間はその点冷静客観性を失って闇雲になってはいないだろうか？　私にはそれが異常、人間の心の疾病の様に思われてならないという訳である。

しかし今、私はその諸君に気付いたのであるが、その何もかも分別し、弁え、矛盾も不合理も—そしてもしかするとその理不尽なことに対してなのかも知れないが—そんなことは何んのその、何もかも承知、掌握し切っている如く筈の諸君がである、そう、これは実に興味をそそるいい譬喩でもあるのでぜひ引用してみることにするのだが、いいですか諸君、どうか誤解しないで訊いて頂きたい。そこで遠慮無く披歴させて頂くのだが、我々日常生活の中でタブーとされている真理、もしくはその人の最も弱点、弱味としている本音を当人の面前で—本人に断っても断わらなくともこの場合同じことだろうが＝あるいは世間に向けても＝中傷故意からでは無く―提言もしくは進言してみたとしよう。するとその進言された人物は自分の逆鱗に触れられたことによって憤然となって癇癪を起すことになるに相違ない。が諸君、考えてもみるがいい、果してその本音、もしくはその真理本質本心を突かれ、指摘をされたからと言って、その提言をした相手に対して憤怒るに価するものだろうか？　その人物の面子を潰すことになるものだろうか？　つまりその相手はこの人物の本質真理を見抜く程にその人物をよく観察していたことであり、その人物は寧ろこの相手を、自分に関心を挽ってくれていたことに感謝を以て礼を以て迎え容れなければならないことではないだろうか？　という提議であったという訳である。―となれば、私は諸君、人間、この社会と現実、世界と世の中を心から述解している以上、それを罵られ、悪態をつかれ、批難される筋合いも、葬られ、譏られる理由も何もないのではないか？　という提言でもあったということである。そこでこれに対して諸君はきっと、「そんな理不尽な無礼千万、赤裸様に思いやり、慈悲に欠けることは心外以外の何ものでもあるまい。第一心無く道義的に許されることではない」、と憤然となってけしからんと思っているところに相異ない。して、一理常識から言って、諸君の言われる通り裏切り者であるに相違ない。不心得者ということであろう。されど私は一理常識的自尊心に関する既存の話しをしているのではないのである。それに何より、諸君ら人間たちのそれがこの有り様を醸し出して二進も三進も行かなくなってしまって来ていることではないか。現代既存の繰返しと循環がこの有り様と限界ではないか。そして人間はこの路線、筋道を少しも改めて行く気持には一毛も無く、あくまでその方式を踏襲していくことに頭の中が既に満杯である。しかし諸君、いずれにしても真の道義、本当の思いやりと配慮と憂慮というものがそんな上面と体面と表象既存ばかりを気に掛けられた思慮分別、自己擁護的臭いのした狭義的、物理的、保守的発想で以て果してそれでよいものなのだろうか？　その一理的観念表象の一通りの世渡り、世辞的世渡りの方がましで、差し当り当面当り触り無く周囲も丸く治って行くとでも考え、言われるのだろうか？　何故私がこんな通常の常識、既存に逆らうようなことを突然諸君に持ち出すのか不審を抱かれるかもしれないが、しかし私が此処で提起しておきたかったのは、実はこの個我的カテゴリーに不拘わらず、公けの場のそれにおいてさえもこの本音と事の真実をどの様な場面においてさえも勇気を以て既成と世間体の慣例に捉われることなく、気に病むことを恐れず、善意と好意と責任において友好的指摘をし合い、忌憚のない意見交換をし合わずして、一体そこからどんな新しい発見なり理解と道とが開かれ、生じ、宿って深まって行きましょうや。その本音と真実に蓋をし合い、体面体裁だけの表向きの奇麗事によって、いずれも傷つくことを恐れた狭義一通りの思いやりと良識だけで、この現実の泥沼的悪循環からどうして這い出し、抜け出すことが出来るというのか、何んの意義が生れ、成し遂げることが可能になりましょうや、という訳である。諸君、表で大いに議論を闘わし、抗論を戦わし、それと共に心からその相手の立場を理解と共に労わり合い、協議を重ねて行きましょうや、という訳である。もとより、その本音からの協議、提言をしていく限りにおいては、その相手への衷心からの誠心誠意を欠かすことはあってはならないことは言うまでもないことである。対等の人間、一生命者同志同源として認め合っていくことが基本的前提であることは言うまでもない。この場合社会的、物理的見地より前提に発したならばこれは既に御破算は目に見えている！　責任のない個人的意見に走ったり、感情的に意見を押し付け合ったり、相手の揚げ足を取ったりすることは厳に慎まなければならない。空気を共に読み、それを穢すことなく理解し合うことである。ねえ諸君、この溢れる本音と真実の吐露を早速実行に移してみようではありませんか。相手の生命を尊重してゆこうではありませんか。そしてこの実しやかな心の籠らない戯言の飛び交う知性だけの現実社会にあっては、調子合わせの不誠実な世の中にあっては、それさえも大いに危険と出食わさなければならないのである。諸君も経験して知っておられる通り、善意とその感情は余りにも容易く、真実は真剣の如くこの虚偽擬装の世の中にあっては却って人を傷付けかねないからだ。はてさてしてみれば人間、我ら如何ように自からを律して生きるべきなのであろうか？　それは大勢に流されることなく、個々に心して編み出して行かなければなるまい。それはそれだけの遣り甲斐の価値のあることであるからである。諸君はそのようには思い、感じはしませんかね。ところが諸君たちの間においては、これまでも指摘して来ている通り、そうした労苦は一切避け、旧来既存からの常識一辺倒の意識と思惑と感覚、世間に倣って如才の無い良識と適合、概念宜しくそれが延こり、それが頭の天辺から爪先に至るまで、既存の意識と認識となって、生の知恵宜しくとなってこびりついているという訳だ。ＤＮＡの意識となって伝承、継承となって世界に、生命の根源となって流布され、行き渡っているという訳だ。これは便宜調法で誰にも行き渡っているものであるに相違はないが、されどここに安泰であった例しは一度としてない。常にここには風が吹きつけ、波風が立っている。その動揺に切りがない。これによってたえず永遠の平和と理想は打ち消されてゆき、中庸中正の波乗りだけが延ってゆくだけのことになる。これに抵抗するは無意であり、これを既存が愚者として嘲笑う。

つまり一般の軌道既存を心得とし、それに倣って踏襲してゆくのであれば、ともかく四方八方丸く治まって行き、自からの人生もそれなりに無難に運んで行くという段取りとその理屈である。世の衒い事によく習い、楯を付かず、人とは同調和して異を語らず、赤裸裸を慎んで穏やかに与してゆく。虚飾と御愛嬌を知りつつもこれを歓待しよろこんで受け容れてゆく。信義信義と片意地を張らず、穏やかに現実を受け容れてゆく。互いに凌ぎ合いつつも理解納得し高め合っていく。人生、くらし事が丸く納ってゆくならば態々その鎮まり治っているものを糺すこともなく穏便に計ってゆく。こよなく世に紛れて自己個性を控えさせ、されど自説を失わずに生してゆく。この保守中庸の生こそ通俗の値として世は人にそれとはなしに教えてゆく。

そしてその範囲での弁えた大人気な人生解釈、人間解釈、世渡り的解釈をし、我身自身の身の置き処と姿勢を心得、その差し当っての価値と見出した処世術を心得としている。

そして私にはどうしてもその点が聖域以来の性質からも巧くゆかず、疑問でならなく、食い足らず、人世界全体に常に威々し、脅え、その居場所に困窮し、人からの蔑みと忌疑されている視線と眼差しを常に浴びせかけられていたことからも、その自己の生に間に合せていくことがどうしても出来なくなってしまっていただけの話しである。どうしても諸君らのように世間の流れに乗じ、自身の中の理りからも、それに妥協順応させていくことが、自身の中に誡めが生れて来てしまっていただけの話しである。そしてこの不仕付けとも思える非礼な提言にしても、何も諸君個人に対しての悪気があってのことではなく、前にも述懐しておいた通り、公けの事情をいろいろと考慮顧みるとき、心よりその理りを諸君たちと仲良くお付き合いし、膝を付き合せて理解し合って行きたいものだと偲う私からの忌憚の無い意見の披歴をしてみただけのことであったのである。どうかその点を気を悪くされたならご勘弁、ご容赦願いたいものである。否、それは正直ではない。これでは自からを卑屈にし、諸君に諂らって御機嫌を取っている下心が見え透いている。本当は正直に言えばその諸君ら人間への怨みつらみ、敵意恨悪、羨望と嫉妬もそれなりに混沌となって入り混っていることを素直正直に告白しておこう。私は嘘は付きたくはないのである。何事も真実でありたいと思っているのだ。そうして行かないことには真理は見えては来ないと確信して思っている人間なのである。要は理性と良心と誠意だけが勝負で、私はこの断章においてそれだけを約束しておいたのだ。―しかし、ところが果して結果は、巧く立ち回ることの出来なかったことで、巧く虚をついていくことの出来なかったことで、巧く世間の知恵を身に付けることを嫌って来たことで、この無様である。孤立である。不毛である、飢餓である。寂寥である。生き乍らの死生活である。

七

　さて、ここでまた、先程も提議しかけた主体性云々の議題を改めて取り上げてみることとしよう。どうかそのことをご容赦頂きたい。私はこのことについてかねてから疑問にも、惑わされもし、繁雑にもして来た懸案でもあったので、その論旨をここでまた一寸展開させてみたくなったのだ。私は兼がね、不明瞭で、いい加減で、欺瞞に満ちた、嘘っ八な人間だと見られて来た節がある。確かに世間のそれとは別の意味において、渾然とした不可視不可怪な人間であることに相異はないのだが、しかしそのことは生命のカオスであることを思えば、諸君においても五十歩百歩であり、大差はなく、等しく同等な筈なのである。何しろこれまで繰返し述懐して来ている通り、生命そのものが宇宙のそれと同様な未知なる部分によって大凡が占められ、蔽われているものであり、不可視不可怪な無限の可能性の中に秘められ、浮かんである存在である以上、一概にして人間が推測(はか)って決めつけて言い切ることは愚の骨頂のことの様に思われるからである。ましてや狭義既存からのそれとなれば尚更のことであろう。それに、この内省的霊世界で暮している私を、地上既存の法則定義、人為狭義の諸君にどう説明したなら分（解）って貰え（頂け）るというのだろう?　通り一辺倒の表象物理形而下の価でしかないものごとで総てを言い括ろうとはしないで頂きたいものではないか。しかしない、それでは霊的忌憚の無いところを披歴し、打ち明けてみたところで、前にも述懐しておいた通り、旧来からの既存認識によって、物理具象の解釈によって、社会世間用の解釈によっていよいよ悔られ、益々誤解をされ、解釈されていくだけのことである。益々地表の諸君を困惑させ、物事を拗らせ、見縊られていくだけのことである。即ち、私は諸君ら社会から真実まことの言葉を阻まれ、一般通常の表象における通りでしかない言葉、既存の話題を好むと好まざるとに拘わりなく強要されて来ているばかりという訳だ。その限りにおいて、地表社会とその現実既存、人間の生活に背き—その生活からは出来るだけ距離をとって来た私というものは、窮めてそこにあって乏しく、貧しく、要領を得ない。諸君ら地上人からの不信（審）を抱かれるばかりで、諸君とは変に距離を置かざるをえなくなって来るではないか。即ち社会実生活、人間との関係は更に疎遠に置かれと来ることになり、到底羈絆結ぶことは有り得なくなって来るではないか。

　いやどうも、私の話しというものはいつもこのように湾曲し、廻りくどく、どうも頓挫していけない。迷走しきりである。もっと単刀直入素直になって尋ねなければいけない。つまり諸君たちには生涯を通じて生命的に如何にしても関わりを持って行ざるを得ないもの、生来から深く頑固に拘わりを持って行ざるを得ないもの、そこより否応なしに片時もなく意識を留め、離すことの出来ずにいるもの、そうした生命の本質から由来して来ているもの、否、これでも未だ表現が適切ではない。即ち自分が生涯に亘って関わりを持って行かざるを得ないプリンシンプルや理念と信念、原理原則としてたえず主張して行くこと有るのか無いのか、私がこんな質疑を引っ張り出して来たというのも、そのことがたえず片時も無く気に掛って仕方がなかったからなのである。私の傍らにくっついて離れることがなかったからに他ならない。そのこと時体が非常とも思われる既存現実社会の中にあって―諸君にあってはそんなことはとりたてるまでもなくそれこそが日常性の当り前ということなのかもしれないが―存在すること自体が極めて困難なことの様になって来ているように思われて仕方がなかったからなのである。自覚している確信、あるいは独自な見解と思い込んでいるそれが、実はどれもが立場の相異からだけの其々の借り物によって成り立ち合っている一般的共通性、あるいは共有性によるものであったり、画一化されているものであったり、社会と現実、物理的結び付きによるものであったりしているものではないだろうか。いわゆる一般的個性とされているところのものにすぎなかったのではないだろうか？　私にはそのように感じられてならなかったということである。であるとするならば、私に言わせればそんなものは独自性でもなければ個性でも、特出性でもなんでもなく、一般性に限りなく近い共有共通性にすぎなかったということになる。

それにつけても、諸君らはこの既存における社会性というものを如何様に捉え、考えておられるのであろう？　それは僭越乍ら、諸君らの場合においては、生命の普遍的真理という原質原理性一つに括られているものを専ら態々其々の適応性、都合に適うことに優先させる目的の為にばらばらに、しかも無造作に解き放ぐり、このばらばらに社会からの組み立ての都合上、専属化された苗の中から自身に一番適った都合のいい苗だけを選択見つけ出し、その一本一本を区々に先鋭専門家してそれを深めていくことによって逆に一束全体というものを高めていくのとは逆腹に埋没して見失ってその一部一分野でしかないそれを一未来真理を飛び越えて主張するという逆転現象が起って来ていることは何もめずらしいことではなく、むしろそれこそが日常性となっていることはその物理主義、肉体生命、具象形而下、象徴主義にあっては珍らしいことではなく、堅実性が理想主義を飛び越えて覇権を握っているようなものである。本来を抑えて、牛耳って罷り通らせているようなものである。この人間の肉物狭義の保守的小理屈を大義の如く実しやかに変装させているところに、大義本来の理想世界の世の中など夢のまた夢、やって来よう筈もないことを彼ら人間自身が証明して見せているというのに、その肉物に目の晦んだ人間自身が覚り得えないところに、人間の不善小悪の不幸、悲劇性が既に由来し、去来していたということでもあったのである。

この点、既存である肉物狭義の現状を支持踏襲していっている人間の総体はもとより、この総体とあくまで与していく世界、社会、世の中の現実の有り様においてもその右の如くそれに寄り添っていく他にはないことであったことは言うまでもない。つまり総体現状への「鸚鵡返し」の役割にすぎないということである。諸君はこの私の見解というものにどうにも我慢がならなく、断じて許すことが出来ないであろうか？　しかし乍らいいかね諸君、我々の持つべき自負自覚の確信というものが、一生命の真理と根拠を必ず一括りとしてそれを守らなければ、人間の当然踏み行なうべきものなんてただの観念上の御題目にすぎないということである。そんなものはいくら叫んでみたところで言行不一致の何んにもならないどころか、益々諸君ら人間の狡猾さ、賢しらさ、欺瞞性を際立たせていくことになるだけのことであるからだ。そしてこの生命の真理と根拠の主体性、霊の原理だけは、歴史、時代、政治、社会情勢と環境、文明科学が如何様に発展進化、我々人間個々の立場がどれ程に移り変っていこうとも、そんな外部表象の虚偽性からは脱すること守られることなどは適わず、その現実不霊の中を突っ走っていくだけのこと、その支配下にあることしか適わないということである。永遠に真理本質など貫いていくなど出来ないということなのだ。これを人間（自分）の都合と事情などによって自由自在変動させるなどと考えたりして勝手に解釈するなどは以ての外愚の骨頂として厳に慎まなければならないことである。諸君らはそんな風には考えず、あくまで人為の都合、時代、環境次第の対応であると考えていくのであろうか？　これが人間の対応変化の素晴らしさと特権だなどと考えていくのであろうか？　そして人間はあくまでそのことを言行実践して証明して見せていっているではないか。それを自己評価していっていることなのである。そこに罪悪感の微塵も見られない。その私からの提言提起、生命の真理と根拠云々に対しても、そんなことは諸君からの指摘を受けるまでもなく誰もが生来より具っているものだとし乍らも、実際にはその本質を踏み躙り、その上を闊歩しているのが諸君ら唯物の既存者たちのその有り様ではないか！　何んとも驕慢強か悪質、そして本質真理に鈍してしまったことだろう。つまりこの「おぎゃあ」と言って自分の存在をこの世に宣言し、知らしめて以来、誰もが具っている生命の真実であることを知り乍らですよ、生命の原質原理としてそもそも心得それを自分の本能肉体生命それだけを大切にして人様のそれを存在（ぞんざい）に扱かおうなんて、不心得もここに窮極まれりではありませんかね。人間（ひと）のやらかすことの最悪の極みといったところですよ。利己自我自尊にも程があるというものである。それが世の中、現実の日常であるから仕方がない、などとは言わせまい。地上界での評価、人間社会の価がどうあれ、この地下界、霊本質にあっては虫けらより劣るというものである。どうかそんな依怙地で殺生なことはしないで頂きたいものである。そんな狡智で邪（よこし）まなトリックは人間の浅ましさが丸見えというものである。どうかそんな世間やら、唯物人為やらからの外部的環境からの誘惑なんかに敗けず、表象凡夫なんかに挫けず、肝腎な心までを侵蝕汚染されないで頂きたいものである。ねえ諸君、私は本当に衷心よりそう思い、諸君のそれを願っている次第だ。そしてこの私の生命の主体性云々の検証に異議異論を唱える、お気に召さない方がおられたなら、是非その異なった、もっと決定的な増しな真理やら主体性、その論旨論拠なるものを是非此にお示し頂きたいものである。納得のゆくように説明して頂きたいものだ。そしてそのことに得心がいったなら、こんな堅苦しい自分人生を台無しにしたようなそれから、諸君ら人間の既存の理念の方に、その主体性を移らせて頂こうというもんですよ—少々手遅れかもしれませんがね—私はそのことを約束して憚からない。ただ残念なことに、私はこの長い半生を生きて来た訳であるが、この私を納得させ、覆させる様なそれに未だに出逢ったためしがないだけの話しである。

　いやどうもいけない。私より遥かに賢明なる諸氏諸君を出し抜き、差し置いて、これだからあらゆる人間からは嫌われるし、私には同伴同行者は現われないばかりか、あらゆる人間から疎遠疎外に外されていくのだ。どうかその焼きの回った私の身の程知らずを責めないで頂きたい。諸君の持ち前の善良さと寛容さによって赦してほしいというものだ。私とて前以て理っておいた通り、その諸君に悪気があってのことではけしてないのである。こんな生涯半生をひとりぼっちでしか生きることの出来ない身であるならば、諸君、同類である人間と心より偽わりの無い親友、刎頸の交わりを持ちたいものだと心底生命を挙げて切望しているのであるが、どうやらその切望は世の総ての人為の価とその常識からは廃棄処分にされてしまっているらしいのだ。社会、世の中、人間とは釣合いが取れないらしいのだ。この人為社会の価にあっては、それに等しい釣合いが、性格からしても、常識からしても、物理的利害関係からしても、それなりの肉物的外部的条件が整い共感し合えるものでなければ畢竟とするところ長続きはせず、信頼感は薄れて冷えていってしまうらしいのである。その上私においては生来聖域以来の事情によって世間知らずの無調法者だと来ている。根っからの唯物人為社会への、既存現実への反目者だと来ている。その彼らにとっての私は不届き千万の不逞の族でしかなかった訳である。彼ら人為既存の総体、意識というものが暗黙のうちにそのことを物語り、空気と気息の眼差がそのことを証明して見せている。何しろ人為の既存総意から認められず、排斥されている私にとって、こうした独り念仏をせめて唱えてでもいなければ、自身の存在そのものが埋没し、消え入って分らなくなってしまうというものである。どうかこの自責自虐することでしか自己確認していく術さえなくなった私の事情をこれ以上を責め立てず、許して頂きたいものである。それに諸君、諸君においても実際そうで、前にも述懐しておいた通り、我々の生命なんていうものは実にこの何んらかの生の目的なり支えとなる、生甲斐、夢と希望みをそこに持っていかないことにはその人生というものを乗り切り、持ち堪え、成立させていくことは出来ようも無いもの（こと）なんですからね、そこには苦楽いろいろ付き纏って来ると諸君も承知しておられる通りなのだ。そんな訳で私の場合も、その生と生命に苦役ばかりがのしかかって来ると述懐しておいた通りで、これを何んとか生甲斐と快楽に変換して有効に再利用再生産し直していくことは出来ないものか、その廃棄しなければならない苦役からのゴミなら私には尽きることなく無尽蔵に有り余って私自身がその中に埋れて既に窒息してしまっている訳であり、これを資源としてどうにか活用かすことは出来ないものか、とその考えを巡らせた訳である。こうなったらそれによって傷付けられ、足蹴にされようが構うものか、どこまでも自分の生命、その値を貫いてみせてやる、という訳だ。その痛痒痛苦の中からエキスを引き出してみせる。快楽に転換してみせる。というわけだ。その一方では、諸君らの全体から祝福されている既存の価いに基く祝祭祝宴の宴げを横目に指を食わえ、あくまでひとりぼっちでしかない寂寥飢餓している自分の宿命に涙を流し乍ら救いようもなく傍観して突っ立っているより他にない憔悴し切れ己れがいたという訳だ。己れの肉体生命の悲哀と相争っていなければならなかったことを正直に告白する。私の生命の中には、常にこの相矛盾する二つの生命が葛藤し合っていて、諸君ら人間の様に同調し合うことはけしてなく、どちらかといえば霊的生命に主導権を保たせ肉体生命を随わせず、正当視していくことを拒み続けている自分の生の営みが常にそこにあったという訳である。この私の怜悧は何処から由来していたかと言えば、それは「自己の真実」を求めていたからに他ならない。それが聖域以来の私の生命の飢餓として法則となって要求して来ていたからに他ならなかったからなのだ。そしてこの私の事体は、それとは真逆にある人間の生によってすべて「撲滅破壊」されていたということである。私はこの人間からの征伐に地下界の洞窟に逃げ籠らなければならなかった訳であるが、ここはあくまで暗く、生からも隔絶し、自身生きているのか死んでいるのやらさえ判別のつかない人事不省（しょう）に陥らなければならなかったことは言うまでもない。そしてこれさえ人間は私の至らないすべて生の不祥事として片していったのである。既生の生こそが健全正当な生とされていたのである。人間の行ないこそが真正面生き方で正当に適っているという理屈である。この体制とはもはや初めから勝負も何もあったものではない。彼らは如何なることに手を染めようが罪悪感は無く、その前に正当化がやってくるのである。それこそが彼ら人間の生本能そのもの、生きる力であったという訳である。これ程明解なことは他に無い。しかしこうであっては人間御仕舞いというもんですよ。世もへったくれもあったものではなくなるというもの。人間ここまで落ちてしまったら、もう行くところはどこにもありはしませんよ。それにつけても、人間をそこまで貶しめたのは一体何者何んでしょうかね？　煩性？　本能？　それとも肉物経済至上主義思惟思想全体とその理性の失われた欲望？？？

ところで私がその諸君、人間というものに対して猜疑と不信の目を向けるようになったからと言って、何も不思議がることはあるまい。人見知りする、偏屈で少々臍曲りな人間になったとしても何も不思議がることではあるまい。否、むしろそうならないことの方が不思議というものではないか。何しろこうした環境の下で、陽の射しようのない穴蔵の中で、本生というものをこのような稀有な生命を授かった者の立場、條件からして、既存通常の中に迎合していくことこそ不自然というものであったからなのだ。何しろその私にしてみれば、この生命の條件の下で、私の魂と心が正常に働く程逆に益々諸君との関係が険悪なものとなって遠ざかっていってしまうことになったのであるから。つまり諸君の必然的意識とは真逆の霊的意識の方に下っていってしまうということである。諸君、生命というものは元来そうした総体団結に正常なものであり、それに正直に反応と対応していくものである。けして自分の狭義による思い通り、意志通りにならないことは明白な事実であるからである。この生命というものの営み、運行というものは宇宙天体の営みに似るように出来ていて、もっと途轍もなく「微生物」である人間の思考力によって計り知りえることの叶わない超大無限なものである。そして私は、この生命に関する営みの仮説というものを諸君に請け合い、諸君にも譲らない。それに引き換え人類の殊に唯物思惟たるや何んたる狭々こましいことであることか、これは深呼吸もすることの出来ない程にぎゅうぎゅう詰めの圧迫感を生じさせているではないか。諸君らにおいてはそうは感じないのであろうか？　聖域以来、私と人間との意識が地上と地下との対極に対峙してしまっている以上、その事実を今更云々してみたところで始まらないことであろう。ナンセンスということになるのかもしれない。私はそのどうにもなりようのないものをどうにか仕様として独り七転八倒の意識葛藤角逐をしていたのかもしれない。そしてその自己闘争と抗争の中に私は一種の霊的快楽を見出そうとしていたのかもしれないのである。そしてたった独りこの閑暇だけの人生にそれさえ与えることができなければ、それは何んとしてこの人生の閑暇を切り抜けていくことが出来たというのだろう？　諸君、この既成の事実を思うとき、私はむしろこのどうにもなりようのない人間人為の総意、人類の唯物のなせる仕業に食ってかかることで、諸君全体を困惑させている自分の方にこそ、公私に亘って無意味なことをしている罪咎（科）が、彼らが言っているように有るのかも知れない、その悪くもない二重の罪科を背負い込むことで、その深味に益々嵌ってゆく。人間形而下の強者の価の中には、確かにそうした己れの冒す罪までも、弱味な者に転嫁し、擦（なす）る手口が働らいている。これこそ物理推進者の弱点となっているが、これを絶数の彼らは正にこれを見て見ぬ振りをする者もまた有象無象である。事毎左様に人間物理思惟社会の既存現実というものは厄介に出来上っている。始末と手に負えないと来ている。ここには善人も悪人も無く総てに具っている始末に終えない心裡である。余所行きと普段の顔である。二心である。―そしてどうか諸君、こんな途方もつかないおしゃべりを繰返している私に気を悪くしないで頂きたい。諸君からとやかく批判を受ける以前に、何より自からの良心に既に私は裁かれ、身動きが活かなくなっている次第なのであるから━。

　ところで、私はこのように諸君ら人間から流離離脱している人間、不自然窮まりない関係に陥ってしまった訳であるが、その点既存同体の生にある諸君の間での、地上における同胞の営み全体においては如何がなものなのであろうか？　果してどれ程にその関係は巧くいっているものなのであろうか？　同様な社会的認識、既存の意識と価と共有し乍らそれに基づかれて共鳴共感の調和、同調している筈の生活を、また、「道徳塗糊」によって生活を送っているように思われるのであるが、果してその真相とするところは如何なものとなっているのだろう？　もしかすると、その諸君たち既存者全員から放逐され、一方ならない感情に眩まされている私なんかより、僭越乍ら諸君らの間においてさえもそれ以上に途方もつかない複雑で、逆腹で、表向きのそれとは打って変って、内心においては戦々恐々の疑心暗鬼、どうどう巡りの猜疑心に捉われて身動きが活かない程に、国家間における国際情勢宜しくそれと同様に、安堵することの適いようもない生活に明け暮れておられるのではないだろうか？　何しろ諸君の生活というものは表向き表象はともかく内心内情においては唯物思惟という便宜に主導権を与えてしまったことによって和する心に仕付けられ、成立しにくい世界となっているのであり、霊精神に根拠を置こうとする私の原理、プリンシンプルとは比べものにならない、そのくらしに「鎧い」を身に纏った、けして真相正体を現わそうとはしない━それでいて和を以て成すことをエチケットと為す考え━であり乍らも―防備と警戒の態勢をとっている、そのことによってたえず緊張させている、真の平和理想とは裏腹な戦時態勢を欠かせないと考えている世界ということなんでしょうからね。このことは私の思い過ごしであればよいのだが、何しろ諸君の営みというものは人の心を信じず疑うことによって―自身を常に正当立てていくことによって安全を確保しようとすることによって―成り立たせているようなものなんでしょうからね。諸君の所作立ち居振舞いにはたえずそんな矛盾が常に感じられるというもんですよ。こんなことでは戦争、犯罪の絶え間ないのも当り前の話しではないか。何しろ諸君の生きざまと来たら凄まじく、けたたましく、おっとりした世間知らずの私などは弾き飛ばされる他にない。従って道に避けてお先にどうぞ、という訳である。その諸君から見たなら、この私のような人間はさぞかし女々しく、意気地が悪く、自分というものに怠慢で無責任な人間として映って来ようというものである。消極的負け犬として映っているに相違ない。私はその諸君からの眼差しというものをそう確信している次第だ。ところがどっこいどう致しまして、それは諸君の上目遣いからの勝手な判断というもので、諸君の方こそこの地下世界からすれば信義本質に対して無責任窮まりない生世界というものである。尤も、この双方の対峙した主義主張で張り合うこと自体無意味で愚かしくも戯い無く、ナンセンス、大人気無い。そんな反面と側面、地上界と地下界、現実と本質、虚構と真実のその一体一つの表裏応酬をして見たところで埒も明かないことである。諸君はそうは思いませんかね？　そしてひょっとすると、いやきっとそうであると私は確信しているのだが、諸君はその推察し、仮定するところ、皮肉にもこの私なんかより、現実既存と一般の観念と価の中で頻りに嘲弄嘲罵の苦慮を強いられ、それに翻弄され、その因縁の生活を送っているのではないだろうか？　何しろ諸君らの至上としてゆく唯物一理の主義主張にあっては絶対値の本質は横、若しくは端っこに片され、その便宜調法だけが其々ばらばらの思いとなって本体を尻目に闊歩し合って罷り通らせているという訳である。さぞかしその断片、切れ端しを手にしているだけでは心もとなく、不安で頼りないことに相違ない。いやはや可笑しなものだし、一体諸君、いずれがましだというものなんでしょうかね？

それはなかなか興味を注る難問ではありませんかね。肉物煩能か、霊生命の本質本源の―諸君はその双方のいずれを選択するというのであるか？　人生、生きるということは全く以て今日既存の情勢傾向にあっては難かしく、また考えようによっては慭じなものである。畢竟結論正解は無いらしいのである。否、人間旧来からの当然化、必然性として来ていた唯物経済至上思惟の優先に置く人間の狭義のくらしに限界があることが目の当りとなっている以上、その真偽を、明らかなものに探り出して行くのも人間の仕事であるに相違ない。生命とは、丁度この無限宇宙に浮んだ星のようなものであるからである。そして結局は、我々それぞれが一個の「星」、生命であることを自覚し、その自からの責務の為にその道を極め、その軌道を誤りなく遂行させて行くことにあるのではなかろうか？　生きるとはそのことに尽きているのように思われる。私はそのように考え、捉えている次第なのである。諸君はその点如何が考えておられるのであろうか？　―人間のことはいざ知らず、私は私に定められている道—宿命と運命—その自分に与えられている真実、生命の真意に随って、聖域によって得たところの生の定義、知恵と基盤を依拠とし乍ら、それを財源として生きていくより他にないことであるからだ。何しろこのことは自身の後の意志と意識を遙かに越えた、それよりももっと遙かに深遠から既に固められた地盤より沸沸滾滾と絶えることなく湧き起ってくる生命の、生への要請、うねりによるものであるからだ。そして私のこの霊によるものとは異なり、諸君の多くというものはこの三つ児の魂よりその後における意志や意識、即ち人為社会である環境や外的因果の方が色濃くその影響を与え、それに自分を同化移乗順応させていくことがスムーズに出来るよう培われているらしい。このことはそうは行かず一向それに対して反駁して来るより他になかった私とは遙かな埋めようのない蹉跌背離となっている。このことは何故にその隔たり差異が生じることになったのか、それは言うまでもなく、つまり私がその聖域以来の事情と所以によって既にその人間の価の絶対環境に対してその生が反駁懐疑せざるをえない基盤宿命となって絶対的に身に付いていたのに引き換え、大凡全体の人間というものが小さな差異は生じても、結局は畢竟とするところその絶対環境に呑み込まれ、それに順応していくことが可能として培われていたことであったからに他ならない。

八

私は先に、生命の作用と人間性の原質というものが、その人に齎されるところの三つ児の霊魂その聖域による生活環境の習慣とプロセスによって成立させられ、培われ、育まれ齎らされて来るものだという説を提起したわけであるが、その点において諸君においても同様であることを私は信じて疑わない。即ち、その過程において殊に係わりを持ち、影響を受けることになった家族兄姉をはじめとする密接に関わることになった親族もさること乍ら、ここで殊に取り上げたいのはその人の育って来た時代背景、その環境と情況からの符号と傾向に伴う概念と印象という一生命が必然として関って行かざるを得ない時代潮流と情報社会、体制というものと密接に感受し、また、させられて来たことは言うまでもない。尤も、ここで誤解を受けない前に断っておくが、これらの時代潮流と情報社会体制というものは我々個々の意志するところとは関りなく、我々の外部環境として間接的な勝手に押し寄せて来た社会と世界の流動とうねりであり―とは言えその潮流とはいえ差し詰め結局は元来から我々人間が故意として支持して来た唯物思惟、唯物文明便宜社会が強く反映し、推し進め、願い、創築して来たところによる生活環境全体の流れから来る遠因近因によって齎らされて来ているものであることには変りない。―いわば我々人間本来成すべき、行くべき道とはいつしか誤差、外れた―どうしてそれが、つまり世界の権威者たちが自からの意向を以てそう仕向けて来た世界情勢というものが、我々個々の意志するところと、必ずしも密接に合致しているものであるなどとどうして言うことが出来るといえるのだろう？　遊離しているものであればこそはじめて生じる、味わされる悲哀と片方の価であり、またそこに問題も生れ、提起されて来るというものではないか―それはあくまで経済的紛争に繋がるものであり、物理的歪みであり、生活感覚の格差と不均衡であり、有益な面を差し引いてもそれは有り余りにも意識の誤差たものとなっている。いずれにしても故意として人間が意図的故意として生み出し、創築創設して来た世界（社会）であることには相異ないことである。即ちこれも人為の齎らして来た一理一端という名の弊害にすぎなかったということである。そして諸君がその限りにおいていくらその世界に価値を求め、認め、見出だそうと、それはあくまで擬装化させた世界にすぎない。装飾贋造されている世界なのである。そして我々の多くは、生命の真性をさておいても、この疑似性という便宜なものに信頼を寄せ、依存させて、それを取りこなして身に付けることに忙わしなく躍気になって生活と人生に恰も欠かすことの出来ない不可欠なものとして勇んで取り込み、自からを委ね、取り違えと混同を起してしまっていることでもあったことなのである。諸君らはこの生活と人生と生全体の変換を一体何んと据え、見ていることであろう。否、それは人間の数値の論理によってこの方を普通真正面で、私のそれの方を誤差ているとみ睨んでいることは明らかである。ともかくもその判断は別として、この唯物における既成既存の人間社会、現実と常に密着提携連携して行かざるを得ない仕組、システムが出来上っている以上、そこにすべてを投じていく以外に無く、何も成立しなくなっているという自由という名における不自由なこと甚しいことなのである。この人間全体の思惟思考や判断や価、行為行動実践までをすべて一から十まで既存狭義で縛り一理支配によって、操ったり、人の真心までを占拠占領して仕組んでしまう如く何んたる恐ろしい世の中にしてしまっていることであろう。人間はこの唯物一辺倒に完全に包囲され、取り込まれ、浸蝕され、呑み込まれ、洗脳マインドコントロールされてしまっているのである。他の価と比較することの出来ないように既存物理一律一理だけの世界でしか物事が考えられず、言えず語られず、他を語るを憚かれる世界、世の中にしてしまっていたのである。正論、真義、筋道根底、道理の見ることも通らない過誤の迷路による一本道になってしまっていたからなのである。私にはそれが倒錯した社会と世の中、世界のようにしか思われず、感じ取ることが出来なかったのである。そして彼ら人間諸君の既存の価全体から私という人間を眺めると一から十まで為っていないばかりか、それに楯を突いているまことに怪しからぬ世の最低最悪の許し難い人物、背いた人間、倒錯している人間、ということ（になる）らしいのである。諸君らはその辺りのところをどのように判断、評価、理解、解釈して見て取るのであろうか？　とにかく諸君ら人間世界というものは、その形而下である時代性、情報性、利便性、唯物経済の社会性ばかりを基準として追い求め、その人為的なものばかりが良くも悪くも評価の対象とされ、生命による霊的本質性、主体性、根源性、普遍一貫性、―それらの形而上性は置いてけぼりに無視忘れ去られ、除け物扱いにされ、無きが如しに扱われてしまっている。それればかりか世界を形成繁茂し、根底内外からバランスを崩して、物心を語って、真実を蹴飛ばし、正義霊魂を無きが如しのように侮蔑(あなど)ってゆく。つまり人間諸君は総て右傾形而下に列挙させたことは人間自身が実践して来ているということなのだ。諸君、諸君たち人間とはこうしたことを見てるまでもなく差し詰めいくら賢いように見せかけていようとも、その正体は真心からの逸脱して来たことではなかったのではないだろうか？　諸君はこの人類の歴然とした紛れも無い事実を一体なんと見てとることであろうか？　称讃と見るのであろうか？　屈辱と見るのであろうか？　それとも恥辱と見るのであろうか、あるいは反省自戒しなければならないこととして見るであろうか？　いずれにしても如何ようにもその見方次第受けとり方次第、基準次第によって如何様にでもなってしまうものであることに気付くべきであろう。だが、人間に対してどうしても一つだけ言えない言葉がある。それは「誠実」ということばである。これを発しただけでもうむせ返ってしまうのだ。この地上にあって、これまでそれに適った真なる人間がこの地上のどこに現われた例しがあったというのだろうか？　私はそれを知らないしこれに対して断言して言うことが出来る。それは人間すべて「嘘付きである」ということである。これをつかなかったものは未だ一人としていなかったことであろう。如何にとなれば、世の中全体の潮流、人間の生の仕組意識の流れと趨勢、既存の営みとシステムそのものが、既にそれを付かせる様にシステムそのものが丸ごと仕組まれていたからに他ならなかったからなのである。例えば稀有な曰くと事情が重なって、諸君がこの社会の現実既存にどうしても、如何にしても逆らわざるを得ない、自身の霊的真実を貫き通しざるを得ないとするならば、諸君のその生の謂れは直ちに全体から、即ち生を謳歌している者たちから、その非情な危機に曝され猛反撥に晒されることになることは自明の理となっていたことであったからなのである。即ち現実は常に、絶えず、既存常識、既存意識と認識、中庸中正の生によって成り立ち、それによって制覇席捲されていっているものであり、その真の生き方を阻みこそすれ、許すことはしておかない、実しやかによる擬装の皮膜大気によって覆われている世界となっているところであったからである。つまりこの人間世界にあって中庸の徳にあって生きていれば何はともあれ身の保障はされてゆくが、それに逆って、正真（真生）を求むる者は保障の限りではない、という暗黙の区分（けじめ）と括りということが既についていたことであったからなのである。

大体において内省的霊精神、諸君においてはそういった生命の根幹本腰に関わる最も抜き差しならない大切にしていかなければならないものを、そうした当世人為の形状的事情によって喪失ってはいないだろうか？　否、それ以前として諸君はそのことの有益性と善良性、信頼性の霊的形而上の本質について一体どのように考えられ、その辺りを何を基準、目安とし、その判断をしていっていることなのだろう？　そして私にはその諸君の基準、目安、判断材料としていっているものが自己本質の生命の真実に依らず、寧ろ外為的、人為社会の価、具象形而下、現実的極めて中庸中正に撤っした都合主義の要領によって纏められているものに思われてならないからなのである。諸君の本当の真相は果してどの辺りに由来していることなのであろうか？　そしてこれから以降の時代というものはいよいよ、否応なく、益々、好むと好まざるとに不拘わらず、人為による物理文明の情勢と趨勢、ＡＩの加速、それに伴う報道機関との関係、等々によって、我々生命の真実である本質は邪険にされ、空中戦、楼閣化し、ＡＩ化分断化が進み、人間の変質性は益々突き進み、只管尖鋭化していくばかりで、味気無く、面白味も無くなり、趣も、情緒もへったくれも無くなって、人間性はともかく、生命性はどこにも失くなり、そんなものはどこかに消し飛んだ、ただデータだけの世の中になってしまうに相違ない。すべてが容赦無く物理文明化の中に嵌め込まれてしまうという訳だ。諸君はこの未来の姿を何んと見、考えるのであろう。これを人間の進歩と見るであろうか、それとも人間性の欠除と頽化とみなすであろうか？それは偏に何を基準基点にして考えるかにかかっていることであろう。そして私にとっては、その物理文明による未来や予想図、その人間の土壌本質を遊離してしまった人間世界、その益々虚妄化してゆく意識、思惟思考の有り方、環境からの洗脳と征服というものが只々恐ろしく、味気無く、遣り切れなくて仕方がないということである。しかし私においては幸いなことにその時代においては既にそこには存在していない訳で、すべてが杞憂となっている訳である。諸君、これは私の妄想的取り越し苦労で、事実はもっと健全で、偏向の無いバランスのとれた時代と社会、世界となっているのであろうか？　しかし諸君、ひとつ考えてみてくれ給え、この唯物文明というものにあっては以降仮定の話しではあるが、急速な進歩を遂げれば遂げてゆく程に、それが時代だの、現実だのといって然り顔で通るようになればなる程に、我々の独自性や個性であると思い、考えられているものは、実はそうではなくなり、いつの間にやら知らないうちに皆んな似たり寄ったりの変哲のないのっぺら棒の基準、即ち物理的科学だけによって形造られた見掛けだけでしかないものとなり、中身と本質は既成化されたものによって一色体ののっぺらぼうとなってしまうだけのことである。果してこれが個性や独自性、オリジナルといえるものであろうか？　そして残されているのはその狭義の中だけの立場と権利と意識の主張の闘争と紛争のそればかりが延々と続いていくということである。諸君、この私の憂慮と危惧は単なる妄想老婆心にすぎないものだろうか？　そして私はその思い過しであることの方を願っているひとりである。しかし残念乍ら今日の情勢、唯物文明の方向性と理性心の失われた方向性を鑑みるとき、科学の理性と際限を知らない、抑制の活かない発達を鑑みるとき、寧ろその憂慮は膨大して膨れ上るばかりである。霊原理への人為人工による土足で踏込んで行く人間の驕慢さを思い知らされるばかりである。その境界を失って人間の思惟がそのエゴイズムによって連想しているのを目の当りにさせられるばかりである。

もっともこのような時代性と通常社会における至上物理経済としているそれを諸悪の根源と睨み、その既存現実を非難排撃して拒むようなことを綿々と綴っているからこそ—否とんでもない、私はそれが良質性、本質性の本来に基づかれて節度をもって働らいているのであれば、何もこんなことを言い及ぶ必要もなかったことであったのだ。そしてその限りにおいて、こんな憎まれ口を叩いて人生を台無しにして送ることもなかった筈なのである。そして私の人生のシナリオも、根本的に違ったものになっていた筈なのである。諸君からは理解の行き届かない朴念人と嫌われ、侮られ、非難に誹られて辱しめを受けることもなかった訳である。そして確かに、我々はこの一時代性、人為社会の中で、既存現実に即応、順応させていかなければ生が成立していかないことも事実であろう。その過程においてその時代性、情報社会、物理文明に付き合いつつ大いに塗れ、呼吸し、影響を受けていくことになるであろう。が諸君、それを妥当性にまで引き上げてしまって果してよいものなのであろうか？　私にはそのこと自体がとても懸念され、合点もつきかね、納得がいかないという訳である。第一諸君、我々はそこまで真の個性ではなく、外部世界、環境でしかないものに対して無条件に感化洗脳され、真とするところの心の眼力を喪失して物心を信頼し切った生活をしていってよいものなのであろうか？　そんな外為人為の物理的環境でしかない類いでしかない筈のものにまで本質的真心までをかつ攫われ、振り回され、物理中庸基点でしかないものによって物理人為全体が判断材料とされたり、自己の主体性が翻弄されてしまって果してよいものだろうか。そして私としてはそのことに懸念の止まるところを知らないという訳だ。つまり、自分善がりな一理的意見というをやたらと慭じの知性によってひけらかし、生命の根拠に根差している本源の意見が欺かれ、中庸意見に出しゃ張られたのでは困りものだという訳である。これでは益々世の中が混乱し、散乱収拾して治まりようもなくなってしまうというものである。諸君、今日物理による情報の有り様というものは文明便宜のその有り様のそれと同様手のつけようもなくなり、あくまで我々の生活の側らを補助すべきものである筈の我々の主体性が失なわされて、ＡＩ文明ばかりが前面に押し出て来るという始末ではないか。本末顛倒している甚しいという有り様である。即ち、現実がそれに添って都合勝手に判断を下し、決定付けをしていくという訳だ。ナンセンスもここに極まれり、ということである。そしてこれこそが人間にとっては最終目標ということでもあるまい。不可欠ということでもあるまい。そしてもしそのような外為的物理によって判断し、すべてを基準にして測るのであれば、現に私の生命の日々刻々と蝕まれていくものである以上、それを断じて肯定も容赦もしていくわけにはいかないという訳である。諸君、「過ぎたるは猶ばざる如し」という喩もあるではないか、理性と慎み、根拠に根差した良心だけは人間として何んとしても最后の砦として失いたくはないものである。諸君はこの私からの弁証を何んと見るであろうか？　否、それもこれもみなナンセンス、唯物現実、地上人為の世界に即応していくのは当然で、それは無意味な思い煩らい、貴方の取り越し苦労というものだ、元来この世の中は人間人為によってその様に出来上っているものであり、人為物理に対応する（していく）ように、進化進展していくように出来ているものではないか—諸君ら人間はそう主張して来るに決っている—というよりそのことを現に誰もが実践していることではないか。確かにその通りであることは人間の態勢として私自身百も承知していることである。しかしその上で言うのだが、これまで繰返し重ねて述懐して来ている通り、その諸君ら人間の物理的所作行為全体そのものが、どうしても私にとっては出来ないことであるばかりか、私自身の根底根幹からの不信行為であることが私の中で当初より証明されているものであったことによるものに他ならなかったからなのである。であるというのに、人類全体がその方を向いて生きているからといって、私のその変更の活かない生命(せい)がどうしてその人間の総意の方に今更生命の謂われからしても変換していくことが可能となるというのだろう?!

ところが諸君、そもそも私がこんな仮説、否、真説であるかもしれないではないか―を打ち出してみたというのも、その人為全体の総意、すなわち既存の現実に対して私の生来聖域からの事情、人間総意の意向と対峙せざるを得ない、それに追随追従することを拒否拒絶した生命を身に付けたことに基づいているからに他ならない。もとよりその私にしたところで人間諸君と同様のＤＮＡによる常識的概念と通念は身に付け具えていることは言うまでもないことである。であればこそ、この二様の異質裏腹による私の中の自己葛藤角逐も人事で済まされる筈も無いことであったのである。死に物狂いであったことは言うまでもないことであったのである。たえず心は「火宅」であったのである。これはまさに人間の中の稀有なことであり、個における終生の収拾の治まりのつかない、逃げ出すことの適わない戦場であったということである。これは自己破滅に等しいことであったが、それをも孤立していた私にとってはひとり持ち堪え、支えていくより他にないことであった。貶しこむものは有象無象であっても、支えるものは何者も無いことであったからである。―否、この際、私一人の事情などどうでもよいことなのだ。そんなことより私がここでとり訳強調しておきたかったことは、人類存続そのものの如何、物理力の定義と法則と原理によって危機が差し迫って来ているというのに、相も変らず物理経済先行既存現実云々の次元であたふたし乍ら、またそれをその物理思惟の狭義次元で、そこらの日常の常識のような次元で、地球規模、否、全生命規模で本質根源より考えることをせず、矢張り慣例の人間主義を世界規模で、否々そうすることさえも出来ず、国家の体面体制、主義主張、当局の利害と立場などによってタッグを組み合って果てはどんぱちまで生命そっち退けにしてやらかしている始末ではないか。これをマスメディアまでが同次元の如何、さして批判するでもなく同調的になってその情況を伝え合っているというのは何んとも人間社会の悲しい風景のお粗末な顛末ではないか。とにかく人間はこのように世界の次元であろうと何んであろうと結局は差し詰め個人狭義のそれと同様自分善がりであり、そこの表象の事実の次元でしか目が行き届かなくなり、本来良心は消し飛ばされて同源となり、とにかく危なっかしいことこの上ないのである。全体の視野というものはいざとなれば風然でしかなくなるのである。そこにあって物理文明、物理的知性思惟思想、物理的発展が人間全体、世界全体、生命全体、その全営みに対して良心としてどれ程の寄与貢献をして働らいて来たというのか？　私はそのことに多くの疑問と失望と多くの危機感を持っている。そしてその人間の生来を眺望むとき、そこには自己破壊と自己破滅の短命の姿しか思い浮かばず、眺望することしか私にはもはや出来なくなっていることなのである！　即ち、人間の物理的知力なるものは、彼を過信家、自惚れの自己驕慢に育て上げただけのことだったのである！　私にはその様にしか思われ見えては来なかったのである。私はこれを善悪徳もひっ包めて彼らの火遊びとしか睨んではいなかったのだ。やがてはそれは物欲の強風、現実を伴って人間の全土を焼き尽くす大火を引き起すことになることは間違いないことであろう。その火薬、火種は既にあちこち其処此処の倉庫に保管されてあるではないか。人間はこの己れの内実、体内に巣食う悪魔性の危険に未だ気付いてはいない風である。これは人間が一人勝ちし、横暴に振る舞い続けて来たことに対する天罰である。しかも未だに人間はその己れにさえ気付いてはいないのである。只管自惚れ、正当化し、本来の、根本からの謙譲美徳など何処吹く風の事であり、そのことには正しく知らん顔である。彼にあるのはその実しやかのみのことだけであったのだ。我々稀有なる人間は、この人間の引き起さんとしている危機に臨み、この人間の思惟思考の存念全体を根本全体より今一度洗い直し、見直し、再点検仕直し、失われた生命の快復、本質本源を取り戻すことからも、既に遅きに失した感はあれど、この辺りで手遅れにならないうちに、この人間の「病魔」について再考し、処方箋を組み立て、その処方薬、処方箋を授け、その提起提言の手当てをしなければならなくなったという訳だ。そしてそれは既存の総意に基く物理的「最高水準」の上に輝いてあるのではなく、彼らの何にとっての「最低水準」の人間の悪の原理から沸々と湧き起って来ているものの中にこそ現われて来ているものなのである。諸君はそのことを如何に考えることであろうか？

九

私においては、諸君ら人間における物理人為主導に生きるということの既成概念、意識全体そのものが如何にしても気に食わない。その健全正常当り前としてゆく必然中庸中正の物理的生の有り方そのものが性に合わないのだ。それによる諸君ら人間の功罪相半ばしている（ゆく）信義、理想、生命の本質を足切（蹴）りして物理保守的に数値を頼りにして何もかも運んで行こうとする手法と気運、実しやかに欺き、済まし込で平然としていられることとの物理的心裡（裏）とその事実、霊に対する無責任無頓着無神経無関心さというものが何んとしても我慢がならなく、腹立してならないということを併せて告白して来た訳である。その根拠とするところは他でもない、諸君ら人間全般にはそうした肉体生命に伴う特有の傲りと思い上りから障じて来ているあらゆる皺寄せである不節操不道徳な側面と反面と矛盾がたえず虚偽功利性エゴイズムとセットとなって現実としてそれが身に染みついているからに他ならない。そのことが罪悪感としてと言うよりは、動物的快楽感として受け容れられていることの方が通常感覚として既に強力となって根強く働いているからなのである。そしてこのことによる不合理と矛盾、差異と誤差（ずれ）とが決定的意識となって世界と人間そのものを快定的に根幹より歪ませていっていることはもとより、私を孤立へと追い立て来ていることとの根源となっていたのと同様、全く逆の意味において諸君ら人間社会全体を肉物意識＝既成概念、常識である一理一通りの形而下表象において結束して固く結び付け、その便宜一理との連携相愛の活況ある物理的実りの生活、共有共感の意識の基に支え合い、その「人間ひとりでは何んとも為難く、も出来なく、生きられない」、を合言葉として軽佻な絆を結び合わせ、その物理的界隈に生甲斐のある関係として人を寄り添わせ、その漂泊流動を実体として必死にしがみつき、奇妙に寄り添い、その一方ではははらどきどきもさせられていっているという訳（具合い）である。即ちこの人間世界の生における（纏わる）半生という歳月を重ね乍らにして、その実体、正体あらゆる関係、絆、縁を結び合わせ、それを如何に充実した意義あるものに育てていったならよいものなのか、こうして語っている私自身にしても、その諸君らにを見失なう程に遙かに遠く、及びもつかない途方も無い人生に途方にくれている始末なのである。

それにつけても、この人間世界にあって「正常健全」と称せられている意識全体の中においては、私のような稀有な霊的精神を維持して行こうとする人間は、必然物理既存全体の意識においては事々に衝突し、互いに面白く無い物別れの気不味い空気を全面に気圧風圧として受けていかなければならないことによって、孤立している私としては居る場所も無くその生きるべき場所にさえ追い立てられて事欠き、失っていく始末なのである。その諸君、人間との意識、生とも背離離叛してしまった営みというものは、その脱色してしまっている生というものは、人からは薄気味悪がられ、当人自身にとっても何んとも味気無く、その存在感さえ失われ、途方にくれ、心（真）底ピンチに暮れ、突き当り、その生のジレンマ、焦燥の坩堝に奈落となって陥落していく――。そして何よりもその私にとって悩ましく思えて来ることは、その健全を自認し、正常を誇って行く、彼ら人間の生の行状そのものが、その極めて陳腐で、日常的俗性既存における中庸中正的心得として行く良識や惰性やその全行程というものが、その裏に回っては、本音においては、霊験あらたかな行為、至言至上無価崇行、誠実な人生と真正な道標、至上の愛と平和と理想その霊的はたらきと霊的行為というものを悉く貶しめ薙ぎ倒し、騙し討ちにし、その現実既存の励行に凱歌をなさしめて行くということである。その人間から何が見えて来るのか、それは私から語るより、私意である彼ら人間自身でよくよく心して考えて頂きたい問題である。如何にともなれば、人間自身よくよく自覚認識し、肝に銘じていくことをしていかない限り改まりようもなく、どうにもなりようのないことであるからなのである。――そのことにおいて実際的合理的現実的という名の下に、虚偽的便宜、擬装的中庸中正、曖昧模糊の中に事を言い包め、それを如何にも善良らしき自己弁護を謀り乍ら正当化させていくことに尽きているからである。しかもこれらすべてが生の権利に結び付けられて当然化して罷り通り、善の戒律となって権威を以て全体総意を引き連れ乍らしかもその強者が弱者らを問答無用、既成概念が大義名分となって踏み潰していくからくりとなっていることにあるからに他ならないからなのである。これが強者が弱者全体を食いものとし、貶しめていく目に映りにくい表裏していく手段、生の法規とさえなって織り込まれていたことであったからなのである。これを私は浅ましくも理不尽な現実と称ぶことにしている。人はこの自からの生の現場を目の当りにするようなことと出くわすようなことがあったとしても、それが自身と係ることになること、面倒になることを避け、不利になることを嫌ってそれを見て見ぬ振り、頬被りをして遣り過ごすことが通例の知恵として身に付いている。ここにおいてすべての肝腎大義は人間個々の総てはもとより、当局に至るものまでもがそのことに右倣えであるからにして、中庸中正の生ばかりが生き残ることになり、肝腎の正真を問う者は立ち行かないように葬り去られていく仕組、からくりとなって壊滅する以外になくなっていくことに相成っていくのである。理想はどこまでゆこうと憚られ、実しやかと現実既存の中庸ばかりが喜々として大手を振って生きて行くことになるという訳だ。即ち、世を弁え、そこのところを賢しこく立ち回って行く者が生き残り、正真を貫かんとする者こそが罪有りとされ、逐われるということである。ああ、恐ろしや恐ろしやである。諸君はこの人間の仕出来していることを、あまりにも蔓延し過ぎていることによって何んとも思わず、感じなくなってしまっているのではなかろうか？

何しろ私は諸君、人間がその物理的思惟、既存の意識と認識によって、欺瞞に肥え太っている事実を嫌という程思い知らされて来ているのだ。人間ではなく、まるで高尚な豚に成り下ってしまってあることを思い知らされているのである。賢しまな底意地の悪い兎になりつつあることを思い知らされているのである。第一諸君—その以前に、諸君らの「人間らしい生活」、「人並の人生やらくらしの収穫」の目標なるものの起点はいったいどこにその基準やら目安はおかれ、いかなる具合になったならそれに当て嵌り、達成されると考えておられるのだろう？　多分それは既存における認識、一般の社会的常識から導き出されているところの曖昧な観念やら、価や基準を目安としている其々の考えとしているところのそれに相違ない。つまりそれというものは僭越乍ら物理的経済意識に結びついている、そこから割り出されて来ている常識、概念の中での共通認識に則った、現に推行していっている生活様式全体の中に既成になって織り込まれている旧来からのそれである。しかしそれによるところの意識と現実とはなかなか折り合わず、一致するものでもあるまい。というより不一致であるのが大方であろう。そもそもが物理的推察と思惟と考察というものがそうしたものであり、他にはありえない。つまり一部のものだけがそれ以上享受であり、大凡がそこそこであり、そのことによって大方大部分というものがそれ以下にもしくは死活轍鮒に息喩々として喘えがねば成らざるをえない仕組、機構と構成と構造によって成り立っているものであり乍ら、それ以下の大方の者からもその仕組構造に既にその賛同を得ていっているという変梃（へんてこ）な仕組と構造によることとからなのである。では何故この以下の者たちまでもがそれに賛同をしていくのであるか、その答えは簡単明瞭である。つまり、ＤＮＡの継承と伝承のことはもとより、その努力、幸運、巡り合せによってその機会（チャンス）の門戸がいつでも限定的ではあるにしてもその自由に開かれていることが幻想による抜け道と彼らの理屈と弁解となって用意されて「味噌」となっていたからに他ならない。人はこれに騙されること頻りである。資本家、物理主義者、一部の能力資質に恵まれた者にとってこれ程好都合な制度は他にないという訳だ。これが物理経済を主導してゆく真相と実体である。そしてその諸君の曖昧さ、みせかけの邪な賢こさたるや、社会を対象としている広汎な狡猾さ、危さは冷々（ひやひや）して見てはいられないというものである。私にはそこのところまで諸君の欺瞞で悪意的虚偽の都合に対して見て見ぬ振りをして行くことの出来る程の寛容さも無ければ、寛大さもなく、そんな心は一切持ち合せる必要もないと心得、考えている。

しかしその反面では、正直に告白するが、そうした霊的内省からの拘わりの一切を取っ払い、諸君らのように屈託の無い肉物必然性に倣った生活を悪気も無く営んでいくことが出来ていたなら、そうしたことが最初から身に付いていたなら、それはどんなにか抵抗も受けることなく、素晴らしくも身軽に心も躰も浮き立って来るような、どこからも歓迎されて踊り出したくなる気分になるに相違なかったことだろう。そのことをこれまでどんなにか夢に見、憧憬（あこ）がれ、想像して来たことかしれない。諸君たちのようにその望みが容易く一理的必然性の条件の下で適えられ、手の届く範囲内に常に可能性を収めておくことの出来る素養と可能性のある身分であったのなら、この私の生の次元も、展望も異なり、翼を付けて既存宇宙の中でその空を飛翔んでいることが出来、現在（いま）とは段違いの、こんな蝕れた生を喪失した生活とは真逆の、すべてから歓迎される暮しが待っており、もしかしたら憧憬される人間に為り上ることが出来ていた筈であったかもしれなかったのだ。そう肯定的生活を振り返ってみたことも都度ではなかったことだったのである。なれどこの譬喩にしても、そのことによって他者をどれ程に犠牲にとっちめることによってしか成立しないものであったことは言うまでもないことを知り抜いていたことであったことなのだ。そんなことは私の存命中百二十％もありえないことが自身の真底より知れ渡っていることであったことだったからである。このことは「人並既存」世界を理解していく上からも人間諸君にとってはあくまで理解の外のことで、ありえないことであったからである。否定する以外の何ものでもないことを、私は充々身に染みて思い知らされていることであったからである。—それに何よりも私には一方で、これまでも述懐して来ているように、諸君ら人間の既存の思惟と認識に基いて築いてゆく、切り拓いて行くことの拠点諸君の行為行動、活動の依拠するところの方向性、そのことを根拠根源根幹から懐疑(うたが)ってかかり、けして信用の出来るものでないことを実感とさせられていたことであったからに他ならない。なれど人間はその暗雲たれこめているその最中を総動員して取り除くことが自力によって克服することが出来るが如く、可能であるかの如く、元来に方向転換する意志も微塵も無いくせにその見通しのない靄(もや)と霧の中をいよいよ以てその中に突入していくばかりである。その既存方式は彼ら人間にとって絶大なものである。文句を付けようものならそれは死刑台行きなのである。なれば人は沈黙し、追随していくか、地下に潜る他に手があるまい。そして私には地上人為に追従し、おべっかする能力を身に付けていく才もなかったことからも、この地下室に潜り込む他になかった訳である。ここは地上の諸君にとっては分りようもない、知りようもない、またその必要もない世界である。従って、私の唯一の身を潜めるうってつけの世界、隠れ家となった訳である。即ちである諸君、私がここで述懐してい

く理解とは、生命全体そのものを、霊的本源本質から、その働きに即応し乍ら云々してい
く限りにおいての人間への全的解釈ということである。物理的既存の一理上滑りの物解り
ではなく、心と霊魂とその精神に伴う生命の原質からの理解と解釈である。ここにあって
社会的、物理的解釈と理解は一切関係無く、寧ろそれら肉物的なものは本質的解釈の妨げ
になって行くばかりなことだったからである。本質と真実を見誤るだけのことであったか
らなのである。そして諸君ら人間というものは、あくまでこの頭脳的形而下学的解釈から、
即ち表象一理周辺からの取って付けた様な解釈と考察を以て生命全体の解釈と同列と成し、
勘違いと誤解を正気となし、まったく逆のことを、つまり霊的本質からの解釈ではなく、
あくまで頭脳物理的具象形而下からの、表象既存を踏まえた上での解釈に固執していくそ
ればかりであったからなのである。つまりそれというのも時代と共に表象上を変遷して行
く便宜的なものではあっても、そこには普遍的信頼性のものは何処を捜しても見当ること
の出来るものはいずこにも無い。その信憑性真実性本質性にあっては無味乾燥なものと
なっているである。これを彼ら人間は、肉物既存こそすべて意義ありやと錯誤を成し、そ
れに執着したのである。そしてこの両者の誤解と差異は決定的となっていったのである。
つまり肉物既存に棲む者は数多であり、霊に棲む者は稀有稀少となったのである。既存の
現実に身方し霊的理想に敵対したのである。

そして彼ら人間というものは、いざとなれば、その條件さえ整えば、平和も理想もへっ
たくれも無くなり、ひたすら感情立場狭義が沸騰して先立ち、物騒なことに大義名分を押

し立てて戦争さえおっぱじめかねない有り様である。理性も何もあったものではない。即ち月桂樹と剣の二足の草鞋（わらじ）、二頭の人生と生活、陰陽の影日和の使い分けによってすべてを乗り切って行こうという訳だ。どうか諸君に対してこんな不謹慎無礼とも思える供述と述懐を展開させている私に憤慨としないで頂きたい。私がここまで言うからにはそれなりの必然とした証拠なり根拠、事実と理由とがあるからに他ならない。そもそも聖域三つ児の魂以降からの外部、環境、人伝によって植え付けられて来た概念と知識（入れ知恵）の総体なんていうものはあくまで宛にすることは出来ず、根拠としても成り立たず、そう思うのはあくまで物理的な知恵を根拠にするか、錯覚錯誤で、いわば応用便宜世界によるものにすぎなく、意識している間は理性も働らいてはいるが、無意識に立ち返るやいなやすべては三つ児の魂、聖域以来の根拠と正体に立ち返り、そもそもの生命本来の素性性格性分が現われて本性丸出しになって来るという訳である。そしてそれこそがその人の本質性、価値基準となり、人間性の原点となっているものなのである。諸君はこの私からの供述と述懐と論拠論証となっているものを、どのように如何にして受け止められるであろうか？　しかし傍若傲慢で、我慢のならない向こう見ずな解釈と見解であると思うであろうか？　しかし諸君ら人間の抜け目の無い生き方を見ていると、変幻自在の自身の都合勝手な鞍替に応じた辻褄合せの見事さを見せつけられるにつけ、感心させられるやら、その一方で、そのいい加減さと身変りの素早さにこちらこそが自己嫌悪に陥らされてしまうというものである。生きていくための七変気の心得に、それを失っている私にとっては唯々当惑させられていく他にない。諸君、どうか本当の真相といったところを正直に打ち明けて見せてほしいというものである。否、そのこと自体、諸君らはおよそ意識にさえおいていなく、必然性の只中の出来事としていることに相違ない。諸君ら人間は、その肉物生態の胎盤の中で温々と蠢（うごめ）いていたにすぎなかったのである。

　そんな訳で、諸君ら現実を本意として生きる人間にとって、霊的生命の主体性を保って生きていくこと、真理と理想の信とするところを問い、守ってその中に積極的に関わって生きていくこと、一切の現実からの、社会からの中庸的「徳」とその心得である思惑と思惟を押し付け、唯物経済活動最優先に背離して生きてゆくことによって、それに楯突く者を敵意ありと見做し、その者にあくまで生き恥をかかせ、痴愚として罵っていくことしかしてはこなかったのである。そして日常実際においては中正中庸宜しく、既存の良識に徹っしつつ本音と建て前を巧みに使い分け、人と社会に賢く立ち回ってゆくことをモットーとして、人間（ひと）も暗黙の中（うち）に懇々切々（こんこんせつせつ）と身を以て間接的になって教授（おしえ）伝承てゆく。このことについても当局、社会からして、同意容認していたことであったのである。つまり、理想よりも遥かに現実既存の徳を伝え守り、そのように生きることを奨励としていたようなものであり、この抜け道によって、この人世世界にあって真（信）義が守られた例しがあろう筈もない。つまりこの人世世界にあって不正が後を断つことなく、頻り無く起り続けていくのは道理という他にないことだったのである。であってみれば、この私のようなあくまでその自からに拘わりを以て立て籠って既存現実を拒み続けていく人間は、容赦なくこの社会からの謀叛人としての制裁を受けることになる。諸君らはこの自分自身人間社会の冒していく共謀犯罪的作業、肉物を根拠とした深層心裡にまずはお気付きで、その数々の引き起していく犯行をどのように思っておられるのであろうか？　この社会全体の冒していく世紀の滑稽さの数々を、否、人類永劫の犯罪に関する習慣行為とその人間の肉物的エゴイズムのからくり劇というお芝居を、この度の過ぎた悪戯（いたずら）をどの様に考えられておられているのであろうか？　その自分たちの生存に関わるそれに事寄せ、齎らして行く人間の辛辣な複合犯罪とその不始末、それらをどの様に考えておられるのであろうか？私はそれによる決定的人生全ての被害者であると共に、人間同類としての加害者として一向に全生命、全地球全体、その生存に対して謙虚に全霊を以て自からのことはもとより謝意を顕わしていく他にはないことなのである。その点諸君ら人間というものは、生命についても人生についても生そのものについても、正々堂々としており、そんな風に悲観的に捉え、考え、思ってもいないらしい。生きるということに前向きポジティブに捉え、人間万歳、人生万歳、生きること万歳、その生命讃歌を高らかに人生と共に謳歌し合い、恋と愛を奏でていくという趣向である。そしてその裏では平和と理想を口走り乍らも、その狭義なる人間讃歌、生命讃歌を謳い上げ乍らその平和と理想をその狭義な発想と思惟によって、現実最既存によって踏み躙り、毟り取り、敢えて不均衡不合理、理不尽と矛盾、その悲劇の因果の死を喜々礼讃として醸し出してゆく。即ち、生甲斐として、刺激が何んとしても平和と理想を保っていくことよりも人間にとって肉物生命を歓ばせ、具象として視覚として、それ以上に必要不可欠で、それを充足させていくならば、その平和、理想、霊的生命を多少犠牲にしていっても已むを得ない、という理屈と解釈による人間の利我々的判断とその総意である。人間のエゴイスチックの判断である。そしてここか（より）ら人間世界におけるすべての歪みと化の皮が始まっているという訳だ。これを人間は日常的になって礼賛させて来た訳である。私はこれを人間の肉物欲に目の眩んだ邪智蒙昧、頑冥不霊と称んで嘆いている。他者への、殊に我々が貶しめていった、生を立ち行かないものにせしめていったこの世の中、世界の理不尽を築き上げて来た、そのシステムと法規を築き上げて来た思いやりの行き届きようもない頑冥不霊の精神、これを以て人間讃歌、生命讃歌など有り得ない話しである。とんでもない話しである。嘘っ八も嘘っ八、世の中、世界が、社会全体がいくらその価によって支持評価を与えてゆこうが、私にとっては軽蔑する以外の何物でもないということだ。何故というなら、私は真実のみを支持していく人間であるからである。そして諸君は、この私との相違を何んと見ることであろうか？

いや、もうよそう。あくまで平行線で、不信と猜疑がつき纏い、募って来るばかりではないか。私が現実と実際既存に対してそうであるように、諸君ら人間にしても真（信）義と理想を受け容れていく余裕（ゆと）りの無いことぐらい、ちゃんともう証明お見通しの回答済みになっているのである。そして負け犬結構、孤立孤老に至っている私には、もう現実既存を受け容れ、鴉合鵜呑みの地上を生きていく諸君に付き合っている暇も時も最早残されてはいないのだ。その諸君とは対極し、かけ離れた生命の資質、生の条件の中で、この不可不如意の自分をどのように活かし、生を復活快復取り戻していくべきか―最早そのことにおいてもここに至ってはありべからざることとなってしまっている矛盾していることとなっているではないか―それこそが私に与えられている最后で一縷の果敢無い、適わない希みとして生を繋ぎ止めていく愚者の悪掻き、「鼬の最後っ屁」といったところなのである。そして孤立している私の生の身柄は常に現実と理想、虚偽と真実（まこと）、生と死、内部と外部、裏と表、私と人間、肉体物理と生命―それらとのこの葛藤と角逐、生き乍らの凄絶な生死、生そのものの自身への罪悪感、その処刑場と罪と罰、それを絶えず生きていることの証しとして刻みつけて確認を取り付けている始末という訳である。まさに阿鼻叫喚地獄といったところである。真に生きた心地など生来にいずこにもあった例しの無いことである。つまりこの人生、生そのもの、生命全体が敗戦に次ぐ敗戦全敗であり、敗走に次ぐ敗走を続けている始末である。そして現在（いま）となってはもはや―それでも構うものか、私は私をあくまで貫き通して来た結果なのであるから、今更その運命と宿命、生命の根拠を侮られ恨んでも詮無いことではないか、自身が惨めなことになってゆくだけのことではないか、そしてこれこそが私の生命総てと、人間の生総てとの挙句の関係によって齎らされた、醸し出された結局は生の因果と関係、人生、行く道の根幹からの相異と食い違いであり、取り返しの付きようのないこととなっていることなのであるからどうにも仕様がない―という訳だ。人間諸君は誰もそのことに気付いていないことであるが、私にはよくよく生命の根幹根拠として判っていることなのであるからどうにも仕方がない。凱歌は無く、あるのは私以外の人間に齎らされていくものである。これに対して諸君ら人間人為の生、即ち道と人生は、そのことに気付いていようが気づいていなかろうが、そのように設けられてある尋常必然当り前の間道であり、それに従って万事が随時に人並に運行されていくという訳である。それであるならば、その諸君の人間自からが気儘になって物理的思惟と知恵を以て設き、築き、齎らし来ているそれが、少々気に入らずとも、現実の生きにくさ、矛盾と不合理な点、不始末や嫌なことがあろうとも、その不平不満も何んのその、それを乗り超えて行くエネルギーを蓄えていくという按配という訳だ。即ち功罪相半ば、その塩加減次第、そこを巧く遣って退けるということである。これが既存者の必須の知恵とテクニックということである。そして誠実者、真面目、（馬鹿）正直者はこの点が酷く不器用苦手と相場が決っている！

それにつけても諸君、この私の鬱屈した思い、心中というものが一体どういうことになっているものか、諸君には想像もつくまい。否、そんなことは始めから知れている。即ち、諸君の方が数段懸命で、賢（聡）明で、この私などはのろまで、お手安でお手軽で、愚の骨頂の風情に映って来るに相違ない。されど賢明なる諸君、そんな風に高を括って人を見下しているような真似をしていると、何んにも知らず気付いていないと思っていると、何時かしらきっと、手痛い目に遭おうというものである。御用心〳〵と言ったところである。ねえ諸君、そんなところではありませんかね？　ところがこちらの愚の骨頂は、世の最低の次元から世の真相を虎視眈々観察し、眺め、その真相を突き止めようとしている訳だ。何しろ、何より心を柔らかにしてそちらの世界を眺めていることによって、そちらの世界が手に取るようにこの地下世界に染み渡って、その心の動き、肉物の働き、生命の現実と真相というものが刻々として降りて伝わって来ようというものである。そして諸君ら人間が余りに狡智に託つけて意地汚ない真似、悪どい目に余るようなことをしようものなら、この地下世界から容赦なくその諸君ら人間の悪事を発いて露顕暴露して叩き潰してやろうというものである。誰でも遣っていることだ、当然生きる為の自由、保証されている権利だなんて、そんな見え透いた言い逃れは許しはしないというものである。その折り折りには横っ面をぶん殴って目を覚まさせてやろうというものである。その覚悟だけはしておいてほしいというものだ。

十

諸君はここまで読み進めて来られ、何んとも憂鬱で、冴えない、それでいて何んとなく考えさせられる気分に陥らされているに相違ない。その上、この文章と来たら分ったような分らないような、まるで迷路に踏み込まされたような途方もなく、消化されることのない焦立たしい気分、消化不良を抱かされ、半ば憤然とした思いにかられているに相違ない。ここには物語りらしいものは何一つ展開されず、主人公らしきものも姿を隠したままだ。まるでこの文章全体が鬱病か夢遊病にでもかかったかのような現実離れしているようなことばかりが書き連ねられ、まるで逆撫ぜばかりさせている。果して諸君、こんなものが文章としてはもとより、小説として成り立ち、創作としても通用するものなのだろうか？全く、救われるべき箇所というものがどこにも見当ることが出来ないではないか。

まことにこの章句にはどこにも救われるべき箇所が無いのである。そのことはこの手記者の生活そのものが既に何よりもそのことを証明して見せている。既にその地上に生の正体を見せていない手記者というものに、地上にある生者をどうして喜ばし、何かそれなりの有意義な価値あるものを与え、見出すことが出来るというものだろうか？　その思い浮かぶことといったら、地上には見当ることの出来ないような、地上にとっては屑に等しいようなものに身を埋めるような、身も細る憎まれ口を叩くぐらいのことしか出来なかったのである。まったく諸君の思っておられる通りの野暮夫この上ない自虐的文章を連ねる他になかったことだったのである。そしてこの阿鼻叫喚の私の内在内省生活によって被る、地上諸君からの土足による踏みつけにして来る行為というものは、これまで詳細に語り尽くして来た通りのことだったのである。ほんとうに私としては八方閉がりで、手の打ちようもなく途方にくれる始末であったのである。そして今の私を正直に申し上げるならば、生命の証明と生甲斐の場を失い、霊魂と心を呼び戻さんとして、自傷することによって辛うじて忍ぎ、生の証しを得ている次第であったのである。まさにそこに広がる私の生原野というものは荒涼としたなんの温もりも無い原風景であり、そこには何んの生命の気配、物音さえ認めることは適わない死生の世界である。いやもうよそう。自身を益々追い込むばかりか、諸君までも巻き込んで益々憂鬱に滅入らせてしまうばかりではないか。そして私にしても、本来諸君と同様、矢張り暗く悲嘆で水を射す人の嫌がることをほじくり返していることをしているよりは、諸君ら人間からも歓迎されているポジティブなことを、諸君らと一緒になってせっせと耕やし、苗を植え付け、花を咲かせ、実を実らせて収穫を得ることに汗水を流して立ち働らいていることの方が、そんな生活をすることの出来ていた方が、どんなにか有意義で、愉快な人生を送ることが出来ていたことであろう。その思うこと頻りなのである。「臭い物には蓋をして、やばいことには手を出すな」、これが神代の昔からの世人の常道の慣わしであり、鉄則であり、知恵なのである。臭い物にはせいぜい蠅と蛆がたかるぐらいで沢山なのだ。ねえ諸君、そんなところではありませんかね。

ここで、これはいかにもいい例でもあるので、この感情と心裡の行方についての論旨をひとつ展開してみることとしよう。例えばの話しがである、社会的、世間的、表舞台に名を馳せている著名人に対しての我々庶民の感情感覚と、それとは真逆にある、社会、世間一般からも埋れ、まったくその恩恵恩典からも隔てられ見離され、与かることから断たれているばかりか、四六時中その地上既存の意識から底辺に虐げられてあることで社会的偏見によって抱き竦められている世の光から蓋を被せられた人々、その世間から無視された人々、そこには計り知ることの出来ない深刻で根深い絶望の悶絶した悲哀が存在してあるものである。彼らはこの物理的偏った思惟による偏見によってそこに送られ、流され、押し潰され押し出されていった報われざる人々であるばかりか、全般総意からの、世界からのハンデを背負い、そこからは我々社会の齎らしていく物理思惟構造からして免れることはありえない訳だ。その運命と宿命は払い除けることは不可能な仕組にこの人間の形成している世の中、世界、社会が成立しているからなのだ。そしてこの世の中、世界、社会の仕組からして普遍、永遠であると来ている。彼らにこれを改善するつもりは微塵も毛頭もないばかりか、それを守っていくことに人間はもとより当局までもが窮々としている始末である。このことは如何にしてそうなのであるか、それは言うまでもない、彼ら人間生命というものが、そのことが全般全体根幹からの霊的それよりも遙かに肉物的、具象形而下的それら全般の既存表象的なものの方を安堵安心安泰で心地よく、自からの自由、主義、肉物的生命が霊的生命より直接的心地良い刺激に満たされて行く、そのことを実感として、共感としていっていることであったからに他ならないからなのだ。即ちこれを率直に言い変えるならば、人間生命の肉物過多による利我エゴイズムそれが根底より占拠占領席捲していることであったことで、それが実相真相正体となっていたからに他ならない。そして人間の良心や善意や公徳における行ないのそれというものはすべてそこからの後付けによる自己弁護のものに他ならない便宜上の、社会、世間に向けた刹那的便宜処方のそれであり、自身の真実から発したそれでなかったものであることは言うまでもないことであった。されど社会、世間、人間というものはこの本源からの霊的精神、魂から発しているものは反りと相性からして、狭義肉物の感情からして疑われ寧ろ信用ならなく、逆に彼らの共有共感である社会的具象を取った可視されている（表象物理的）、全体の行ないとして評価を受けていくことに歓迎を置いていたのである。そして私の考えるそれは社会一般に考えられているそれとは源からの真逆にあり、即ち一般既存に行なわれているところのそれはあくまで、心そこに非ずとも、例えば売名的目的行為であっても充分可能であるのに対して、霊的精神、己れの魂から発したそれは当人の真実より発しているものであり、そこに虚偽わりなどあろう筈もないことなのであるが、既に近代における現代社会、人間においてはもはやこの真実の方を懐疑い、一般社会に流通悪戯ゆるさをする既存の意識の方が信用されてゆくという始末なのである。つまり、何事においても身体的刺激による表現でなければ実際には悪意と同じ理屈であるとする意識である。そしてこのことは既に物理社会、既存現実世界にあって氾濫し、真正面として受け止められ、その肉物思惟によってでなければ収拾がつかなくなっている始末である。これもそして人間の唯物経済至上資本主義から割り出されている仕業であったことは今更言うまでもなく明らかなことで、証明もされ、人間生活の中でふんだんに内蔵され、撒き散らかされ、滲透していっているという始末である。諸君の中にはさて、その真偽の程を読み解く心、霊心を具え持っておられる人間がどれ程におられると言うのであろうか？　しかし諸君、こうした表舞台で脚光を浴びているもの、学者連達学識経験者だけが真に、本当にそれに相当する相応わしいものと限った者でもあるまい。こんなことを言い出すと、嫌に僻みっぽく捻くれて聞こえるかもしれないが、実はそうした我々社会と世間に纏る価値いからの上下関係知能指数による優劣を競わせ、格差、差異を植え付け、その人の心理と精神の心を設定付け、成立に少なからず関与と影響を与え、及ぼして行く環境作りとなっていっていることであるとしたなら、諸君はそのことに人間社会の縦割に構成していくことのそこに不可思議を見、感じ、思いを馳せる訳には行なくなることだろう。ともかくも人間の意識、嗜好、感情というものは如何にも残忍残酷残虐性を擁するものであり、その対極として、バランスとして優しさと正直さを兼ね備えているものでもあることなのである。例えば仮りに、好きな人にはもっと幸福を、嫌いな人にはもっと不幸と悲劇と死を、そうした不届千万、不心得、感情的、冷血的思惟（かんが）えを持つ（抱く）ことの環境を一方で生み出さしめていっていること頻りであることなのだ。そしてこの腑に落ちない感情の揺れ動かなかった者はいない筈である。いかなる聖人君子、霊人と誰もこの心裡を携えていなかった者はいない。ただ彼らはそれにも不拘わらず、挫けず動じず、強大な、大いなる理性と良心と哲学を身に付けることによってそれを克服超越させ真実を育てる作法を身に付けていったことだったのである。そしてそれこそが彼らの偉大なる証しであり、至宝無価であり、哲人であり、超人偉人たる所以の過程（プロセス）のことであり、真なる彼らは「その爪と牙」を一向人前にあって隠し慎んで研ぎ澄ましてゆくのである。そしてこの私においても、その残忍な心が片隅に働らいていることから免れないでいることを正直に告白しておこう。私はその点けして自分に嘘は付きたくはないのだ。また、そのことを転化することなく確認しておくことこそが冷静客観であることとすべての出発点でもあると考えているからなのである。私は諸君のように自分を正当立（ひと）て甘やかし、身方自己弁護ばかりして自身の真実を見失っていくことは、それが人間の生理であるとはいえ、本質を見極めてゆく者として慎み、戒めていくことぐらいは心得、知っているつもりである。つまり私がここで宣言しておきたかったのは、そうしたあらゆる内外における感覚と印象と感情、そうした心裡が正常に器能働らいてこそ、その心全体の基盤をしっかりと自覚認識把握しておいてこそ、それを基点基盤に養っていくこと、作用させていくかが初めて捉えられ、提示され、試みられ、その真実と本質が宿り、定着着床し、そこにこそその人の人間性が顕われるものであると確信しているからなのである。が諸君、ここからが何より肝腎なところであり、よく留意して読み解いて頂きたいのだが、即ち諸君、諸君が気に留めて行くのはせいぜい旧来からの必然意識と既存の認識、即ち常識以上の一通りに推奨させていくのが当然であり、それを一亘保留させてまで深入りすることはなく、それが己れの物理的全体の生に不利を蒙ることに繋がっていくことぐらいのことは既に心得、承知っているからに他ならない。つまり既存表象常識を深めて探究（究）求明していくぐらいなことは差支えなく、むしろ社会にとっても有効なことではあるが、世界、社会、人間、肉物的意識全体からして、心霊的なことに事を深まっていくことは却って不利妨げに繋がっていくと考えられていることであるからなのだ。これに対し、私の人生においてはそうは行かなくなってしまったということである。この生に関する真実、根源根幹に敢えて挑み、突き止め、その自身の生の根源を究明させておくことをしておかない限りにはすべてが滞り、―そんなことは生涯に亘っても、永遠に究明されようもないことは既に以前疾―充々判っていたことで―そのことに対する自身の生とその生命であることの決定的自己矛盾に気付きそれを抱かされてあることにもなっていたからに他ならない。そのときの私の衝激をここで記してもそれは詮無いことであろう。何んのプラスにも、益にもなりようのことであるからである。ただ私の生と生命と人生がそのことによって一挙に縮み上り、消し飛んだということだけである！　私の生と人生がその時点でぽっきりと折れ、倒木と化してしまったということである。このことを自覚したのが今から半世期、五十年程以前に遡る出来事であったということである。私はそれ以降何も実質的には何も、示してはいないことであったのである！　否そう仕様としても何一つとして手のつけようもなくなってしまったことであったからなのである！　何も手につかなかったのである。これ以降というもの茫然自失したままの腑抜の如くの人生であったことなのである！　これを生きた亡霊と言わずして何んと言うのだろう？　私には実感としての生きているという証しも感覚も持ってはいないことだったのである！

従ってこうした人間世界との関係にあったこの私の存在というものは、いずれにしても彼ら人間実社会にとっての邪魔者であり、異物であり、取り除かねばならない運命として最初めから宿命まっていた訳であり、してそのように人間世界からの誹謗中傷によってこの様にして弾き出されて来ていた訳だったのである。私自身、そのことを生命の根拠根源より実感としてしまっているのであるからどうにも仕方がない。

もとより、私は初めから霊的根拠やら、本質真理やら、真実の中にどっぷりと漬ってしまっていた訳ではなかったのである。寧ろ初めのうちは、聖域以来の所以からしてその周囲周辺に互いの異和感と懐疑の視線を向け乍らも、私としてもまだ既存現実の、尻尾にぶら下り乍ら、その思意を思い廻らせていた、と言った方が正しかったのかも知れない。ところがその少年時代や学校生活の小社会を体験していく中で自身の置かれている情況、同窓連中から受けている視線や担任教師らとの確執した関係と経緯の体験をしていく経過の中で、また学校教育の有り様と自分の考えとの背離した埋め合わせ様の無い食い違いと蹉跌の中で私は自分の異質の存在を思い知らされ始め、家の事情事体と相俟って、その小社会の中に自身の幼稚な甘さとは思い知りつつもその小社会に救済を求めて飛び込んでいった訳である。

ただ世人のすべてのＤＮＡに基く肉物的生理本能と自身に具っている聖域以来のそれとが食い違い、そこから食み出してしまっている自分の存在そのものに突き当り、否応無く私はその自分とは一体何者なのであろうか？　また、その食い違いはいずこから発し、また、その自分がその総意全体の中に何んの躊躇も抱くことなく果して戻っていくことが出来るのか。またそれは生涯に亘て不可能なものなのか—私はその検証を自分に急ぎ打出さなければならないことをこの時既に突きつけられていた訳なのである。そしてそれは突き詰めれば突き詰める程に、その回答は逃げるかのように、私を迷宮の中へと誘っていったのである。私はそのことに出口の方向性を見失い、その迷宮の底に沈んで行かなければならなかった。そしてその迷宮とは私にとってこの人間社会の現実そのもの、既存そのものの世界宇宙のことであったことは言うまでもない。私はまさにその魔界に抱き竦められ、身動きも活かなくその奈落の中で蹲るばかりであったが、彼ら人間は、そこにあって自由の天地であるかの如く、翔び交っているのであった。

諸君はこの私からの論旨論拠というものを一体どの様に思われ、判断し、受け止めておられるであろうか？　そして我々の営みの根源本質というものは、いずれにしてもすべて一人残らず生の故里である三つ児の魂、即ち聖域に遡り、そこを基点に巡り巡って生涯を送っていく他には無いことなのである。まして我々全て有象無象の際限あるものたちはやがてはそこから跡形無く消え去り、大気土壌に戻され、再び原子原素として全体に中に戻され変還（かえ）ってゆくのである。因果は巡り、また別の生命が現われ、世界を築き、社会を形成し、再び同じ様なことを繰返し、そしてまた何がしかに帰依して還っていく。これこそが輪廻法則の原理世界というものなのである。

そして我々自身を形造っていっている肉体生命という具象形態の中身というものが何より曲者で、それこそがこの人為社会、世の中、世界の現実を、霊的生命の対局として、霊魂の対局対峙として唯物本能既存現実を形成させて、その営なみの中で、生活全体全般の中で、喜怒哀楽、冠婚葬祭の中に本能（煩性）と共に紛れ込んで悪さを為乍ら＝働き＝我々人間すべて全体を自由自在に操り、牛耳り、玩び、結局は畢竟とするところこの我々生命人生の閑暇を暇潰しとして、その遊戯（たわむ）れを与え、我々人間はその掌の上であでもないこうでもないと言い合って実は弄ばれていただけであったのかもしれないのである。我々の意志と思っていたものは実際意志でも何んでもなく、唯そう見せかけられていただけのことにすぎなかったのかもしれないのである。ではその諸君に尋ねるが、諸君の意志とするものがその通りに適った例しが一度でもあったことなのであろうか？　この場合の意志とは、人為が創造り出した形而下的、物理的意志による、そんな些細なことではなく、ここで言っている意志とは本質的真実、霊的原理に基く真理真実への理想に纏わる意志であることは言うまでもない。そして私はこのことに断言して言わせて貰うが、人間人為は故意として、意志として、建前口先ではともかく、そのことにはその意志に対して背き続けて来ていたのが実情で、正直なところであったことだったのである。つまり霊的原則原理にあくまで背叛して、擬装実しやか中正中庸のそれ以外のことは何も、何一つ遣っては来なかったことだけは何より確かなことだったのである！　殊に文明人とされる近世人に至っては経済物理の流通ばかりに血道を挙げ本来を逸脱して不条理不合理である格差を敢えて生み出し本来とは似ても似つかない世界を構築しそれによる虜となって忘我我を見失ってしまっている始末なのである！　彼ら人間は自分の遣りたい放題のことを口実を設け乍ら好き勝手に創造し、遣って来ただけのことにすぎなかったのであり、それがこの惨状を齎すことになったという訳なのだ！　すべては無我夢中の中に戯れその中の出来事であったのである。そして人間以外の生命はその霊に基く大いなる原理を身の内に携え乍らも、不心得の人間だけがその恩を蒙って来たにも拘わらず、その原理、真理を裏切り、それに敬意も払うこともしなければ、撥ね付けて来るだけのことだったのである！

　それにつけても諸君、その諸君と同様この旧来からの形而下学具象人為からの伝承の一義一理如何に固定された唯物理念に基いた世界のものでしかないことであってみれば、その既存人為第一主義だけにあくまで捉われ固執し、人間界のそうした狭い了見領界領域の規範だけに捉われ、それを尊貴尊重して、他の生命、霊的自然に基ずかれた法則、超大（おおい）なる原理原則の思惟思想を以て本質真理に帰依していくのであれば、人為固有の引き起してゆく生涯解決されてゆかない、愈纏れてゆくばかりの問題にしても、立ち所に雲散霧消、すっきりしてしまうこと請け合いである。ところが人間世界というものにおいてはあくまで形而下狭義の原理、即ち物理経済肉欲の妄執に捉われ、その煩悩の冥界に入ったまま、そこから出ようとはせずそこであたふた見苦しい事ばかりを為出来（しでか）している始末である。このことは上部から下部に至るまで切りも果しもつか無い。そして人間はこの自からの築いた浅ましい唯物原理の課題を解消することの出来ない限り短命であり、奈落であり地獄であり、阿鼻叫喚であり、消滅に向う他に無いことである。これこそ人間に与えられている（下っている）天罰のことである！

　それにつけても諸君、この様に人間世界に対して尤も無防備で、正統で、弱小稀有な身柄を背負い乍らも、更にあくまで抵抗を辞めず、反抗を為続けていく人間に、染馴んでい仕方を忘れてしまった。反駁懐疑ばかりを見出す他に出来なくなった、それも生命の廃頽最低のぎりぎりの理念である真理と高遠ばかりに取り憑かれてしまっているような者は、もはや地上人為の生にまみえていくことも適わず、それこそ頭上に茨の冠りを頂いて、イエス・キリストではないが手枷柵足枷柵させられ乍ら、血に塗れて重い十字架を背負いつつ、あのゴルゴタの丘に向って、刑場への坂を登りつめて行かなければならないことになる。その上彼ら人間の罪のすべてを被せて来たその民衆からの容赦のない鞭と石つぶての嘲笑が雨となって降りかかって来るばかりである。地上人為の理念にあくまで逆った大罪人、人間の敵として裁かれる他になくなるのである。

諸君、いずれにしても、人世にあって理想を求めるは大罪人である。実際上において参導して来る者などいずこにもない。現実に集う者は限りもつかない。私は一々そんなことに目くじらを立てたりはしない。それが人間というものであることを知っているからだ。ただ諸君、私としては諸君ら人間の物理的社会生活、日常的意識＝常識＝全体の中で掃き出され、逐われた人間であることからも、その人間全体からの何気なく吐き出され、撒き散らかされてゆく人の誠実な心までを存在にしてまで、感情的に傷つけていく悪い因子、その排泄と生罪の種子ぐらいは自分で感知し、摘み取り、刈り取っていくぐらいは人手を煩らわせないうちに始末をしていってほしいものだと考えている。本当にその罪滅ぼしの還元ぐらいはしていってほしいものである。それこそが生者としての最低のマナー、人間としての最低限のモラルというものではありませんかね。そして諸君、この生きていく上での当然のマナー、義務を各々其々が自から守り、履行してゆき、心掛けてゆくだけで、この世界、現実、世紀の念願である筈の高遠＝理想と平和＝、閉ざされていた光りが雲（霧）間を縫うようにして射しはじめ、本来の青空、その姿が輪郭として現わし、理想世界が随分身近なものになってくると思うのであるが、諸君、手始めにその生活から例しに始めてみようではありませんかね、どうです？　諸君にその現状変更、脱却させていく意志と勇気というものはありませんかね？　それでもあくまで旧来からの自分＝人間＝に都合のいい狭義の物理的思惟とその意識、現状維持の馴染んでいる安住の生活（くらし）の方がましとでも言われるのでしょうかね？　そして世の＝人間の＝現状維持の推行の方が賢く、問題無く、私の提言の方が幼稚で、愚かで、寧ろ問題が有り、人間の実際の生に適合してゆかない不適切な幻想として一笑却下に伏すと言うのだろうか？　とすると、諸君ら人間世界を鬱鬱と間断なくさせて来ている訳の分らない忌わしい事態を解消に導いて行くことの出来る見通し、策と名案が他に具体的にあるとでも言うのであろうか？　それもないのに闇雲になって私からのこの提言を葬りそれに反対している訳でもあるまい。ならば諸君よ、その名言名案をこの私にも解るように忌憚のないところを是非披露披歴してみてほしいというものではないか？

それに、ここにももう一つの厄介な問題がある。というのも、先に触れておいたことでもあるのだが、果してよりよい世の中、その社会と世界を希求建設するという諸君、民衆はもとより、殊に権威を持った当局者、マスメディア、知識人、特権階級、有識者と呼ばれている世からの信用と信頼を勝ち得、嘱望と羨望の畏敬と期待を集め、寄せられている世の指導者と目されている果報者の彼らというものに、果して本気になってそのことに取り組み、応えていく気概が有るのか無いのか、あるとするのならばそれは如何なる具象的可能な形式に則ってそれを達成しようとしていっているのであるか、そして既にそのことに彼らはその目標達成に向ってその形式をどのように立案を以て応じられ、その試案なり考案を顕わし、提示し、実践にこぎつけ、結び付け、進めていっているのであるか、図案なりプログラムなり、設計とするところが纏められているのか—という問いであったことは言うまでもない。何故私が僭越乍ら改めてこうした問いを発し、投げかけようとしているのであるか、諸君にお分り頂けるであろうか？　即ちである、これまでにも再三に亘って来ている通り、常に何んの疑いようもなくその既存上の道を健全健常な正常な常識と考え方、生き方として捉え、それを当局者の筆頭総裁からしてその世の中の中庸中道のシステム機構と構造によって、搾取によって割り食わされて最悪逐い込まされている地上（表）にある総じての人間凡てというものが、その既存である平生の思惟思想の意識によって取り込まれ、それに参画賛同していることによって、その既存の生と共有共賛していることによって、その生サイクルから脱出し、理想の社会を構築為直そうと、自からの不利をも顧みが、鑑みるまでもなく本腰を据えて一肌も二肌も脱ごうとする者であろうか？　人の財源を何んだかんだと宣って設け、掠めて来ていた連中が、世の為人の為に出来もしない、元々その気も無い者が一肌も二肌も脱ごうとするものであろうか？　それは私の考えからは考えられないことである。必らずそれには「裏」が用意されてあるからである。これが例の彼らの遣り口であったことではないか。彼らは亡者なのであるから—。つまり人間とはいくら意識情緒理性は高まろうとも感情に打ち勝つことは出来るものではなく、結局はその**へま**に貶ってそれをやらかしていくことは人間の過去を振り返るまでもなく、何よりも証明済みなこととなっているからなのである。

ようするに諸君、諸君がいま最善と心得、至上の方策として執り行なっている人為に伴う具象具体、便宜としていっている既存の物理経済至上主義による運営運行の形式と諸法、仕法というものは実際的には適っていくことかもしれないが、目に見えて物理経済に偏り乍ら網羅させていっているものであるからに他ならないからである。このことは諸君自身にしても明らかに承知している筈のことである。日常的過不足はないものではあっても、目に見えて格差を助長させていく、真とするところのものを曖昧不具合いに済し崩し、暈かしていくことをその目的としている擬装された世界であるからである。とてもでないが正真の居着くところのものではありえない。寧ろその点からするならば、最も肝腎要めとするその霊精神やら霊魂、善の戒律を絶え間なく損傷を負わせ、強いていく世界でしかないかったことだからである。このことは諸君ら人間全体で早急に考え直していかなければならない問題として我々自身に突き付けられている必須な事項事柄である。結局畢竟とするところ、諸君はもとより人間自身においてさえも、本質的にはどうどう巡りを繰返していくばかりで、何も報いてはおらず、内実と本質、霊的真実には腐り果てて来てしまっているのが実情といったところなのである。こう言ったなら、諸君から、否、人間全体からお叱りを受けること請け合いである、しかし私はこの意見、見解を撤回しようとは思わない。

そこで諸君は、こんな思議を持ち出し、展開させている私に対して、「自分にまるでさもその秘義や秘術でもあるかのように、そんな愚かで弁え知らずの驕慢で不見識な独善をひけらかし、振り翳して説くような真似をするのはいい加減にして、よし給え。分際を弁えることだ。それにこの世の中、君が考えているほどそんな容易く測れるような代物なんかではない。少しは君の方こそ慎みをもって自重すべきことではないのか」、そのきついお叱りと既存の良識を以て憤然としておられるところではないだろうか？　そしてこの私にしても、実は諸君からお叱りを受けるまでもなく、その自分の愚かさ加減、軽率さに少々うんざりしていたところだったのだ。が諸君、そんな生命の根拠からに基く思議を持ち出し、それをくどくどしく繰返している私から言い出すのも痴がましくも矛盾しているように聞こえるかもしれないが、この世の中というもの、そんな確かな思議、決定的手立てなどというものがあるものなのだろうか？　私にしたところで、その諸君と同様、そんな決定的筋道の通った具体的回答を見出していた訳ではない。そもそも誤解されない前に断っておくが、霊的本質からの理想の構築なるものは、そうした学問的、一理知識的、物理的思惟の反対側にあるものであり、生命の本源や霊的天理天然の本質、宇宙の理りの法則から始まっているもので、人間の具象的浅知恵、表象的都合勝手な狭義による物理的思惟によって始まるものでもなければ、宇宙的規模を持った形而上のものであるからである。人間はその点からして始めから霊本質を誤解していたのであり、愚かにもそれを侮って来ていた人間こそ、その天然原理から侮られて然るべき、それに相応わしいも存在のと言わざるを得ないものである。そして早い話しが、腹を割って話すならば、矛盾も不合理も、排泄にしても犠を負わせていくにしても、肉体の仕組と本能と根拠が必然不可欠として要求していることとであるならば、生きていく上で如何にしても、何んとしてでも欠かしていくことの出来ない事項と事情があることとであるならば、そのことを認識銘記した上で、そのことに抑制と自覚を働かせつつ、他への思いやりと痛みを感じつつ、良心と本質を弁え乍ら、ことの如何を適切に選り分け乍ら、得心を以てその背徳背離としていることを素直に認め、それを清算していくべく善意を以て担るべきことではないのだろうか。そのことによって人間の齎らす負債、不条理と奸悪にしても償っていくことが可能であるように思われるからなのである。延いてはこの手法、良心、公徳を以てすれば、我らのくらし全体も有意義なものに少しはなるであろうし、霊全体への理解も一段と深まり、猜疑心も取り除かれ、理想、平和、真実の愛も我々の直ぐ傍らにまで近づいて来ることに相違ないからである。すべての者たちが救済されていく世の中が到来成立していくことになっていくからである。―そして人間があくまでこの手法を拒否し、これまで通りの現状物理の既存に堕ち、それを継承継続していくのであれば、すべては木阿弥であり、呪いであり、呻吟であり、猜疑による戦争であり、犯罪であり、ありとあらゆる好意が災いとなって膨張して湧き立って来るばかりである。本音と建前が生木を裂く如く決裂していくばかりである。さて人間は、この肉物利我エゴイズムを克服せずして選択び(えらび)続けていくのであろうか？その主義を妄信＝盲進＝し続けていくのであろうか？　少なくとも、これまでの阿迎阿世な真似だけは諸君、辞めにしようではないか。

否、諸君はそんな七面倒臭い考えなどしておらず、もっと通常認識に素直で、単刀直入によって生きているに相違ない。従って、そんな後ろめたい生き方はしておらず、いわゆる潔白全とうな生き方をしており、従って改めてそんな生き方を変更したり、考え直す必要も更々無い、そう考えておられる訳だ。ねえ諸君、自分たちの生き方が不完全で、不合理間違いだらけだなんて誰も思ってなんかいませんよね？　何しろ諸君はその点に関しては途轍も無く鉄面皮で、正当化で、肉物主義への自尊心が滅法強く、その自信家だと来ている訳なんですからね。

それに、こんなお節介がましいことを言っている私にしたところで、けしていい気持になって諸君ら人間に対してそんなことを言っている訳ではない。正直自己嫌悪の痛み、身も細る思いといったところなのだ。何しろ前にも述懐しておいた通り、諸君は大型の快適な旅客船であるのに引き換えこちらは大時化のおんぼろ帆船（はんせん）一艘といったところなんですからね。こうなったからには悪酔いでも何んでもとことん酔わせて頂こうというもんですよ。ああ、諸君はまた顔を顰めておられる。しかし私は冒頭でも理っておいた通り、真実の限り、自分の認知している限りのことを諸君に伝達しておかなければ、そう思っているところなのだ。それに、諸君にとっては気分を害なわされるような戯もない泣き事に聞こえるかもしれないが、こちらにしてみれば先程も言った通り身も細る思い、歯を食い縛り乍ら言っていることなんですからね、そう邪気に聞き流してはほしくないというもんですよ。諸君らの──真相、肝心、本意（心）は無視し―適当なところ、相半ばするところで手を打ち合い、邪智邪賢になって万事狡智になって処理始末をつけていく、といった手加減主義、現実手法（処方）なんかとは異って、この本質的問題はけして後には引くことの出来ない、生命の真実（ほんと）からの掛け値無しの普遍的テーマを包摂している、拘わりを持ったことなんですからね、そう簡単に譲ることは出来ないことはもとより、現実処方なんかで適当にあしらわないで頂きたいというもんですよ。諸君、そうでないと本当のところ、真実真理は一向に前には進まず循環巡回を繰返すだけということではありませんかね？　私は誓って言うが、口から出任せの、世間流のおしゃべりに付き合っている暇はもう無いことなのだ。よく耳をかっぽじって心して傾けて頂きたいというもんですよ。この辺の切羽詰った胸の内を是非とも察し、理解し、汲み取ってほしいというものである。

十一

いやはやどうもいけない。こんな人生に対する閑暇を持て余し、しかも退屈この上ない生活を送っていると、思い浮かび、考えることといったらこんな諸君ら人間の気分を逆撫でし、損ねるようなことばかり、それしか無かったのだ。全く困り果てたものである。これでは生をあくまで肯定してゆくポジティブ傾向全体の愛するべき諸君から嫌われていくのも必定、褒められた話しではない。無視敬遠されていくのも当然である。まるで生存感覚なんて涌いて来ないというものだ。これは死んでいる者よりまだ始末に終えない。この肉体が完全に滅び、生が失くなってしまえば諸君ら人間をこんな不愉快な思いをさせることも無く、こちらとしてももうこれ以上苦しまずとも済むというものだ。ところがいいかね諸君、こんな半死半生の生殺し、虫の息にさせておくと、その苦しさ、侘しさ、切なさからそれこそ足掻いて踠いて、いざとなったらその諸君の幸いなる生活にケチをつけて、どんな言い掛りを付けるやら知れたものではない。実際、人間なんて何よりも一番始末に負えない、しかも執念深い得体の知れることのできない動物だと来ている。蔑んでいる獣よりまだ始末が悪いのだ。どうかその自身に御用心御用心といったところである。そしてそんなことにでもならないうちに、静かに治まっているうちに、さっさと片をつけて始末をしてしまうか、さもなければ何か―暇潰しの虫封じ、癇癪封じの道具なり、玩具なりを宛行って宥めておかないと、諸君を滅す訳ではないが、そのうち本当に大変なことになってしまうというもんですよ。手遅れにならないうちに、本当にどうにかしてほしいというものだ。尤もこの駄々っ子の注文は、諸君のそれとは異って、少々気難かしい注文と来ている。さもないと諸君に噛みついて、共倒れの心中でも起さないとも限らない。何しろ生れてこの方、その半生を棒に振って（振らされて）生きて来なければならなかった、人世人生の曰く付きの人間ということなんですからね。その気持の付けというものは必ず回って来るというものなのだ。その生の虫、生命の行方の反動、感情の無念からの発作は必ずやって来ようというもんですよ。何しろすべては無駄のない因果輪廻、因果報応の作用、このままではけして治まりつくようなものではないというものなのだ。よくよく覚悟して心に止めておいてほしいというものである。そしてこの生命の限度限界を越えてしまわないうちに、何んとか手を打つなりしてほしいものである。このことは今も言った通り諸君ら人間に向っての威嚇でもなければ、ましてや牽制のデモンストレーションでもなんでもなく、生命の原理に基く曰く真理といったところのものなんですからね。そこのところをちゃんと理解処置しておいてほしいというものである。その切羽詰った轍鮒の急にある者たちが、諸君ら人間の無用の肉物的色彩（いろ）を際立たすに従ってその色を失って無色喪失してゆくという事実である。世人、当局者らはこのことに何んの蓋を被せ、無視して見殺しにしていこうとするのであるか？　このことは人間界にだけ起ることであり、霊世界にあっては起りえない現象の一つである。そしてそのことがいよいよ時代と共に急速に建前を超えて逆転に甚しくなっていくばかりである。その理由（わけ）については先にも述懐しておいたことなので重複は止めにし、諸君ら人間自身に心して回顧省みて頂くことにしようではないか。—とにかく人間の障じさせる偏見監査の残虐性には他の生命を遥かに越えて余りあるものがあるということである。しかも性質（たち）の悪いことにこれを理性も何処へやら善処として平然と行ない、これを他方で評価してゆくという紛れもない呆れ返った事実である。おお、何んとおぞましい心を具え持っていることであろう！　しかもその己れ自身の心の中に、その残虐の可能性が潜んであることを自覚している者は皆無であると来ている。寧ろそれを認識し自覚している者は、正義真義を識っている者たちであり、一般通常者、殊に当局者、権威に携わっている者程この自覚認識が正当性によってそのことによって蓋を被され、払拭されてしまっているという具合である。そしてこのことを言葉にしたのは私が最初の筈である。そしてこうしたことの一切も、実は冷汗たらたら、死にもの狂いの止むに止まれずの命掛けの曰くと事情から来ていることだったのだ。まるでガマの油、魚板の鯉、窮鳥と轍鮒の急の心境といったところなのである。そして諸君ら大凡の人間においてはこうしたどん底で悲鳴を挙げている者にはおよそ興味もなく、ひたすら目障りなだけであり、彼らが興味を示すことと言えば一般既存認識に基く物理的資質とその豊かさに拘わることであり、それが歓迎するに相応わしい共感と魅力となっていることであったことだったのである。諸君ら人間はそのことを何んと認識し、心得ているのだろう？　そしてその諸君らというものの大凡総意というものは、自身に有益を齎らさない、関係の無い対象と見て取ると、物理社会的程度の低い人間と見て取ると、敢無くしても実に冷淡、無関心、軽蔑的態度を顕わにして人心を傷付け━襤褸裂のように内心で扱い、その始末の有り様をする人間も珍しいことではない。つまり諸君ら人間においては、狭義による見掛けと社会概念、外観第一印象というものが先ず何より優先大事であり、その感覚によって選り分け、決定付けていく例は何もめずらしいことではない。そしてその逆作用として、その狭義、物理社会的権威を持った者に態度を一変させ、鄭重な扱い方をするものである。この人間の物理的生活全体の曰くと謂れは一体どこから由来して来ていることなのであろう？　その諸君ら人間の身に付けている日常的意識の避けようのない絶対的意識からの抑圧というものも相当なもので、またそのことに伴なう社会システム全般から受けてゆく二重三重の不利を蒙ってゆかざるを得ない轍鮒の急にある者には見えざる恐怖となって雨霰れとなって生涯に降りかかり、のしかかり、その蓋は開かずの蓋となって閉り続けていくという訳である。諸君ら人間すべて、この資本主義、当局者、全機構をはじめ、それに携わる人々、既存の現実を賛同して推し進める人々すべて、その彼らは一度でもこの実願実体というもの、それによるこの者たちの無念と絶望しているそれを省みて真剣に向い合って考えてみたことが一度でもあるとでもいうのだろうか？　そして諸君、諸君の処生（世）術とは、所詮狭義既存現実、そんなところではありませんかね。そしてその勝者に敬譲し乍ら有りついていくということだ。おお、この多くの太鼓の精神たちよ。

即ち我々の唯物社会全体世界の築き上げて来た生きて行く為の、生活して行く為の、一般概念に基く全般、日常通俗的意識と認識の生き方によってその人間の醸し出す営み全体によって、その心理と生理展開とその因果関係によって、このようにその立場々々によって我々の思惟思考、感じ方、趣味嗜好、意識と精神の有り方等が定まり、整い、固まって来たのではないだろうか？　我々の環境はそのように其々を操なしてゆく。それに伴なう心理心情は宇宙的構造の広がりをもって到底計測り知れるものではなく、そして人はそのことを認識しつつも、一方では社会的具象の認識やら、世間一般の便宜を目的とした生活体系にも惹かれ、その狭義である共有認識を引っ張り出し強引に、無責任に、それを当て嵌め、時にはその情態によってその相手（対象）を捏っち上げて争い、人を損ない、傷つけ、貶してまでも決定していったことであろう。故に、この物理、表象、常識となってそれが横行していくことになったようにも思われるのである。

諸君はこの日常茶飯に行なわれている表象意識と我々のその心理展開、因果関係を一体何んと見、感じておられるのだろうか？　この変哲のない日常茶飯が、我々の生命、意識、心情の心の襞と陰影を形造って支配して行く過程とその様子を何んと見、感じ取ることであろう。が諸君、そして見てくれと印象とがそれに価いせず、伴なわないからといって、この埋もれた陽の目を見ることのない人間を、地下に籠らせておいてそう邪気邪剣になって扱い、余り赤恥までかかせるような真似、自尊心や体面を叩き潰すようなことはしないで頂きたい。いか程に見てくれが悪かろうと、表象既存に価せず、お粗末に見えようとも、諸君の生命と同等の、否、全く併存している生命の根拠、魂の真実の宿り、働き、息づいていることだけは忘れてはほしくないものである。そのような上辺、外見上の偏見をしていくそれは、我々本来踏襲してゆくべく快い共棲、理想と平和、平等と博愛などを木っ端微塵としていくというもの（こと）である。猜疑心を煽り立て、不信を撒き散らせていくだけのことである。人と人との本来の信を築くことが出来ずして何んの平和構築であるというのか、それに照らして、人間の肉体物理経済を至上としていく主義とは如何がなものだろうか？　それとも諸君ら人間は、その物理経済を豊かにさせていく為には、それを適えていく為には、多少のそれらの痛みと問題が生じていくことになっていこうとも致し方がない、そう高を括って豪語したり、知らん顔をして済ませるつもりなのであろうか？

物理楼閣の素晴しさを築き語ることによってその目を欺いて行こうとするのであろうか？　物理の良さばかりを強調して、霊的本来本質の良さを揉み消して行こうとするのであろうか？　それでは諸君、諸君の生活全体、心情（こころ）のお里が当局のそれと同様に知れようというものではありませんかね？　せめて諸君らには、物理優先のそれではなく、霊的次元と同列にして扱い考えていってほしいというものである。そうではありませんかね？　そうだとも、あくまで人並にである。それ以上でもなく、それ以下でもなく、対等にでなければ困るのだ。そしてこの私のプライドはこの「人並」の生命の復権にあることであったからなのである。

　それにつけてもこうした偏向した山あり谷ありの人為世の中にあって、この私のような鬱屈した一筋縄の考えでは済まされなくなった人間という者が、孤立した独自のテーマ、それも不如意で永遠に解決の付きようもないテーマを抱え込んでしまっている者が、すべてが総動員している既存現実世界を棄てざるを得なくなり、その地下室にたった独り立て籠り、その半生を送りざるを得なくなった者が、どうしてその地上、既存現実世界に居る者との心の交信はもとより、心と感情を通わせ、真実（まこと）からの交流を育くませ、絆と縁を断ち切ることは心ならずあろうとも、それを結ばせ、共存生活を結ばせていくことが出来るというのであろうか？　そのことは私がここで答えることより、彼ら人間が既に明確に洩れなく携えていることである。つまり、「そんな生きた亡霊の様な人間と付き合い、拘わるなど真平ご免蒙る！」という訳である。つまり彼ら人間の棲んでいるところは中庸というカオスの泥沼であり、私のような聖池を目論む者はその彼らから嫌われる他にはなかったことであったからである。人間にとって社会（世界）に生きることは当然義務の伴なうことであり、その掟に背くことは以ての外のことであったからである。一理一通りの良識を心得ている諸君、そうではありませんかね？　それに基く私の生は単なる人間にとっての滑稽劇のそれでしかないことであったのである。甚しいナンセンスなことでしかなかったのである。否、全とうを任ずる諸君の立場からそう映って来なければおかしいというものである。そして実際、諸君ら人間の地上泥沼の生活というものは、そのことを滞りなく理屈抜きに顕著に証明しつつ司られていっている。

それにしても諸君、この自身の生命の聖域以来の行方にさえ持て余し、どうにも扱い切れない程忌々しいものはほかにはあるまい。そして前にも述懐した通り、いまの私はその自分にさえ途方にくれ、黯黮とし、すべてが既存における御破算状態の闇の中といったところだ。この齢に入って益々生命に、人世に、生と生活とが判らなくなり、途方にくれている始末と有様である。すべてが私にとって衝立てになり、壁となり、道が塞がれて立ち往生してしまっている始末なのである。まるで天囲の空いた檻箱に入れられた蝉のように、心はそこからの出口を求めて躍気になり、昼夜を問わず居ても立ってもいられず苛立ち、ただならなく落ち着くことが出来ないのである。だが断じて理っておくが、その私というものはノイローゼやなんかではない。諸君はそう思い、決め付けたいところだろうが、しかし私はその点において極めて冷静客観そのもの、健全そのものなのだ。諸君の領界というものは自ずから天賦の理りによって身に付いているというものである。つまりノイローゼという奴は、その一通りでは如何にも済まされなくなり、理由、根拠がはっきりせず、そのカオス混沌の中に迷い込み、その出口を求めて病的に足掻いている状態のことである。ところが私はその点何もかもはっきりしていることなのだ。ただ、その生きるべく対象がはっきりしているというのに、私の場合それが許されず、私がそこに辿り付こうとすれば、手を伸ばそうとすればする程にその対象目的は私を避けるように後退りし、即ち私の真実、本心を示す程に、これまで述懐して来ている通りその私の生きるべき対象は私から愈遠退いていってしまうばかりなのである！　これ程生きている者にとって怨めしくも無念なものは他にはあるまい。それに引き換え、諸君ら人間のそれは次々にその一理一通りによって適えられてゆき、充たされていくではないか！　この相違は何んであるか、諸君らにはお分りになるであろうか？　そうだ、人間全体の願いとするところが手近で直ぐ手の届く身近に具体的に在るものであったのに対して、私のそれというものは常に形而上で観念的には分っているものではあっても稀有に適えることの難しいもの、私はそれを手に入れることのない限り、自分の順番が廻って来てくれることはないであろうことを実感として感じ取っていたことによるものに他ならなかったからなのだ。そして諸君ら人間というものは、建前にそれを掲げ、舌先三寸対面的、社会的美辞麗句に用いていても心そこに非ず、社会も当局も世間も世界も挙って狭義具象、唯物経済現実既存の方ばかりを向いて、実に対しては実に冷淡この上ない態度を取り続け、それに白を切り続けていたからに他ならない。諸君らにとってこのことはすべてに願ったり適ったりと言ったところであろうが、私にとってはこの世の中全てが如何様師そのものと同じことであったということである。つまりこれでは私の余生と人生と生命そのものが否定、否決されていたのと同然なことであったのだ。そして諸君らはそこから守られていたということである。この差異は甚しく過酷であり続けていたということである。無礼千万である。その彼ら人間の口から言わせれば、私の方こそがその道を弁えることをせず、すべてに世間、この世の中の道理に逆って、既存現実に逆って来たことで、人間の生に逆心を抱いて来ていたことで、その生罪は測り知れない、ということになるらしいのである。そして確かに私のその生の評価というものはこの私の人生そのものが既に証明されている通り、顔を背ける程の最悪のそれである証拠になっている。

いや実際の話し、そんな訳でいろいろ述懐して来た訳であるが、ひょっとするとその生の施術によって自身の人生を着実に培って実りある方向にその生活を送っていくことの出来る諸君に引き換え、私の方こそ生の命題はともかくとして、現にこうした殺伐とした不本意な生活を託っている私の方こそが遙かに、生命の本質と心理真実に向う姿勢のことはともかく──肉体生命、即ち具象生命の主旨においては背徳的不倫理な罪深い生活を送っていたことになるのではあるまいか、矢張り物理的人生の本能としての生甲斐のすべてを喪失、枯渇させてしまったことは──如何なる事情がそこに介在し、横たわっていたにつけても──一方の生者としての理念、具象生命本能に対する取返しのつかない罪悪感と無念であったことには変りないことであったことあったからなのである。生命の継承に拘わる事実と真実、そのことを生者の義務と責任と本能として第一義として人生の設計図さえ描くことの出来なかったことに関するありとあらゆる生者としての最大の無念と禍根を残すことになったその去来する数々の経緯と事情の嗜虐であったことを思えば、それは生命諸共激しく昏倒を起すばかりである。世と人間（ひと）の正常健全な意識は、私の生と生命の意気地無さ、その罪として擦り付けてせせらって来るばかりである。私はこれをいかに受け止め、その心に消化させていったならよいというのだろう？　否、これにいかに己れの心を持ち応えていったならよかったというのだろう。

　とにかく我々は生命の充溢と隆盛であることの幸福を目指すものであって、けしてその生命が如何なる命題や建前によるものであれ、それによって滅亡びに向う様な思想であってはならないのだ。常に如何なる時と場合にあっても我々は二者択一の選択しか許されてはいないものであり生き残ること、適切に宛行ってゆくことを前提に選ばなければならない。正しいかそうではないかはあくまで一義的問題ではなく——第一それは何によって決定められるというのだろう——すべては情況結果次第の二次的なことであったからなのである。建前に騙されてはならないということである。つまりそれこそが有益な生に築いていくことであったからなのである。そして正直いくら私だってそのことを考慮に自分の人生と生命と生活を考えない訳ではなかった。誰もがそのことは洩れなく当面の目標とするところのものである。ところが私の場合、それにも拘わらず、その誰もが目標、前提としている目標がこれまで述懐として来ている聖域以来の所以と事情によって悉く崩れ、一片として具体的形をとって、誰もがそれの出来ていることが、そうして前へ進めていくことに必然的に困難に立ち至るように仕組まれていたということである。これなども諸君らにとってはとても合点も納得もいかないことに相違ない。もとよりこのことは、誰もがそれを具体的に必然として進められていることであり、随ってこの私の事情と所以など誰からも、社会からも理解も、納得も、納得もされるようなないことではなかった訳である。果して諸君、その私はどうしたならよかったというのだろう？

──いやはや、もうどうともなりやがれ、なるようにしかなりようがないではないか。これこそが私の人生の成れの果て、であったことだったのである！　この心境は只事なことではない。まるでこれまで述懐を重ねて来ている通り、どこまでいこうとこの人間の営みのさ中、既存現実の真只中、至上物理経済資本主義とその思惟に基く人間の意識と価の真只中、私にとっては五里霧中、闇の中、地下生活、いよいよ訳が分らないままに永遠の室（へや）の中に閉じ込められてしまったことであったのである。否、あるいはこの大気中に真っしぐらに落下する流れ星、隕石であったのであろうか？　いずれにしても私にとってこの人世そのものにあっては針の蓆の刑であったことなのである。その私というものが一体どんな思い、内省の中で日々を明け暮れているものか、それはすべてが皮肉であり、裏腹であり、熱砂の素足であり、全身蜂からの総攻撃であり、生など焉（いずくんぞ）であろう筈もないことであったのである。肯定されている人間に対しては私の生は全生からの否定されていたことであったのである。その証拠、証明はこの記述の中に既に全体となってふんだんとなって鏤められているではないか！

彼ら人間の生活の中には真実というものは私からはいずこからも感じられることが出来ず、一向便宜としての中庸実しやかの暫定でしかないものが実しやかなものとして言い包められ乍ら何に対しても成り済まし、横暴にそれを言い回し、振り翳し、成り済まし、何んの躊躇いも無く決めつけ、その物理的思惟である既成人為に随って語り説かれ、諭すが如く凝らされて来ていたが、その最中全体の土壌と環境の中で養育され、培われてそれを信じ切っている彼らがその全体を、現実と既存実際を懐疑し、怪しむ筈もないことだったのである。取っ掛かっていればその自からの生の現実実際が即そこで損なわれ喪失していくことを誰もが身に染みて感じ取っている筈のことであったからである。随って寧ろその中にのめり込んでいくのが賢明で大凡、通常の姿となっていることであったからなのである。尤も、それこそが彼ら人間の丸ごと世界であり、環境であり、社会と世の中そのものであり、意識と認識全体であり、その洪水となって胎動していたことなのであるから、大気となっていたことなのであるから、彼ら人間としても諸君らにしても私にとっても直更もはやどうにもなりようのないことであったことなのである。そしてこの私にしても、この世の中の支配の中にあって身も心もどうにもなりようもなく、彼岸へと押し出され、独り身の所在の無い人間の根底根源本質から裏切られた、失意絶望した私としては益々生の骸となって霊と真理の原理の中に救助を求め、最後の砦、拠り処として縋る他にはないこととなっていたからなのである。

生の躯骸（むくろ）、生の正体不明、これ生の屍でなくして一体何んだというのだろう。物理的死を怖れる為の生の暫定のことはともかくとして、その本来の念願として来た生を維持させていくことの適わない内外からの曰くと事情を抱え込まざるを得なくなった運命と宿命の哀れと悲嘆と絶望、その自責の念による生命からの篩み、これはもういかなる自己弁護さえも粉砕され、成立し得ない。存在そのものが既に矛盾の渦中である。善も悪も、悖徳もすべてが木っ端微塵である。もはや人として授った生命、その思考力を除けば他の動物と何んら変るところがない。否、他の動物、生命体、たとえば、虫けらにだって溌っきとした霊から宛行かれている彼ら個有のそれに相応しい立派な営みが備ってある。生命を引き換えに賭けた霊とその愛がちゃんと息衝いている。そしてそこにさえ到底ありつくことの出来ない自分が存在している。これが虫けら以下の生命でなくして何んなのであろう？すべての生への意志と愛と生命の本質は異性への愛に向ってゆかないものは無い。そしてそこの愛から突き返された愛は、自身への愛に向って行くより他にないではないか？これはもはや生活なんて言えるものではない。生存の感覚なんて生れて来るものではないのだ。ただそこには生の空虚だけが噎び乍ら空転して通り抜けて行くばかりである。いや諸君、そんな者にたとえいくら温かい血が流れ、心臓の鼓動が打っていようと、そんな躰の営みが何んだというのだろう？病理学上のことはいざ知らず、それは死にも似た哀切でなくして何んなのだろう？それが昼夜を問わず、自己の存在を問い続ける。生命を痛めつけ、苛なませる。涙の海に身を沈めるという訳だ。そしておそらく諸君がこんなことにでもなろうものなら、そんな生など到底我慢も、容認容赦もしていられなく、そんな生き羞恥（はじ）など晒していられようもなく、さっさとその自分に見切りをつけるか、孤独死に至ってしまうに相違ない。否、そんな仮説を唱えること自体愚かというものである。何故なら諸君らにはいくらでもその手段、その道は開けて、世界もそれを待ち受けていることであるからである。

それにつけても諸君、いくら生の意義が喪失われ、死んでも、真理に基く営みというものが正常に鼓動を打ち続けている限り、その五体の臓物中には血肉の欲望も感情も思惟思考も渦巻き、それに駆り立てられ、追い立てられているという始末である。そうともなればこの五体は適わぬ飢餓の坩堝、嵐となり、その主じとなるべき肉物の煩悩が出口を求めてその宇宙生命を縦横無尽に走り回り、容赦なく暴れ回り、生命の母体に八つ当りすることになる。まるでその五体は我が母体の生命に食って掛り、毒づき、この母子関係は最悪の時を迎える。これは生命の火宅であり、何んともやり切れなく、もはや死以上の終生の災厄修羅場となって生命に纏りつく。そしてこの私の虫封じの閑暇である退屈忍ぎが好むと好まざるとに不拘わらず、皮肉で辻褄の合わない矛盾することであるが嫌でもこの生命の空洞を埋める為の作業、生命の道楽、甲斐と反芻を当て所無く繰返すことになる。さればどこの玩具さえ与えられない煩悩はやがて自からの指を食えて眠りに就く他になくなるという訳で、毎日がこの繰返しである。私は如何にこれを慰さめ、生甲斐を与えてやったならよいのだろう?!

そこで諸君は「〜〜ならばどうして？　〜〜ならば何故斯様に〜〜？」そう沸々と私への不審と疑問、疑惑懐疑が湧き起り、憤怒りにも似たもどかしさを覚えさせられているに相違ない。そしてそれら私についての諸君の苛立ちの一切については同様、私自身これまで何より自問自答を繰返して来ていた疑問の数々であり、これまでもそれに対して語り尽くして来た通りのことである。―それに、ここでもう一言付け加えて言わせて貰えるのであれば、それは諸君ら人間すべてというものがある一つの固定観念、既存認識と意識からの必然常識、そのＤＮＡ的基礎基盤に導かれて、その物理的思惟だけを無条件になって信じ切っていることによってありとあらゆることがその思考の下（基い、原因、元）に成立し、履行されてそれが当然当り前として、そして行かなければならないように全面的権威となって、既存現実となって覆い被さってくる全面的そのことに対して、私という生命が、固有稀有な人間が、聖域以来の身に付いた曰く因果の事情と由来によってその固定観念、既存便宜の法則、絶対的揺ぎない支配、生の鉄（哲）則、人（為）間の考察、その元来の思惟思考に追随して行くことが右の事情によって私の生、生命、人世そのものが根底から不利不利益、否定排除を蒙って来ていたことからも、これに対して全面的根底根本より私の生の曰くからして懐疑せざるを得なくなったという謂れと経緯（いきさつ）と事情とが重って来ていたという訳なのである。そして、そのことに伴う社会、世の中、世界、人間の生と日常生活全体からの報復はこれまで綴って来た通りの訳と経緯（ゆきさつ）である。果してその私というものはどう、如何に生きれば良かったというのだろう？　如何にすればその社会、世の中、人間の日常の生、意識、既存の現実認められ、それと太刀打ちして私の生を人並に取り戻すことが出来たというのだろう？　生の復権を人並に恢復させ、取り戻すことが可能になったというのだろう？　―そして私の生というものがどこまでも誤りで、人間の、人為による生がどこまでも正当で、私の生と生命が矯正されて行かなければ、人間のそれに合わせていかなければ、不都合であり続けていくとでも言われるのであろうか？　一体その根拠の謂れは何処から来ていると言われるのであろうか？　人間はそのことを、私の生の謂れ、事情からしても答える義務と責任を負っていることでもあることなのだ。

それに諸君、諸君がこれまでのこの私からの記述のすべて、一切がっさいを理解し得たとしても、其々にすべての生命の成り立ち、立脚点、三つ児の魂の理り、人生の経緯と経過と経路、環境と情況、負わされている人それぞれの運命と宿命、立場が異っているものである以上、その人の生命の成り立ち、ひとりの人間を決定的に理解することは、己れのそれでさえ完全に把握していくことは困難不可能なこと（もの）である以上、ましてや他者のことなど諸君も既に承知している通り至難なことであり、不可能なことである。即ち其々で持ち場からそれを起点として推測想像を働かして推し量る以外にはないことなのである。その点からするならば、諸君が一理観念から言われている通り、誰もが御多分に漏れず基本的に孤独な人生のさすらい人であり、互いに傍から埋めようのない淋しい人生を送る者同志ということになる。その意味からも心の中はその人だけの個有の持ちものであるからだ。人はそれ故に表象既存にある共通項にその意識を傾け預け、その認識によって慰め合おうと、無意識のうちにもこの作業に熱中し、人を求めるのである。そしてここでは私にも一言言わせてほしい。しかもこれは真しく正当な弁護、その権利を有するというものだ。即ち諸君、この断章は確かに私の人生の閑暇を埋める為の手慰み、退屈凌ぎの暇潰しには相異ないが、しかしこれは真剣な暇潰しであり、けして片時とて疎そかにすることの許されない一生命そのものを賭けた一生一代の勝負と言ったところなものなのであるのだ。しかもこの暇潰したるや、自身の内省内証の未消化による知的鬱憤晴らし、ただ単に生命の不可不如意と無念からの具象と憤懣を文学的手法を以て披歴告白しているのとは訳が違うのだ。否、その私的無念と鬱屈した思いの丈と如何を訴え、晴らそうとするものであることも正直に告白しておこう。それを一概になって否定することは、私の主旨に反することであるからだ。が諸君、それはあくまで本筋からしたなら根幹を離れた枝葉の心、ほんの一理一葉でしかない。あくまで本願は自身の生命の真実を基点としてその所在と行方を探り、引っ張り出して来て、その真実を支柱として自からの本来を取り戻し、生命を快復させることにあったことは言うまでもない。私は未だ、私自身でありえたことは一度たりとも、それこそ一度さえも至ることのなかった未熟な人間なのである。私はどうであっても自身の正体、真実に辿りつきたい念願と希望と夢をもっている。私はその限りにおいて永遠の辿り着くことのありえないさすらい人なのである。真実であるところのその現実にはあり付くことは出来ないであろう。否、それにも不拘わらず、私の人生は愈その真実による現実からは心ならずも愈裏腹に遠ざかり、不可不如意に追い込まれてゆくばかりではないか！　これは一体どうしたことなのであろう？　この矛盾は一体どこから起り、来ているることなのであろうか？　人間である私であり乍ら、その人間から遠ざかっていくばかりである。私は絲の切れた風船、奴凧なのであろうか？　暗黒の霧の中、闇へと只管凋落していくばかりではないか！　このことは私にとっての世紀の不可解であり矛盾である。背後霊の仕業という外にない。諸君、その私というものは先にも述懐しておいた通り、一体どうしたならその全とうな人生に参画し、真実の生の現実を送っていくことが可能になり、出来るというのだろう？　して私はそう思いつつ既に人生の終末を迎えているのである。たった独り切りの孤老人として落ちぶれ乍ら打ち沈んでいくばかりなのである。真実、理想、正義――その世の中は一体何処にいってしまったのであろうか？　そしてそれを求めてはいけないのだろうか？　中庸中正既存一理の、常識的それを求めるのでなければいけないのだろうか？　十把一絡げのそれでなければいけないと言われるるのであろうか？　そして人間(ひと)はそこを巧く適合し、（賢く立ち回って）切り抜けて人並の（全体から守護られ、保障され）生と人生とを送り、生命を紡いでいっている。それだというのに、どうしてその世界と世の中から私ひとりだけが食み出し、深海奈落陥穽へと沈んでゆかねばならぬのであろう？　その同胞の人間から非難の坩堝に晒され乍ら生きて来なければならなかったのであろう？　彼ら全員が正当者で、私ひとりが不当にもそれを否定されて来なければならなかったというのだろう？　既存を踏襲し、それを懐疑し、別の生を求めてはいけなかったとでも言うのだろうか？　―そして諸君ら人間の中に一人だって好きこのんで自からこんな世界へと縺れ込んでゆき、身と心、全身全霊を捧げ、委ねていくような向こう見ずで、愚かで、酔狂な御仁という者が果しているものであろうか？　そしてその私にしたところで、先にも述懐しておいた通り、諸君ら人間との心の通って、共感の得られる全とうなくらしを送っていくことの出来ることを、常に日頃以前から望んで来ていたことだったのであるが、その諸君ら人間の立場、価い、生、思惟思考、意識あらゆる心裡（こころの）嗜好からしてもどうやら私という人間は普通、全とう健全な生の組織ではないらしく、異常、疾病、偏屈変人人間失格者であるらしく、断じて避けて通りたい、自身の生が煩わされることになる人間であるらしいのである。これは間違のない彼ら人間の私に対する抱いている感想感性感覚であり、私からの人間全体に対する印象でもあったことなのである。とすると諸君、通常、必然―既存、常識的概念、その不条理、不合理、矛盾、格差社会を生み出していっている肉物既存の方が尋常で全とう健全な人間の生活だ、そう言っているのと同じことになるではありませんかね？　社会的良識さえ守護られていれば多少の羽目を外すくらいの方が人間臭さがあって魅力的ではないか、そう言っているのと同然ということになる。そして人間の多くというものは、肉物既存の人間というものは殊に、人間真面目、正真、純粋一方では面白味も無いとしてこれを侮り、嫌い、その偏見を確かに携えていっている。これは物理的人間の通例における意識全体となって受け止められている。つまり色気が有る無いという固定された認識とその話しである。そしてこれは俗にいままでは強いて世の中全体の意識、人間の価として、常識的意識として固定されて働らいているという訳である。つまりこの人間の根拠となっている意識を司らせているものは、あくまで狭義具象の意識、物理的現実の生の方を大切にして、それとは余り直接関わりを持たないと思われる正真的なこと、深く混み入ったこと、霊的なこと、真理真実なことーそうしためんどうなことには余り関知もタッチしないように、愉楽しく愉快にこの人生を生きて行こうではないか、としてゆく潜在意識の合意という訳である。つまり人間のこうした潜在的意識全体肉物的思惟思考に潜む狭義のエゴイスチックな生の働きとこの私の生全体との関係、その中で障じて来た所以とテーマ、課題といっても差支えのないことであったのである。そして人間が自分にとって不利になることには取り合わないのがこれまでの人の常である。臭いものには蓋をして来たのが彼らの生理でもあったことなのである。つまり真実と本質に触れること、(深)淵と深遠に触れること、これこそが人間の現に禁句(タブー)として来ていたことであり、嫌忌して来ていたことであったからなのである。

ところが諸君のそれとは逆に、その社会の通常における、物理的経済活動とその生活に、実質的何んの貢献も、利益にも、収穫に拘わることを一切して来なかったばかりか、その社会の要望に背くことばかり、即ちその社会や社会人の厭うような真義と霊的なことに血道を注いで来たというのも、その人生の閑暇を必死に埋めて来なければならなかったというのも、これまでの記述のわけと事情によって言い尽くされて来ているように思うのだ。それを諸君らは、私が三つ児の魂、聖域を理由としてその僻みから何んだかんだと弁解ばかりをして既存の現実を批難ばかりをしてセポコンデリイかヒステリックになって、矢張り結局はその自分を正当化しようとしているにすぎなかったのだ、そう捉えて自己正当化妥当化しているに相違ない。しかし諸君、それにまた弁解してもはじまらない。それは泥仕合になっていくだけのことではないか。私にはそんなことを仕合っている暇は既に残されてはいないのだ。私は私の課せられているテーマで手一杯なのである。そして諸君ら人間にとっての課せられている早急を要されているテーマがある筈であるにも不拘わらず、そのことは未だそっち退け、その筋違いな現象的なこと、その目先のことに躍気になってその悪循環に奮闘ばかりしている始末である。尤も地上であれやこれや自在に生活を織成して行くことの出来る—またそのことによって火の手の種とその因果の悪循環に懸命になってそのことに気付いてもいない始末なのであるが—私にはその諸君ら人間の種々の行為と価と思惟が危なっかしく、恐怖さえ覚えているのであるが、人間にとってはそれこそがまた生甲斐そのものとなっているのであるからどうにも仕方がない。彼らはそのことによって自分の生、生命、人生が繋がり、生活が成り立っていると思考えているらしいのであるから、これを思い止まらせ、改め直させるには只事ではない。そんなことは彼ら人間には本質的認知されていないことだからである。そして私にしてみれば、それは単なる枝葉の事にすぎなかったことであったことなのである。そして人間にとってはそれこそが根幹なことのようになって考えられていたのであろう。その諸君ら人間から見れば、何んとも情け無く、信じられなく、貧相で薄っぺらな人間として逆に思われ受け取られていたに相違ない。何しろ彼ら人間の価、肉物経済既存の事情に全く関心を失っていたのであるからそう見、思われていたのもいた仕方のないことだったのである。諸君はそこでまたしても、「そんな訳の分ったような分らないようなことを言っている暇があったなら、もっと実質的有意義な実生活を築き、それを積み上げていったならどうなのだ」、そんなお節介お為ごかしなことを考え、言い出して来るかもしれない。しかしそれではまた話しが振り出しの逆戻り、諸君はこの私からの記述の意味を何んにも理解しようとしていなかったことになるではないか。それに、諸君のさかんに主張している実質的生活とはとりも直さず私の最も懸念懐疑憂慮している人為物理経済至上主義によって齎らされていっている処の混迷の種、頑冥不霊させる因、既存のことを指して言っていることなのであろうし、その彼ら人間の主旨が私にとってはこの人間の犯罪していっている惨状、つまりは根本元来から違えていることなのである。そこで諸君は「話しにも成らん！」、そう呆れ返って憤慨し、その私に閉口しているところに相異ない。それではその食い違いはその縺れとなって私も同じことなのである。これは、人類と私との永遠の平行線である。諸君ら人間は現状既存の池に棲む沼地を好む蛭であり、私は透明な地下水によって顕われる池の蛍、あるいは透明な川を好む岩魚か鯎でありたいと思う。根本的擦れ違いである。それにつけても、多数決支配だけが民主主義自由主義とするならば世も末というものではありませんかね？真実、誠実、真正、真心の通用しない利得ばかりが先んじる世の中なんて世も末というもんですよ。世の現実既存ばかりが通用する世の中なんて、もはや身も世もあったものではありませんん、というもんですよ！　この私のような真を問おうとする者があってはこの世の中、とてもでないが治まりがつかず、困りものだ、とでも言うのであろうか？　しかしこの数値に伴う民主主義自由主義の正体たるや、その現実たるや、結局畢竟とするところ民衆自治を治めていく為のものというよりは、当局、社会、物理的にこの世の中、世界を治めていくのに最も便宜で適宜で、有利で、都合のよい、八方を丸く治め、納得させてゆく手立て、保守的履行させてゆくに適った手段―といったところであり乍らも結局はこの惨状といったところである。つまりこれに刃向かえることの出来る者の無い、大向こうの裁きという訳だ。これに逆うは何んであれ無条件に裁くことが出来るという訳である！目出たしめでたしという訳だ。なんとも結構付くめな話しという訳である。ところがこの私のような稀有なる考え、その規約に当て嵌らず、そこから零れてしまった人間というものは、その世界に後ろ指をさされ乍ら指を食えて見てゆく他には無く、何処に、その生きて行くことの出来る場所なりがあるというのだろう？

　ところが諸君に忌憚のないところを言わせて貰えるのであれば、常に表象多数派の価に浴し既成既存に積極的に浴し、携わり乍ら保守的中庸中正中道になって我身だけの安全を狭義第一に考えていくことがこの人世を勝ち抜き、切り抜けていく上での、渡っていく上での、一番理に適っていく無難で効率好都合に働くようにこの世の中そのものが既に整い、設定設計され乍ら出来上り、具っているからに他ならない。万事世の中がそのようにして要領よく生きるべく整えられているのであるから、それにとやかくいちゃもんをつける方が誤っているのであって、間違っている、という言い分である。これこそが人間社会からはぐれる心配がいらず、善良市民でいられることのできる秘訣である、という意識が既に浸透しきっているという訳である。これこそが世が待ち望んでいる、一番世に相応わしい申し分のない人間の典型であり、正体であり、似非によるデモクラシーなのである。彼ら人間の多くはその民主主義に確信を持っており、自信と信念を以てその現実社会、既存の推進にその認識を持って担っている。こうした大凡の人間というものは、否、世界と社会そのものが一兎一途となってその道にのみ闇雲となって邁進してのめり込んでいってしまっているのであるからどうにも仕様がない。即ち、良識的人間の有する、「人間とはかくあるべし」とする概念と観念、常識に基く者たちまでをこの圧倒的多数の価に所属する勢力たち俗性なる者が、この既存の良識人たちをも巻き込み、その一切合切を手懐け乍ら、それに付き纏う不浄因果、好意好悪も何んのその引き連れ乍ら、それいけいけといったところである。それに参画わらず、無生産でいることの方が社会的に見ても遙かに性質が悪であるという訳である。いやどうかこの私のことばに気を悪くしないで頂きたい。私は諸君ら人間のその遣り口を全面的に否定している訳ではないのである。ただ「暖簾に腕押し」ではなく、そこに規律制約を以て行きたいものだ、そう申し上げているだけのことなのである。意識と認識を以て生きたい、そう思っているだけの話しである。ただ断じて理わっておくことにするが、一世一代の告白をしておくことにするのだが、諸君、いいかね、よくよく耳をかっぽじって、否、目と心を見開かせて読み解いてほしいというものである。

これまでこうした人間、即ち諸君を観察して来た限りにおいて正直なところを言わせて貰うならば、その諸君の必然性一理で改めて深く追求しないことによるその自信溢れる生の活況した表現れこそが、その既成既存化された人為における物理的思惟と意識と認識による日常の生活手法そのものが、諸君自身のあらゆるあや糊塗誤謬まりの映し絵としての原因、疑心暗鬼、不可不如意、不平不満の原因、因果の種となって、猜疑を引き連れて良からぬ諸問題とその波風とで喚きを絶えず休みなく一方で次々と波状として起し、生みだして来ているという紛れもない事実となっていて、前にも理っておいた通り、我々人間の循環と輪廻となって繰返し、「権兵衛が種撒きゃ鴉が穿る」風にその箝みとジレンマを齎らし乍ら、未来永劫絶え間なく、その沼地混沌カオスから抜け出すことなくその生命と生の法則に縛られているという訳である。いやそれどころでなく、大自然の真理と摂理、否、原理と言ってもいいのかもしれないそれからの報復としっぺ返しを受け乍らそれでも性懲りも無くその生を営んで来ていたという訳なのである。人間諸君のみの都合のいい唯物経済科学資本主義から果しなく延長発展させる便宜主義、その自慢する根も葉も無い楼閣文明に依存した生活というものは、その足元から根刮ぎやっつけられる時が必ずやって来るというものなのだ。その物理的豊かさとしている楼閣的物理経済による生活という屋根が柱諸共吹飛ばされないうちに御用心御用心といったところだ。いや現にその兆候は陰になり日和になり乍ら、見え隠れしつつ、次第に現実的姿と形をとり始めて来ているではないか。物理的力の既存的威力に対抗して指し示しつつ刻々と知らしめて来ているではないか。

その物欲の虜になっている諸君らにはその真偽と事実というものが聞き分け、見分け、感じ分けることは出来ませんかね？

　そんな訳で、私としてはこの自分に与えられている聖域以来の生の理わりとりなし、それによる可能性を依拠として、その中にたとえ諸君にお気に召さなく、嫌われ、目障りな部分、差し障りが生じていくにしても、故あるものとしてある以上、それをどうしても人間に問いかけ、改めて再確認させていかなければならない如何にしてもならない必要性に適られてあるということなのだ。その生の根拠に殉じていくより他になく、その生を全とうしつつ生きていこうと思うのだが、諸君ら人間は、その私の何を以てそれ程までにその私の方にばかりその改生を求めさせねばならぬと考え出したのだろう？　そしてこのことは其々の立場の異なりはあるにしても、等しく相応して諸君らにおいても同様相身互いなことではないのではないだろうか？　そして兎の如く賢い生き方を身に付けている諸君に対してあくまで愚鈍でのろまに見える亀に等しい生き方が身に付いている私には兎のような生き方をせよと言われるのは余りにも殺生、酷な話しではないか。その注文は理不尽というものである！　そこで私としては諸君のような賢しい地上人間の生活は強いて望まず、この地下壕で自分のくらしを見つけ出していこうという訳だ。現実（いま）の人間の暮し振りとはあくまで大局対峙していこうという訳だ。そしてこの世の中、その機構と仕組とからくりの総てというものは、何んだかんだと諸君がいくら不平不満を溢し、漏らしてみたところで、畢竟とするところ諸君ら人間自身が故意として築き上げて来たところの、思い通り望み通り願い適えて来たところの世界ではないか。それであるにも不拘わらず諸君ら人間というものはこれからもそれに対して執拗になって不平不満、愚痴を溢し合いつつ、一方で溺愛し乍ら未来に向ってそれを改めていくでもなく反省するどころか殆ど無条件となって、喜々としてその因果を堪能しつつ、励みとして、甲斐として、その生き方を一方ではせっせと踏襲履行していくという矛盾だらけの、物理との相関関係にあるこれを滑稽として、利口痴愚の矛盾裏腹として、一体としてどこまでもそれを執り行なって行くという訳である。これは一体どうした理由と訳によることなのであろうか？

そしてこの私にしたところで、結局矢張り生命は惜しいのだ、本能なのである。生命からの理りなのである。不自由、消化されることのない器能不全、下痢症状の生にしたところで、矢張りそれでも旨いものは食べたいし、味わってもみたいのだ。そうした生を見るにしても、未だこの齢にしても心から味った例しも、この人生にして知らないのである。未だ、真実の、人並の意味において生を知らず、味った例しがないのである。味わい方すら知らないのである。即ち、物理的に劣悪な環境にそこから隔って生を送って来たのであるからそれも致し方のないことである。何んと形容表現されて称ばれようと、それが人間の本性というものなのであるからどうにも仕方のないことなのだ。それが私の運命なのであるから受け容れていく他にない。優越振ってゆく、劣等感にさいなまされる、これも人間のもつ本性なのであるから、それに逆らっても仕方のないことだ。人間のプライド、本性とは斯くも低調なのであるのだから同情共感してやるよりないではないか。もとより私の人生の事情、過程からしてそうした低調な感情、地上における物理的狭義高圧なる賢しさ、その意欲からして最初から育たず、その自分を褒めてやりたいくらいなのである。諸君、あくまでしぶとく生に噛み付き、いかなる環境にあろうとも生き抜いていってやろうではないか。生命あっての物種、最後の最後まで望みと夢を捨てることなく、胸の中に抱いていこうではないか。そこに一切は小難かしい理屈は必要とはしないのだ。ただ偏になって純真な魂さえ宿し続けてさえすればそれでよいことなのだ。おや諸君、妙なところで諸君との意見の一致を見ることになったではありませんか。しかしそうは言うものの、諸君と私のするところのそれとでは、その思案、心情、心向き、ありとあらゆるそれに対する存念とするところ、根拠とするところが真逆様に異なっている。そう、まるで真逆様に対峙対極し、それは抜き差しならないものとなってしまっている。諸君はこの事実を一体何んと見るであろうか？　ナンセンスと見るであろうか？　それではこちらもその諸君人間をナンセンスと称ぼうではないか。

十二

既成既存という現実の大空を、力強く、それこそ自信と信念と確信を携え乍ら、健かに、自負自在に我が物顔で滑空して飛び交う諸君、私は記述し続けて来た事情によって、諸君らのように翔ぶべき羽を持ち乍ら大空を飛翔することが出来なかった訳であるが、それでも幼年頃までのうちは、社会というものを経験することのなかったまでは、まだ何んとか幼少の翼をそのときを遠謀深慮させ乍ら、懸命に羽ばたかせ、空を飛ぶ準備の真似事は出来ていた様に思われる。それにも不拘わらず入学し、その学生時代、その小社会を体験する頃から、生来身に纏わり付いた聖域と学校生活との折り合いが私の心の中でなかなか折り合いのつかないものを感じ始めて来ていたこともあって、何事も巧く運ばず、何事に対しても躓きを心の中に覚えるようになって来ていたのである。つまり、皆んなが尋常であったのであるから、多分私一人が既に尋常を外れ、そうではなくなっていたことなのであろう。私としては悲しいかな、その自分にそう思うしかないことであったのである。つまり、この私の生れ持ったすべてに亘ってその生の基礎体力と脆弱な儘ならない翼にあっては、この相性の悪い尋常な現実の大空、大気の條件のもとでは、あまりにもすべての点において加重がかかり、抵抗が強く、地に落ちる他にはなかったことだったのである。彼らがその私を見て餌食として嘲ったが、その彼らにこの私を嘲けるだけの理由と資格があったものだろうか？　私はこの学童時代も然る事乍ら、実社会にあってからの私というものは更にこの学童時代に輪を掛けて手酷いところ（こと）となって立ちはだかることになったことは先に既に記しておいた通りのことである。そのことによって私の身はもとより立ち竦み、すべてが震え上り、凍り付き、途方に暮れることになったことは言うまでもないことである。私の生はかくも全面的に当初より否定否決され、病者として病的変人として晒されていたが、既に孤立無援の行き場を失っていたその私に如何なる弁解をすることが出来たと言うのだろう？　如何にとなれば向こうは尋常様全であるのに対し稀有であったからである。私はすでに手足を挽れ、猿轡を嵌められた達磨の如く、人社会全体の前に一向堪え凌いでいくほかには何んの手立てもないことであったからなのである。私はこのようにしてかくも実社会との「初夜」にして、この自分の身柄というものが、全世界にあってたった独り切りでしかないことを思い知らされなければならなかったのである。彼らには味方になっていれる者、世界があっても、家出同然の自分には味方になる者は無く、この時よりすべてが敵ばかりでしかないそのことを思い知らされていたのである。

「彼ら他の者には世界いたるところに味方になる者がいるというのに、自分には、その自分も含めて？　全世界丸事敵のみなのだ」、そのことを思い知らされていたのである。これでどうして翔ぶことが出来たというのだろう？　私はそれよりも考えたことはこの身を真先に世界から、地上から、この自分の身柄を潜め、匿い、自身をけして顕わすことをしてはならない、ということだけであった。顕わせば立ち所に総攻撃によって非難され、その彼らを不愉快にさせることが既に私には判り切っていたからである。私は彼らにとって、肯定されるものは何も身に付けてはなかったばかりではなく彼らにとっての私の存在というものは理不尽を感じさせるものはあっても他には何もなくなっていたということだけであったのだ。即ち、私の存在は、彼ら人間の人並の生からは否定され、何も、それこそ何も認められてはいなかったのである。諸君はこれを私の被害妄想、針小膨大と言うであろうか？

だがそれにつけても諸君、今日のような物理文明のそれによる思惟の異常に展開かれた、空中戦略、楼閣化した地表を離れた地に足のつけることのない諸君ら人間たちの理不尽で無作法の窮極を知らない、無分別で思い上った生活を、それを発展、自由便宜と履き違えた様な傍若無人振りを発揮させているような生活仕様というものは、本来の生活作法として私にとっては大いに疑問を抱かざるをえないという訳である。こうした条件の因（下）にあってはその今日における人間との共棲をしていくことは私にとってはとてもでないが憚れることになっている。諸君ら人間にしてみれば、この自己開発して来た物理文明経済社会全体、世界の大空を如何になって羽ばたこうが、そんなことで一々君の方からとやかく言われる筋合いもなければ、君にその権利など全くあろう筈もないことで、弁え知らずの不心得な暴言であって怪しからんにも程がある、そう思考えておられることに相違はないのであろうか。諸君、そんなことは一切そちらの自由気儘な、寧ろ奨励されていることだと思考えていることであるが、そしてそちらの生活模様に著しく失望している私が語るのも大変痴がましいとは承知もしていることでもあるが、しかし憂慮すること絶えない私からはどうしても一言しておきたかったことなのである。そのこと御勘弁願いたいものである。つまり、差し出がましくも筋合いも謂れも無いと思っていることであろうが、また人様に何んの迷惑もかけず、世の中、社会、現実からも奨励され、それに貢献していっているという信念と自負の基に担っているらしいことも承知していることではあるが、その物理文明開化と便宜開発は他方において、一方において大変な危険と波乱と不祥事を齎らし、我々生命を営むこの地上全体を、霊全体を内外から逃れようもなく蝕み、貶し込んでいることに改めて気付くべきことでもあることなのだ。未来を逆に現代がその狭義な思惟、人間の穿った了見によって台無しにしていっていることでもあることなのである。諸君よ、人間よ、この最終的、根本的マナーとテーマだけは冒さず、どうか守っていってほしいものではないか。私としてはそのことを同類の人間の一人として願わずにはいられないのである。如何となれば、それは私の生を死に逐いやった事態と深く関わり結び付いているものであり、やがては近未来において、人間自からの誤った道の選択、肉物生命本位思惟を溺愛したことによって霊の本質原理との調和を打つ遣らかして来たことによって、自からの生の天罰とはもとより、地球生命全体の生物を損ね、この貴重で稀有な星を死の星にしかねない危険を孕んでいることでもあることを、私自身が人間自身に対して認識していっていることでもあるからなのである。

そしてもう、こんな諸君ら人間への嫌味たらしい苦言と御節介を提唱提言するのはこの辺で止めにし—否、嫌味御節介を言って来ているつもりは更々ないことなのだ。前にも理わっておいた通り、偏に諸君ら人間との心からの思案いを交し合い、交流と絆を深め、真愛なる友愛と理解を暖め合って行きたいものだと、この世の中に真の平和と理想の平穏を齎らせて行きたいものであると思えばこその、こんな憎まれ口、苦言を敢えて提して来ていたという訳なのである。このおしゃべりは切りがない上に、諸君ら人間にとって馴染まないもの、悪態として、逆撫ぜしている気分にさせてしまうらしい。諸君らにしてもこうしたネガティブな話題は耳障りで気分を損ねさせてしまうことであるらしいのである。気分を逆撫でして塞がせてしまうのである。ポジティブ、前向きこれが一番なのである。ところがこの私の章句と来てはそんなものがどこにも見当らないと来ている。トンネル、地下に潜ったままで、諸君ら人間を愉快にさせるものは何処にも見当らないと来ている。その諸君ら人間を歓ばすようなことが態々ぶち壊され、それが全編に亘っていると来ている。まるで小説の態を成してはいないのだ。諸君の気分を沈み込ませ、考え込ませるものがこれでもかこれでもかというように陳列させられている。私の思い浮かび、この手から綴り出されて来るものといったら、こんなことぐらいしか思い浮ばせることしか出来ないのであるからどうにも仕方がない。こんな疾病を抱えた文章なのであるから、諸君ら人間からは外方を向かれ、私には読者はいないのは極めて当然な話しなのだ。つまり私にはどこまでいっても人間とは反りの合うことはなかったのである。私がこの齢に至るまでたった独りでいなければならなかったのもこの為だったに他ならない。即ち、私は既存に棲み、それを受け容れた例しは一度としてなかったからに他ならない。このことが私のすべてを言い顕わしている。その私がこの文章に取りかかったというのも大いなる矛盾であるが、その何もかもそのマイナス要素に取り巻かれていたにも不拘わらず、それにこの齢を迎えて取り掛かることになったというのも、逆説的において、この世界と社会において、万一この制作（創作）とするところのものが出版され、その是非に関わりなく袋叩きにされるにしても、その受ける損傷は最少限に済まされて然るべきではないか、その覚悟であったからに他ならない。即ち、歓迎されるなど、私にとって思いも寄らぬことであったからなのだ。私にはそのことがどこからも、この人生その側面のことを教えられて来ている通り、そうしたことぐらいしか導き出して来ようもないことであったからなのである。こうした病者の文章を誰が評価するというのだろう？　私は疾うに既存に嵌ったくらしは出来なくなっていた人間なのである。もとよりその文章表現をすることしか出来ないのも当然なことであったのである。従ってその私の文章、章句というものは都度に渡って酩酊すること頻りなのである。こんな既存から外れたものを誰が評価するというのだろう？

そして最後に、これだけは言い残しておくことにしよう。いや、これだけは諸君に断じて言い残しておかねばならぬ。それは諸君ら人間が何よりも貴重として考えておられる一般に称賛しているところの、社会を基準としたところのその自由と権利であり、それが何に基かれて成り立っているものであるか、それは言わずもがなである物理経済思惟全般に基く流通から生れた思惟思考意識に纏わる日常生活から生れた印象全体である。社会生活はこの認識を外しては考えられない大凡の基になっているものである。DNAである先ず第一に念頭に占めるのがこの考察えである。ことに庶民においてはそうであり、この生を欠かすことは出来ないでいる。そしてその印象についてはその過程の事情、経済情況育って来た環境によって区々である。そして自由と権利のことであるが、多くの場合、それは多数決によって生れるところの観念、それが認識となって定着し、個々の上に印象として浸透し、定着していくものと考えられる。しかし我々の間に流通定着している概念のそれであって、本当にそのままであって宜しいものなのであろうか？　つまり平常時は我々民衆の上に置かれているものではあっても、いざとなれば、即ち非常時ともなればそれは民衆からは立ち所に奪取され、権威者、当局に取り上げられ、国有のものとされ、自由も権利もすべて彼らのものとされてしまうのが通常なことである。このことはこれまでの世界の国家における緊急事態を例にとるまでもなく、「国民の生活(くら)しと生命を守る為」の至上命令と口実の下に繰返されて来ていたことは如実の現実となって来ていたことではないか。その何よりもの顕著な象徴、例、その筆頭が国家に関わる戦争というものである。ここにあっては総動員体制がとられ、我々の生活はもとより、精神生命までもが無条件に提供されなければならなくなる。この事体は、世界があってはいついかなる時にあってもどこかしらで絶え間なく起っている、否、引き起されている最大紛争であり、人間の引き起していく人間生命の最大の悪事であり、けして見過し無視して通ることの許されない事柄である。例えば諸君、我々にとって武力(ちから)とは何を意味しているものなのであろうか？　この事一つでも僉心して考えて貰いたいものである。武力とは、何んらかの自身の事情とその意向によって、その対象、相手というものを武器武力ちからづくを以てその己れの意向に従随させ、それに強引に組み込もうとする意志の如実とした顕われではないだろうか？　そしてそれはいかなる事情如何のことであれ問答無用で履行される、あってはならぬ、起してはならぬことは当然なことである。これは如何にしても当事者同志が腹を割（刮）って霊的本質真理（原理）に基いての真心からの話し合いによって解決を計っていかなければならない基本的問題であろう。第三者が安直になって口先を篏さむべき問題でも事柄でもないことであり、安直にそれをすれば尚一層事を拗れさせてゆく原因にもなりかねないのである。―そしてこうしたからくりごとというものは国同志の問題から同様に個々の問題に至るまで全体に日々日常の中まで及んでいる事柄でもあることを、我々が個々に心にまで止め刻んでおかなければならない問題であることをけして忘れるようなことがあってはならないことであろう。普段よりそのことを弁えつつ、いかなることに対しても心を大局的見地＝客観的視野に止め置きつつ処してゆかなければなるまい。ましてや我々の必要不可欠として世界を席巻していっている、もしくは流動流通させている。差し詰め狭義でしかない物理経済資本主義世界の事情にあっては直更に、そのことはけして怠たるようなことがあってはならない、日頃からの監視がいかにしても欠かせず、大切にしていかなければならないことではないだろうか？　出来うることであるならば、そうした機関というものを全世界地球的規模において国家当局はもとより、社会、組織、団体、個人個々に至るまで、心の中に持っておいてほしいものであろう。

諸君らは、その自分たち総体の醸していっている理想とは程遠く、打って変っての逆腹な現実を一体どの様に思い、感じ、受け止め、考えておられるのか？　そしてこの我々人間の支配する既存現実の範疇のこの世の中というもののカテゴリの中においてさえ、むしろその日常性やら、通俗性やら、既存の意識とに認識の溝泥の沼や池に蓮の花が咲く如く、それを克服超越せる稀有者、超人、聖人、卓越者が、その心を具え持った者が若しや立ち居現われたるも、その可能性が全く無いことではあるまい。小我既存狭義の総勢の中に、大我大義の心を宿した人間が突然変異として出現したとしても、この不可思議な世界においては何も不思議なことではないのである。この世界には間々そうした計算外なことが生じるものであろう。されど、これを人間現実世界に置き換え、顧みた場合、果して如何がなものであろう。この者を知らずして刑死台に自ずからして、送り出すようなことは、必然として逐いやってはいないであろうか？　殆可様にして小人（心）とは、とは無自覚無意識にしてこの始末（手）には負えないものである！　諸君はその点この世界、世の中と社会、現実と既存の有り様有り方というものをどの様に捉え、展望考察し、展開させて行こうとしておられるのであろう？　つまりは現在の矛盾した二心、裏腹ではなく、あくまで人間本位の至上物理経済先行主義の思惟に陥って行くのではなく、真の持続的理性、本来である霊的心、本然に立ち返り、本質的視野を生命ある者すべてに齎らし、総合的に還元していくことを約束し、根本原理からの摂理、安全安心を統括する戒律と規律を設立立ち上げて然るべきではないのだろうか？　第一その以前に前提として、我々人間というものにおいては、その天然、無抵抗なものを自からの支配下として犠牲に処して来たことによって己れを進化発展して来たこと、その恩恵を独り占めする如く分配を拒否拒絶することによって唯物の豊さを誇示して来たと経緯、罪と破壊と傷痕を重ねて来たこと、その自からの仕出かして来た罪状を謙虚に認め、以後そのことを反省と共に肝に銘じて活かして行くことが何よりも望まれることではないだろうか。そのことが己れ自身をより有意義に活かしていく道であること認識自覚してゆくのでなければ、どうにもなることではあるまい。自からの今後も無いことを覚って行くべき覚悟が如何にも必要なことなのであるのであるから。そして我々すべての故あって生み出されて来ている生命を、全とうして行くことの道筋を、その生命自身を繋いでゆく生命の連携のことを心に鑑みつつ、その彼らの為により有意義な生を送っていくことの義務と責任のあることを刻みつつ、感謝に充ちた畏敬の心を携え乍ら、我々はその生を讃美し乍ら全とうして行かなければいけないのではないだろうか？　尠なくとも人間の、己れの都合勝手によってその生命全体のバランスを崩していくようなものであっては断じてならないということである。そこで諸君は待ってましたとばかりに切り返して来るに相違ない。「そんなことは一々君の方から今更言われる筋合いもなければ、人間独自の考えによって、万全を来し乍ら必然保護として担って来ていることではないか」、その自己弁護は承知の上、折り込み済みである。そうやって為乍ら実際はこの通りの有り様と仕様ではないか。その諸君の自慢とする物理的思惟とその結果はこのざまの有り様しか導き出すことしか出来なかったのである。そのことを自画自賛していても仕方があるまい。つまりそれによってすべての事体は好転するかの如く見せかけ乍らも、現に実際はこの悪化の一途を辿っていくばかりのことであったのである！既存表象の手心を加えていくばかりで、根本本質は何一つも改善はされていなかったことなのである。見せ掛けの外見外観ばかりのことだったのである。「権兵衛が種撒きゃ烏が穿くる」式では困ったものである。つまり諸君ら人間の穿った既存の処方では目先と上辺、形而下はともかくとして、その中味、内容、真実、根本本質においては虚しく循環空転していくばかりで実質的には何もよい方向には向ってはいかないことだったのである。本筋の筋を筋違いの解釈をして誤魔化してほしくないものである。曲った正当化はしてほしくないものである。こうして諸君らは、否、人間社会全体になってその不条理不均衡、矛盾だらけの世の中を、不平不満を物々言い合い乍らも、いざとなるとその社会を大いに弁護し、養護し、推進させていっているという具合である。長いもの、強力なものに喜々として巻かれていくという次第なのである。この強かさ、狡猾さ、邪な賢さはとてもではないが適うところのものではない。そしてこのようにして世の綻びは次から次へと連鎖するかのように涯しなく起り、それを繕っても繕っても絶えるということを知らない。しかしそれも些細で済んでいるうちはまだしもであるが、これが個々では治らず、社会国同志の問題となって来るとこれはもう訳が違って来る。しかしこの諍いにしても、個々の諍いにおいてもその事の起りの原理、次元においては本質的に全く変りないという訳である。既存の思惟によるところのものであるということである。物理経済のことが元凶となっている。即ちその事の起りは、その物理的利害と思惟思惑の食い違いから起って来る猜疑と疑心暗鬼それによって起ってくる相手、対象への不信感と猜疑心の悪循環である。これが古今東西相も変らぬ紛争の種であったことなのである。人類はそしてこの紛争の種、即ち物理的思惟に頼り切った依存した生活、全一なる霊的原理を無視、心の中では見下したかの様な暮し方全体とその有限である。

それにつけても、ああ諸君、我々人間の生、我々自身の生命、我々の醸し出していくところの現実というものは何んとおぞましくも痴れた虚ろで、その物象の世界、誘惑の世界に迷い込んだ、その出口を見失ってしまったことであろう。頑冥不霊に陥ってしまったことだろう。すべてが擬装によって覆われ、逆に真実とするところは摘出されてしまっているではないか。故にすべてに亘って、ぎすぎすしてささくれ立っており、余裕りを失っていることであろう。表象は正にささくれだってしまっているではないか。だのに、ところがそれと相思相愛に思われる諸君ら人間というものはそんなことはないらしく、その汚穢の壺という沼地の中でのたうち宣(のたま)っているではないか。人間はそんなものでよいのだろうか？　その我ら人間は一体何んの為に生きているのであろう？　何んの為にこの世界を長らえているのであろう。何を望み、何を目的となし、何を整え、何を窮（究極）め達成しようと奮闘しているのであろうか？　否、彼らは言うまでもない、その物理楼閣という幻想の世界を画き、それを目的となし、その為に何もかも、生命さえも抛って物理的妄想の創造を繰り広げて来ていたことであったのである。そして彼らは、私の方こそ理想本質真理という幻想楼閣を築こうとしていると宣ったのである。はてさて、どっちがどっちなのか、それは諸君個々其々で考えて頂きたい。この生命というとてつもない得体の知れない中で、この厖大なる小宇宙の中で彼ら人間は形而下唯物具象世界を表現描き出さんとし、私はそれを霊世界原理を具象的表現しようとしていたが、それは遂に互いに具合することと重なり合うことはなかったようである。さては私が人間から外れたのであろうか？　あるいは人間が本筋本来真道から外れていったのであろうか？　はてさて、人道とはいずれの道のことなのであろうか？　いずれにしても顕示されている道は、諸君ら人間によって築き上げて来た原罪を抱え込んだ中庸中道中正の肉物生命とその思惟本能に基づかれて来た曖昧な礎の道であり、その危うい橋を渡っていく他にはないことであった。

そしてもうこのような抽象的で、曖昧で、理解するに苦しむような、否、私にしてみればそれを具象的に出来る限り近づけて表現させて来たことでもあるのだが、それにつけてもそのことにはいたって限界というものがあるらしく後味のよくない、しかも諸君にしても、私においてもいたって気の晴れることのない、消化されることのない、終着も結論も見つけようもない、答えの導き出し、見出だしようもないこの不可不如意の弁証は、もうこれ以上くどくど綴り続けていくことも忍びなく、この逆説的異論した手記者からの心情は残り、これからも求道して行く道は遙かにこれからも継続していくにつけても、この断章においてはひとまずこの辺りで終ることにし、切り上げた方がよいように思われる。

これまで綴り続けて来た断章は、明らかに虚構そのもので、どれ程に見合ったそれに適合した表現を求め見出そうとしようとそれは矢張り一理一端一通りでしかなく、それが限界であり私の驕慢であり、到底真理真実には辿り着くことも、到達することもありえないものであったのである。未だ他にいくつもの表現と可能性というものが残されている筈である。だがそれにも不拘わらず敢えてここに供述しなければならなかったことは、我々のこの「人間の時代」と「人間の生活模様」における数々の生きていく上でのあらゆる現実の条件を考慮して考え合せるならば、その場合、そこに必然として齎らされ、生み出され、現われてくるべき一つの生の形体形式形象であり、一つの人間の辿るべき道筋であり、運命がそこに浮び上ってくる性質とテーマとその姿であると考えられるからである。そしてこのことは、我々其々にとっても密接な関わりとしてのテーマを包摂していることはもとより、我々其々自身の中に現に潜み、介在している「分身」であり、細胞であり、可能性であることも紛れもない事実であると考えるに致ったからなのである。私はこの我々の中に隠れ潜み、眠っているかのような、また、知っても知らんぷりをしてなかなか表に現われようとしない性質の一つを、心の襞とその深層心裡を、自身の生命という何より確かな素材を元手に通して、公衆の面前に公式として出来る限り忠実に具現し、お目通りさせたかったのである。そしてこの一つの性質と生命の可能性を紹介し、その見解と解釈を明らかなものとして披歴させることによって、諸君らの人生での、そこにおける一つの考慮、手掛り、契機と参考として用いられ、開かれることになるのであれば、おこがましくも、僭越乍ら、手記者としての成功はもとより、これ程に冥利に尽きることは他にない。

最后に、この不束で、未熟で、纏りも締りも至るところの無い断章に最后までお付き合い、ご精読、お読み取り下さった諸君一同に対して、手記者として心からの敬意と礼を申し述べ、この章を閉じらせて頂きたいと思う。

了

著者プロフィール

想念路 真生（そうねんじ まさお）

1941年生まれ。

埼玉県出身。東京都在住。

著書『人間の彼岸』(2003年、鳥影社)、『未踏の裁断者』（2012年、文芸社)、『超人伝説―ニーチェへの誘い―』（2015年、文芸社）

実感、生命と人生との出逢いについて

愚者からの論証　2巻

2024年４月15日　初版第１刷発行

著　者　想念路 真生
発行者　瓜谷 綱延
発行所　株式会社文芸社
〒160-0022　東京都新宿区新宿１－10－１
電話　03-5369-3060（代表）
03-5369-2299（販売）

印刷所　株式会社暁印刷

ISBN978-4-286-30033-7